이상한 선물

이청준 李淸俊 (1939~2008)

1939년 전남 장흥에서 태어나, 서울대 독문과를 졸업했다. 1965년『사상계』에 단편「퇴원」이 당
선되어 문단에 나온 이후 40여 년간 수많은 작품들을 남겼다. 대표작으로 장편소설『당신들의 천
국』『낮은 데로 임하소서』『씌어지지 않은 자서전』『춤추는 사제』『이제 우리들의 잔을』『흰옷』
『축제』『신화를 삼킨 섬』『신화의 시대』등이, 소설집『별을 보여드립니다』『소문의 벽』『가면
의 꿈』『자서전들 쓰십시다』『살아 있는 늪』『비화밀교』『키 작은 자유인』『서편제』『꽃 지고
강물 흘러』『잃어버린 말을 찾아서』『그곳을 다시 잊어야 했다』등이 있다. 한양대와 순천대 교
수를 역임했으며 대한민국예술원 회원을 지냈다.

동인문학상, 대한민국문화예술상, 대한민국문학상, 한국일보 창작문학상, 이상문학상, 이산문학
상, 21세기문학상, 대산문학상, 인촌상, 호암상 등을 수상했으며, 사후에 대한민국 금관문화훈장
이 추서되었다. 2008년 7월, 지병으로 타계하여 고향 장흥에 안장되었다.

이청준 전집 30 중단편집

이상한 선물

초판 1쇄 발행 2016년 9월 16일

지은이 이청준
펴낸이 주일우
펴낸곳 ㈜**문학과지성사**
등록번호 제1993-000098호
주소 04034 서울 마포구 잔다리로7길 18(서교동 377-20)
전화 02)338-7224
팩스 02)323-4180(편집) 02)338-7221(영업)
전자우편 moonji@moonji.com
홈페이지 www.moonji.com

ISBN 978-89-320-2150-8 04810
ISBN 978-89-320-2120-1(세트)

이 도서의 국립중앙도서관 출판예정도서목록(CIP)은 서지정보유통지원시스템 홈페이지
(http://seoji.nl.go.kr)와 국가자료공동목록시스템(http://www.nl.go.kr/kolisnet)에서
이용하실 수 있습니다. (CIP제어번호: CIP2016020674)

이청준 전집 30

이상한 선물

문학과지성사

일러두기

1. 문학과지성사판 『이청준 전집』에는 장편소설, 중단편소설, 그리고 작가가 연재를 마쳤으나 단행본으로 발간되지 않은 작품과 미완성작 등을 모두 수록했다.

2. 전집의 권별 번호는 개별 작품이 발표된 순서를 따르되, 장편소설의 경우 연재 종료 시점을, 중단편소설의 경우 게재지에 처음 발표된 시점을 기준으로 삼았다. 단, 연재 미완결작의 경우 최초 단행본 출간 시점을 그 기준으로 삼았다. 중단편집에 묶인 작품들 역시 발표된 순서대로 수록하였으며, 각 작품 말미에 발표 연도를 밝혀놓았다.

3. 전집의 본문은 『이청준 문학전집』(열림원) 발간 이후 작가가 새롭게 교정, 보완한 내용을 충실히 반영하여 확정하였다. 특히 미발표작의 경우 작가가 남긴 관련 자료에 근거하여 수록하였음을 밝힌다.

4. 전집의 각 권에는 작품들을 수록하고 새롭게 씌어진 해설을 붙였으며 여기에 각 작품 텍스트의 변모 과정과 이청준 작품들의 상호 관계를 밝히는 글을 실었다. 이 글은 현재의 문학과지성사판 전집의 확정 텍스트에 이르기까지 주요한 특징적 변모를 잘 보여준다.

5. 이 책의 맞춤법은 국립국어연구원의 '한글 맞춤법'에 따르는 것을 원칙으로 하되, 띄어쓰기의 경우 본사의 내부 규정을 따랐다. 단, 작품의 분위기에 영향을 준다고 판단되는 방언이나 구어체 표현·의성어·의태어 등은 작가의 집필 의도를 살려 그대로 두었다(괄호 안: 현행 맞춤법 표기).
   예) ① 방언 및 의성어·의태어: 밴밴하다(반반하다) 희멀끄럼하다(희멀겋다) 달겨들다(달려들다) 드키(듯이) 뚤레뚤레(둘레둘레) 뎅강(뎅궁) 까장까장(꼬장꼬장)
   ② 작가의 고유한 표현:
   -그닥(그다지) 범상찮다(범상치 않다) 들춰업다(둘러업다)
   -입물개 개없고 아심찮게도 목짓 펀듯 사양기
   ③ 기타: 앞엣사람 옆엣녀석 먼젓사람 천릿길 뱃손님 뒷번
   그리고 나서(그러고 나서) 그러고는(그러고는)

6. 이 책의 외래어 표기는 국립국어연구원의 '외래어 표기법'에 따라 바꾸었다. 단, 작품의 제목이나 중요한 어휘로 등장하는 경우에는 원본을 그대로 살렸다.
   예) ① 맘모스(매머드) 세느(센) 뎃쌍(데생) ② 레지('종업원'으로 순화)

7. 이 책에 쓰인 문장부호의 경우 단편, 논문, 예술 작품(영화, 그림, 음악)은 「 」으로, 단행본 및 잡지, 시리즈 명 등은 『 』으로 표시하였다. 대화나 직접 인용은 큰따옴표(" ")와 줄표(—)로, 강조나 간접 인용의 경우 작은따옴표(' ')로 묶었다.

차례

심부름꾼은 즐겁다

"자넨 어렸을 적부터 워낙 남의 일 심부름 해주는 걸 좋아하는 성미가 아니었던가. 그래 그 회사 사장실 비서 노릇을 천직으로 알고 종생토록 잘 지낼 줄 알았더니, 웬일로 졸지에 이런 꼴이 되어 돌아왔지?"

며칠 전 용선이 서울에서 종적을 감춰 이 벽지 고향 마을로 몸을 숨겨 들어왔을 때, 그동안 방송이나 신문에서 이미 그의 처지를 알고 있던 어릴 적 친구들은 놀라움과 함께 그렇게 동정 어린 소리로 의아해들 하였다. 그때마다 용선도 맥없이 웃으며 고개를 끄덕일 수밖에 없었다. 오랜 옛 친구들까지 아직 그렇게 기억하듯, 생각해보면 그게 사실 초등학교 적부터의 일이니 아무래도 그의 천성이었달밖에 없었다.

초등학교가 자리하던 회진 포구까지의 등하굣길에서 자주 만난 우편배달부에 대한 부러움과 호감이 남달랐던 것부터가 그랬다. 그 시절 그는 학교를 오가는 길에 거의 매일처럼 큰 편지 가방을 걸머멘 우체부 청년을 만나게 되곤 했는데, 성미가 퍽 쾌활하여 웃기는 소리 잘하고 더러는 지나가는 엿장수를 불러 세워 갱엿까지 사주곤 하는 우체부 청년을 좋아하는 동네 아이들 가운데에서도 그는 유난히 그 누르스름한 돼지가죽 편지 가방을 부러워하며 위인을 몹시 따랐다.

그러나 어린 용선에겐 그게 물론 조금도 이상할 데가 없는 일이었다. 학교엘 다니기 전부터도 그는 집안 식구들이나 이웃 간에 유난히 어른들 심부름을 좋아하는 아이로 평판이 나 있었다.

"용선아, 아버지 담배가 떨어졌구나."

아버지의 담배 심부름 길은 으레 그의 차지였고, 들논밭 일꾼들의 새참거리 술심부름도 늘 그의 단골 담당이었다.

"허, 우리 용선이가 때를 참 잘 맞춰 오는구나!"

어른들은 그를 짐짓 그렇게 부추겼고, 용선은 그럴수록 기분이 우쭐해져 신바람을 내곤 했다. 더욱이 아버지는 집안에 무슨 향사를 치르거나 하여 뒤끼니 상차림이 괜찮아 보일 때면 자주 이웃 어른들을 청해다 주반을 함께 나누곤 하였는데, 그때마다 사람을 청하러 보낸 아버지 대신 전갈을 전하러 간 용선을 반기고 고마워하는 이웃 어른들의 기분 좋은 칭찬은 그에게 그 심부름 일에 대한 유다른 자부심과 소명감까지 심어 길러준 격이었다.

"그래. 우리 용선인 항상 좋은 소식만 가지고 오더구나. 아암, 사람이란 늘 남들이 반갑고 고마워할 노릇을 일삼고 살아야지."

그런 용선에게 인근 마을들을 차례차례 돌아가며 반가운 소식을 전하고 다니는 우체부 청년의 일이 멋있고 부러워 보이는 것은 더없이 당연했다. 그리고 그의 편지를 전해 받은 사람들이 한결같이 그를 반기고 고마워하는 것을 보면서, 용선은 가지가지 편지로 가득한 큰 가죽 가방을 걸머멘 자신의 모습을 그려보며 부지런히 위인을 뒤쫓아 다니곤 했다. 그런 용선에게 위인이 더러 그의 동네 편지를 대신 전하게 해주기라도 할 때면 그는 얼마나 의기양양 자랑스럽게 골목길을 뛰어다니며 마을 사람들의 고마움과 칭찬의 말을 듣곤 했는지 모른다.

"넌 남의 심부름꾼 노릇이 그렇게 좋으냐? 저 사람 똘마니처럼 창피하게!"

한 번은 제 동네도 아닌 이웃 동네 편지 심부름까지 떠맡고 나서는 그를 보고 동네 아이들이 은근히 핀잔을 주며 우스워했지만, 그는 혼자 그 먼 길을 돌아오면서 그 노릇이 창피하기커녕 뒷날의 자신의 자랑스러운 모습을 바로 눈앞에 한 듯 기분이 들떴을 뿐이었다.

그러니 그가 뒷날 서울의 한 무역회사의 비서실 책임자 신분으로 고향골을 찾았을 때, 이웃 어른들이나 옛 친구들의 아리송한 축하 말 또한 조금도 서운해할 바가 아니었다.

"자넨 결국 어릴 적 꿈을 이룬 셈이구만! 그 비서실 일이라는 것이 다름 아닌 윗사람 심부름꾼 노릇 아닌가."

듣기에 따라선 비아냥기가 느껴질 법도 했지만, 용선은 그것을 서운해하기보다 새삼 어떤 깊은 수긍과 성취의 자긍심이 앞설 뿐이었다. 돌이켜 보면 그것은 그 초등학교 시절의 우체부에 대한 선망과, 선생님들의 이런저런 잔심부름 잘하기로 소문난 중·고등학교 시절을 거쳐, 대학 공부에 이어진 조교 경력에다 중대 서무병으로 제대증을 얻어 나온 군복무 병력(兵歷)까지, 참으로 오랜 기다림과 각고의 보람이자 더없이 합당한 결실인 셈이었다. 대학의 조교 일이나 군영 시절의 서무병 노릇이란 따지고 보면 결국 학과 교수님들과 학생들 간 또는 중대 병력 사항과 행정 관리상의 심부름꾼 노릇이 본질이었던 데다. 회사의 비서실 일이라는 것 역시 대부분이 사장과 아랫사람들 간의, 또는 회사와 회사 간의 심부름꾼 노릇이 근본인 셈이니까.

이를테면 그의 비서직 일은 그렇듯 장구한 세월에 걸쳐 줄기차게 '준비된' 직책인 셈이었고, 그 업무에 대한 그의 신념과 자부심도 그만큼 확고했다는 이야기이다. 비서 일에 대한 그의 깊은 신념으로 말하면, 그것은 물론 그 어릴 적부터 이번 사건이 있기 전 현직 시절까지 그의 전 생애에 걸쳐 부단히 체험을 쌓고 닦아 온 변함없는 지혜의 금석문이라 할 만한 것인바, 요약하면 그것은 '무릇 모든 심부름이란 정확하고 신속해야 한다. 그리고 그 심부름꾼은 거기 더해 충직스러운 소명감이 있어야 한다'는 것이었다. 더불어 여기 잠시 그 철칙들의 뿌리를 짚어보고 가자면 소이연이 대개 이러했다.

용선이 아직 초등학교 저학년 시절의 어느 추운 겨울날 저녁이었다.

"용선아, 이 쌀바가지 저 당산나무께 상섭이네한테 갖다 주고 오니라. 오늘 저녁이 상섭이 아배 기제산가 보던데, 멧밥 지어 올릴 쌀이 없는가 보드라."

흔히 하듯 어머니가 그에게 제사 쌀 심부름을 시켰다.

용선은 물론 신바람을 일으키며 집을 나섰다. 그런데 골목을 다 빠져나가기 전에 길을 거꾸로 들어오던 한동네 아낙을 만났다.

"이거 어디 가져가는 거냐?"

그 무렵엔 너나없이 사정이 비슷했지만, 그중에도 살림 형편이 유독 더 어렵기로 소문난 그 아낙이 용선의 쌀 심부름 바가지를 들춰보며 물었다. 그리고는 상섭이네 제사 쌀 심부름이라는 그의 대답에 그녀는 다짜고짜 바가지를 빼앗아가며 그를 돌려세웠다.

"그렇담 마침 잘됐다. 이 쌀바가지 나한테 맡겨라. 날씨도 이리 추운데 나도 좀 있다 그 집에 가볼 일이 있으니 그 길에 내가 대신 전해주마."

용선은 물론 석연치가 않았지만 그런 아낙의 막무가내식 처사에 더 이상 어쩔 수가 없었다. 그는 어름어름 길을 되돌아서는 수밖에 없었다. 그리고 그것으로 용선은 두고두고 뼈에 새겨야 할 심부름의 원칙 하나를 배웠다.

'심부름은 무엇보다 마무리를 확실히 할 것.' 왜냐하면 그날 생각 밖에 일찍 길을 되돌아온 용선에게 자초지종을 듣고 난 어머니가 다시 다른 쌀바가지를 마련하여 이번에는 손수 상섭이네를 다녀와서 그를 나무란 소리가 이런 식이었으니까.

"저놈이 제법 심부름을 잘한댔더니 오늘은 남의 집 귀신 제삿밥을 굶길 뻔했잖겠어. 하기야 산 사람 굶은 입 놔두고 죽은 귀신부터 위하자겄냐. 그 여편네 잡곡 됫박이라도 사정하러 오던 길이었던가 본디, 그 허기진 여편네 눈앞에 귀신 젯밥 쌀이 지나간 게 허물이제. 어서 가서 빈 바가지나 찾아오거라."

그러니까 그날 아낙네에게로 그 빈 바가지를 찾으러 갔다가 어머니의 예단이 한 치의 빗나감도 없었음을 확인할 수 있었던 것이 용선에겐 이후 이날 이때까지 지워질 수 없는 부끄러운 흉터 겸 신부름꾼의 첫번째 철칙으로 자리하게 되었달까.

하지만 물론 심부름 일에는 그 확실성만으로 충분할 수가 없었다. 정확성에 못지않게 중요한 것이 신속성이었다. 그리고 그 역시 용선이 어릴 적부터 일찌감치 가슴깊이 새겨둔 심부름꾼의 덕목이자 불변의 신조였다.

용선이 초등학교 5학년 여름방학 때의 어느 날, 골목 이웃집 어른 한 사람이 갑자기 심한 열병으로 사경을 헤매었다. 그런데 환자를 돌보러 온 군부대 위생병력의 동네 돌팔이 의사 청년이 응급 주사약을 찾았지만, 그에게 없는 약이 가까이에 있을 리 없었고, 그 위에 약국이 있는 회진포까지 그걸 구하러 보낼 사람도 마땅치가 않았다. 그런데 때마침 집 앞 골목을 지나가던 소문난 심부름꾼 용선을 발견하고 돌팔이 씨가 그에게 10리 밖 약국까지 화급한 뜀박질 심부름길을 쫓아 보냈다. 용선은 물론 한 사람의 생명을 구한다는 소명감을 가슴속에 새기며 쏜살같이 그 회진포 약국까지 10리 길을 달려갔다. 그리고 돌팔이 씨가 쪽지에 적어준 응급 주사약을 사가지고 마라톤 벌의 병사처럼 단숨에 마을로 돌아왔다. 그러나 그의 도착은 애석하게 한발이 늦은 뒤였다. 그가 헐

레벌떡 그 골목집 사립을 들어섰을 때는 환자가 이미 숨을 거둔 직후로, 바야흐로 온 집안에 곡소리가 낭자해지던 참이었다.

그것은 물론 그의 허물이 아니었다. 그는 최선을 다했고, 환자 사망 전에 약이 도착했더라도 그 약으로 환자의 목숨을 건졌으리라는 보장도 없었다. 하지만 용선은 두고두고 후회와 죄책감을 지울 수가 없었다.

'내가 그때 죽을힘을 다했더라면 분명히 그보다 더 빨리 뛸 수도 있었어. 내가 조금만 더 빨리 뛰었더라면!'

그런데 그런 정확성이나 신속성에 더하여, 심부름 일에는 그 두 가지 덕목을 함께 아우르면서 힘을 더욱 강화시켜주는 중요한 철칙이 충직스러운 '소명감'을 굳게 견지하는 일이었다.

용선은 사실 한때 그 심부름 일에 대해 심한 두려움과 회의를 느끼게 된 위기의 한 시절이 있었다. 대학교 저학년 시절 사회과학 계열의 그의 전공과는 딴판인 우리 도자기 역사에 관한 책을 읽고서부터였다. 그 책에 이르되, 조선조 말엽 광주 지역 관요의 도자기가 성내의 관가나 양반가로 들어오는 광희문 근처 길목에선 세도가의 가렴주구를 징벌하려는 의혈한이나 도둑떼가 횡행하여 물건을 자주 빼앗기고 더러는 목숨까지 잃게 되는 일이 많았다 했다. 그러니 도자기 운반자들은 제 목숨을 건 그 짐 심부름꾼 노릇이 달가울 리 없었다. 그렇다고 그 일을 마다하고 들 수도 없었다. 그 길을 마다하고 안 나서렸다간 이번에는 관요 쪽 벼슬 나부랭이들이 목을 베려 들었기 때문이다. 죽지 못해 어쩔 수 없는 일이 아니라, 이래도 죽고 저래도 죽을 저주스런 심부름 길이었다.

　용선은 저도 모르게 진저리를 치면서 자신의 심부름 취미를 곰곰 되새겨보지 않을 수 없었다. 그리고 한동안 고심 찬 궁구 끝에 도달한 결론이 그 심부름꾼의 굳은 소명감이었다. 심부름꾼에게는 우선 뭐니 뭐니 해도 굳건한 소명감이 앞서야 한다는 것. 모든 심부름 길에 그 도자기 짐 운반에서와 같은 의·불의의 문제가 따를 수 없을 뿐 아니라, 그 광주 도자기 짐 심부름꾼들 또한 의·불의에 앞서 자기 소임에 대한 확고한 사명감과 굳건한 신념을 지닐 수 있었다면 그 노릇이 그렇듯 두렵거나 비극적이지 않았을 터였다. 어쩌면 그 운반꾼들 가운데에도 그런 도저한 소명감으로 그 길을 두려움 없이 오간 사람이 있었을지 모른다는 데에까지 생각이 이르자, 용선은 마침내 그 심부름꾼의 투철한 소명감이야말로 어떤 장애나 어려움에도 불구하고 자신의 소임을 가장 확실하고 신속하게 수행케 하는 제일의 덕목으로 삼게 된 것이었다.

　'그래. 소명감 없는 심부름 길이 있을 수 없고, 거기에서 그 일의 의의나 보람도 태어나는 것이니까.'

　이 밖에 심부름꾼의 없지 못할 덕목으로는 요지부동의 충직성을 들 수도 있으리라. 그리고 모든 심부름 길에는 크고 작은 불량스런 유혹이 따르게 마련이었다. 용선도 때로 어떤 심부름 길에서 자신의 성실성과 정직성이 의심스러워질 때가 있었다. 어렸을 적 이웃 음식 심부름 길에서 보자기 속의 고소한 냄새에 자주 괴로운 시달림을 겪었던 기억은 아직도 머릿속에 생생하거니와, 근래까지도 회사의 비서직 일을 하면서 금액이 적히지 않은 사장의 격려금이나 회식비 봉투 따위를 사원들에게 전할 때면, 그리고 무슨 기념일이나 명절날을 당하여 다수의 불특정 인원에 대한 선물꾸러미 같은 걸 주문해 보낼 때면, 공연히 어떤 정체불명의 유혹기나 긴장감에 쫓기며 그 혼자 슬그머니 주먹을 부르쥐기도 했었다.

하지만 그 충직성은 어디까지나 소명감의 하위 덕목이었다. 투철한 소명감이 당연히 바탕 삼아야 하고 유혹에 꺾이지 않는 힘을 담보해줄 한 불가결의 실천 덕목이었다. 그 점에 대해서도 용선이 새삼 어떤 각성을 얻게 된 사연을 잠시 덧붙여두자면 경위가 이러했다.

그 군영 시절 서무병 일을 맡아 지낼 때였다. 하루는 늦도록 연대로 올려 보낼 보고서류를 만드느라 저녁 끼니 시간을 지나서야 혼자 취사장으로 건너가는 참인데, 때마침 중대장 당번병이 고소한 냄새가 요란한 돼지고기 특식으로 윗사람의 저녁 식반을 마련해 들고 숙사 길을 나서고 있었다. 용선은 시장기가 심하던 참이라 장난삼아 당번병에게 그 돼지고기 몇 점만 덜어주고 가라 하였다. 그런데 평소 행정반 서무병인 용선 앞에 어깨도 제대로 못 펴고 고분고분하던 졸병 녀석의 태도가 전혀 예상 밖이었다.

"이건 중대장님 식사지, 서무계님이 드실 게 아니에요."

"새꺄, 누가 그걸 모르냐. 그러니까 조금만 덜어주고 가라는 거 아냐!"

무슨 큰 모욕이라도 당한 듯 눈알에 힘을 주며 단호하게 거절하고 나서는 녀석이 은근히 괘씸하여 그렇게 어거누르고 들었지만 소용이 없었다.

"서무계님은 지금 제 임무를 방해하고 계신 겁니다. 아세요? 중대장님께 반듯한 저녁 식사를 마련해드리는 것은 당번병인 제 소중한 임무란 말임다!"

그러니까 용선이 그날 중대장 당번병으로서의 녀석의 소임을 부당하게 훼손하고 방해하려 한 것은 아닌 게 아니라 사실이었다. 하지만 그가 그때 서슬 퍼런 서무계님의 소청을 깡그리 무시하고 발길을 돌려버린 녀석을 더 이상 괴롭히지 않은 것은 그걸 깨달아서가 아니었다.

'중대장 밥따까리 주제에 임무는 무슨 말라죽을 알량한 임무!'

한순간이나마 용선은 오히려 그렇게 뇌까리고 있었다. 하지만 그것은 잠시뿐이었다. 그는 차후에 감당해야 할지도 모르는 중대 서무계님으로부터의 어떤 불이익이나 핍박도 염두에 두지 않는 듯 그를 뒤에 남겨둔 채 당당하고 오연한 걸음걸이로 중대장 숙사를 향해 가는 녀석의 뒷모습에서 참으로 굳건한 그의 소명의식을 본 것이었다. 성실성이나 정직성을 넘어선, 당번병으로서의 단순한 충직성 이상의, 그 엄숙하리만큼 투철한 녀석의 소명감이라니!

하여 그는 이후부터 다른 심부름꾼들에 대한 충직성이나 숨은 소명감을 흠집 내는 일을 절대로 삼가왔을 뿐 아니라, 심부름일의 모든 덕목 가운데에서도 투철한 자기 소명감을 최고의 미덕으로 확신하여 그에 대한 연찬(鍊讚)에 성심과 노력을 다해온 것이었다.

하지만 사람들 가운데엔 더러 심부름 일에 대해 그 소명감보다 하위 세목격인 정직성이나 성실성 정도를 앞선 덕목으로 여기는 것 또한 사실이었다. 그리고 그 점이 용선에겐 매우 미묘하면서도 은밀스런 우월감과 행복한 자부심을 즐기게끔 했는데, 바로 이 고향 동네 사람들이 그런 식이었다.

"남의 심부름꾼 노릇을 밥벌이 삼아 지내는 비서 노릇으로 나섰다면 자신을 위해서도 성심성의 바른 마음을 다해야지 중도에 그렇듯 딴맘을 먹고 나서? 그래 기왕에 그렇게 빼돌린 돈이라도 온전히 챙겨가지고 다니는 게여?"

용선이 처음 이 시골 마을로 들어왔을 때 배달횡령 금액까지 소상히 알고 있던 동네 사람들은 제법 허물없는 농 투로 그렇게 심부름꾼의 충직성부터 문제 삼고 들었다. 그리곤 의당히 그 돈을 지금도 지녔으리라는 추정하에 은근히 남은 금액을 알고 싶어 했다.

"하기야 그걸 온전히 다 게워내놨으면 이렇듯 삼십육계 고생길을 헤매고 다닐라구. 처음 금액이 5천만이라던가, 6천만이라던가…… 기왕에 맘먹고 저지르고 나선 노릇, 일이 이렇게 된 마당에 알속이라도 챙기려다 보면 이만 고생쯤은 각오를 해야겠지만. 그나저나 이렇게 도피행을 하다 보면 뭐 좀 남아나는 거나 있을라나?"

하지만 위인들은 알지 못하고 있었다. 위인들은 우선 용선이 어려운 도피자 처지에 어째서 그토록 유유자적 여유가 만만한지를 짐작하지 못했다. 그 허술한 고향행 잠적 정도로 그가 어째서 아직까지 잡히지 않은지를 알지 못했고, 어째서 아직 그를 뒤쫓는 사람이 나타나지 않은지를, 용선이 그걸 크게 걱정하지 않은 이유를 알지 못했다.

뿐만이 아니었다. 위인들이 용선이나 이번 일에 대해 더욱 알지 못하고 있는 사실은 자기 소임에 대한 그의 굳은 소명감과 그에 따른 충직성이었다. 위인들은 방송이나 신문에서 보고 들은 대로 용선이 정말 그 심부름 돈을 제대로 전하지 않고 중도 횡령한 줄 믿고 있었다. 어림없는 추단(推斷)이었다. 어릴 적부터 지금까지 남의 일 심부름을 천성으로 좋아하고 남다른 소명감과 강철의 신조를 가다듬어온 그였다. 게다가 회사에서의 비서직 일은 그의 호구지도(糊口之道)까지 겸한 소임이었다. 그 일을 맡아온 지 10년이 가까워오는 지금까지 수없이 감당해온 비슷한 업무에서 그는 한 번도 부끄러운 착오나 실수를 저지른 적이 없었다. 회사나 사장님 비서로서 더러는 개운치 못한 유혹에 제물에 긴장을 느끼기도 했지만, 그것은 그저 지나가는 마음의 어렴풋한 그늘이었을 뿐, 그의 소임을 처결하는 데에는 한 치의 소홀함도 없었다. 이번에도 회사의 한 비밀 사업을 추진하는 데에 필요한 요로 관계자에 대한 협력 자금을 전하는 과정에서 그로선 추호의 하자도 남긴 바가 없었다. 돈은 금액 그대로 정확하고 신속하고 은밀스럽게 당사자에게 직접 전해졌고, 그로 하여 이후 한동안 회사 일도 잘 풀려나간 편이었다. 회사 일에 대한 그의 충정은 물론 그에 대한 사장의 개인적인 신임이나 회사 핵심 책임자로서의 자긍심으로 해서도 소위 배달사고라는 중도 횡령 따위는 상상조차 할 수 없는 일이었다.

하지만 위인들이 상상도 할 수 없음은 물론, 용선 자신마저 이번 일을 통해서야 뒤늦게 깨달은 그 소명감이나 충직성의 최고의 비의는 한 걸음 더 나아가 구체적이요 절대적인 책임감에 있었다. 이 책임감은 심부름 일의 정확성이나 신속성, 충직성들의 기본 요소일 뿐 아니라, 그 소명(감)을 마지막으로 실현하고 완성시켜주는, 그런 뜻에서 그 소명감보다도 한 차원 더 높은 핵심 덕목이랄 수 있었다. 말하자면 그의 소명감은 정직성이나 충직성 이상의 실제적이며 굳은 책임감 속에 비로소 완성이 가능하고 충직성도 온전히 빛을 얻을 수 있게 하는 것이었다.

그것을 용선에게 분명히 깨닫게 해준 것은 이번 일을 뒤에서 처결한 그의 회사 사장이었다.

자초지종을 간략히 말하면, 어떤 경위로 해선지 하루는 용선이 돈 심부름을 맡았던 일이 언론매체에 보도되었고, 뒤이어 바로 수사 기관의 조사가 시작됐다. 그런데 그 과정에서 회사 쪽에선 이내 모든 사실을 시인할 수밖에 없었음에 반해 상대 쪽은 뇌물성 금품의 수수 사실을 완강히 부인하고 나서는 상반된 주장 사이에, 그 금품 전달자로서 용선이 책임져야 할 고약한 틈새가 있었다. 그리고 용선이 실무 담당자로서 당국의 일차 조사를 받고 돌아온 날 저녁 사장이 그에게 간곡한 사정 조 충언을 주었다.

"뇌물성 금품의 액수가 드러난 이상 우리 회사의 사활은 이제 그 사람들이 무사하냐 못하냐에 달렸네. 우선 그 사람들이 무사해야 우리 회사가 살아날 기회가 생길 수 있고, 그 사람들이 무사하려면 우리 회사로부터 절대로 금품을 받지 않았어야 하네. 그러니 그 사람들의 안전은 금품을 전하러 간 자네 손에 달린 셈이고, 우리 회사의 사활도 결국 자네 손에 달린 셈이 됐네. 바꿔 말해 우리 회사에서 나간 돈이 상대방에게는 전해 들어가지 않았다면 그것은 배달사고가 분명한 걸세. 그 경우엔 우리 회사 책임도 금품을 전하려다 착오가 난 공여 미수 정도에 그칠 거고……"

하지만 용선에 대한 사장의 호소는 아직 설득력이 충분치 못했다. 상황을 설명 듣고 나서도 뭔지 아직 확신이 서지 않은 듯 석연찮은 표정을 짓고 있는 용선에게 사장이 더욱 결연스러운 어조로 말을 이었다.

"이 회사의 운명을 짊어진 비서라는 자네의 책무에 대해서 깊이 생각해주기 바라네. 사장인 나나 자네나 우리는 이 회사와 운명을 함께해야 할 처지들이네. 그런데 이번 일로 말하면 자네가 먼저 나와 회사를 살리고, 그런 연후에 내가 다시 자네를 살리는 차례가 되고 말았네. 이것이 바로 저 혼자 죽음을 각오하면 모두가 함께 살고, 혼자 살아나려 하면 다 함께 죽게 되는 사즉생 생즉사의 이치 아니겠는가."

"……"

"자네가 이번에 배달사고의 책임을 져주면 회사와 우리가 함께 살길이 열리는 것이네. 그것도 다만, 자네가 한동안 어디로 잠적해 들어가 있어주기만 하면 이번 일은 그냥 배달사고가 되는 거네. 그 돈에 대한 배상 책임이나 자네 도피 중의 신상 안전은 우리 모두를 위해 내가 다 책임질 테니 말이네. 내가 지금까지 사람을 잘못 보아오지 않았다면 자네도 자기 직분에 대한 그쯤의 이해와 책임감이 없지 않을 줄 믿네."

"……!"

"자네도 알다시피 요즈음 우리 주위에 빈발하고 있는 수많은 배달사고가 정말로 그 심부름꾼들의 자기 직분에 대한 정직성과 소명감이 부족해서라 여기지는 않을걸세. 정직하고 성실한 소명감이 모자라서가 아니라 오히려 넘쳐난 결과지. 살신성인! 그것을 뒷받침해준 실천적인 책임감과 결단력의 산물이지. 회사의 심부름꾼 역을 맡는 비서직의 책무는 원래가 거기까진 게니까."

용선이 그 심부름꾼의 소명감에 대한 새로운 각성 속에 옛 고향 고을을 찾아들게 된 저간의 경위였다. 그리고 이후의 일들은 모두가 사장이 용선 앞에 장담한 약속 그대로였다. 뇌물수수사건은 공여 미수의 전달사고로 귀결했고, 그의 도피로는 굳이 뒤를 쫓는 사람이 없었다.

단순하고 순진한 마을 사람들은 그런 용선의 처지를 알 리가 없었다. 다만 그를 불량하고 충직스럽지 못한 중도 새치기꾼쯤으로 여길 뿐, 그의 굳은 소명감이나 희생적 책임감에 대한 이해는 전혀 있을 리가 없었다. 용선으로서는 답답하고 안타까운 일이었지만 그 또한 어쩔 수 없는 일이었다. 다만 모든 것이 제대로 알려져 그의 숨은 공로와 덕성이 함께 드러나게 될 날을 참고 기다리는 것뿐.

'암, 그때까진 혼자 참고 지내야지. 이 백성들은 도대체 눈을

번히 뜨고도 무얼 제대로 아는 게 없으니까!'

(2001년 2월)

꽃 지고 강물 흘러

　형수가 어디 나들이를 갔는지 집이 비어 있었다.

　사립문을 단속하지 않은 걸 보아 먼 길을 나선 것 같진 않았지만, 인적기 없는 빈집 안마당을 들어서려니 어딘지 새삼 기분이 서먹했다.

　사립 앞에서 먼저 차를 내린 아내도 같은 기분인지 뒷 트렁크만 열어둔 채 데면데면한 표정으로 나를 기다리고 있었다.

　나는 그 아내의 속내를 모른 척 스적스적 혼자 담쟁이덩굴 무성한 블록 담벼락을 돌아나갔다. 수년 전 돌아가신 노인이 누워 있는 뒷산 중턱께의 밭고랑을 살펴보기 위해서였다. 이 동네로 거처를 옮겨오고 작은 산밭 한 뙈기를 장만하고부터 노인은 늘상 그 산밭 고랑에만 묻혀 지냈다. 한 해 한두 번씩 당신을 뵈러 왔다 집이 비어 있어 찾아보면 노인은 어김없이 그 산밭이랑 사이를 무슨 세월의 얼룩처럼 조그맣게 떠돌고 있었다. 그러다 마지막 몇 해를 치매기 속에 헤매다 노인은 아예 그 밭뙈기 한 귀퉁이에다 유택을 잡아 눕게 됐고, 이후부턴 당신 대신 형수가 그 산밭길을 오르내리기 시작했다. 노인이 가신 뒤로도 이따금 빈 사립을 들어서려다 담벼락을 돌아나가 산밭 쪽을 올려다보면 옛날의 노인처럼 형수가 그 밭고랑을 오가고 있었다.

하지만 이날은 바야흐로 가을걷이가 시작된 누런 콩밭 한쪽으로 역시 희누렇게 변해가는 노인의 묘소 봉분만 나지막하게 드러날 뿐 다른 사람의 흔적은 눈에 띄지 않았다.

'저 사람 말처럼 역시 오질 말았어야 했나?'

나는 하릴없이 다시 발길을 되돌리며 속으로 혼잣말을 삼켰다.

전화로 미리 알려놓지 않고 온 것이 잘못인지 몰랐다. 하지만 전화보다도 아내는 이번 큰집 길 자체를 썩 탐탁해하지 않았다.

"우리가 찾아가는 거 형님이 갈수록 귀찮아하는 거 당신도 알잖아요. 찾아오는 사람 차마 오지 말라는 소리는 못해도 하룻밤만 자고 일어나 봐요. 우리가 다시 가방을 꾸리고 나서려는 기미만 살피는 식이잖아요. 게다가 이번엔 어머님 제사도 아닌데……"

아내의 말은 그리 틀린 소리가 아니었다. 노인이 돌아가시고 나자 형수는 이제 우리가 그 큰집 길 발걸음을 끊을 것으로 여긴 모양이었다. 아내와 함께든 나 혼자서든 가까운 지역을 지나다 생각나 들러보면 형수는 남의 식구 대하듯 문밖에서 '웬 느닷없는 걸음이냐' 식으로 생뚱스러운 응대였다. 전화를 미리 하고 갔는데도 저녁 준비가 없을 때도 있었고, 더러는 아예 대문을 걸어 잠근 채 불을 끄고 자다가 얼결에 깜깜한 방문을 나오는 때마저 있었다. 그런 투의 형수의 냉대는 해가 갈수록 티를 더해갔고, 아내는 끝내 더 이상 그것을 참을 수 없어 했다.

"이제는 어머님도 안 계신데 우리가 뭐가 아쉬워 번번이 그런 눈치 보아가며 여길 찾아다녀야 해요? 제삿날 말고는 이제 여기 그만 다녀요."

지난 초봄께 노인의 기제사를 치르고 돌아가는 길에 아내가 은근히 벼르던 소리였다. 그리고 이후엔 나 역시 그 아내의 불편한 심기를 더치지 말자고 철 따라 명절 따라 줄기차게 내려 다니던 이 큰집 발길을 1년 가까이나 끊고 지내온 것이었다. 하다 보니 형수 쪽도 눈치가 좀 이상했던지 요 가을철 들어선 이따금 어째 이즘엔 통 발길이 뜸하냐, 가을철 가기 전에 한번 다녀갈 예정 없느냐, 전에 없던 전화를 걸어오곤 하였다. 하지만 아내나 나는 그것까지도 좋은 뜻으로 받아들여지지 않았다. 이쪽에서 한동안 소식이 잠잠하니 언제 갑자기 닥쳐들지 불안해서 그러는 게지. 인제 정말 우리가 발길을 끊으려는지 알고 싶어서이기도 할 거구……

거기까지는 아내나 나나 비슷한 심정이었다. 하지만 정말 발길을 끊고 싶어 하는 아내에 비해 내 속마음은 솔직히 그런 식으로 쉽게 정리될 수가 없었다. 우리가 아예 발길을 끊고 나면 그 집이 누구 차지가 되고 마는가. 대체 누구를 위해 어떻게 지어진 집인데 누구 좋으라구…… 작은 오두막 한옥이나마 그 집은 애초 노인을 위해 당신의 소망에 따라 지어진 집이었다. 그리고 수삼 년 당신의 고단한 노년 세월을 묻고 간 그 집은 아직도 여전히 당신의 집이어야 마땅했다. 뒷산 밭 자락 한곳으로 노인이 마지막 쉴 자리를 잡아 옮겨간 지 10년 가까운 지금에도 그런 내 마음은 여전히 바뀌지 않고 있었다. 아니, 우리가 발길을 끊어주기를 바라는 듯한 형수의 눈치가 노골적일수록 그 집을 여전히 노인의 것으로 지켜가고 싶은 마음이 자꾸 더 날을 세워갔다.

형수의 눈치가 아무리 불편하더라도 나는 절대로 발길을 끊을 수 없었다. 발길을 끊는 것은 그날로 그 노인의 집을 형수에게로 넘겨주는 것이었다.

그런데 지난 9월 하순께였다. 이쪽 ㅈ 문화원에서 해마다 주최해온 '출향 문필인 고향 방문' 행사 일정을 알려온 걸 보니, 올해는 10월 첫 토요일 저녁에 특별히 지역 내 고찰 보림사의 범종 타종 행사가 예정되어 있었다. 보림사의 저녁 범종 소리는 언젠가 그 방면에 식견이 있는 한 음악도 친구의 감탄을 들은 적이 있어 근처를 들를 때마다 일부러 찾아 듣곤 해온 터인데, 스님들이 특별히 타종 행사를 베푼다니 마음이 끌리지 않을 수가 없었다. 나는 곧 남행길을 결정했고, 여태까지 늘 같은 길을 함께해온 아내에게도 그 특별한 타종 행사를 내세워 동행을 제의했다. 굳이 말을 하지 않았지만 길을 나선 김에 이번엔 모처럼 만에 큰댁까지 함께 다녀올 생각에서였다.

하지만 아내는 보림사만으로도 그 남행길이 결국 형수네 큰댁까지 이어지리라는 것을 금세 알아차렸다. 뿐더러 자신의 불편스러운 속내와 상관없이 내 남행길 예정이 쉽게 바뀌지 않으리라는 것도 알고 있었다. 그녀는 남행길 이야기가 처음 나왔을 때 몇 마디 형수에 대한 불편스러운 심기를 드러냈을 뿐 이내 입을 닫고 말았다. 그리고 이 10월의 첫 토요일 아침 그런대로 썩 범상한 안색으로 길을 따라나섰고, 지난 저녁 보림사 타종 행사를 참관하고 이날 아침 느지막이 내가 찻길을 이쪽으로 잡고 나섰을 때도 별말이 없었다.

하니까 사실 형수에게 전화를 걸어두려면 이날 아침 이쪽으로 길을 잡아 나설 때가 적당했다. 하지만 나는 생각이 났으면서도 역시 통화를 단념했다. 이웃집 마실에, 들밭 일에 집을 자주 비우는 형수가 이날따라 우리 전화를 기다리고 앉아 있을 것 같지도 않은 데다, 전화를 하려면 어차피 아내가 나서줘야 할 일이었다. 여태껏 조용히 입을 닫고 따라온 아내와 그 일로 새삼 이러쿵저러쿵 탐탁지 않은 소리가 오갈 수도 있었다.

"끼니 차림이야 잠자리 단속이야 준비가 통 없는디 그렇게 갑자기 사람이 들이닥치면 나 혼자 어쩌란 말이냐."

전화를 미리 걸고 보면 항용 되돌아오는 형수의 짜증 섞인 푸념이었다. 아내에게 전화를 걸렸다간 그런 타박 투를 잊지 않고 있을 그녀의 반응 또한 짐작이 뻔했다.

"당신은 그런 형님 말투 몰라서 그래요? 어차피 가려거든 전화 같은 거 걸지 말구 그냥 가요. 어머님도 안 계신 지금 누가 우릴 반가워한다고 그런 델 굳이 꼭 찾아가야 하는지 모르지만."

서로 간에 자칫 그런 소리가 오가기 쉬웠고, 그렇더라도 끝내는 가고 말 길 앞에서 아내나 나나 그것은 원할 바가 아니었다. 하기야 그런 전화를 미리 해뒀대도 전날의 행티로 보아 지금과 무엇이 크게 달라질 것도 없었을지 모르지만.

사립을 다시 들어서니 아내는 아직도 옷가방조차 안으로 들이지 않은 채 우두커니 마루 끝에 걸터앉아 있었다. 그리고 그동안 속으로 별러온 소리인 듯 몸을 마주 일으키며 한마디 조심스럽게 건네왔다.

"우리 이렇게 그냥 여기서 기다리고 있을 거예요?"

"여기서 기다리지 않으면…… 그럼 어쩌자구!"

나는 아내의 속내가 뻔했으므로 짐짓 퉁명스럽게 반문했다. 그러자 이번에는 아내가 좀 더 분명한 어조로 나왔다.

"형님이 혹 먼 길을 나섰다면 오늘 안으로 돌아오지 않을지도 모르는데 주인도 없는 남의 집에 이렇게 밤까지 기다리고 있을 거냐구요."

"이게 어째서 남의 집이야. 이건 우리가 어머니를 위해 힘들게 지어드린 집이야. 그리고 아직 그 노인 양반의 손때가 남아 있구. 노인 돌아가시고 나서 형수님이 기를 쓰고 씻어 지워내기는 했지만, 그래도 내겐 아직 당신의 손때와 숨결이 남아 있는…… 딴생각 말고 어서 건넌방 치우고 가방부터 들여봐."

나 역시 은근히 더 목소리를 높이고 드는 바람에 아내는 그쯤에서 다시 입을 다물고 말았다. 하지만 나는 그 아내 앞에 한 번 더 오금을 박았다.

"문단속에 신경을 쓰지 않은 걸 보면 그리 멀리 간 것 같지도 않지만, 오늘 안으로 안 돌아오면 어때. 이따가 우리끼리 저녁 지어 먹고 내일 아침 올라가면 되는 거지 뭐."

말을 끝내고 나선 아내의 반응을 아랑곳 않은 채 천천히 혼자 뒤꼍 쪽 펌프 우물께로 돌아갔다. 이젠 그 우물물에 발을 씻고 차분히 안으로 들어앉을 생각에서였다.

그런데 나는 그 뒤꼍 우물께로 돌아가다 말고 다시 생각을 바꾸었다. 그 우물께의 작은 가구 창고 안쪽 벽에 바다낚싯대들이 걸려 있는 게 눈에 띄었기 때문이다. 수년 전 성가하여 대처로 나가 지내는 조카아이들이 내려왔다 간척지 들논 건너 제방에서 망둥이 낚시질을 즐기다 남기고 간 물건인 듯했다. 낚싯대 아래 아무렇게나 버려진 미끼 통에는 아직 말린 갯지렁이까지 몇 마리 남아 있었다. 아내의 말마따나 주인도 없는 빈집에서 심기가 편치 않은 사람을 상대로 시간을 보내기가 좀 뭣하던 참이었다. 나는 냉큼 그 낚싯대와 미끼 통을 챙겨들고 다시 앞마당으로 나서며 아내에게 말했다.

"마침 이게 있으니 나 저 제방 너머 개웅에서 낚시 좀 넣어보고 올게. 날이 늦어져도 형수님 오지 않으면 당신이 우리 저녁 준비 거리나 좀 찾아봐."

"엄니 산소는 언제 가 뵈려구요?"

그런 내가 못마땅한 듯 아내가 찌뿌듯한 목소리로 물었다.

"이 양반 행방도 기다려볼 겸해 잠시 쉬었다 이따가 해 넘어가기 전에 가 뵈면 되지 뭐."

나 역시 좀 시큰둥하게 대꾸하고 나서 이번엔 그 아내의 대꾸를 기다리지 않은 채 사립 밖에 세워둔 차 트렁크에서 맥주 두어 캔과 과자 부스러기를 꺼내 낚싯대와 함께 묶어 들고 드문드문 가을걷이가 시작된 제방 쪽 벼논길로 들어섰다. 그러면서 잠시 전 아내에게 일렀던 소리를 자신에게 다짐하듯 다시 한 번 뇌까렸다.

"그래, 이렇게 그냥 길을 되돌아설 수는 없지. 사정이 어떻든 이런 식으로라도 기어코 여기서 하룻밤을 지내고 가야 하니까. 여긴 아직도 노인의 집이니까. 그걸 형수에게 똑똑히 알게 해야 하니까."

그 집을 짓게 된 내력부터가 당연히 그러했다.

윗마을의 옛집과 논밭과 조상들 선산까지 깡그리 주벽으로 팔아 없앤 가형이 결국엔 그 주벽에 씌어 아직 전도 창창한 세상까지 버리고 말았다는 소식을 듣고 노인을 찾아 내려갔을 때, 당신은 그동안 일정한 정처가 없이 이곳저곳 떠돌며 헤매다 일을 당한 후 이웃 큰누이네 동네의 한 오두막, 주귀(酒鬼)에 홀린 아들이 혼자서 마지막 독주를 마시고 떠나간 움막집 거적방을 새 거처 삼아 지내고 있었다. 그동안 몸을 피해 친정살이를 하다 돌아온 30대 초년 청상 형수와 계집아이 하나까지 어린 세 조카아이들을 모아 데리고서였다. 객사와 다를 바 없는 주검에 한 동네 자형이 서둘러 매장까지 끝내버린 뒤여서 내가 따로 힘을 들일 일은 없었지만, 문제는 그 노인과 남은 식구들의 처지였다. 우선 그 움막집 꼴이 사람이 깃들여 지낼 만한 곳이 못 되었다. 노인과 어린 조카들을 그 거적방에 그냥 처박아두고 발길을 돌릴 수가 없었다. 그렇다고 내게 무슨 해결 방도가 있을 수도 없었다. 당시엔 아직 미혼인 처지라 따로 곁에 딸린 부담은 없었지만, 나이 서른 가까이까지 변변한 직장을 얻지 못한 채 이곳저곳 글동네 변두리

나 떠돌며 지내던 나로선 아무래도 마땅한 해결책을 찾을 수가 없었다. 하다못해 나와 함께 서울로 나가잘 수도 없었고, 아니면 아예 거기 함께 주저앉아버릴 수도 없었다.

사정이 그렇다 보니 우선에 임기응변식 처방을 내릴 수밖에 없었다. 그 식구들을 두고 떠나던 날 아침 나는 노인에게 외상 선심을 깔았다.

"여기서 당분간만 더 고생하고 계세요. 제가 조금만 힘이 모아지면 형수랑 아이들이랑 함께 지낼 만한 거처를 따로 마련해드릴게요."

그리고 그 외상 선심에 대한 노인의 희망에 힘을 실어드리기 위해 짐짓 당신에게 물었다.

"집을 새로 지어드린다면 어머닌 어디를 원하세요. 그냥 이곳 누님네 동네가 좋겠어요? 아니면 장터거리쯤이 낫겠어요. 장터거리는 나중에 집값도 좋아질 텐데요."

그런데 그때 노인의 반응이 내겐 전혀 예상 밖이었다.

"글쎄다. 그런 날이 와준다면 얼마나 좋겠냐만 아직은 네 한 몸 지내기도 힘에 부칠 처지에 우리한테 언제 그런 좋은 날이 올 수 있을라더냐."

아들의 속내나 능력을 통 못미더워하는 응대였다. 하고 보니 나는 그 노인의 예단이 다행스럽기보다 제물에 공연히 화가 났다. 그래 다시 다짐을 주듯 새집터에 대한 노인의 희망을 몇 번씩 채근하고 들었고, 노인은 그제서야 마지못한 듯 한숨기 섞인 몇 마디를 덧붙였다.

"이제 와서 더 무슨 좋은 꼴 보자고 사람 눈길 번잡스런 장터거리냐. 네 형 그런 꼴로 간 이 동네도 그렇고. 정작에 그럴 만한 날이 온다믄 조상들 선산 밑 동네로나 다시 가믄 모를까. 인제 나도 남은 세상이 길지 못한 늙은이 처지에 선산 밑 가까이 가 지내다 때가 오믄 조상들 보러 갈 길이 쉬워야 않겠냐. 그래야 지금껏 버려둔 조상 산소 길도 익힐 겸 나중에 느그들이 더러 나를 보러 오기도 편하겠고……"

그 역시 내게는 뜻밖의 소리로, 노인이 별로 가망 없어 하면서도 그 집을 소망한 것은 당신과 조카아이들이 한데 모여 지낼 거처뿐만 아니라, 당신이 미구에 저승의 조상들을 만나러 떠나갈 마지막 길목을 마련하기 위해서였다. 그리고 또한 뒷날 당신과 조상들의 음덕 바라기를 겸해 당신의 자손들이 찾아 모일 마음의 의지처를 마련하기 위함이었다. 하고 보니 노인은 우선 발길부터 돌이켜보려던 내 임시방편 격 선심을 어쩔 수 없는 빚 꾸러미로 뒤바꿔놓은 것이었다.

나는 그렇게 노인을 떠나 서울로 돌아와서도 두고두고 그 빚 꾸러미를 벗을 수가 없었다. 내 무능한 주변머리에도 불구하고 그것을 잊기는커녕 갈수록 무게만 더 더해가는 꼴이었다. 하지만 실상 그 빚 꾸러미의 내용은 노인 자신도 별 가망 없어 한 까마득한 꿈일 뿐이었다. 그것을 이뤄드리고 못하고는 오직 내 능력 여하에 달린 일이었다. 그리고 좀체 그만한 여유를 마련할 처지가 못 된 내게 차라리 좋은 마음의 구실이 될 수도 있었다.

하지만 나는 어차피 그럴 수가 없었다.

"글쎄다…… 우리한테 언제 그런 좋은 날이 올 수 있을라더냐."

노인이 아들을 믿지 못하고 지레 뒷걸음질을 쳐버린 체념 투가 그 가망 없는 소망을 거꾸로 분명한 빚 문서로 못 박고 든 때문이었다.

"네 한 몸 지내기도 힘에 부칠 처지에 언제 우리한테 그런 좋은 날이……"

진작에 아들의 무능력을 눈치채고 있던 탓이기는 했겠지만, 그 몇 마디가 늘 벗어날 수 없는 빚 꾸러미의 무게로 나를 채근하고 든 때문이었다.

하여 내가 그 빚 꾸러미를 벗은 것은 30대 초반 결혼을 하고서도 10년 가까운 세월이 흐른 1970년대 후반에 이르러서였다. 혼인 전부터 빚 꾸러미의 사연을 알고 있던 아내의 이해를 얻어 그때까지 저축의 대부분을 털어 지고 내려가서였다. 하지만 물론 그것으로 노인의 소망을 모두 이루어드릴 수는 없었다. 우선 집을 앉힌 자리부터가 그랬다. 이왕이면 새 의지처를 조상들 선산 근처로 바라는 노인의 생각은 여전했지만, 고래로 한번 떠나간 동네는 다시 들어가 살지 않는 구습이 있는 데다, 조상들이 묻힌 선산은 이미 형 때부터 남의 산이 되어 있어 그쪽으론 살아서건 죽어서건 다른 사람이 깃들일 곳을 마련할 수 없는 형편이었다. 그래 아예 한갓지게 마을에서 길을 멀리 내려와 이 해변 간척지 농장 길목에 새집터를 마련해 몇 달 만에 세 칸짜리 아담한 한옥을 지어 앉힌 다음, 내친김에 멀찌감치 뒷산 기슭 중턱께에 서너 마지기짜리 산밭도 한 자락 마련해드렸다. 식구들의 가용 야채

같이도 위할 겸 선산을 앗겨버린 노인 유사시를 대비하기 위해
서였다.

물론 노인에겐 그만 정도로 더할 수 없는 만족이었다. 새집은
늘 안팎이 말끔하게 가다듬어지고 앞뒤 마당에는 감나무며 대추
나무, 유자나무 따위가 빽빽하게 우거져갔다. 뿐만 아니라 노인
은 봄가을 계절이나 때를 가리지 않고 그 뒷산 기슭 뙈기밭 길을
쉴 새 없이 오르내리며 그 밭이랑 사이에서 길지 않은 여생을 보
내다시피 하였다. 처음엔 더할 수 없이 생생한 즐거움과 맑은 정
신 속에, 나중 말년엔 갈수록 괴롭고 까마득한 의식의 함몰 상태
속에, 그리고 그것으로 당신이 돌아가실 내세의 집터 값을 치르고
길을 다 익히신 듯 어느 해 이른 봄, 마침내 이승의 모든 짐을 벗
고 마지막 산밭 길을 올라가 새 유택을 지어 누우시고 만 것이다.

그 노인의 발길이 오가던 길목, 아직도 당신의 혼백이 오가고
있을 곳, 그래서 우리가 두고두고 새 선산 터 삼아 당신을 만나러
다닐 이 길목 집은 아직도 당신의 집이어야 했다. 그것을 어물어
물 형수에게 넘겨주고 말 수는 없었다.

제방까지 올라서 보니 바로 눈앞에 바닷물이 펼쳐졌지만 썰물
때라 갈대밭 사이로 뻗어 들어온 수로밖에는 달리 낚시를 넣어볼
만한 곳이 없었다. 하지만 어차피 낚시질이 목적이 아니었다. 전
에도 늘상 그랬듯이 망둥이 입질 손맛이라도 심심치 않다면 그것
으로 시간을 보낼 구실은 충분했다.

나는 이윽고 수로 가에 편편한 갯돌 하나를 깔고 앉아 미끼 상

자 속의 마른 갯지렁이 하나를 낚시에 꿰어 힘껏 물결 속으로 던져 넣었다. 그리곤 다시 근처의 작은 돌멩이들을 주워다 낚싯대를 일정한 높이로 고정시킨 뒤 천천히 손을 털고 일어나 담배 한 대를 빼어 물었다.

그런데 그렇듯 담뱃불을 붙여 물고서야 비로소 등 뒤쪽 멀리 농장 건너 뒷산 자락을 올려다보았을 때였다. 나는 일순 그 산밭 자락 사이에서 옛날 노인의 모습을 다시 본 것 같은 착각에 사로잡혔다.

"나 엄니하고 늘 함께 지낸께 심심하거나 무서운 줄 모른다라우. 엄니하고 밭도 같이 매고 도란도란 이야기도 나누고. 엄니도 거기 혼자 누워 계시기가 적적하신지 밭에만 올라가믄 그렇게 반기고 나오신다니께요"

언젠가 늦도록 그 밭일을 하고 내려오는 형수에게 내가 짐짓 숲자락 어둠 속에 노인의 혼기(魂氣)가 무섭지 않았느냐는 어깃장 투로 말하자 속뜻을 알아차린 형수 또한 천연덕스럽게 되받아 온 소리였다. 형수의 실없는 농담 투가 그런대로 제법 머릿속에 남아 있던 탓인지 이후부터 나는 바닷가에 나와서도 자주 그 산밭 쪽을 올려다보며 옛날 생시처럼 밭이랑 사이의 노인 모습을 찾곤 했었다. 하지만 그때마다 노인의 모습은 물론 흔적도 찾을 수 없었고, 밭 귀퉁이에 납작한 당신의 묘지뿐이었다. 그런데 이번엔 가을걷이가 시작된 황갈색 밭 자락 한쪽의 거뭇거뭇한 콩단 무더기 사이에 예전엔 볼 수 없었던 웬 사람의 흔적이 아른아른 떠올랐다. 그것도 밭이랑 가운데께서가 아니라 노인 묘소의 바로 옆 벌 안 부근에서였다.

그것은 물론 노인의 모습일 리가 없었다. 아까는 보이지 않던 사람의 흔적이 나타난 탓에 내 마음이 아마 그런 착각을 빚은 모양이었다. 어디서 어떻게 나타났는지 모르지만 그것은 필시 형수의 모습임에 분명했다. 형수가 이날도 밭일을 나간 것이었다. 그리고 뒤꼍 감나무와 유자나무들에 가려 형수가 여태도 집 담벼락 앞에 세워둔 우리 차나 사람을 알아보지 못하고 있음이었다.

하고 보니 나는 새삼 슬그머니 쓴웃음이 나왔다. 그리고 그때 얼핏 낚싯대 끝이 흔들리는 기미에 다시 허겁지겁 자리를 고쳐 앉았지만 그렇듯 씁쓸한 생각은 좀체 머리에서 사라지지 않았다.

좀 전엔 어째 눈에 띄지 않았는지 모르지만, 형수가 방금 어디서 그 밭으로 날아들지 않았다면 그걸 찾아내지 못한 것은 굳이 그 형수를 찾고 싶어 하지 않은 내 방심스러운 심사나 눈길 탓임에 분명했다. 그게 만일 노인의 일이었다면 어쨌을 것인가. 노인의 일이었다면 보이지 않았더라도 필시 밭길까지 쫓아 올라갔을 것이다. 노인은 들밭 일이 없는 늦가을이나 겨울철에도 이따금 그 산밭을 찾아 올라가 우두커니 혼자서 따스한 해바라기를 하고 앉아 있을 적이 많았으니까. 산밭 쪽만이 아니었다. 노인에게 나중 차츰 치매기가 시작되었을 땐 이곳저곳 가리지 않고 어디론가 집을 떠나 사라진 일까지 잦았으므로, 당신을 찾아왔다 집이 비어 있을 때면 동서남북 먼 윗동네까지 산길 들길 사방 줄달음질하고 다니기 예사였다. 하지만 나는 굳이 형수를 찾으려 하지도 않았고, 이제는 스스로 모습을 드러낸 형수를 서둘러 보러 올라

갈 생각도 하지 않고 있었다. 씁쓸한 느낌을 넘어 허망스러운 감회마저 금할 수 없는 일이었다. 그간의 이런저런 서운한 사달들은 형수의 견실치 못한 심성 탓이었는지 모르지만, 실은 형수의 안타까운 변모도 노인의 무상한 늙음과 종생의 과정이 부른 무고한 세월의 업보일 뿐일 수 있었기 때문이다.

돌이켜보면 새집을 지어 옮기고 나서 한동안 노인과 형수 사이는 더 바랄 바 없이 의가 좋았다. 형수는 노인에게 집안일을 맡기고 노인과 아이들을 거두기 위해 10리 밖 장터거리까지 갯것 장사를 나다녔고, 노인 또한 그 고단한 청상 며느리를 위해 낮이면 산밭 일로 저녁이면 손주들 끼니 마련 일로 능력껏 서로를 위하며 지냈다. 어둠이 깊도록 형수의 귀가가 늦은 날엔 노인이 그 며느리의 어두운 밤길을 걱정하여 먼 농장 길 산기슭 굽이까지 마중을 나가기도 하였다. 한번은 내가 당신을 뵈러 갔던 길에 이미 여든 길로 접어든 노인의 하루하루가 너무 힘겨워 보여 떠보기 삼아, 나하고 함께 서울로 올라가 지내면 어떻겠느냐 물었더니 당신의 대꾸가 짐작한 대로였다.

"이 늙은 한 몸 편하자고 내가 여길 훌쩍 떠나고 보믄 저 어린 것들하고 니 형수 혼자 어떻게 살라고야. 난 조금도 힘들거나 어려울 것 없다."

그리곤 내가 행여 마음을 놓지 못해 채근하고 들 것을 막아서 듯 다시 못을 박고 들었다.

"네가 나하고 니 형수 간의 일을 잘 몰라서 그런다. 내 꼭 한 가지만…… 이런 이야기 좀 들어볼래냐?"

그러면서 전날부터 마음속 깊이 담아온 일이듯 노인이 내게 대한 다짐 삼아 형수의 귀를 피해 털어놓은 사연이 이랬다.

그날따라 형수의 밤 귀갓길이 유난히 늦고 있었다. 그러다 보니 노인의 어둠 속 길마중도 여느 때의 산모퉁이께를 훨씬 지나고 있었다. 하지만 노인은 피곤한 몸을 이끌고 어두운 밤길을 혼자 터벅터벅 고적하게 돌아오고 있을 며느리를 생각하여 아직도 한 걸음 한 걸음 앞으로 나아가고 있었다. 그런데 어느 순간 저만큼 까마득한 어둠 속에서 보이지 않는 노인을 향해 "엄니, 지금 어디 계시오?" 짐짓 무서움기를 떨치려는 형수의 부름 소리가 들려왔다. "오냐. 나 여기 있다! 인제 맘 놓고 천천히 오거라" 이어 노인의 반가운 응답이 이어지고, 잠시 후 두 사람은 어둠 속에서 서로 만났다. 그런데 그렇게 지쳐 돌아오는 며느리의 갯것 광주리를 빼앗듯이 받아 인 노인이 앞장을 서고 마지못해 머릿짐을 넘겨준 며느리가 뒤를 선 채 남은 밤길을 돌아오던 참이었다.

"엄니……"

가쁜 숨을 고르느라 한동안 말없이 어둠 속을 뒤따르던 며느리가 다시 노인을 불렀다. 그리고 잠시 뒤 뒷말이 이어졌다.

"엄니, 이젠 더 나이도 묵지 말고 늙지도 마시오이?"

"그러니 너도 그런 니 형수 맘 알겄지야?"

노인은 그때 그 이야기를 이렇게 끝맺었다.

"나도 그런 니 형수가 하도 안쓰러워 나 혼자 이렇게 대답해주었지야. '그래, 내 자석아. 나 인자부턴 나이도 더 묵지 않고 늙지도 않으마. 늙지도 죽지도 말고 언제까지나 니 곁에 함께 있어주고 말고야. 그러니 이렇게 너랑 나랑 언제까지나 한꾸네 살자꾸나.' 목이 메고 눈시울이 뜨거워서…… 말은 못하고 혼자 속다짐뿐이었다만, 니 형수도 왜 그 말을 못 들었겠냐. 어둠 속에 아무 소리 대꾸를 못하고 발걸음만 재촉해간 이 늙은이의 가슴속 소리를……"

머릿짐을 맡기고 뒤따라가던 형수가 그 노인의 근력을 오래 빌리자는 게 아니었을 터에, 그 형수가 정녕 노인의 맘속을 몰랐을 리 없었다. 비록 노인이 그 이야기 끝에 형수를 위해 다시 내게 한마디 이런 당부까지 남겼대도(그리고 나 또한 여태까지 그런 노인의 뜻에 따라 모른 척 입을 다물고 지내 왔지만) 말이다.

"하지만 이런 소리 느이 형수한테는 알게 하지 마라. 니 형수가 공연히 이 늙은이 심약해진 줄 알고 마음 상해할라."

줄여 말해 그 무렵 노인과 형수 사이는 그렇듯 서로 믿고 아껴주며 좋이 애틋한 소망과 아픔을 함께해간 것이었다.

하지만 세월을 멈춰 세워 나이를 먹지 않고 늙지 않을 사람은 없었다. 노인은 흐르는 세월 앞에 자신의 약속을 길게 지킬 수가 없었다. 이미 80대 고령 길에 들어선 노인의 기력은 이후 10여 년 동안 급속히 쇠진해갔고, 나중엔 서서히 정신까지 흐려졌다. 일손을 놓지 못해 산밭엘 올라갔다 넘어져 옷가지를 온통 버리거나 몸을 다쳐 길을 내려오지 못하는 일이 생기기 시작했고, 그게 오히려 일거리를 만든다며 형수에게 금족령까지 당하기에 이르렀다. 이웃 마을 누이네나 고향 동네를 다녀온 친지들을 통해 노인에 대한 그런 난감한 소식들이 끊이지 않고 이어졌다. 이후로 노인은 집에 갇혀 앉아서도 일 나간 며느리를 위해 멀쩡한 옷가지들을 내어다 빨래통에 담가놓거나, 해가 지면 아랫목 밥통을 잊은 채 새 밥을 한 솥 가득씩 지어놓는 식으로 끊임없이 며느리의 애를 먹인다고 했다. 게다가 그 무렵부턴 웬일인지 노인의 식욕이 갈수록 늘어가고 기력이 왕성해져 곁에선 섣불리 당신의 거동을 막을 수도 없다는 것이었다. 그리고 종내는 그런저런 소식 속에 형수가 참다못해 "두고 보라지. 저 노인네가 틀림없이 나보다 더 오래 사실 텐께. 저 잡숫는 거하고 펄펄한 기력 좀 봐여" 어쩌고 하는 투의 불공스런 원망의 소리까지 섞여들기 시작했다.

"내가 못살아! 저 노인네 땜시 내가 먼저 속이 보타 죽어……"

하기야 자신도 이미 회갑을 눈앞에 둔 덧없는 황혼기에 그 시들 줄 모르는 노인의 기력과 말썽이 원망스럽고 지겹지 않을 리 없었다. 그래 나 역시도 그걸 특별히 서운해하거나 괘념치 않으려 했고, 때로 노인을 보러 갔다가 당신이 새삼 멀쩡한 정신으로 며느리에 대한 섭섭한 원정과 함께 일찍부터 혼자 맘속에 묻어온 흉허물들(노인이 그 덧없는 세월 앞에 전날의 다짐을 지킬 수가 없었으니 전사엔들 어찌 그런 일이 없었으랴만, 나는 짐짓 늘 그걸 모른 척, 못 들은 척해왔으니까)을 은근히 꺼내놓으려 했을 때도 나는 외려 노인을 윽박지르듯 초장부터 입을 막아버리곤 했으니까.

"여태까지처럼 그냥 아무 말씀 마시고 모른 척하고 지내세요. 저 형수도 이젠 노인살이를 할 나인데, 요즘 같은 세상에 그런 며느리 정제꾼 심부름으로 따뜻하게 잡숫고 따뜻하게 주무시는 것을 고맙게 여기시구요. 그러지 못하시겠거든 오늘이라도 저를 따라 서울로 가시든지요"

그래도 노인이 정 말을 못 참아 할 기색이면 나는 당장 자리를 박차고 다시 사립을 나서버릴 시늉까지 해 보이며 당신을 억눌렀고, 그러면 노인 역시 결국엔 한숨 섞인 몇 마디 속에 체념을 하곤 했으니까.

"하기사 젊은 자식 앞세운 늙은이 처지에 누구한테 무슨 며느리 원정이 당하겠으며, 여길 두고 떠나면 어디로 떠나겠냐. 다 부질없는 일이다. 내 속 아파 낳은 자식인들 어찌 이 늙은이 속을 다 헤아리겠냐만, 네 말대로 인자 더 말 않을 테니 너나 맘 놓고 쉬었다 가거라……"

세월이란 그렇듯 참으로 가차 없고 잔인한 것이었다. 하지만 내겐 그 잔혹한 세월의 해악이 내 답답한 심사를 좋이 달래고 넘어갈 미덕이기도 하였다. 노인은 아예 그 체념성 다짐마저 지켜갈 수가 없을 만큼 이후로 더 급속히 정신력이 떨어지고 말았으니까. 그리고 무엇보다 그 육신과 정신 간의 균형이 무너져가는 노인 앞에 형수 또한 마지막 자제력을 잃고 말았으니까.

나는 마침내 그 노인의 무너짐을 받아들고, 형수의 어떤 패악도 그럭저럭 이해할 수 있게 된 것이었다. 노인의 끼니 양을 크게 줄여버린 것도 잦은 배변의 괴로움을 덜어주기 위한 형수의 불가피한 처사로 이해했고, 하루 종일 노인을 방 안에 가두고 문고리를 채워놓는 것도 바깥일을 대신해줄 이 없는 형수의 단손 처지뿐 아니라 노인 자신의 안위를 위해서도 어쩔 수 없는 조처로 받아들였다. 형수가 전에 없이 늘 노인 앞에 큰 목소리를 내는 것도 그 어두운 청력과 망각증 탓으로 여겼으며, 그 며느리 앞에 노인이 까닭 없이 자주 겁을 먹는 것도 앞뒤 사정 못 가린 채 일상으로 저질러지는 당신의 실수를 줄이기 위해서는 오히려 다행이라는 생각까지 하게 되었다. 그리고 노인은 끝내 그런 식으로 세월의 해악 이외엔 누구에게도 딱히 허물을 물을 수 없는 노년기의 불화 속에 더 다른 말썽 없이 조용히 당신의 종생을 맞아 가신 셈이었다.

그러니 노인 사후의 그 형수의 불가사의한 행신만 줄을 잇지 않았다면 우리(나와 아내)와 형수 간엔 더 이상 불필요한 의구심이나 불화의 감정이 부풀려지거나 새삼 싹이 터 오를 일이 없었을 터였다. 그리고 그것으로 노인의 집 일도 형수에게 맡겨지고 잊혀 노인의 기일 이외에는 서서히 발길이 멀어져갔을 터였다. 그 집은 원래가 노인의 집이었지만, 어찌 생각하면 나와 아내에게는 노인이나 형수의 일과 함께 두고두고 그 집이 우리의 빚 꾸러미 같은 것이기도 했으니까. 언제부턴지 나는 이제 그만 알게 모르게 그 빚 꾸러미의 무게에서 벗어나 해방되고 싶었으니까.

하지만 형수의 처신이 전혀 뜻밖이었다. 노인이 돌아가시고 난 뒤의 형수의 처신이 좀체 이해되질 않았다. 그리고 그게 내게 계속 그 집을 노인의 집으로 지키러 다니게 만든 사단이었다……

물 건너 서향 산모롱이 쪽으로 해가 훌쩍 기울어들면서 새삼 바람기가 차가워지기 시작했다. 그새 서서히 차오르기 시작한 들물살 속에서도 낚싯줄은 여전히 팽팽한 수직을 유지한 채 전혀 움직임이 없었다. 전날엔 그리 흔하던 망둥이류도 다시는 입질다운 입질이 없었다. 하긴 그새 무슨 기미가 스쳐간 걸 무심히 지나치고 말았는지도 몰랐다. 등 뒤쪽 들판 건너 먼 산밭 가운데에서 가물가물 인적을 확인하고부터 나는 낚싯대보다 자꾸 그 형수 쪽 기미에 신경을 쓰고 있었다. 그리고 매번 산밭을 올려다볼 때마다 그 거뭇한 인적이 한순간씩 형수가 아닌 옛날의 노인으로 착각이 들곤 했으니까. 나도 모르게 몇 번씩 다시 그 산밭을 올려다보아도 그런 착각이 매번 지워지지 않았으니까. 왜 이런 당찮은 느낌이 들곤 하는가…… 나는 다시 한 번 씁쓸한 느낌과 함께 그 형수를 향한 알 수 없는 노기마저 치솟았다. 나는 우선 그 착각을 바로잡아야 했다. 형수가 노인의 모습을 대신할 수는 없었다. 하고 보면 이제 그 당찮은 착각을 바로잡을 길은 한 가지밖에 없었다. 가까이서 그걸 직접 확인하는 길뿐이었다. 이날 안으로 노인의 묘소에 올라가 보기로 한 것도 이젠 더 미룰 수 없는 시각이었다.

나는 서둘러 낚싯대를 거두고 자리를 일어섰다. 그리고 아직 뚜껑도 따지 않은 맥주 깡통과 미끼통을 한데 꾸려 메고 다시 제방을 넘어 들판길을 돌아오기 시작했다. 그러면서 아직 스스로도 뜻이 아리송한 혼잣소리를 되씹고 있었다.

"안 되지. 이렇게 될 수는 없는 일이지……"

노인이 돌아가신 걸로 그동안 마음속에 억눌러온 형수에 대한 불편한 마음이 사라지고 발길도 차츰 끊어지게 되리라던 생각은 노인의 초상 당일부터 달라지기 시작했다. 그 뜻하지 않은 형수의 도저한 호곡 때문이었다.

노인의 임종 소식을 듣고 부랴부랴 아내와 치상 준비를 갖춰 내려와보니 형수는 예상과 달리 주체할 수 없는 슬픔과 애곡 속에 우리를 맞았다.

"아이고 아재, 아이고 아재, 이 일을 어쩔게라요. 엄니가 이렇게 허망하게 돌아가실 줄은 내 몰랐소. 아이고 아재……"

처음 우리를 맞을 때뿐만이 아니었다. 형수는 이후 내내 노인의 장례가 끝날 때까지 아침저녁 상식 차림과 소렴, 대렴, 출상 절차 고비마다 몸을 가누기 어려울 정도로 절통스러운 호곡을 토해내곤 하였다. 그리고 그 형수의 애끓는 곡성은 노인을 뒷산밭에 묻고 돌아온 다음의 초혼제와 사흘 뒤의 삼우제날 저녁녘에 가장 절정을 이루었다.

"아이고 엄니, 아이고 우리 엄니, 인제부터 엄니 없이 나 혼자 어떻게 살라고 그리 훌쩍 무정하게 가시었소. 의지 없어 못 살겠소. 힘없어 못 살겠소……"

그런 형수의 곡성을 두고 곁에서들은 더러 아이들까지 모두 집을 떠나 사는 처지에 이제는 노인도 없이 혼자 살아갈 일이 막막하여 자기 설움에 겨워 그런다느니, 그보단 원래 태어난 호곡꾼이 되어서 소리가 그리 구성질 뿐이라거니 쑥덕거린 사람들도 있었지만, 대개는 그 절통스러운 심회를 진심으로 애틋하고 가상해하는 편이었다.

"그렇겠제. 알콩달콩 괴로운 일은 많았어도 긴 세월 서로가 미운 정 고운 정 다 들었을 처지라, 노인을 보내고 난 마음이 얼마나 허망하고 쓰릴라고."

하지만 나는 도대체 그 형수의 슬픔과 호곡을 이해할 수가 없었다. 이해를 못하다기보다는 기이하고 불가사의하기조차 했다. 노인의 죽음은 형수에게 그렇듯 아쉽고 애통스러운 일일 수가 없었다. 일이 있기 한 달쯤 전이었다. 노인이 많이 위중한 것 같다는 소식에 급히 달려 내려와 보니 아닌 게 아니라 노인은 여명이 며칠 남아 보이지 않을 만큼 반혼수 상태에 기력이 극도로 쇠진해 있었다. 그런데도 노인은 상태가 그만 정도로 하루하루를 무사히 넘겨갔다. 아내와 나는 물론 상경을 단념한 채 당신의 기력과 섭생을 돌보며 계속 노인 곁에서 지냈다. 그런데 그렇게 며칠을 지나다 보니 형수의 눈치가 눈에 띄게 달라져갔다. 형수는 우리가 그만 서울로 돌아가주기를 바라는 속내를 숨기려 하지 않았다.

"이번에도 엄니는 쉽게 돌아가시지 않을 양이구먼요. 때마다 알리질 않아서 그렇제, 전에도 엄니는 저러시다가 다시 언제 그랬더냐는 드키 훌훌 자리를 털고 일어나시곤 했으니께요. 그러니 바쁜 사람들 무한정 이러고 있지 말고 인제는 올라가보시는 게 낫겄구만이라. 엄니는 인자부터 내 혼자 돌봐드려도 될 성부른께요. 갑자기 또 무슨 일이 생기면 바로 연락을 드릴 거고요……"

그뿐만이 아니었다. 전부터도 은근히 눈치가 뵈어온 일이었지만, 그렇게 상경을 주문했음에도 우리가 계속 노인 곁에 눌러 머무를 낌새가 완연하자 형수는 이제 아예 그 노인의 섭생을 간섭하고 들기 시작했다.

"소변도 못 가리시는 양반, 물을 그리 많이 드리면 어쩔라구요."

"엄니는 진지를 드시고도 금세 잊어먹고 또 배고프다 밥상을 보채시는디, 그렇게 자꾸 엄니가 달래실 때마다 드리면 안 된다니께요."

그러다 나중엔 그런 우리를 아예 노골적으로 쫓으려 들기까지 하였다.

"아들이 그렇게 잘 돌봐드리면 엄니는 아직 백년은 더 사실 거구먼요. 그러니 이제부턴 아재네가 아여 이 집에서 엄니 돌봐드림서 천년만년 함께 사시제 그래요. 난 인자부터 아재네한티 엄니 일 맡겨두고 여기저기 돌아댕김서 좀 맘 편히 살아볼란께요."

어떻게 더 비키고 버텨나갈 구실이나 여지가 없었다. 그럴수록 형수에 대한 우리의 불신감만 드러나고, 그만큼 노인의 처지가 어렵게 될 형세였다. 우리는 마침내 상경을 결심할 수밖에 없었다.

하지만 마지막으로 한 가지 노인과 내 자신을 위한 마음의 도리를 마련하지 않을 수 없었다. 나는 떠나기 전 아내와 함께 장터 거리 약국으로 나가 몇 가지 응급 약제와 함께 청심환이라는 기력 회복제 몇 알을 구해왔다. 그리고 그날 밤 형수가 부엌에 나가 있는 동안 눈치를 보아가며 그 청심환 한 알을 노인에게 갈아 먹였다. 하지만 사실은 그도 차라리 안 함만 못한 노릇이었다. 약물을 다 흘려 넣어드리고 입에 남은 약냄새를 지우기 위해 물을 몇 숟갈 더 떠 넣어드리던 참이었다. 말을 못하면서도 노인이 붉은 혀를 내두르며 너무도 간절히 그 물기를 갈구하고 드는 바람에 차마 물 숟갈질을 거두지 못하고 있던 참인데, 형수가 어느새 그런 기미를 알아채고 방 안으로 뛰어들며 심히 듣기 사나운 푸념을 쏟아냈다.

"그래, 보약도 드리고 산삼, 녹용, 천두 복송, 불로초까지 귀한 약들 모다 구해다 드리시제. 그래서 백 살 천 살 늙지 말고 아프지도 말고 불로장생하시라고요."

형수의 비정하고 모진 푸념 속에 어쩔 수 없이 결국 숟가락을 거두고 물러서야 했을 때의 노인의 그 애타게 간절한 혀 놀림, 그것은 두고두고 보지 않음만 못한 일이었고, 기억 자체만으로도 내겐 좀처럼 지울 수 없는 잔인한 형벌이 아닐 수 없었다.

그러던 형수의 마음이 돌변한 것 같은 서러움과 도저한 호곡은 내게 도대체 이해가 불가능한 기이하고 불가사의한 수수께끼일 수밖에 없었다. 아니, 그건 차라리 우스꽝스럽고 간특한 연극기(울음소리까지도 곡조로 지어 호곡하는 우리네 갸륵한 정서 관리 양식!)로까지 느껴졌다. 하지만 진짜 문제는 그것이 아니었다. 그런 형수가 내게 정작 더 막막한 노여움 같은 것을 참을 수 없게 한 것이 따로 있었다. 형수의 슬픔이 진심이고 아니고는 문제가 아니었다. 그 마음이 변했고 아니고도 상관없는 일이었다. 문제는, 이제 형수가 무엇이든 자신을 맘껏 드러내 주장할 수 있음에 반해, 돌아가신 노인은 그것을 일방적으로 받아들여야 할 뿐 입을 열어 수긍하거나 부인할 길이 없는 처지라는 데 있었다. 생자와 사자 사이의 말. 그것은 어디까지나 일방적일 수밖에 없었고, 그 점에서 사자는 자신을 위한 아무런 방편도 마련할 수가 없었다.

"당신을 보고 갈 때마다 어느 양지쪽 마른 땅에 혼 벗은 육신을 꼭꼭 묻어드리고 가는 게 차라리 맘이 편할 것 같더니, 그런 엄니를 보내드리고 나니 내 꼭 한 가지 씻을 수 없는 한이 남네."

전날부터 이따금 노인을 보러 찾아다니곤 했다는 건너동네 누이도 그 형수의 요란스런 호곡 앞엔 같은 생각이던 모양이었다. 이웃 골 가까이서 친정 동생의 누추한 마지막과 노인의 괴로움을 함께 겪고 지냈던 누님이 내 앞에 그 형수의 호곡을 두고 노인의 처지를 새삼 안타까워하였다.

"당신 몸을 빌려 세상에 난 자식으로 내게라도 한번쯤 당신 속에 품고 참아온 그 많은 한 덩어리 한 가지나마 속 시원히 털어놓고 가시게 할 것을. 그런 내색을 보일 때마다 나도 자네처럼 나이든 며느리한테 끼니 얻어 잡수시는 것만도 큰 다행으로 아시고 아무 말씀 마시라 입을 막고 종주먹만 대고 들었으니. 이제 와서 누가 무슨 말을 어떻게 한들 당신은 이렇다 저렇다 속을 내보이실 길이 있겠는가. 그렇게 끝끝내 당신의 원정 덩어리를 혼자 그대로 가슴에 묻고 가시게 한 것이 이렇게 후회가 되네. 남은 사람은 입이 있어 저렇게 하고 싶은 대로 말을 하고 설움도 풀어내는디……"

그런 누님의 때늦은 회한과 어깃장기가 바로 나의 그것에 다름 아니었다. 형수의 돌변과 요란스런 호곡이 내게 새삼스레 일깨워온 숨은 불화의 곡절이었다. 그리고 우리가 그 집을 계속 노인의 것으로 지켜가기로 한 은밀한 작심의 연유였다.

"저 형수의 설움과 울음을 노인이 과연 진심으로 받아들일 수 있을까······"

　노인의 뜻이 그게 아니라면 나 역시 그것을 곧이듣거나 받아들일 수 없었고, 실은 그러고 싶지도 않은 심정이 될 수밖에 없었다. 당신의 뜻이 진정 그게 아니라면 지하에 말을 잃은 노인의 심사는 얼마나 더욱 황당하고 노여울 노릇일 것인가······ 노인의 생각이 분명해질 때까지 그 집이 여전히 노인의 것으로 지켜져야만 하였다.

　형수와 집에 대한 그런 가파른 심사는 1년 뒤 사세부득이 소상과 대상을 건너뛴 채 막바로 탈상제를 치르면서 다소간 누그러들 법한 계기를 맞기는 하였다. 노인의 제삿상이 너무도 정성스럽고 규모 있게 꾸며진 때문이었다. 형수는 한사코 탈복을 앞당겨 서둘러댄 것과는 달리 어디선지 온갖 제물을 구해다 노인의 제사상을 정성껏 솜씨 있게 꾸며놓았다. 그리고 이번에도 그 제사상 앞에 복받치는 슬픔과 곡성을 억제하지 못했다. 하지만 형수의 호곡은 이제 새삼 괘념할 일이 못 되었다. 뿐더러 그 귀 익은 곡소리에 비해 정성과 솜씨를 다해 진설한 노인의 제사상은 한동안 내 마음을 너그럽고 훈훈하게 해왔다.

　하지만 그도 잠시뿐, 나는 이내 그 노인을 위한 성찬 앞에 당신 생전의 궁상스런 끼니 상 모습이 떠올랐다. 시울 낮은 밥그릇에 우거짓국 사발 하나. 그게 언젠가 아들이 찾아올 줄 모르고 당신 혼자 앞에 하고 앉았던 끼니 상 모습이었다. 알고 보니 노인은 거기 주눅이 들어 이후 아들과 함께하는 끼니 상 자리에서도 당신 앞의 밥그릇과 국그릇 이외의 다른 찬그릇에는 머뭇머뭇 전혀 손길을 뻗지 못하는 낌새였다.

나는 그 호곡 소리에서처럼 이내 또 형수에게 속은 느낌이었다. 이제 와서 형수 쪽에서 굳이 그런 일로 나를 속여야 할 바도 없었지만, 하더라도 그건 전혀 노인을 위한 정성이나 추모의 정리에서가 아닌 것으로 여겨졌다. 잘해야 자기 솜씨와 성취감에 이끌린 감상적 자위 행위이기가 쉬웠다. 그리고 그런 형수에 대한 곱지 않은 감정은 바로 그 탈상 이후 그럴듯한 증거를 찾아낸 셈이었다. 탈복 제차를 끝내자마자 형수가 서둘러 그 탈복물을 어디론지 흔적도 없이 치워 없애고 말았을 때. 그리고 온 집 안에서 노인의 흔적을 샅샅이 쓸어내고 그 집을 오롯이 자신의 거소로 새로 꾸미기 시작했을 때. 그런 형수에게 내가 홀려 넘어가서는 안 되었다. 입이 없어 말을 못한들 노인의 혼령이 그걸 용납할 리 없었다……

낚싯대부터 들여놓으려 사립을 들어서니 집 안팎이 아까보다 말끔하게 치워져 있었다. 아내는 그사이 어지러운 집 안을 개운하게 정리해놓고 이것저것 부엌 구석을 뒤져가며 정말로 저녁 준비까지 서두르고 있었다.

"늦게라도 형님이 돌아오면 피곤한 몸에 우리 때문에 새로 저녁거리 서두를 일이 미안해서요. 밥통에 식은 밥덩이가 조금 남아 있는 걸 보면 형님 혼자선 그걸로 그럭저럭 끼니를 때우고 지내시는 모양인데 말이에요."

아내는 아무래도 마음이 쉬 여려질 수밖에 없는 여자라 형수가 그렇듯 고적하고 궁상스럽게 지내는 형편을 보니 평소와는 달리 속이 훨씬 누그러든 모양이었다. 아니, 그녀는 평소에도 이따금 그 보이지 않는 형수의 모습을 상상하곤 지레 걱정을 하고 들 때가 없지 않았다.

"형님 혼자서 끼니나 제대로 챙겨 드시는지 모르겠네요. 그 나이에 형님도 들밭 일손을 놓을 때가 됐는데, 아직 그러질 못하니 공연히 기력만 더 축을 내고……"

이날도 막상 어수선하고 궁색스러운 집 안 꼴 앞에 어느새 마음이 달라진 낌새였다.

"그래 대충 집 안부터 치우고 저녁이라도 지어놓으려는데 부엌이 도대체 텅텅 비어 있는 꼴이잖아요. 하긴 자식들 다 내보내고 어머님까지 가신 마당에 자기 한 몸 위해 무슨 집안일 단속을 하고 시시때때 끼니를 온전히 갖춰 먹을 생각이 나려구요."

나는 그 아내가 어쩐지 노인이나 누군가를 배반하고 있는 것 같은 껄끄러운 기분 속에 더 이상 입을 다물고 있을 수 없었다.

"아까는 못 봤는데 지금 돌아오면서 보니 그 양반 아마 산밭에 있는 것 같던데…… 우리 온 것도 알릴 겸 노인 산소에나 좀 올라갔다 올게."

어느 쪽을 보러 가겠다는 건지 애매한 한마디를 남기고 서둘러 다시 사립을 빠져나오고 말았다. 원래는 그렇듯 가벼울 수가 없는 발걸음이었지만, 형수에 대한 아내의 너그러움이 부지중 나를 떠밀어댄 셈이었다. 간척지 들길을 되돌아오다 보니 산밭의 인적은 더 가까이 올라가 보나 마나 형수가 분명했다. 그걸 알아보러 새삼 거기까지 힘든 발걸음을 할 필요는 없었다. 하지만 이 몇 년 길을 내려오면 도착 당일로 산소까지 올라가보는 것이 의당한 행보였다. 이날도 물론 그게 내 마지막 남은 과제였다. 그런데 막상 산밭의 형수를 보고 나니 그것이 형수를 보러 가는 노릇처럼 선뜻 내켜오지가 않아 마음을 미적미적 망설이고 있던 참인데, 아내의 달갑잖은 마음 씀이 그런 내 등짝을 떠밀어낸 것이었다.

그러니 사립을 나서고서도 나는 산밭 길을 오르는 발길이 가벼울 수가 없었다. 게다가 길을 오를수록 형수의 모습이 점점 확연해지는데도 그쪽에선 아직 이쪽 일을 알아차리지 못한 낌새였다. 이제는 해가 거의 기울어 산그늘이 서서히 밭고랑을 덮어 내려오는데도 형수는 언제부턴지 노인의 묘소 곁에 커다란 콩단을 꾸려놓고 거기 등을 기대어 앉은 채 아무 움직임이 없었다. 우리가 와 있는 아래편 집 쪽에 대한 관심의 기미는 물론 밭일을 끝내고 내려올 낌새가 전혀 없었다.

"저 노친네가 이번에도 술타령을 하고 앉았나?"

나는 또 언젠가 그 형수가 혼자 밭일을 올라갔다 웬 술기를 흘리며 내려와 주절대던 소리가 떠올랐다.

"나 밭에 갔다 엄니하고 한잔하고 왔소."

산밭에서 대낮에 혼자 무슨 술이냐는 내 은근한 힐책 투에 형수는 천연덕스럽게 대꾸해왔었다.

"나도 이잔 나이를 먹고 보니 조금만 일을 해도 사지가 쑤시고 풀려 내려 애기들이 찾아와 먹다가 남기고 간 술병이 있으면 밭으로 가지고 올라가 한 잔씩 술기운을 빌리곤 하는디, 엄니를 놔

두고 어찌케 나 혼자만 하겠습디여. 엄니 한 잔 나 한 잔, 그러고 또 엄니 한 잔…… 고부간에 도란도란 지난 세월 이야기 속에 권커니 잣거니 한 잔씩 하다 보면 시간 가는 줄을 모르고 이런 날도 생기게 마련이지라우. 흐훗."

"무덤 속 어머니가 밖으로 나와서요? 그리고 당신도 형수님 술 잔을 그리 반가워하십디까. 지난 세월 이야기도 듣기 좋아하시고 요?"

속이 뻔한 내 비소 섞인 채근에도 형수는 우정 더 정색스러운 농 투 속에 전혀 거리낌이 없었다.

"그러시다마다요. 나만 올라가먼 엄니가 기다렸다는 드키 먼첨 호미를 들고 반겨 나오신단께요. 그래 서로 앞서거니 뒤서거니 김밭도 함께 매고 이야기도 나누고…… 아재는 이런 소리 아직 곧이들리지 않지라우? 하지만 아재도 좀 더 나이를 먹어가먼 차차 알게 될 것이고만이라우."

노인과의 지난날 일들을 기억하고 있는지 어떤지도 알 수 없어 보이는 형수는 그렇듯 나를 향한 은근한 공박과 함께 나이 타박까지 늘어놓았다. 하지만 나는 아내의 말마따나 그 형수도 이젠 들밭 손일을 놓아야 할 나이가 되었나 보다 싶었을 뿐, 그 얼렁 뚱땅 주정 투 넋두리를 더 이상 가래거나 괘념하려지 않았다.

"무어, 노인하고 도란도란 밭을 함께 매고 지난 세월 이야기를 해? 그걸 나더러 곧이들으라?"

엉뚱한 나이 타령도 타령이었지만, 어딘지 모를 형수의 둘러치기식 변명투가 오히려 가당찮고 역겨웠기 때문이기도 하였다.

이날도 형수는 아마 그런 꼴로 술기에 젖어 늘어져 있을지 몰랐다. 그런 생각이 들자, 나는 그 형수를 마주하는 것이 마뜩지 않아 발길이 다시 무거워졌다. 그렇다고 거기서 다시 발길을 돌이킬 수는 없는 일이었다. 나는 될수록 노인을 보러 다니던 전날의 생각을 되새기면서, 노인이 거기서 여전히 나를 기다리는 듯싶은 창연한 느낌 속에 계속 발길을 이끌어 올라갔다.

그런데 그러는 나를 형수는 짐작과 달리 훨씬 진작서부터 알아보고 있었던 모양이었다.

"아재였소? 내 아까부터 우리 집 앞 들판길을 건너 개웅까지 나갔다 오는 사람이 암만해도 그런 것 같길래 좀 내려가 보려다 엄니 땜시 여태 이러고 있었더니 아재가 먼첨 올라오시네요."

이윽고 내가 밭 자락 가까이까지 올라가자 큰 콩단 앞에 그대로 사지를 내뻗고 앉은 채 지친 모습을 하고 앉아 있던 형수가 먼저 알은체 소리를 건네왔다. 그런데 다른 사정은 대강 짐작할 수 있었지만, 노인 때문에 형수가 집으로 내려오지 못하고 그러고 앉아 있다는 뒷말이 좀 이상했다.

"예, 그동안 별일 없이 지내셨어요? 아까 참에 왔다가 집이 비어 있길래 개웅까지 좀 건너갔다 왔지요."

나는 의례적으로 먼저 안부 인사를 건네며 혹시 그 형수가 또 술기에라도 젖어 있지 않는지 묘소 앞을 살피다 다시 한마디를 물었다.

"아까 집 앞에서 올려다볼 땐 어디 계시는지 안 보이시더니, 오늘은 또 어머니 혼령하고 함께 숨어 콩밭 걷이를 하고 계셨어요?

어머니 때문에 밭을 못 내려오고 계셨다니요?"

그 소리에 형수는 왠지 피식 웃었다. 그리고 주위엔 술병 같은 것의 흔적이 없는데도 마치 술기를 머금은 사람처럼 밭이랑 사이에 드문드문 말려 묶어놓은 큼지막한 콩단들을 가리키며 천연덕스럽게 말했다.

"그랬지라우. 나는 콩대를 베고 엄니는 뒤에서 저렇게 말린 콩단을 묶고. 그러다 보니 엄니가 너무 피곤하신 것 같길래 아까 잠시 저 엄니 집 지붕 뒤에 기대고 앉아 쉬었더니, 그 지붕에 가려서 아래서는 못 본 모양이네요."

"어머니 집 지붕이라뇨?"

나는 대충 짐작이 가면서도 재우쳐 묻지 않을 수 없었고, 형수는 그 노인의 묏봉우리 한쪽 자기 머리맡께의 콩단을 툭툭 건드리며 대꾸를 이어갔다.

"아, 이 엄니 묏봉 말이요. 이 묏봉 옆구리 햇볕이 따뜻해서 여기다 함께 등을 기대고 쉬었다니께요. 그런디 인잔 집에 사람도 온 듯싶고 날도 저물어 그만 밭을 내려가려는디 엄니가 좀체 이콩단을 이어줘야 말이지라."

"어머니가 콩단을 이어드려요?"

"그렇지라우. 엄니가 뒤에서 함께 불끈 밀어 이어줘야 이고 가제, 이 무거운 콩짐을 어뜨케 나 혼자 이고 일어서겄어요. 것도엄니 생시부터서 항상 그래 온 일인디요."

"……"

"그런디 엄니는 돌아가셔서 저승 나이까지 늙어가시는지, 전에는 불끈불끈 잘도 이어주시더니 근자 들어선 통 힘을 못 쓰신 다니께요. 아무리 힘을 좀 더 써 밀어달라고 해도 영 힘이 태이질 않으니…… 그래 지금도 한참 실랭이만 치다가 서로 기력이 파 해 이렇게 넋을 놓고 퍼질러 앉아 있지 않았겠소이."

형수는 노인 생시의 옛날 일. 그것도 치매기가 시작되기 이전 의 정의롭던 시절의 이야기를 되새기듯 하고 있었다. 언젠가 밭 일 중에 노인의 묘소에서 당신과 함께 술잔을 나눴다고 했듯이 형수로선 어쩌면 노인 치매기 이후나 사후에도 계속 그런 심사 속에 노인과 일손을 함께하고 있었는지도 몰랐다. 그리고 자신 의 나이 먹음과 기력 떨어짐을 노인의 허물처럼 말하고 있는 것 을 보면 그때부터 그렇듯 노인의 늙음과 무너짐이 아쉬워 상심해 왔는지도 몰랐다. 어쨌거나 형수 또한 콩단 한 짐을 혼자 들어 이 지 못하고 죽살이를 치다 애꿎게 무덤 속의 노인을 허물하고 드 는 걸 보면 그 몸도 마음도 그만큼 의지를 잃고 늙어가고 있음이 분명했다.

나는 더 이상. 물을 말도 할 말도 없었다.

"두고 보래라. 저는 늙을 날이 없을라더냐. 지도 나이 들어 늙 어보믄 언젠가는 이 늙은이 맘속을 알고 지가 오늘 나한티 한 노 릇을 알게 될 것이다. 이 시에미가 죽어 없는 날에라도 언젠가 는……"

언젠가 내가 노인을 앞장서 형수를 허물하고 들었을 때 그날따 라 노인이 짐짓 나를 말리고 들던 소리가 떠올라올 뿐이었다. 노 인의 만류가 진심이었든 아니었든 이제 그 당신의 예언만은 어긋

나지 않은 셈이었다.

그러니 나는 왠지 이젠 소주를 함께 나눴다는 소리를 들었을 때와는 달리 형수의 넋두리가 마냥 시답잖거나 역겨울 수만은 없었다. 여태까지와는 다르게 형수가 그새 어딘지 노인의 말년 때처럼 무기력해 보여 측은한 생각이 들기까지 했다.

하지만 형수는 그런 내 당찮은 속내 따윈 아랑곳하지 않았다. 한동안 말없이 황혼 녘 하늘만 쳐다보고 서 있는 내게 형수가 뒤늦게 재촉을 해왔다.

"그럼 인자 아재도 올라오고 날도 어두워지니 그만 내려가 봐야지라이! 그러고 서 있지 말고 이리 좀 오시오. 엄니가 저러고 힘을 못 쓰고 계시니 엄니 대신 오늘은 아재가 이 콩단을 좀 들어 이어줘야 안 쓰겄소."

하긴 그도 그럴 일이었다. 나는 곧 부질없는 머릿속 상념을 털어내고 어정어정 형수 쪽으로 다가갔다. 그리고 미리 콩단 중두막에 머리를 들이대고 기다리고 있는 형수의 뒤쪽으로 돌아가 그 무거운 머릿짐을 힘껏 밀어 올렸다. 아닌 게 아니라 죽어 누운 혼백의 부추김을 받는다 해도 어언 환갑을 넘어 늙어가는 형수 혼자의 힘으로는 좀체 들어 이고 일어서기가 어려운 무게였다. 형수는 비척비척 그걸 이고 일어서서도 한동안 중심을 제대로 잡지 못해 앞뒤로 몸이 휘어 내둘릴 정도였다. 그것도 콩단 깊숙이 머리가 들어박혀 눈앞도 제대로 살필 수 없는 형세 속에.

형수는 그렇듯 겨우 자세를 바로잡고 나서, 이미 어둠이 쌓이기 시작한 내리막 밭둑길을 조심조심 앞장서 걷기 시작했다. 하지만 나는 그 위태위태해 보이는 형수를 뒤따르면서도 이젠 그 모습에서 될수록 눈길을 비키려 하고 있었다. 좀 전에 짐을 들어 이어주면서도 잠깐 눈에 스친 일이었지만, 반 너머 걷어 올린 치마폭 아래로 얼핏얼핏 드러나 보이는 형수의 깡마른 종아리께가 자꾸 또 마음을 건드리고 든 때문이었다. 그 형수의 아래 종아리께는 마치 나무젓가락 짝처럼 살집이라곤 찾아볼 수 없을 만큼 앙상하게 졸아붙어버린 것이 영락없이 옛날 노인 한가지였다. "두고 보래라. 저는 늙을 날이 없을라더냐……" 하던 노인의 말 그대로 형수 자신이 이젠 쇠락한 기력 이상으로 무참하게 무너져가는 노년의 모습을 하고 있었다. 분명 노인처럼 그 산밭 길을 오르내리면서였을 터였다. 나는 순간순간 다시 그 형수의 뒷모습에 옛날 노인을 보는 것처럼 마음이 안쓰럽고 측은해왔다. 하지만 그것은 물론 노인이 아니었다. 그것은 노인의 모습이 아닐뿐더러, 무엇보다 노인은 이미 말을 할 입이 없는 처지였다. 모든 것은 형수의 일방적인 넋두리 탓일 수 있었다. 말이 있을 수 없는 노인의 속내를 알기 전엔 노인을 위해서도 내가 섣불리 감상에 젖어들 수는 없었다. 나는 될수록 그 형수에게서 눈길을 외면하며 생각을 다잡아나갔다.

그런데 한동안 발길을 살펴나가는 데만 마음을 쓰는 듯싶던 형수가 뒤늦게 생각이 떠오른 듯 등 뒤로 불쑥 한마디 물어왔다.

"그런디 참, 동서도 이참에 같이 왔을 것인디, 지금 집에서 혼자 기다리고 있지라이?"

"아마 저녁을 짓고 있을 거예요."

내 대답에 형수는 무슨 생각을 하는지 잠시 말을 끊고 있다가 혼잣소리처럼 다시 자탄기 섞인 소리를 흘렸다.

　"내가 아무래도 늙질 말아야 할 것인디…… 엄니도 안 계신 집 이렇게 늘 잊지 않고 찾아주는 사람들이 있는디, 나라도 이대로 더 늙어가질 말아야 할 것인디……"

　한숨기 속에 말을 뜸뜸이 이어가고 있는 그 형수의 푸념 투는 듣다 보니 언젠가 노인에게서 들은 일이 있는 소리였다. 늦은 밤 길을 돌아오는 며느리를 맞아 어둠 속을 앞장서 걸으며 당신 혼 자 며느리 모르게 참아 삼키고 있었다는 그 소망의 다짐 소리, 그 리고 형수가 노인의 심약해진 기미를 속상해할까 봐 내게도 모른 척 넘기라 당부를 잊지 않았던 노인의 소리였다. 아닌 게 아니라 노인의 생각처럼 형수도 그때 그 노인의 마음속 말을 듣고 있었 던 것인가. 그래서 여태까지 그걸 마음속에 잊지 않고 지녀온 것 일까. 아니면 형수에게도 늙을 날이 없겠더냐던 또 다른 예언처 럼 세월이나 늙음이 그것을 형수 스스로 깨우쳐 배우게 한 것인 가. 어쨌거나 형수는 그 노인의 속말을 그대로 되풀이하고 있는 격이었다. 아니, 이제 그것은 내게 형수의 소리가 아니라 어느 저 녁 어둠 속을 앞장서가던 노인의 소리를 노인의 입으로 다시 듣 고 있는 느낌이었다.

　"한 해 두 해 나이 들어갈수록 이렇게 부쩍 기력이 떨어지고 마 음속까지 비어가니 이 노릇을 어째야 할지…… 아재네가 이렇게 찾아와 하루라도 마음 놓고 쉬어가게 할라면 두고두고 내가 늙지 말고 이대로 집을 지키고 있어야 할 것인디…… 우리 집을 언제까지 이대로 지키고 앉아 있어야 할 것이다……"

하다 보니 나는 문득 노인을 오랜만에 다시 어둠 속에 앞장세
우고 뒤따라가고 있는 기분이었다. 그리고 비로소 자신도 모르게
노인에게 말하듯 그 형수의 힘겨운 노구를 향해 불쑥 한마디 내
던졌다.

"그러게 우리가 늘 뭐랬어요. 이젠 제발 들밭 일 그만두고, 마
음 편히 집이나 좀 지키고 지내시라잖았어요."

형수라도 이젠 더 늙지 말라고 싶은 옛날 당신의 말은 목구멍
속에 그냥 꿀꺽 삼켜둔 채였다.

(2003년 봄)

문턱

　나이 마흔이 넘은 늦깎이 작가로 3년 전 ○신문 신춘문예 단편 소설 부문에 당선한 반형준을 기억하는 사람은 많지 않을 것이다. 더욱이 반형준이 그렇듯 늦은 나이에 당선작 소설을 쓰게 되기까지의 뒷사연을 알거나 들은 사람은 그 자신과 나를 포함한 심사위원 몇 사람밖에 없으리라 여겨진다. 다름 아니라 그 소설이 쓰이기까지엔 반 씨의 옛 고등학교 시절 친구의 유별난 부추김과 도움의 힘이 컸던 데다 그 기이한 소설 이야기 또한 이미 이 세상 사람이 아닌 친구의 죽음이 소재가 되고 있는바, 반형준은 시상식이 끝나고 난 뒤풀이 자리에서 스스로 그런 사실을 털어놓은 이후 아직 다른 소설을 한 편도 써낸 일이 없어 주위나 세상의 관심을 끌어본 일이 없으니까. 하긴 그 뒤풀이 자리에서 반 씨가 자기 소설의 뒷사연을 털어놓았을 때부터 나는 그 소설을 쓴 반형준보다 작품의 주인공 모델의 기벽에 가까운 집착과 삶의 행적

쪽에 더 관심이 기운 터였지만 말이다.

"반 형 나이의 경륜이 있을 테니 늦은 출발이지만 앞으로 좋은
작품 많이 쓰세요."

그 뒤풀이 자리에서 반 씨와 동년배 나이로 심사를 맡았던 한
친구가 건넨 의례적인 격려 말에 그는 처음부터 썩 자신이 없는
표정 속에 좀 엉뚱한 소리를 하였다.

"글쎄요. 이제 그 친구가 없는 마당에 저 혼자 소설이 쓰일지
모르겠어요……"

얼핏 무슨 뜻인지를 몰라 이쪽에서 다시 곡절을 물으니 그가
솔직하게 털어놓은 소리가 이랬다.

"그 소설 주인공, 실제 모델이 있었거든요. 지금까지 제 소설
공부는 그 친구가 시켜준 셈이구요. 이번 소설에서도 잠시 그런
이야기가 나오지만, 그 친구 이전에도 계속 이런저런 이야깃거리
를 들고 와서 제게 작품을 재촉하곤 했거든요. 그런데 소설에서
처럼 그 친군 이제 죽고 없으니까요."

그의 소설 속에서 주인공이 죽은 뒤의 상황이 어딘지 좀 기이
한 분위기다 싶더니, 필시 그 소설에 얽힌 흔찮은 곡절이 있는 것
같았다. 한데다 은근히 호기심이 일기 시작한 내가 그와 함께 자
리를 따로 옮겨 들은 그 소설의 뒷사연은, 아닌 게 아니라 그의
당선작 이야기보다도 더욱 흥미롭고 괴이했다. 한마디로 당선작
소설의 모델이 된 친구 구정빈(고인에 대한 예의상 소설 속 인물
의 이름을 대신한다) 씨가 반 씨에게 계속 그럴듯한 소재를 취재
해 전했다는 이야기의 내용이나 조력의 과정이 어쩌면 구정빈 자

신의 삶의 궤적에 다름 아닐 수 있어 보였기 때문이다. 그에 비해 그 당선작을 써내기까지의 반 씨의 관심이나 작의는 그 친구가 그에게 전하려다 뜻을 이루지 못하고 간 마지막 소재에 대한 궁금증 혹은 그 궁금증을 남긴 죽음 자체의 비의 정도에 머무르고 만 격이랄까.

우선 그 구정빈의 사람됨과 반형준과의 관계를 이해하기 위해, 그 친구가 맨 처음 반 씨를 찾아와 소설거리로 일러주고 갔다는 이야기부터 대충 내용을 소개하면 이런 식이었다.

……어느 지방도시 검찰청에 한 초임 검사가 있었다. 어느 날 그 검사가 담당한 간통사건 고소자 증거물 가운데에 혈압을 잴 때에 쓰는 노랑 고무줄이 끼어 있었다. 간통사건에 웬 혈압검사 기구인가 싶어 사연을 알아보니, 송사의 피소인이 그 지방 병원의 기혼 여사무원과 사무장으로, 두 사람 간엔 좀 별스런 성희를 즐겨온 처지였다. 다름 아니라 어느 하루 사무장 사내는 여자의 유별난 성감을 충족시켜주기 위해 자신의 양물에 그 고무줄을 친친 감아 매고 일을 치른 것이다. 그런데 그날 밤 하필 그 여자 쪽 남편도 색정이 동해 밤일을 시도했는바 일을 치르던 중 양물 끝에 웬 딱딱한 이질감이 느껴져 아내 몰래 손을 넣어 꺼내보니 예의 고무줄이 끌려나온 것이다. 사무장도 여자도 지나친 흥분 끝에 고무줄이 거기 숨은 것을 뒤에까지 알아차리지 못한 탓이었다……

그런데 처음부터 내 흥미를 끈 것은 그 소재의 희극적인 내용보다 그런 이야기를 전해준 구정빈이 다그치고 든 속내였다. 왜냐하면 구정빈이 그 이야기를 전해줄 당시 반형준은 그저 평범한 20대 후반의 초등학교 교사 신분이었던 데다. 그때까지 그는 소설이고 뭐고 글을 쓸 생각을 한 번도 맘속에 지녀본 일이 없었다니까. 하기는 그도 중고등학교 시절엔 문학 작품 읽기를 썩 좋아했고, 그 때문에 고등학교 적 과외활동 시간엔 소설 반 수필 반 투 산문을 지어다 함께 읽는 자리에서 문예반 지도 선생님으로부터 몇 차례 기대 밖의 칭찬을 들은 일이 있긴 했댔다. 그리고 그때마다 자신의 글 솜씨가 썩 시원찮은 한 친구가 그를 유난히 부러워하여 자랑스러움보다는 내심으로 은근히 그를 딱하게 여겼던 적이 있었댔다.

"하지만 그거 다 지나간 어릴 적 일이었지요. 전 집안 사정 때문에 긴 공부 단념하고 교육대학 진학을 해 갔고, 이후부터 학교를 졸업한 뒷날까지 한동안 그 친구의 일은 물론 소설책 읽는 것조차 게을리한 채 그럭저럭 교직 일에만 만족하고 지내오던 참이었어요……"

다시 그 반형준의 사연을 요약하면 이런 줄거리였다.

……하루는 수업을 끝낸 담임 반 아이들을 집으로 돌려보내고 교무실로 돌아와 퇴근 준비를 하고 있던 참인데, 얼굴조차 기억해내기 어려운 그 친구가 예고도 없이 학교 교무실까지 그를 찾아왔다. 그리고 반형준의 등을 떠밀다시피 하여 근처 주점으로 이끌

고 간 그 구정빈의 용건인즉, 그 구정빈 자신을 위한 일이 아니라 반형준에게 새삼 소설을 한번 써보라는 엉뚱한 주문이었다.

"난 자네가 비록 교직의 길로 들어서기는 했지만, 그런 가운데에도 언젠가는 글을 쓰게 될 줄 알았지. 그런데 영 소식이 없더구먼. 왜 아직 글을 쓰지 않는 거야. 자넨 중·고등학교 때부터 우리 문예반 친구들의 부러움을 샀을 만큼 글 솜씨가 좋았지 않아? 그 아까운 문재를 언제까지 썩혀둘 참이야?"

자리에 앉아 술을 한 잔씩 비우고 나자 그가 다짜고짜 옛 친구를 타박하고 들었다. 이야기가 너무 엉뚱하다 보니 반형준은 위인에게 필시 무슨 다른 꿍심이 있는 듯싶어 은근히 경계심이 일 정도였다.

"문재는, 내가 무슨…… 다 철없을 때 이야기지. 이제 와서 무슨 글씩이나……"

그는 짐짓 실소를 머금으며 객쩍은 소리 거두시고 모처럼 술이나 한잔 편하게 들고 가라, 슬그머니 오금을 박고 들었다. 그런데 알고 보니 그 소설 일은 옛 친구의 문재가 아까워서만이 아니라 어딘지 구정빈 자신을 위한 일이기도 하다는 투였다.

"이런다고 내가 무슨 술이나 얻어먹으러 찾아온 걸론 알지 말어. 다른 사람들에 비해 썩 잘 살지는 못하지만 이래 뵈도 나 살 만큼은 살아. 우리 집 슈퍼 장사가 동네 안에선 제법 소문이 나 있거든."

뭔지 석연치 못해 하는 듯싶은 옛 친구의 낌새를 눈치챈 그가 은근히 안심을 시키고 나서 이번엔 좀 더 솔직한 자신의 고백을 덧붙였다.

"하지만 사는 게 재미가 없어. 자넨 웃을지 모르지만, 난 원래
글을 쓰는 게 꿈이었거든. 재주가 없는 줄은 알지만, 그래서 자넬
부러워하다 못해 시기한 적도 있었지만, 내 재주 없음을 알면 알
수록 더 글이 쓰고 싶어지는 거 있지."

그는 실제로 몇 번인가 소설 비슷한 이야기를 써보기도 했댔
다. 그런 가운데에 자신은 거듭거듭 자질이 모자람을 뼈아프게
받아들이지 않을 수가 없었댔다. 그리고 그는 비로소 옛날의 반
형준이 아직 소설가로 나서지 않았음을 기억해내고 자신의 소설
을 단념하는 대신 형준이 언젠가는 그의 숨은 문재를 발휘하고
나설 날이나 기다리기로 마음을 달래왔다는 것이다.

"한데 아무리 기다려도 자네 등단 소식을 접할 수가 없더구먼.
그래 기다리다 못해 오늘은 내 자네의 문재를 되살려주려 지금까
지 내가 아껴온 소설 소재들 중 쓸 만한 이야기 한두 가질 전해주
려 찾아온 거야."

그러면서 이쪽의 의사는 아랑곳을 않은 채 일방적으로 먼저 털
어놓은 이야기가 앞서의 성 만담 조였다. 초임 검사로 갓 그쪽 일
을 시작한 그의 동네 한 친구에게 일부러 부탁해 얻어낸 이야기
라며, 반형준의 문재로 잘만 소화해내면 썩 회화적인 세태소설
한 편쯤 꾸밀 수 있지 않겠느냐는 당부까지 덧붙여서였다.

반형준은 그 엉뚱하면서도 진지하기 그지없는 옛 친구의 기대
에 찬 주문 앞에 웃을 수도 울 수도 없었다. 섣불리 맞장구를 치
고 들 수는 더욱 없었다.

"자네가 못 쓰는 소설 자네 안 쓰면 그만이지, 왜 그런 걸 나더러 쓰라 이러는 거지? 난 글 쓰는 거 벌써 다 잊고 지내는데."

어쩔 수 없이 그 해괴한 이야기를 건네 듣고 난 반형준은 그 우스개 투를 실없어하는 대신 그런 식으로 완곡하게 그의 세상 물정 없음을 나무랐다. 하지만 그 반형준의 은근한 나무람 투 앞에 두번째 이야기는 꺼낼 수조차 없게 된 구정빈의 결의에 찬 대꾸는 그에게 아예 노골적인 실소마저 금치 못하게 했다.

"자네가 쓰는 걸 봐야 내가 진짜 소설을 포기할 수 있을 테니까. 내 얘기들을 자네가 대신 써줘야 말이여."

어쨌거나 구정빈은 처음 그 해괴한 성 만담 조와 함께 그쯤 간곡한 당부를 남기고 돌아갔다.

하지만 반형준은 물론 그 일을 길게 기억하지 않았다. 소설의 소재를 삼아보라고 일러준 그 이야기는 물론 그가 구정빈에게 말했듯 소설을 쓰는 일 자체에 새삼 흥미가 일 수 없었기 때문이다.

그런데 그렇게 그해가 가고 이듬해 이른 봄, 갓 새 학기가 시작되던 어느 날 다시 구정빈에게서 전화가 왔다. 그리고 새해 들어 몇 차례 소식을 물으려 했지만 학교가 방학 중인 데다 형준의 집 전화번호를 알려주려는 사람이 없어 이제야 통화가 되었다며, 이날 그가 다시 술을 한잔 사야겠으니 퇴근 후에 바로 전날의 주점으로 나오라는 것이었다.

반형준은 그제야 지난해의 그의 당부를 생각해내고 슬그머니 귀찮은 생각부터 앞섰다. 글쓰기에 대한 그의 기대를 무심히 저

버린 때문이 아니라, 여전히 일방적인 그의 술자리 약속이 어딘지 지레 부담스러웠기 때문이다. 그래 형준은 새 학기를 갓 시작한 때라 쫓기는 일이 좀 많다는 핑계로 우선에 약속 날짜라도 뒤로 미뤄보려 하였다. 가능하면 차일피일 그와의 면대 자체를 흐지부지 피해버리고 싶은 게 그의 솔직한 심정이었으니까. 하지만 그 또한 어림없는 노릇이었다.

"아무 소리 말고 그냥 나와. 나 6시쯤 거기 가 기다리고 있을 테니. 사실은 나 여태까지 자네 못지않게 실망하고 있는 참이니까."

누구에게 무슨 낙담거리가 있다는 것인지 뜻을 얼핏 알아들을 수 없는 구실을 내세우곤 역시 일방적으로 전화를 끊고 마는 것이었다. 아마도 제 주문대로 소설을 쓰지 않은 것을 두고 한 소리겠거니…… 반형준은 그쯤 어림짐작 가운데에 더욱 달갑잖은 생각이 들었지만, 위인이 자신의 낙담스런 심사를 내세운 데다 그렇듯 막무가내식 통보 끝에 전화를 끊어버린 형편이니, 형준은 내키잖은 대로 끝내 그를 피할 수만은 없었다.

하지만 자신의 약속대로 학교 근처 술집에서 기다리고 있던 위인을 찾아가 만나고 보니 반형준 자신의 오해에 앞서 구정빈은 더욱 어이없는 망상을 일삼고 있었다.

"너무 실망하지 마라. 단술에 배가 부를 수 있는 일은 없으니까."

저 혼자 먼저 술잔을 앞에 하고 있던 위인이 자리를 마주해 앉은 형준의 잔을 채워주며 역시 낙담스런 어조로 건네온 첫 마디가 그랬다. 그리곤 아직도 영문을 알지 못해 어정쩡해 있는 형준에게 함께 술잔을 올려 권하며 덧붙였다.

"하지만 뭐 지나간 일은 잊어버리고 새로 시작하는 거야. 따지고 보면 전번엔 그리 변변치 못한 이야깃거리를 주워다 전한 내 허물도 적지 않았을 테니까."

알고 보니 그의 실망과 낙담은 형준이 그가 전한 기담 조로 아직 소설을 쓰지 않고 있음에서가 아니라 소설을 쓰고서도(어떻게 그런 확신이 들었는지 모른다) 좋은 결과를 얻는 데에 실패한 걸로 단정한 오해 때문이었다. 위인은 이야기와 당부를 전하고 간 뒤부터 마치 자신의 일이나 되듯이 이제나저제나 그 이야기를 소재로 한 형준의 소설이 어느 문예지에 실려 나오기를 기다렸댔다. 하지만 매달 이 잡지 저 잡지 신인 추천 작품들을 찾아봐도 형준의 이름을 발견할 수가 없어, 해가 기울면서부터는 이곳저곳 이름 있는 신문사의 새해 아침 신춘문예 현상공모 발표를 기다리기 시작했다는 것. 하지만 자신의 작품을 응모해놓고 결과를 기다리듯 간절한 기대에도 불구하고 어느 신문에서도 친구의 이름을 발견할 수 없어 한동안 제 일처럼 혼자 낙망 속에 지냈다고. 그러다 정작 당사자인 친구의 상처를 생각하곤 형준에 대한 위로와 재기의 계기를 마련하려 학교로 전화를 걸었지만, 그조차 방학 때문에 뜻을 이루지 못하다가 이날 뒤늦게 그를 만나게 됐노라는 푸념이었다.

반형준은 그 철부지 멋대로 식 믿음에 차라리 연민과 동정이 앞설 지경이었다. 그렇더라도 차마 그 심성까지 나무랄 수 없는 친구에게 더 이상 부질없는 망상을 빚지 않게 하려 자신은 애초 소설을 쓴 일이 없고, 쓸 생각도 없었노라 잘라 말해주었다. 하지만 실망이나 낙담의 문제는 이쪽이 아니라 그 구정빈 쪽 것인 게 탈이었다. 이도저도 다 달갑잖다는 식의 형준의 내침 소리에도 그는 전혀 곧이들을 수가 없다는 듯 막무가내로 계속 자기 생각만 늘어놓았다.

"알아, 말하지 않아도 지금 자네 가슴속은 내가 다 알아. 그러니 이제 지난 일은 훌훌 털어버리고 다시 시작해보라구. 오늘 내가 다른 이야기를 하나 가져왔어. 지난번엔 내가 좀 영양가가 덜한 이야기를 가져다준 허물도 있는 듯싶어 그걸 만회할 겸 이번엔 자네도 썩 맘에 들어 할 소재로 말이야."

한마디로 위인의 그 미워할 수 없는 밀어붙이기식을 어떻게 피해 설 길이 없었다. 그리고 그런 식으로 한 번 더 위인에게 전해 듣게 된 '영양가 있는' 소재란 이런 이야기였다.

……월남전이 한창이던 1960년대 후반. ㅁ부대의 한 신임 소대장이 전투지역에 투입되어 수색작전을 지휘하던 중 적병이 숨어 있음 직한 동굴을 발견했다. 수색대는 그 동굴을 신속하게 제압하여 본대의 공격로를 확보해줄 책임이 있었다. 하지만 동굴 안에 몸을 숨기고 기다리는 적병이 있다면 섣부른 공격으론 이쪽만 당하게 마련이었다. 목숨을 걸어야 하는 동굴 공격 조에 누구도 선뜻 나서려는 사람이 없었다. 부하들은 말없이 그 신임 소대장의 눈치만 살피고 있었다. 소대장은 차라리 그게 기회라고 생각했다. 다른 부대에서 이미 경험한 일이었지만, 그런 경우 소대장이 꽁무니

를 빼고 부하 사병을 내어보내 희생을 빚게 되면 이후부턴 전 부대원의 신임을 잃고 작전 지휘가 어려워졌다. 초임 지휘관일수록 위험 상황 앞에선 앞장서 나서야 했다. 그는 부하들에게 자신을 엄호하게 하고 수류탄과 자동소총으로 무장, 단신으로 그 동굴 수색공략에 나섰다. 하지만 그런 상황에서 소대장이라고 별다른 비책이 있을 리 없었다. 그는 은밀히 동굴 입구까지 접근해간 다음, 먼저 수류탄을 몇 발 까 던져넣고 이어 자동소총을 난사하며 재빨리 안으로 돌진해 들어갔다. 그리고 그는 이내 동굴 중간쯤에서 무엇인지에 발이 걸려 정신없이 몸이 나뒹굴고 말았다. 그는 이미 죽음을 각오한 터였지만 안쪽에서 무슨 응사가 있었는지, 자신이 아직 살아 있는지 어쩐지도 알 수가 없었다. 그런 꼴로 한동안 넋을 잃은 채 가만히 안쪽 기척을 기다리고 있었다. 하지만 애초 상황판단이 빗나갔던지 동굴 안은 별다른 기척이 없이 주위가 괴괴하기만 했다. 그리고 비로소 천천히 제정신이 돌아오며 자신이 아직 살아 있다는 사실이 새삼스러워지기 시작할 때였다. 동굴 바깥쪽에서 문득 웅얼거리는 소리가 들려왔다. "이쪽저쪽이 공평하게 같이 끝장난 모양이구먼. 혹시 위험할지 모르니 수류탄 한 발 더 까 넣고 가지. 소대장님 시체는 이따가 철수할 때 수습해가기로 하구." 공격조를 정해야 했을 때 무거운 침묵 속에 유난히 소대장의 눈치를 살피던 고참 분대장 녀석이었다……

"수류탄을 까 넣기 전 간발의 차이로 목숨을 건져 돌아온 제 고향 친구에게서 들은 실화라나요. 하긴 위인 말대로 이번 이야기는 전번보다는 조금 나은 편이기는 했지요. 하지만 전 역시 별 관심이 없었지요."

반형준은 여전히 시큰둥한 어조로, 그러나 내 흥미 있는 경청 분위기에 이끌리듯 다시 이야기를 이어갔다.

"그 무렵엔 월남전이 끝난 지도 한참이나 지나 그런 유의 무용담은 이미 빛이 바랠 대로 바랜 데다, 무엇보다 전 여전히 소설 따윈 마음에 없었으니까요."

하지만 한동안 더 이어져간 반형준의 이야기를 결론부터 말하면 그는 결국 반 억지 격으로 그런 소재의 소설을 한 편 써낼 수밖에 없었댔다. 이번에는 그 친구가 반형준의 처분만 기다리고 있는 것이 아니라, 때때로 그의 소설 작업 여부를 묻고 일을 다그쳐댄 때문이었다.

반형준은 이번에도 그 일을 까맣게 잊고 지내는데, 몇 달 뒤 하루는 위인에게서 다시 학교로 전화가 걸려왔다. 그리고 다짜고짜 물었다.

"자네, 그 이야기 소설 다 썼어?"

무슨 한가한 소리냐는 투로 역시 시큰둥한 반형준의 반응에 잠시 맥이 빠진 듯싶던 그가 다시 일방적인 다그침과 협박 투 격려를 보내왔다.

"너무 그렇게 벼르지만 마, 이 사람아. 생각을 끌고 벼른다고 반드시 좋은 작품이 나온다는 보장은 없잖아. 시작이 정 어려우면 내 또 일간 한 번 찾아가서 사기를 돋워줄 참이니까."

그리고 그는 정말 며칠 뒤 이번에는 직접 그 주점까지 찾아와서 그를 불러냈다.

일이 그쯤 되다 보니 반형준은 이제 위인이 귀찮다 못해 개운 치 못한 의구심마저 들었다.

'이자가 혹시 내게 제 소설을 대신 써달라는 건 아닌가?'

하여 이날 반형준은 위인의 짜증스런 다그침 앞에 농담 투로 슬그머니 그런 뜻을 내비쳐 물었다. 그런데 그게 오히려 제 덫에 걸린 격이었다.

"그래, 내 소설을 대신 써주는 셈치고 한번 소설만 써내놔 봐! 그런다고 그게 정말 내 소설이 될 리는 없을 테니까."

위인이 여전히 기대를 꺾지 않은 채 오히려 정색을 하고 대꾸 해온 것이었다.

뿐만이 아니었다. 위인은 이후로도 잊을 만하면 전화를 걸거나 직접 찾아와 그 소설의 소식을 묻고 조속한 집필을 독촉하곤 하였다. 더욱이 그해 늦가을 신문사들의 신춘문예 관련 광고가 시작되면서부터는 위인의 성화가 거의 끊일 새가 없었다.

반형준도 결국엔 생각이 달라질 수밖에 없었다.

'이자가 정말 제 이름의 소설을 써달라는 것인가?'

그렇다면 그가 너무 깊이 끌려든 느낌에 위인의 주문을 끝끝내 외면할 수가 없을 것 같았다. 그는 작품이 되든 말든 위인의 까닭 모를 소원이라도 풀어주기 겸해 한 편의 소설을 생각하기 시작했다. 물론 시일이 모자란 탓에 자신의 다른 이야기보다 위인이 두 번째로 권한 그 월남전 용사의 무용담을 소재로해서였다. 그리고 응모 마감일 며칠 전에 그럭저럭 소설 모양의 이야기를 정리하여 위인의 이름으로 신문사로 보내놓고 이번에는 모처럼 만에 이쪽에서 먼저 전화를 걸어 그 소식을 전했다.

소식을 들은 위인이 바로 그를 찾아와 축하와 감사(?)의 술을 샀음은 물론이었다. 그리고 자신이 전한 이야기가 어떤 식으로 씌어져 누구의 이름으로 응모되었는지 따위는 알지를 못한 채 그날부터 새해 아침 신문이 나올 때까지 반형준 이상으로 학수고대, 때로는 자기 수준을 어림짐작한 반형준 쪽이 새삼 거북하고 짜증스러울 정도로 간절히 당선의 낭보를 기다렸다.

하지만 반형준의 예상대로 결과는 낙방이었고, 그에 대한 실망 역시 당사자인 반형준보다 위인 쪽이 더했음은 말할 것이 없었다.

그런데 괴이한 것은 그로부터 그 위인보다 반형준에게 한 가지 예상치 못한 조짐이 시작된 것이다. 그가 이번엔 정말로 자신의 이야기로 자신의 소설을 한 편쯤 쓰고 싶어진 것이었다.

"장난삼아 써낸 응모였지만, 거길 한번 떨어지고 나니 이상한 오기가 생기더라니까요. 무슨 복수심이랄까, 자신에 대한 도전의식이랄까…… 그 친구에 대한 체면 때문이 아니라, 위인 말마따나 제 자신의 글솜씨를 한번 제대로 진지하게 시험해보고 싶어지는 거예요."

하여 그해부터 반형준은 새로 소설 공부를 시작했다. 그리고 이해 가을에는 구정빈이 새로 얻어들어다 전해준 객담 투와 자신의 체험 가운데에서 고른 이야기를 각기 두 편의 소설로 만들어

다른 두 신문의 신춘문예에 응모했다. 구정빈의 계속된 격려와 조력 때문에서가 아니라 그저 마음 편한 대로 여전히 그의 이름을 빌려서였다.

그러나 한두 해 습작으로 금세 당선의 행운을 넘볼 수는 없었다. 이번에도 역시 예심조차 통과하지 못한 실망스런 결과에 반형준은 오히려 담담한 심사였지만, 구정빈의 상심은 당사자인 형준이 새삼 재도전의 결의를 다져 보이며 그를 위로하고 부추겨야 했을 만큼 대단했다.

그래저래 반형준은 계속 소설을 쓰지 않을 수 없었고, 때마다 결과가 신통치 못한 바람에 이후 10여 년 동안 가을이면 연례행사처럼 여전히 구정빈의 이름으로 위인과 함께 그 신춘문예라는 열병을 앓곤 했다. 그리고 구정빈 역시 그 10여 년간 기대와 실망을 되풀이하면서 친구 반형준을 위해 끈질긴 대리 취재활동을 계속했다. 실은 그 한두 해 동안엔 형준이 구정빈의 소재를 미뤄두고 자기 체험과 취재 쪽을 고집해보기도 했지만 결과가 늘 그렇고 보니 제물에 정서적 고갈을 느끼기 시작한 데다, 아무래도 구정빈 쪽 이야기가 더 신선하고 함의가 깊어 보여 그 자신 그쪽을 다시 선호하게 된 때문이었다.

그러니 어차피 그 구정빈이란 인간의 기이한 우의와 행적 쪽에 이 글의 동기가 있었고 보면 여기선 낙선으로 마감된 반형준 자신의 소재는 새삼 들출 바가 없으려니와, 이후의 구정빈의 취재분을 두어 가지만 더 소개하면 이런 이야기들이었다.

······서지학도 한 친구가 이탈리아 유학 시절 어느 날 논문 자료를 구하러 유서 깊은 도서관을 찾아갔다. 그런데 목적하고 간 일을 미처 다 끝내지 못한 채 폐관 시각을 넘겨버린 바람에 출입문이 굳게 닫힌 서고 안에 혼자 갇힌 꼴이 되었다. 전깃불까지 나가버린 깜깜한 어둠과 공포 속에 그는 허겁지겁 출구를 찾아 헤매다 끝내는 탈진 상태가 되고 말았는데, 때마침 어느 서가 사이로 가는 촛불 빛이 흘러나오는 게 보였다. 반가워 쫓아가보니 웬 여자 한 사람이 역시 서고를 나가지 못하고 책더미 사이에 갇혀 남아 있는 처지였다.

하지만 그녀가 서고를 빠져나가지 못하고 갇혔으리라는 것은 이쪽 오해였다. "내가 왜 갇혀요?" 놀랍고 반가워 나갈 길을 함께 찾아보자는 그의 제의에 대한 그녀의 대답이 이쪽을 다시 한 번 놀라게 했다. "나는 이 조용한 곳에서 밤샘 공부를 하기 위해 일부러 숨어 남아 있는 거예요······"

구정빈이 30대 중반 무렵에 주워 들어온 이 도서관 동반 밤샘 일화에 이어, 다시 몇 년 뒤 40대 문턱에서 옮겨준 다음 이야기는 혹시 늦은 권태기를 넘어선 그 구정빈 자신의 체험이 아니었는지 모른다.

······갓 중년기에 접어든 사내 하나가 그의 아내와 별 대수롭잖은 일로 자주 불화를 빚곤 했다. 그는 원래 사업 일로 국내외 가림 없이 집을 떠나 여행길엘 오르는 일이 많은 데 반해 아내는 별로

그와의 동행을 원하지 않아 두 사람 동반의 기회가 너무 드물다 보니, 아무래도 그의 잦은 여행길과 부재가 그 불화의 한 가지 원인임에 분명했다. 한데다 사태는 악화 일로, 더 이상 수습할 수 없는 파경 지경에까지 이르렀다. 그러자 사내는 아내의 마지막 결심이 터져 나오기 전에 시간의 말미를 마련해줄 겸 그녀에게 맘에 맞는 친구들과 동행으로 프랑스의 한 해변 여행을 다녀올 것을 권했다. 2차대전 연합군 상륙 작전의 전사가 밴 그 프랑스 서북쪽 노르망디 해변은 그 가뭇없는 역사의 흔적 때문이 아니라 그가 가장 최근에 다녀온 곳일뿐더러, 아득한 수평선과 잔잔한 마을 풍광이 아내와의 갈등으로 인한 그의 불편한 심사를 어느 곳보다 부드럽게 가라앉혀준 곳이었기 때문이다. "머리를 좀 식힐 겸해 당신도 한번 그 바닷가엘 가 서봐. 내가 거기서 무엇을 생각했는지, 당신과 우리 일에 대한 내 마음이 어쨌는지 아마 당신도 알게 될 거야."

사람에 대한 믿음을 아직 잃지 않고 있어선지, 그의 아내 또한 다행히 남편의 권유를 받아들였고, 얼마 뒤 그녀는 단체 관광 팀에 끼어 그 노르망디 해변 쪽 여행을 다녀왔다. 그런데 참으로 희한한 일이었다. 남자는 여자에게 자신이 다녀온 해변의 마을 이름이나 대충의 위치 정도뿐 그가 모래사장을 걷고 바다를 바라본 장소까지는 말해준 일이 없었다. 그런데 아내는 정확히 그가 거닐고 서 있었던 지점을 그대로 다녀온 것이었다. 하지만 그것은 더러 그럴 수도 있는 일이었다. 보다 더 놀라운 것은 그녀가 집어 집에까지 간직해온 한 조각 해변 돌멩이였다. 남자는 그 많은 여행길마다 뒷날의 기억을 위해 그 여행지의 돌멩이를 한 조각씩 주워 지녀오는 버릇이 있었다. 그 돌멩이 조각들이 집안 곳곳을 채우고 드는 바람에 여자가 적잖이 짜증기를 참아온 터이기도 하였다. 하지만 남자는 그 노르망디 해변 길에선 돌멩이를 지녀오지 않았었다. 이번에도 그 해변 모래톱에서 흰 줄무늬가 박힌 소라 껍질 모양의 돌멩이를 한 조각 찾아 들기는 했었다. 하지만 어딘지 아직 혼란스런 심사 탓에 그걸 다시 모랫길에 던져두고 말았었다. 그런데 아내가 바로 그 돌조각을 다시 주워 지니고 온 것이었다.

그 돌멩이가 아내의 여행과 마음결 모든 것을 말해주고 있었다. 남자는 아무것도 더 물을 것이 없었다……

그런데 그의 나이로 보아 어딘지 자기 동일시 경향이 짙어 보이는 그 이야기에 비해 다시 몇 년 뒤의 다음번 이야기엔 거의 그 자신의 직접적인 체험과 소회가 담겨 있음이 더욱 확연했다. 그 무렵 그는 한동안 집안 어른의 우환으로 밤낮없이 병원 출입이 잦은 낌새였는데, 하루는 얼굴이 많이 상한 모습을 하고 나타나서 다행히 병원 쪽 일을 무사히 넘겼노라며 형준에게 틈 있으면 어디든지 큰 병원 입원병동의 보호자 휴게실을 한번 찾아가보라는 것이었다.

"내 지금 설명을 해주면 느낌이 덜할 테니 자네가 직접 한번 찾아가 그 휴게실의 벽 위에 남겨진 사람들의 머리 자국을 살펴보라구. 그런 흔적은 어느 병원 휴게실이나 마찬가질 테니, 그게 다 무얼 말하는지."

다름 아니라 이번에는 자신이 구한 소설거리를 직접 말해주는 대신 반형준 스스로 그걸 찾아보라 그 소재만을 일러준 것이었다. 그의 주문대로 반형준은 물론 며칠 뒤 시간을 내어 어느 종합병원 입원 병동 휴게실을 한 곳 찾아갔다. 그리고 금세 그 구정빈의 뜻을 헤아릴 수 있었다.

시각이 정규 면회시간을 넘긴 늦은 때라서 그런지 그 휴게실엔 때마침 밤샘 수발을 해야 하는 한두 사람 보호자밖에 거의 이용자가 없었다. 그런데 그 한두 사람 이외에 자리가 비어 있는 긴 걸상 뒷벽 위에 검고 둥그런 머리 땟자국이 일정하게 찍혀 있었다. 그리고 그 뚜렷한 머리 땟자국의 사연은 방금 한두 이용자가 밤이 되기 전에 잠시나마 지친 심신을 추슬러두려는 듯 뒷벽에 머리를 기댄 채 눈을 감고 앉아 있는 모습에서 어렵잖게 읽어낼 수 있었다. 하나같이 피곤기와 졸음과 근심을 지고 앉아 잠시 동안 그 마음과 육신의 짐을 덜어보려 했을 간절한 소망과 기구의 흔적들. 그 고통스런 삶의 질곡과 희원이 거기 그렇듯 피곤하고 누추한 땟자국으로 찍혀 남겨진 것이었다.

과연 한번 소설을 시도해봄 직한 소재요 주재가 아닐 수 없었다.

그리고 그 몇 년 동안 이전의 소재들을 줄곧 실패로 끝내온 것 한 가지로 반형준은 그것으로 한 번 더 낙선의 고배를 마련한 격이었다.

하지만 반형준이 이제 와서 새삼 그걸 애석해할 바는 없었다. 보다는 그 이야기를 바탕으로 소설을 꾸밀 때도 그랬고 낙방의 고배를 마시고 나서도 그랬듯이, 그 자신의 삶의 정서와 굴곡이 느껴지는 이번 소재에서 형준은 그 구정빈의 세상사에 대한 모종 각성이나 성숙감보다 알 수 없는 피로감 혹은 염세적 체념의 그림자 같은 것이 감지되기 시작한 것이 새삼 더 마음에 걸릴 뿐이었다. 분명한 이유는 알 수 없었지만, 반형준에겐 이후 자꾸 그런 느낌이 짙어갔다. 게다가 그가 권한 마지막 소재거리가 자신의 직접 체험의 소회에서거나 적어도 자기 동일시의 냄새가 짙은 것이었고 보니, 반형준은 이전의 그의 모든 이야기들 또한 그 자신의 체험이나 동일시의 소산이 아니었던지 의심이 가기 시작했다. 그가 병원 사무장을 지낸 일이 없고 군생활도 시종 나라 안에서 치르고 나왔다니 그의 모든 이야기가 자신의 체험일 수는 없었지만, 그 휴게실의 인간살이 풍정과 돌멩이 일화를 포함한 다른 몇몇 소재들은 그 자신의 직접 체험이 아니더라도 내심의 동일화 과정을 거친 것들이었으리라는 느낌을 지울 수가 없었다. 그리고 그게 어느 정도 사실이라면 형준은 그의 수많은 이야기들을 소설화하는 데에 실패한 것뿐만 아니라, 그의 삶의 의미를 통째로 망쳐온 꼴이기도 하였다.

반형준은 이제 구정빈 앞에 그렇듯 큰 죄를 지은 사람처럼 민망하고, 그의 마지막 소재에 자신의 피로감과 체념기가 드러나기 시작한 듯한 상서롭지 못한 조짐에 적이 마음이 불편해지고 만 것이다. 그리고 불행히도 이후부터 반형준의 그런 느낌은 어느 정도 사실로 드러나기 시작했다.

구정빈도 물론 실망감이 너무 커 더 이상 반형준의 문재를 믿지 못하게 된 탓인지 모르지만, 그는 그 병원 휴게실 건을 마지막으로 반형준의 소설 일에 그만 관심과 조력을 거두어버린 것이다. 더 이상 소재거리를 얻어다 주지도 않았고, 전화를 걸어 그의 새 소설 일을 묻는 일도 없었다. 어쩌다 한 번씩 술자리 호출이 있어도 소설 이야기 따윈 짐짓 말을 참아 넘기고 마는 낌새 속에 제 엉뚱한 중년 나이 푸념이나 늘어놓다 맥없이 자리를 일어서곤 하였다. 반형준의 소설을 기다리거나 추궁하고 듣기커녕 이젠 아예 머릿속에도 남아 있지 않은 일 같았다. 그리고 끝내는 두 사람 간의 그런 만남조차도 차츰 뜸해져가고 있었다.

그런데 그건 차라리 반형준이 예상치 못한 그의 불행의 전조에 불과했다.

그리고 다시 그런 식으로 그럭저럭 1년 가까운 세월이 흐른 그 이듬해 늦여름께였다.

여름방학이 끝나고 새 학기가 시작된 그날은 마침 교직원 간 회식이 예정되어 있던 참인데, 구정빈이 지금 그 학교 근처 주점으로 나와 있으니 오랜만에 이야기도 좀 나눌 겸 시간이 되면 퇴근길에 한번 들러 가라는 전화를 해왔다. 하지만 그날따라 반형준은 잠시 망설인 끝에 다음 기회로 자리를 미루고 말았다. 모처럼 다시 그 술집까지 찾아와 그를 불러내는 정황으로 보아 필시 또 건네주고 싶은 이야깃거리가 생긴 듯싶긴 했지만, 학기 초의 첫 직원 회식 자리를 빠질 수가 없는 터라, 이날은 또 웬일로 그의 부인까지(오래전 이미 비슷한 경로로 인사를 치른 적은 있었지만) 동반해왔다는 소리를 구실 삼아서였다.

"양주께서 모처럼 주향 데이트를 즐기러 나오신 모양인데, 그런 자리에 잡인이 함부로 끼어들 수 있겠어. 오늘은 두 분이서 오붓하게 즐기시고, 우린 며칠 뒤에 따로 기회를 마련하면 어때? 실은 나, 오늘 학교에 불가피한 일이 생겨서 말이여."

그런데 일이 공교롭게 얽히려 그랬던지, 그 소리를 들은 구정빈 역시 더 이상 그를 강요하지 않았다.

"그러지 뭐. 얼굴 볼 기회야 얼마든지 있을 테니까. 그럼 다시 연락할게."

실은 그저 지나는 길에 이쪽 사정이나 알아볼 뿐이었다는 듯 간단히 전화를 끊고 말았다.

하지만 이날 밤 그는 밤늦게 다시 전화를 걸어 새삼 그 재회 약속을 다짐하는 분명한 자기 징표를 알려왔다.

"나 오늘 그 술집에다 나중에 자네하고 마실 술병을 미리 사 맡겨두고 왔지. 마누라하고 먹다 남긴 술병에다 새것까지 한 병 더 해서 말이야. 그러니 그 술 다른 손 타기 전에 우리가 일간 만나서 마셔 없애야겠지? 당장 날짜를 잡기 뭣하면 자네 혼자 찾아가 먼저 마셔도 좋고……"

아직 술기가 가시지 않은 목소리였지만, 그를 만나기를 그만큼 기다린다는 증거였다. 반형준은 그 구정빈에게 뭔지 그만큼 절박하게 하고 싶은 이야기가 있는 듯싶기도 하였다.

하지만 결론부터 말하면, 반형준은 끝내 그 마지막 구정빈의 이야기를 듣지 못하고 말았다.

'당장 날짜를 잡기 뭣하면 자네 혼자 찾아가 먼저 마셔도 좋고……'

구정빈 자신도 당시엔 모르고 한 소리였겠지만, 반형준이 미처 그 다그침의 비의를 제대로 알아차리지 못한 데다, 그로 하여 그의 당부는 그 자신을 위해 가장 불행한 예언이 되고 만 것이다.

그의 심사가 다소 조급해 있는 것을 짐작하면서도 신학기의 번잡한 업무 때문에 당일은 물론 이후에도 한 이틀 마음속 작정을 못 내린 채 그의 호출 전화가 은근히 꺼려지고 있던 참이었다.

"오늘 아침 갑자기 그이가 가셨어요…… 전화를 하다가 뇌일혈을 일으켜서요."

반형준의 예상과는 달리 이번에는 구정빈 대신 그의 아내가 이른 아침 교무실을 들어서자마자 전혀 뜻밖의 불행한 소식을 알려왔다.

"자세한 경위는 저도 잘 모르겠어요. 하지만 다른 한 친구에게 말 못할 배신을 당한 것만은 틀림없어요."

부랴부랴 영안실로 찾아간 반형준은 그동안 이미 심한 마음의 고초를 겪은 탓인지 생각보다 침착한 여자의 설명에 그동안 자신이 그의 일에 너무 무심해온 데에 심한 죄의식을 느끼지 않을 수 없었다. 알고 보니 구정빈은 한 대학 동창 친구의 권유에 따라 그동안 제법 호황을 누리던 동네 슈퍼를 팔고 그 친구의 대형 매장 사장(그 친구는 회장 명의로 뒤에 물러앉아 실질적인 경영권을 행사하고 있었으니 사실은 명목상의 대리사장 역이었지만) 자리를 맡아오고 있었댔다. 자신의 슈퍼를 매각한 돈을 그 매장의 규모와 자본금 확장 명목으로 투자하는 조건에서였다. 하지만 막상 일을 시작하고 보니 회사는 생각보다 영업 실적이 부진한 데다 재무 구조도 퍽 취약한 형편이었다. 그는 다시 발을 빼려 했지만 이미 엎질러진 물이었다. 자기분 투입자금은 이미 기존의 부채 청산에 흔적도 없이 사라진 데다 시일이 흐름에 따라 그 빚 규모까지 자꾸 늘어갔다. 그런데도 그는 회계 내용도 잘 알지 못하는 처지에 빠른 시일 안에 회사 경쟁력부터 다져놓아야 한다는, 그래서 오래잖아 회사 경영만 정상화되고 보면 모든 일이 잘 해결될 거라는 친구의 설득과 회계 실무자의 다짐에 따라 계속 자기 명의의 회사 수표를 발행해 사용했다. 그 친구의 큰소리만 믿고 종당에 가선 물정 없이 자기 집까지 담보로 제공해가면서.

하지만 모든 건 처음부터 그 친구가 꾸민 계략이었다. 뒤에 드러난 일이었지만, 그 회장님 친구는 시종 그 재정 실무선을 동원한 위장 회계 속에 회사 자금을 차근차근 뒤로 빼돌려 챙겨온 데다, 끝내는 사장 명의 발행 수표들까지 몽땅 다 부도를 내고 잠적해버린 바람에 구정빈은 졸지에 부정 수표 사범으로 채권자와 경찰에게 함께 쫓기는 알거지 도망자 신세가 되고 만 것이었다.

"그러니까 며칠 전 선생님께 전화를 드린 것도 집엘 못 들어오고 피신 상태에서였지요. 저도 바깥 전화를 받고 주위의 눈을 피해 그 주점으로 나가 두어 주일 만에야 그이 얼굴을 보았으니까요."

하지만 그날 반형준이 오지 않을 걸 알고 혼자 망연해 있는 남편이 더욱 안돼 보여 그녀는 위험을 무릅쓰고 이런저런 구실로 그를 설득하여 집으로 데려갔다 하였다. 그리고 이미 남의 손으로 소유권이 넘어가버린 집에서나마 모처럼 가족과 함께 하룻밤을 지내고 난 이튿날 아침, 남편은 거실로 나가 여기저기 전날의 회장님 쪽 사람들과 전화 통화를 시도한 끝에 드디어 한 사람과 접속이 이루어진 낌새였댔다. 하지만 처음 1, 2분쯤은 목소리가 너무 조용하여 부엌 쪽에선 무슨 말이 오가는지 잘 들리지가 않았고, 그녀가 똑똑히 알아들은 말은 갑자기 언성이 높아지다 뒤가 힘없이 잘려버린 그의 마지막 호통 소리뿐이었댔다.

'그래 도대체 날 언제까지 이런 도망자 꼴로 만들 거야! 이 천하에 배신…… 어어으으……'

"기척이 이상해 쫓아나가 보니 그이가 정신을 잃고 쓰러져 있지 뭐예요. 그러곤 119 구급차도 도착하기 전에 그만…… 알고 계셨는지 모르지만, 그인 평소부터 혈압이 좀 안 좋았거든요."

장례를 치르고 나서도 반형준은 그 구정빈의 죽음이 머리에서 떠나지 않았음이 물론이었다. 소설거리에 관한 일 이외엔 그의 일에 너무 무관심해온 자신에 대한 자책감에다, 쫓기는 처지에 있던 그의 마지막 술자리 주문을 무심히 외면하고 만 데 대한 후회, 그리고 그 술자리에서 구정빈이 그에게 털어놓고 싶었던 이야기(그것이 비록 소설거리가 아니었더라도)가 무엇이었을까 하는 궁금증 등으로 반형준의 머릿속은 늘 어수선하기만 하였다. 그리고 그런 괴로운 상념은 그가 반형준을 위해 주점에 남기고 간 술병을 생각할 때면 더욱 그를 옥죄고 들었다. 자신의 일을 미리 알고 부러 그랬을 리는 없겠지만, 그가 이승의 친구에게 마지막으로 남기고 간 술을 그냥 모른 척 버려둘 수도 없었고, 그렇다고 혼자 그걸 선뜻 마시러 나설 수도 없었기 때문이다.

하지만 어느 날 반형준이 작심을 하고 술집을 찾아 혼자서 그 술병을 앞에 하고 앉았을 때, 그는 마치 구정빈의 보이지 않는 넋과 그가 그에게 건네주는 술잔을 앞에 한 기분이었다. 그리고 새삼 더 가슴 저리는 회한 속에 자신에게 건네진 그의 죽음의 비의 한 가지를 읽어냈다. 그가 그 술병을 죽음 뒤에 남기고 간 것은 반형준에게 그 기이한 사연의 술잔 앞에 제 죽음의 수수께끼를 읽어내라는 뜻만 같았다. 그 죽음의 수수께끼를 읽어내는 일 자체가 소설이 될 수 있었다. 그가 그 마지막 술자리에서 반형준에게 하려던 이야기란 그 무렵 정황으로 보아 그의 소설과는 별 상관없는 자신의 삶의 정서, 어쩌면 그 동업자에 대한 배신감이나 인간살이의 부조리 혹은 바로 반형준 자신에 대한 어떤 원정(願情) 같은 것들이었는지 몰랐다. 그날 남편이 반형준에게 특별히 무슨 할 이야기가 있는 것 같았느냐는 뒷날 물음에 그의 아내가 한동안 대답을 망설였고 보면 사실은 그 어느 쪽도 아니거나 아예 예정된 이야기가 아무것도 없었을 수도 있었다. 하지만 그게 어느 쪽이든 이제 그것은 별 상관이 없는 일이었다. 이제는 그의 죽음 자체가 소설거리였다. 실패만을 거듭해온 수많은 이야깃거리 도움 끝에 종당엔 그 자신의 죽음을 소설거리로 남겨준 셈이었다.

"무엇보다 그의 죽음이 제게는 제 소설이 이웃 사람들이나 세상과 만나는 문으로 여겨졌으니까요. 그래 저는 몇 달 뒤 그의 죽음으로 제 문학의 문을 열어나간다는 각오 속에 내게 대한 그 죽음의 수수께끼와 술병의 의미를 중심으로 다시 소설을 한 편 썼지요. 이번엔 모처럼 제 자신의 이름으로 그걸 응모했구요."

반형준은 소설의 뒷사연을 끝내고 나서 여담처럼 덧붙였다.

"그런데 제가 그 죽음을 조금이라도 제대로 읽은 대목이 있었던지 이번엔 당선 소식이 오더군요. 그러니 하필이면 이번이냐 싶어 내심 몹시 괴이하고 민망스러운 느낌이 들기도 했지만, 그런 식으로 뒤늦게나마 그의 혼령 앞에 진심의 위로와 사죄를 바치고 싶은 제 노력이 헛되지 않은 듯싶어 조금은 위안이 되기도 했구요."

"그럼 앞으론 어쩔 생각이세요. 이전에 소설을 썼다가 실패한 그 친구의 이야기들 말이에요. 이젠 기다리던 등단 기회를 얻었으니 앞으로 그 이야기들을 차근차근 다시 써볼 생각은 없으세요?"

이야기를 다 듣고 난 내가 그 구정빈의 죽음을 중심으로 그가 일러준 전일의 소재들은 그 내용과 과정만을 간략히 소개하고 지나간 당선 작품의 구성을 떠올리며 마지막으로 한마디 물었다.

그런데 그는 내 예상과는 다른 대답이었다.

"이미 썼다가 실패한 것들인데 어떻게 그걸 다시 쓰겠어요? 이번 소설에서 대충 내용을 소개한 이야기들이기도 하구요. 여기까지 친구의 유덕을 입었으면 이제부턴 저 자신의 이야기를 써보도록 해야겠지요. 하지만 그가 가고 없는 마당에 저 혼자 그것이 가능할지 모르겠어요."

하지만 나는 그에게 한 번 더 다짐을 주었다.

"어쩌면 그 이야기들을 다시 쓰고 싶을 수도 있을지 모르지요. 구정빈 씨의 죽음 이외에 그 일련의 이야기들에 이번 작품과는 다른 의미가 드러날 땐 말이지요. 그런 때를 위해 내 한 3년쯤 반 형을 기다려보지요. 그 이야기 가운데에 어쩌면 내 몫으로 남은 대목이 있는 것 같기도 하니까요. 지금까지 반 형의 후일담에 나름대로 열심히 귀를 기울여 들어드린 값으로 말이오."

반형준은 그 구정빈의 죽음을 자기 소설이 세상과 만나는 문으로 읽고 싶었고, 그래 그의 죽음을 쓰는 일을 자기 소설의 문을 열어나가는 일로 여겼다던가. 하지만 구정빈의 죽음과 그 죽음의 수수께끼(의미)가 이야기와 관심의 핵심을 이루는 반형준의 소설을 넘어 그의 죽음을 포함한 생전의 이야깃거리 취재 내용이나 친구에 대한 그간의 소망 따위 구정빈의 삶 전체의 과정에 눈길이 이르고 보면, 구정빈은 이미 자신 속에 그의 이웃과 세상을 향한 만남의 문이 마련되어 있었거나, 그 의문투성이 삶 자체가 그 문이었을 수도 있었다. 그는 왜 그런 식으로 살다 그렇게 갔는가……? 반형준도 그 일련의 이야기들에 대한 구정빈의 자기 동일시 경향을 말한 대목이 있었지만, 그는 그렇듯 그 이야기들을 직접 자신의 삶으로 살다 갔을지 모른다는 한 낯선 이웃의 여망에도 불구하고 그 마지막 의문은 여전히 해명할 길이 없는데다, 그 알 수 없음의 화두야말로 우리 삶과 문학의 영원한 유예의 수수께끼, 숙명적 비의의 문이자 어쩌면 그 삶 자체일지도 모르니까.

그게 어쩌면 내가 굳이 반 씨에게 그걸 묻고 다짐한 이유이자,

이런 식으로 염치없이 다시 이 이야기를 소개하게 된 연유다.

왜냐하면 앞에서 이미 말했듯 이후 몇 년 동안 반형준 씨는 자신의 우려처럼 아직 그 구정빈의 이야기를 다시 써낸 일은 물론 그가 바라던 자기 취재 이야기도 한 편 내놓은 일이 없기 때문이다.

(2003년 가을)

무상하여라?

'내가 웬 허깨비 탈(너울)을 쓰고 다니나?'

애당초 나는 길을 마주 오던 사람들이 곁을 스쳐 지나가며 더러 눈길이 심상찮아지는 이유가 자신 때문이라는 생각이 없었다. 어떤 경우엔 무심히 곁을 지나치려다 뒤늦게 아는 얼굴을 스친 듯 잠시 걸음을 멈췄다 가는 사람도 있었고, 때로는 한참 앞에서부터 내 쪽을 겨냥해 다가와 앞을 막아서듯 제법 친숙한 미소를 남기고 지나치는 위인도 있었다. 하지만 이쪽에선 그 누구도 알아보거나 기억에 떠오를 만한 얼굴이 아니기에 그저 늘 무심히 길을 지나치곤 하였다. 처음 한두 번은 그저 뒤쪽의 누군가를 향한 알은체 수작이거니 여겼을 뿐이니까.

그야 출퇴근길에서나 외지 출장 중에나 바깥길만 나서면 그런 일을 자주 겪는 데다 위인들의 눈길에 그리 악의가 없어 보이는 탓에 나 또한 이따금 위인들이나 내 뒤쪽을 돌아다보게 되긴 하였다. 혹시 내가 아는 사람을 못 알아보고 무안을 주었나 싶기도 해서였다. 하지만 내가 알아볼 만한 경우란 없었다. 뒤쪽에 그럴 만한 후행자가 눈에 띈 일도 없었고, 다른 보행자가 뒤따르는 경우에도 두 사람 간의 만남이 이루어진 적은 없었다. 후행자와의 만남 대신 위인들 역시 나를 되돌아보며 한 번 더 친숙한 웃음기를 보내거나, 아니면 무언지 좀 미심쩍어하는 표정 속에 '내가 사람을 잘못 보았나?' 식으로 짐짓 고개를 갸웃거리다 가기도 하였다.

'눈깔에 깍지들이 끼었나. 멀쩡한 대낮에 사람을 잘못 보고 다니긴.'

하지만 알고 보니 결코 그것도 아니었다. 긴 소리 제하고 막바로 사실부터 말하면 내가 엉뚱하게 다른 사람 화상의 그림자를 뒤집어쓰고 다닌 탓이었다. 연이나 그로 인해 후일에 빚어진 여러 헛도깨비 놀음도 전혀 내 혼자만의 허물이나 책임일 수가 없었다. 그것은 애초 내 고의에서 빚어진 일이 아닐뿐더러, 언감생심 바란 일도 아니었으니까.

우연찮게도 그런 내 괴이한 궁금증이 더욱 엉뚱한 방향으로 풀리기 시작한 것은, 그러니까 내가 이 3년째 영업 일을 맡아오는 우리 P출판사 조 사장으로부터였다. 그 '어른'과 조 사장 사이의 관계를 알지 못한 내가 물색없이 그런 객소릴 지껄이고 든 게 사태 발단의 빌미가 된 셈이었다.

"아, 그러고 보니 짐작이 가네요. 하하."

어느 날 아침 사장과 함께 회사의 신간물 보급에 관한 부서 회의를 끝낸 자리에서 내가 푸념 삼아 털어놓은 소리를 듣고 몇 년 아래 연배의 조 사장(그런 탓에 회사 윗사람 처지에서 그는 일상 내게 '님' 자 호칭을 붙이거나 경어 투를 썼다)이 뜻밖에 재미있는 일이 생겼다는 듯 새삼 의자를 당겨 앉으며 장난스럽게 웃었다.

"지금까진 그저 무심히 지나쳤는데 이야기를 듣고 보니 김 과장님 인상이 그 양반 얼굴과 참 많이 닮았어요."

그 위인이 대체 누구냐는 물음에 조 사장은 새삼 내 얼굴과 위아래를 찬찬히 훑어 내리며 장난 투를 이어갔다.

"나이가 쉬 읽히지 않는 동안(童顔) 인상에 조금은 고집스러워 보이는 마늘쪽 콧날하며 삐진 듯이 양쪽으로 가늘게 처져 내린 입술 끝 모습까지…… 무슨 득 될 일 있으면 모른 척하고 그냥 그 양반 행세를 하고 다니셔도 되겠어요. 한 160센티 정도? 조금 작달막한 편인 그 키나 몸피까지. 무엇보다도 반백으로 세어가는 김 과장님 머리까지도요."

"그러니까 그 양반이 대체 어떤 위인이냐니까요?"

그쯤 했으면 그가 누군지 알아차렸을 법하건만, 제 얼굴이 어떻게 생겨먹었는지 별로 뚜렷한 느낌이 있을 수 없는(누군들!) 나의 채근에 조 사장은 비로소 핀잔 투 섞인 어조 속에 뜻밖의 얼굴을 일깨워왔다.

"그래 김 과장님 그 얼굴이 누굴 닮았는지 정말 모르겠어요? 누구한테 그런 소리 들으신 적도 없구요? 하긴 나도 어디서 단체 사진 찍은 걸 받아보면 내 얼굴이 어쩐지 낯설어 보일 때가 있지만, 그렇다고 요즘 들어 빠지는 날이 없는 그 양반 신문이나 텔레비 사진을 보고도 한 번도 그런 생각이 안 들었다니…… 이번에 민통당(민주통일당) 총재에 당선한 JS 말이에요, JS!"

나더러 그 야당 총재 JS 어른을 닮았다는 거였다. 게다가 조 사장의 말을 그저 실없는 헛소리로 들어 넘겨버릴 수도 없는 것이 무슨 기연이 닿아선지 그 JS와 조 사장은 선대부터 집안 간에 퍽 긴밀한 교유가 있어온 데다 중학교와 고등학교까지 선후배 사이로 서로 지나온 사정을 훤히 꿰고 있는 처지였다.

조 사장은 잠시 그런 내력을 설명한 끝에 이렇게 단정하고 나섰다.

"그 양반 요즘은 나이 들어 보이는 게 싫어서 염색을 하고 다니지만 선대의 조백 혈통 탓에 일찍부터 머리가 하얬거든요. 연세가 김 과장님보다 한 10년쯤 연상이시니 지금 반백에 가까운 김 과장님 모습이 10년 전의 그 양반 그대로라니까요. 그러니 나이 차 때문에 김 과장님이 바로 JS 본인이라기 뭣하면 그 양반 동생이라고 하면 곧이듣지 않을 사람이 없겠어요."

그러고 보니 실은 나 역시 한두 번 그 JS의 영상물 앞에 그런 느낌이 든 적이 있었던 듯싶기도 했다. 그때마다 왠지 기분이 야릇해져 짐짓 고개를 돌려버리곤 했던 기억도 겹쳤다. 조 사장의 싱거운 놀림 투에 나는 이번에도 어딘지 그 껄끄러운 느낌이 되살아난 것이다. 조 사장 말마따나 사람들이 나를 무심히 지나치지 못 하는 이유를 깨닫지 못했을 뿐 나 또한 이미 JS의 모습 앞에 어딘지 좀 익숙한 느낌을 지녀왔음이 분명했다.

늑대와 개 사이가 앙숙이요 호랑이가 제일 못 참아 하는 짐승이 고양이랬던가. 사람과 사람 간에도 자신을 닮은 얼굴엔 그다지 호감을 지니기 쉽지 않은 터. 하지만 내가 나를 닮은 얼굴에서 친연성을 지닐 수 없는 것은 다만 그런 차원에서가 아니라 나 자신의 궁색한 삶의 분위기에 대한 모종 거부감 때문일지도 모른다. 척박하기 그지없는 벽지 시골 태생에 나이 사십 고비를 넘어선 지금까지 줄곧 삶의 변두리만 헤매다 보니 나는 늘 화색을 잃고 노리끼리한 내 얼굴 꼴새 자체가 그 남루한 삶의 궁기를 숨길 수 없는 것처럼 역겨워질 때가 많았다. 그래 늘 사람들 앞에 말과 행동을 쭈뼛거리게 마련이던 내가 그 길거리 위인들의 심상찮은 눈길 앞에 정도 이상으로 기분이 예민해지면서도 굳이 그 '닮은 얼굴'까지는 떠올리려 하지 않은 것 역시 그런 자신의 기분을 더치고 싶지 않아서였을지 모른다.

어쨌거나 나는 그 사장의 너스레를 오래 지니려 하지 않았음이 물론이다. 내 외관의 인상이나 분위기가 JS 어른을 연상케 한다는 걸 시인하고 싶지 않음은 물론, 그 사실 자체를 아예 잊고 지내려 함이었다.

"형님, 요즘 당 아랫것들이 속을 많이 썩이지요?"

그 동네 풍속은 항간의 폭력 집단에서처럼 '아랫것'들이 더러 웃어른을 '형님'으로 불러 존경과 충직성을 표할 뿐 아니라 두 사람 간에도 일찍부터 별 허물없이 형 아우 호칭으로 지내왔다는 귀띔 속에 조 사장은 숫제 그렇게 놀리고 들기도 했지만, 나는 그저 모든 걸 실없는 농기로 듣는 둥 마는 둥 아랑곳을 안 해온 것이었다. 설사 내 얼굴이나 외양 어느 구석에 그 어른 비슷한 느낌을 주는 데가 있다 한들 내가 어찌 감히 그런 마음을 지닐 수 있으며, 그것이 내게 무슨 득이 될 노릇이었겠느냔 말이다.

하지만 지나다 보니 그렇게 넘기고 지날 수 있는 일이 아니었다. 야당 총재직에 오른 어른의 모습이 그즈음 들어갈수록 매스컴을 자주 타게 된 탓인지 모른다. 같은 남해안 태생이면서도 동서로 전혀 다른 내 서쪽 방언 투 억양을 들을 기회가 있을 리 없는 사람들이 여전히 나를 알아보는 듯한 낌새를 띠거나 제풀에 혼자 고개를 갸웃거리고 지나가는 일이 끊이질 않았다. 길거리에서뿐 아니라 사람 출입이 잦은 찻집이나 주점 같은 델 들렀다가도 더러 비슷한 일이 생기곤 했다.

한번은 어느 젊은 아주머니와의 전집 계약 일을 마무리 짓기 위해 분위기가 제법 차분한 한강변의 한 찻집엘 찾아 들어가 아직 나타나지 않은 상대방을 기다리며 우두커니 창밖을 내다보고 앉아 있으려니 웬일로 그곳 종업원이 시키지도 않은 커피를 가져왔다. 뿐인가. 영문을 알 수 없어 하는 내 탁자 위에 그는 서슴없이 차를 따라 권하며 정중하게 말했다.

"방금 전 한 손님이 어르신께 차 한 잔 올리고 싶다고 주문과 함께 대신 계산을 하고 가셨습니다. 연일 노고가 많으신 어르신께서 허락하고 들어주시면 더 없는 영광이겠다고요."

정중한 말씨와 상기된 안색으로 보아 그 손님뿐 아니라 녀석까지 덩달아 착각을 한 게 분명했다. 설마하니 그 정도까지야…… 부인하고 싶긴 했지만, 당장에선 시인도 부인도 할 수 없는 난처

한 입장이었다. 다시 말해 나는 그대로 공짜 커피를 홀짝이고 앉아 있을 수도, 그렇다고 그냥 자리를 일어나 찻집을 나와버릴 수도 없는 꼴이었다. 이미 문을 나가버린 위인이야 무슨 기분이든 상관없는 일이라 해도, 그대로 슬그머니 자리를 일어서 나오는 건 불황 중에 모처럼 만의 귀한 고객 한 사람을 제 발로 걷어찬 꼴이겠고(서둘러 잔을 비우고 나가 문밖에서 기다린다?—누구 대접을 받는 처지에 사람 못할 노릇이기는 그편이 더하지 않은가), 천연덕스럽게 그대로 공짜 커피를 마신대도 잠시 뒤면 나타날 고객과의 전집 일까지 차마 녀석 앞에서 꺼낼 수 없기는 마찬가지(녀석 앞에 이실직고 커피 값을 치르고 여자를 기다렸다 일을 마무리지으면 되지 않겠느냐?—달갑잖은 대역 놀음일망정 그 또한 내 자신을 위해서나 어른을 위해서나 추호라도 가당한 일이랴). 그러니 그 딜레마의 틈새, 끝내는 체면이고 양심이고 계약 일이고 간에 이도저도 다 단념한 채 서둘러 찻잔을 비운 척하고 가게 문을 나선 길로 황황히 자취를 감췄을 수밖에(그 점에서 내 최소한의 자존심만은 지켰달까).

영업실적과 관계된 일이라 사장이나 누구에게도 말을 못했음은 물론, 기억조차 남기고 싶지 않은 고약한 낭패사가 아닐 수 없었다.

하지만 말썽은 거기에 그치지 않았다.

다른 한번은 어느 더운 일요일, 몇몇 이웃과 함께 동네에서 가까운 남한산성 수림 아래에 자리를 펴고 쉬고 앉았는데, 때마침 10여 미터쯤의 맞은쪽 좌판대 앞에서 막걸리를 사 마시려던 장

넌기 초입의 유명 탤런트 한 친구가 주위를 지나가다 몰려든 여
학생 아이들 무리에 둘러싸여 한동안 즐거운 곤욕을 치르고 있었
다. 그런데 나도 이미 TV 화면에서 얼굴이 익어온 위인이 아이들
에게 자신의 기념 서명을 해주는 틈틈이 자꾸만 이쪽을 흘깃거리
곤 하였다. 하다 보니 나는 아무래도 낌새가 수상쩍어 슬그머니
먼저 자리를 피하려 몸을 일으키던 참이었다. 어느새 낌새를 알
아차린 위인이 화들짝 아이들의 종이쪽지를 뿌리친 채 허겁지겁
이쪽으로 달려왔다. 그리곤 대뜸 내 손부터 감싸 쥐며 허물없이
(조 사장이 말했던 그대로!) 건네왔다.

"형님! 오늘은 이까지 우인 일이십니껴?"

묻지 않아도 진작에 알조였다. 게다가 위인의 이름값에는 JS 어
른과 멀지 않은 그의 남쪽 고향 사투리 억양도 한몫을 하고 있었
음에랴. 하지만 고향 선후배 처지로 한두 번 면식을 나눌 기회는
있었을 법한 일이지만, 바로 코앞에서까지 사람을 잘못 알아보는
깐으로 해선 그 '형님'의 호칭이 썩 자연스럽게 어울릴 처지는(그
동네 풍속을 감안한다 해도) 못 되어 보였다. 한마디로 위인은 내
심에 벼르고 달려온 절호의 배알 기회를 잘못 짚고 있음이었다.

하지만 당황스러운 것은 당연히 눈이 먼 위인에 앞서 졸지에
일을 당한 내 쪽이 더할밖에. 그렇다고 그 흥분기마저 역연한 위
인에게 덥석 두 손을 내맡긴 처지에서 내가 당장 어떻게 해야 했
을 것인가.

"내 날씨가 하도 덥어서 여까지 죙히 바람 좀 쐬러 나왔제."

나는 엉겁결에 우선 가타부타 가림이 없이, 그러나 위인의 악

의 없는 실수를 감싸주려는 생각에 자신도 모르게 JS 어른의 방언투를 섞어가며 범상하게 응대해주었다. 그리고 위인이 제풀에 사실을 깨닫고 당황스러워하기 전에 큰 체면 상하지 않게끔 한껏 아량을 더해 그가 모를 자초지종을 돌려 말했다.

"노형은 지금 아마 나를 어느 다른 어른으로 잘못 알고 이리 쫓아오신 모양인데……"

이번에는 원래대로의 내 말씨로 돌아간 설명이었다.

"미안합니다만, 보시다시피 인연이라면 난 그 어른과는 조금 남다른 인연이 있는 처지일 뿐이지요. 이전에도 종종 그 어른으로 잘못 오인되어 민망스런 경우가 생기곤 했으니까요. 허허……"

금세로 말씨까지 달라진 내 웃음기 섞인 설명에 위인은, 그러나 함께 웃을 수가 없었다. 웃음커녕 표정이 차츰 멍청해지면서도 위인은 여전히 손을 놓지 못한 채 긴가민가 한동안 내게서 눈길을 떼지 못하고 있었다.

"하지만 이런 식으로나마 유명한 분을 만나보게 됐으니 내 쪽에선 어쨌거나 반갑기 그지없구먼요. 사실 난 영화나 텔레비전 연속극 같은 데서 노형을 누구보다 좋아해왔으니까요. 그러니 그 어른도 형씨의 연기를 좋아하시는지 모르지만, 오늘 우연히 그 어른의 동생쯤 만난 거라 치고 넘어가십시오. 허허."

내가 위로하듯 다시 웃으면서 말했다.

"아 그렇습니까. 허…… 하."

위인이 비로소 웃는 듯 우는 듯 야릇하게 찌그러진 표정의 억지 웃음기를 흘리며 슬그머니 잡았던 손을 놓았다.

하고 보니 이제 그 어색한 국면을 어서 모면해야겠다는 듯 새삼스레 "그럼, 실례했습니다" "반갑고 고마웠습니다" 따위 앞뒤가 잘 안 맞는 치레소리 몇 마디를 남기고 황황히 발길을 돌이켜 가는 위인의 등 뒤에서 나는 물론 진작부터 사정을 알아차리고 있던 우리 일행조차도 무슨 웃음커녕 한동안 묵묵히 입을 다물고 있었을 수밖에.

"그 양반 동생을 만난 걸로 치렀다구요? 하하, 그러고 보니 이제 우리 김 과장님한테 차츰 그쪽 이력이 붙기 시작한 셈이네요. 하하."

그 일을 두고 누구보다 마음 툭 터놓고 유쾌하게 웃은 것은 그러니까 이튿날 사무실에서 자초지종을 전해들은 조 사장이었다. 한데다 그는 한술 더 떠 내가 미처 모르고 있던 사실까지 덧붙여 지적했다.

"하지만 어쩌지요? 그 양반한텐 실상 아우가 없는데요. 그 텔런트 친군 나도 좀 알지만, 있지도 않은 동생 소리에 그 친구 더욱 황당해했을 몰골이 눈앞에 선하네요, 하하."

그야 그 JS 어른에게 아우가 있고 없고 따위는 조금도 마음 쓸일이 못 됐지만, 문제는 내게 그 알량한 '이력'이 생기기 시작했다는 조 사장의 지적이었다.

"한다고 사람들이 그렇게 쉽게 속아 넘어가나?"

조 사장 자신이 정작엔 뭔가 아직 믿기지가 않는 듯 새삼 고개를 갸웃갸웃 미심쩍은 표정이더니 마침내 기상천외의 제의를 들고 나선 것이었다.

"그렇담 좋아요. 우리 한번 진짜 현장 시험을 나가보자구요. 내 그럴 만한 곳을 한 곳 소개할 테니, 바로 오늘 저녁에라도 말요."

나를 처음 대하는 사람들이 정말로 얼마나 그 어른으로 혼동하는지 당장 한번 현장을 봐야겠다는 거였다. 그리고 이날 밤 사무실 직원 몇 사람에다 이따금 조 사장을 찾아와 바둑을 두고 가곤 하는 그의 동년배 문객 '변 고문'(할 일 없이 회사를 자주 찾는대서 서로 그런 별칭으로 통했다)까지 동행 삼아 나를 안내해간 곳이 당시의 강권 정부에다 시중 민심의 움직임에 어느 지역보다 민감할 수밖에 없는 남산 기슭의 한 한식당 '송죽원' 내실이었다.

"내 아까 전활 해두었는데……"

"아, 그러세요? 이리로 오세요. 그러잖아도 지금 언니한테 시간 놓치지 말고 정중히 맞아 모시라는 당부 받고 기다리고 있었어요."

전부터 더러 출입이 있어온 듯 조 사장은 송죽원 현관을 들어서며 안내석에 앉아 있던 아가씨에게 짐짓 낮은 목소리로 예약 사실을 알렸고, 아가씨는 그러나 으레껏 해온 일이듯 별다른 관심이나 표정의 변화 없이 우리 일행을 조용히 이 층의 한구석 방으로 안내했다.

"아까 방을 예약하면서 오늘 내가 좀 특별히 귀한 어른을 모시고 갈 테니 조용한 방으로 자리를 마련하라고 했거든요. 하지만 그 어른이 누구라는 말은 하지 않았으니 어떤 반응이 나오는지 좀 기다려보자구요."

옷들을 벗어 걸고 미리 깨끗하게 손보아둔 주안상 앞에 조 사장은 나를 맨 상석으로 하여 차례차례 자리를 잡아 앉힌 다음 한 번 더 좌중에게 당부했고, 일행은 무슨 면접관을 기다리는 수험생처럼 얼마간 멋쩍은 긴장기 속에 말없이 다음 추이를 기다렸다.

……한동안은 여전히 눈에 띌 만한 기미가 없었다. 종업원 몇 사람이 묵묵히 아래층을 오르내리며 음식상 꾸미는 일에만 전념할 뿐 이날 자리의 특별한 손님에 대한 관심을 갖는 눈치가 거의 없었다. 하지만 그건 어쩌면 귀한 손님에 대한 결례를 걱정한 윗사람의 단속 때문이었는지 모른다. 이윽고 아래 심부름 일이 다 끝나갈 무렵, 드디어 주인인 듯한 여자가 깔끔한 성장 차림으로 나타나 문 앞에서 잠시 방 안을 둘러보며 아이들에게 일렀다.

"주안상 우선 빠진 것 없이 다 됐지? 그럼 너희는 잠시 내려가 기다리거라. 일 있으면 다시 부를 테니."

이어 그녀는 아래층에서 이미(아이들이 짐짓 모른 척한 게 사실은 알아봤다는 표시니까) 그 귀한 사람이 누군지 알고 올라온 듯 내가 앉은 상석 쪽을 향해 곧장 치맛자락을 거둬 잡고 사뿐사뿐 다가왔다. 그리곤 일부러 조금 굳은 표정을 하고 앉아 있는 옆자리의 조 사장에 앞서 내 쪽에 먼저 정중하게 머리를 조아렸다.

"인사 여쭙겠습니다. 제가 명색 이 송죽원 내실 일을 책임 맡은 신나연이라 합니다. 조 사장님이 오늘 좀 어려운 손님을 모시고 오신다기에 누구신가 했더니 이렇게 귀한 어른을 모시게 될 줄 미처 몰랐습니다. 누추한 곳을 일부러 찾아주시니 영광스럽고 송구할 뿐입니다."

그리고 새삼 조 사장이 동행의 신분을 알리지 않은 뜻을 헤아리겠다는 듯 방 안을 다시 한 바퀴 둘러보고 나선, "조 사장님 어조에 짐작이 가는 데가 있어 저희 집에선 그중 조용한 이 이 층 방을 치우고 주위도 미리 단속해뒀으니 누추하지만 다른 신경 쓰지 마시고 오늘은 맘 편히 쉬었다 가십시오" 하고 지레 다짐 끝에 마련해둔 상위의 양주병을 따 들고 술잔을 권해왔다.

"그럼, 모처럼 귀한 어른을 모신 기념으로 외람되오나 제가 총재님께 첫 잔을 올리고 싶사온데 허락해주시겠습니까?"

하지만 그 '총재님'은 애초 말을 될수록 아끼기로 한 데다 짓궂은 호기심을 참고 있는 일당들 눈길 앞에 마땅히 대꾸할 말도 없었다.

"그래, 자네도 오늘 막상 우리 형님 보고 놀랐제?"

"그야 나도 신 마담이 이렇게 다 알아서 잘 모셔줄 줄 알고 형님을 이리로 모시고 왔으니 알아서 하라구. 그러잖아도 요즘 우리 형님 당무로 몹시 피곤해지신 심신을 좀 풀고 가셔야 할 테니."

나를 제치고 조 사장이 중간중간 적당히 그 마담의 말을 받아나갔을 뿐이었다.

하지만 나 또한 언제까지 그 답답한 벙어리 노릇만 하고 앉아 있을 수는 없었고, 그게 더 이상하게 보일 수도 있었다. 게다가 '총재님'은 아직 한마디도 말이 없는 데 비해 조 사장은 위태로울 정도로 너무 앞서나가고 있었다. 아무리 지체가 높은 처지에 과묵한 성미를 지닌 어른이라 해도 마담이 따라주는 첫 술잔에 대해서까지 아무런 치렛말이 없을 수 없었다.

"흐흠, 고맙네……"

나는 술잔을 받으며 모처럼 한마디 건넸고, 뒤이어 잔이 채워져나간 조 사장들을 기다려 첫 모금을 마신 다음 모처럼 별러오던 한마디를 치하 겸해 혼잣소리처럼 흘렸다.

"집이 조용해서 쉴 만하구만. 앞으로 가끔 이용해야겠어."

그러니 마담이 반색을 한 건 둘째치고 다시 조 사장의 맞장구가 뒤따르지 않을 리 없었다.

"그러자면 무엇보다 이 집 식구들 입단속에 문제가 없어야겠지요. 알아들었어, 신 마담? 지금 우리 형님 말씀 뜻?"

"염려 놓으세요. 제가 어디 이런 장사 한두 해 해본 사람이에요? 이래 봬도 척하면 삼천리라구요."

앞서거니 뒤서거니 서로 죽이 맞아 돌아갔다. 하지만 나는 마냥 그 꼴을 두고 볼 순 없었다.

"자, 그럼 우리 마담을 믿는다는 뜻에서 자네도 한잔하고……"

나는 단숨에 잔을 비워내어 마담에게 건넸고, 마담도 금세 눈치를 알아차린 듯 서둘러 그 잔을 받아 비우고 나선 "영광이에요. 그럼 전 자리를 비켜드릴 테니 마음 놓고 천천히들 쉬었다 가십시오" 정중한 인사를 남기고 방을 나가주었다.

우리는 비로소 숨겼던 말문을 풀고 속 편하게 취할 수 있게 된 셈이었다.

하지만 나는 이후로도 좀체 마음을 놓아버릴 수가 없었다.

"형님, 정말 감쪽같네요. 그러니 우리 언제까지 속아 넘어가나 두고 보자구요."

그쯤에서 내가 본색을 드러내고 싶어 하는 기미에 조 사장이 짓궂게 그 '형님' 호칭을 고집하며 여전히 장난스런 분위기를 이어가려 한 때문이었다.

"알고 보면 우리가 뭐 누굴 속인 게 있어요. 우린 그저 특별한 손님을 모시고 오겠다 한 것뿐인데, 지네들이 지레 형님을 알아 봐드리잖아요. 가만 계시면 오늘 형님 덕분에 공짜 술대접까지 받게 될지 싶은데요."

나는 그럴수록 더 마음이 불편해질밖에. 게다가 잠시 뒤부턴 조 사장이나 나는 물론 묵언도사 변 고문(때마다 그 변 고문도 함께 어울린 경우가 많았지만, 위인은 왠지 늘 있는 듯 없는 듯 나서는 일 없이 조용해 있는 탓에 굳이 따로 언급할 일이 많지 않겠지만 그런 사실만은 유념해주기 바란다)을 비롯한 다른 사무실 식구들도 언행이 완전히 자유로울 수 없긴 마찬가지였다.

"저 실례합니다. 마담 언니가 뭐 심부름 시중드릴 일 없는지 여쭤보래서 올라왔는데요."

아래층 여종업원 아이들이 수시로 올라와 조심스러운 척 분위기를 엿보려 드는 데다 별 시중거리가 없다고 내려 보내려 해도, 년들은 이미 작심을 하고 온 듯 부득부득 바로 내 뒷자리로 다가와 술잔을 권해오곤 한 탓이었다.

"저 어르신께 약주 한 잔 따라 올리면 안 될까요? 허락해주시면 일생 영광이겠는데요."

그러는 게 물론 한두 년만도 아니었다. 술잔을 따라 바치기보다 받아먹기를 바라는 눈치들이라 바로 잔을 되물려주며 매번,

"니 혼자만 알고 있기다. 이런 자리 잘못 소문나면 주위가 시끄러버 내 이 집엘 다시 올 수 없을 끼네."

이런저런 핑계로 입단속을 해야 함은 물론, 열 명 가까운 년들의 술잔을 차례로 비워내기까지엔 내 평소 주량의 방둑이 무너질 위험에 다다른 것이었다.

하지만 어찌 보면 술집이나 년들이 내게 속은 게 아니라, 우리가 그쪽에 꿰미째 속아 넘어간 꼴이었는지 모른다. 줄을 서듯 계속된 년들의 공세에 나는 끝내 더 버틸 수가 없었다. 에라 모르겠다, 이게 어디 내 허물이냐, 다 네년들 부실한 눈구멍 탓이니 알아서들 놀아보거라, 유사품은 마침내 년들 앞에 내던지듯 자신을 풀어놓기 시작했다. 그리고 근자 들어 조 사장에게 얻어들은 어른의 술자리 일화 한두 가지를 자신의 일인 양 흘려가며 한껏 호탕한 분위기를 잡아나갔다.

그러니 이후의 일은 더 이야기하나마나. 유사품은 갈수록 기고만장 헛소리 호령조를 서슴지 않았고, 끝내는 조 사장까지 위인답지 않게 그 '형님'의 꼴을 위태롭게 여긴(그가 왜 그랬는지는 시일이 한참 지나서야 짐작이 가능했다) 탓에 서둘러 자리를 수습해 나오고 말았을 정도니까.

하지만 행인지 불행인지, 년들이 끝내 '형님'의 본색을 알아보는 낌새가 없었음은 물론, 자리가 파해 나오는 기척에 득달같이 현관까지 쫓아 나온 신 마담 또한 조 사장의 기대처럼 이미 지불

한 계산을 되돌려주는 일은 없었지만 다음번 방문에 대한 부담을 외상으로 미리 탕감해주는 친절과 '어른'에 대한 공경심을 끝까지 잃지 않았음은 가상한 일이었달밖에 없으리라.

"오늘은 정말 저희 송죽원이 두고두고 기억해야 할 날입니다. 조용히 쉬고 싶으실 땐 언제라도 정성을 다해 편히 모시겠으니 자주 찾아주십시오. 이번엔 때를 놓쳐 저희가 큰 허물을 졌습니다만 다음서부터는 모든 걸 미리 알아 받들겠사오니 계산일랑은 아무 부담 갖지 마시고요. 저희 집뿐 아니라 전국 곳곳에 조용히 쉬실 만한 업소들을 알고 있으니 총재님께서 혹시 지방엘 내려가실 기회가 계시면 그런 곳들도 은밀히 연락해드릴 수 있고요."

실없는 장난기에 발목을 잡히고 만 꼴이랄까. 나는 그쯤 장난기를 거두고 송죽원 쪽으론 다시 발길을 하고 싶지 않았지만, 조사장이 계속 등을 밀어대는 바람에 이후로도 한두 번 똑같은 유사품의 어릿광대 놀음이 이어졌다.

"지들이 좋아서 속아주는데 기왕이면 재미 삼아 오늘도 그 집으로 가시자구요. 내길 해도 좋지만 앞으로도 년들 쪽에서 먼저 형님 본색을 알아볼 일은 절대 없을 테니 그 점은 마음 턱 놓으시고요. 우리가 무슨 공짜 술 얻어먹자는 것도 아니고…… 술값만 제대로 내고 다니면 누이 좋고 매부 좋고 서로 즐거울 일 아녜요."

여전히 '형님' 자를 즐겨 하는 조 사장의 일방적인 다그침에 나역시 슬그머니 껄끄러운 기분이 주저앉으며 기왕이면 다홍치마라, 은근히 귀가 솔깃해지곤 한 탓이었다.

하다 보니 어디 잔뜩 믿는 데가 있는 듯한(나중에 알고 보니 나는 그 연유를 한참이나 오해한 셈이었지만) 조 사장과 유사품의 수작은 갈수록 대담해져갔고, 송죽원의 신 마담이나 종업원 아이들 또한 한결같이 대접이 융숭했다.

"야, 야! 형님 오셨다. 준비 다 되었제?"

회사에 특별한 의논거리가 생기거나 사사로이 저녁 술자리 생각이 도지면 조 사장은 그 유사품을 앞세워 몇몇 나이 든 직원들과 함께 앞뒤 차편으로 송죽원으로 몰려갔다. 그리고 저 먼저 차를 내려 현관을 뛰어들며 짐짓 호들갑을 떨어댔고, 그때마다 신 마담은 제 집 위세를 과시하듯 현관 앞에 종업원 아이들과 도열을 짓고 서서 큰 절로 정중히 일행을 맞아들이곤 하였다.

송죽원 열두 개 내실 가운데에서도 때마다 가장 한갓진 전날의 위층 끝 구석방 차지는 물론 술이나 상차림도 신 마담이 두고 쓰듯 '영업을 조금도 고려하지 않은 소찬'치고는 감당하기 어려울 만큼 화려한 식단에 정성이 한결같았음이 물론이다.

이를테면 어른 대리품 격인 '형님'은 그런 식으로 몇 차례 그 송죽원에서 번잡한 '당무'에 지친 심신을 풀거나, 몇몇 허물없는 '최측근 아우들'과 어울려 공식적인 당무 이외의 사사로운 주변사를 조용히 의논해오곤 한 셈이었다.

하지만 호사다마…… 당연한 일이지만 나는, 아니 어쩌면 매우 당치 않게 그 '형님'은 오래잖아서부터 더러 등골이 으스스해오는 위험의 조짐을 느끼곤 했으니, 가령 이런 경우……

서울하고도 세종로 한복판에 자리한 전통 깊은 한 신문사 현관에서 나는 아직도 미처 예상치 못한 난처한 소동을 빚은 적이 있었다. 스스로 자중해야 할 유사품의 처신 무대가 실은 송죽원 정도에 한정될 수 없는 생업 문제 탓이긴 했지만, 이번 사단 역시 내 의도와는 전혀 상관없는 일종의 봉변류에나 속할 일이었달까.

그 신문사 광고국에 고등학교 적부터의 친구가 봉직하고 있어 어느 날 퇴근 무렵 나는 여느 때처럼 술도 한잔 나눌 겸 회사 신간 광고 건을 의논키 위해 느지막이 그 친구를 찾아갔다. 그런데 신문사 현관에서 구내전화로 내방 사실을 알리고 대기 소파에 앉아 기다리고 있으려니, 문간 쪽 경비가 웬일로 자리엘 앉지 않고 엉거주춤 자꾸 내 주위를 서성대는 낌새였다. 하지만 나는 내방인을 위해 비치해놓은 석간신문을 뒤적이느라 무심히 보아 넘긴 바람에 위인이 잠시 뒤 구내전화를 거는 걸 유념해 보지 못한 게 탈이었다. 그런데 이윽고, "이 안쪽에 조용한 자리가 있으니 그리로 들어가 편안히 보시지요. 거기도 오늘 저녁 석간이 있으니까요" 하며, 신문에 눈길이 끌려 있는 내 앞에 누군가 다가와 조심스럽게 건네오는 소리에 무심히 고개를 들어보니, 위인이 나를 그 '편한 자리'로 안내해갈 양으로 정중한 자세로 두 손을 비비고 서 있었다. 하지만 나는 아직도 그저 신문 이야긴 줄 여기고(자신의 신분을 깜빡하고!) 엉뚱한 소리만 하였다.

"아니, 괜찮아요. 친구가 곧 나올 텐데요 뭐."

여전히 신문에 눈길이 팔려 있는 내 무심스런 응대에 위인이 더욱 송구하고 낭패스런 표정으로 혼잣소리처럼 다시 말했다.

"이러시면 윗분한테 제가 곤란해져서요…… 하여튼 곧 나오실 겁니다."

그런데 이번에도 나는 그 '윗분'을 내 광고부 친구로 잘못 알아듣고(광고부가 아무리 회사 돈주머니를 주무르는 자리라지만 굽신대기는!), 그 자리에서 계속 친구를 기다린 게 더더욱 잘못이었다.

한마디로 잠시 뒤 허겁지겁 먼저 나를 찾아 나타난 것은 내 광고부 친구가 아니라 몇 차례 곁눈 스침으로 얼굴이 제법 익은 이 신문 편집국장이었다. 그리고 정작 광고부 친구가 나타난 것은 그 편집국장이 황황히 누군가를 찾다 말고 경비 위인의 눈짓에 따라 잠시 나를 훑어본 뒤 얼굴을 묘하게 일그러뜨리며 말없이 다시 발길을 돌이켜 가버린 직후였다.

"아니, 저 양반이 갑자기 웬일로 그냥?"

경비는 아직도 영문을 알 수 없어 새삼 더 송구하고 어리둥절해진 꼴이었지만, 나는 물론 이미 (비로소!) 사태의 곡절을 짐작한 뒤였음이 물론이다. 한데다 그보다 더욱 뜻밖인 것은 뒤이어 나타난 광고부 친구 역시 이야기를 다 듣기도 전에 바깥에서 일어난 일을 미리 꿰뚫어버린 곡절이었다.

"내 지금 자넬 기다리다 이 신문사 높은 사람 방엘 끌려갈 뻔했네."

표정이 아직도 멍청해 있는 경비 쪽을 힐끔거리며 내가 나지막이 웃음기 밴 농담 투를 한마디 건네자 친구는 그 말이 채 끝나기도 전에 황급히 내 등을 현관 밖으로 떠밀치고 나서며 설명을 대신했다.

"말하지 않아도 알 만혀! 지금 사무실을 나오다 엘리베이터 앞에서 히실비실 혼잣소릴 흘리고 서 있는 우리 편집국장을 만났거든. 세상이 드럽게 재미있어지려다 보니 별 실없는 녀석들까지 어쩌고…… 무얼 속고 난 사람처럼 언짢게 뇌까리고 있길래 무슨 일로 그러시느냐 물었더니, 쑥스럽게 그냥 아무 일 아니라면서도 현관엘 한번 나가보면 알 거라잖아. 보나 마나 저 현관 수위 씨가 자네를 누구로 잘못 알고 과잉 친절 소동을 피운 거겠지 뭐. 내 언젠가 한번은 꼭 이런 일이 생길 줄 알았다구."

"그럼 자네나 저 친구도 진작부터 나를 그렇게 보아왔다는 거야? 저 친구는 아예 나를 그 어른 JS로?"

새삼스럽게 놀라워하는 물음에 친구의 대꾸는 갈수록 점입가경이었다.

"말이라구. 자네가 날 찾아왔다 갈 때마다 저 친구, 지체 높은 어르신이 참말 겸손하고 서민적이시라며 입에 침이 마르도록 칭송과 존경을 아끼지 못해왔다고. 다른 귀하신 분들처럼 사장실이나 국장실부터 찾지 않고 누추한 데서 그냥 조용히 친구분만 만나고 가신다고. 그럴 때마다 송구스러워 어쩔 줄을 모르겠다고. 어쩌, 이런 말 들은 기분이?"

"기분 좋아하시네. 그래 작자가 그러는데도 자넨 여태 그냥 암말도 안 해줬다는 거야?"

"하하, 그야 암말도 안 해준 건 아니지."

내가 짐짓 나무라는 소리에 다시 친구의 능청스런 대꾸가 그의 단골 술집까지 이런 식으로 이어졌다.

"한번은 자기 구내전화로 자넬 우선 위층의 귀빈실이나 어디로 안내해 모실까고 은밀히 묻더구만. 그때 내가 뭐랬길래. 쉬이 — 사장을 만나거나 하는 공적인 방문이 아니라 그저 친구를 잠깐 만나러 오신 사적인 방문이니 그냥 조용히 모른 척해드리랬지. 그게 당신한텐 마음 편하실 거라고. 덕분에 나까지 저 친구의 은근한 존경심을 누려온 처지 아니겠어! 이 젊은 나이에 자네같이 소탈하면서도 크게 된 사람을 친구로 둔 덕에 말씀야."

"잘한 짓들이구만. 놀고들 자빠졌어!"

"그런데 오늘은 차마 보고만 있을 수가 없었던 모양이지. 그 친구 내력이 원래 그렇거든. 저 50년대 자유당 시절 H읍 환표 사건이라고 떠들썩한 부정선거 고발 소동 있었잖아. 그 친구가 바로 그 지역 현직 경사로 관내의 부정선거를 고발하고 나섰다가 몇 년간 재판 끝에 옥살이까지 치르고 나온 장본인이야. 위인한테 아직 그런 의기가 남아 있어 야당운동을 하는 자넬 특히 존경하는 것도 당연하지. 위인이 참다못해 오늘 편집국장에게 통기를 띄운 건 사람 좋은 국장이 저 친구 의기를 높이 사서 입에 풀칠이나 하고 지내라 신문사 경비 자릴 앞장서 주선해준 처지라 그중 속내를 통할 만해 보였던 게지."

"그 국장은 나도 그새 얼굴이 좀 익어온 터인데, 어이가 없는지 아예 구정물을 뒤집어쓴 표정으로 암말 없이 돌아서고 말더구만."

"하지만 어쨌거나 재미있지 않아? 난 저 위인이 언제까지 그렇게 혼자 속아 지내는지 두고 볼 참이라니까. 국장이야 어찌 됐든 저 친군 오늘도 자넬 여전히 우러러보는 기색이니 말야. 아까 우리가 나올 때 공연히 혼자 쩔쩔매는 거 봤지?"

다시 말할 것도 없이 그런 소리를 들을수록 나는 더 등골이 오싹해지지 않을 수 없었음이 당연지사.

하지만 조 사장은 갈수록 희희낙락 짓궂은 생각뿐이었다.

"핫다! 형님은 이제 그쪽 사투리 억양만 배우면 어딜 가서 그 양반 행세를 해도 다 통하겠어요. 편집국장이야 워낙 그 양반을 잘 아는 처지라 금세 가짜를 알아봤겠지만, 다른 사람들 눈엔 영락없는 JS라니까요."

어딘지 아직 위태롭고 조심스런 내 기분은 아랑곳 않은 채 조 사장은 며칠 뒤 다시 아침 회의 끝에 그날의 후문을 듣고 나서 감탄을 금치 못하였다.

"그러니 이제 그 양반 말투를 좀 배워서 본격적으로 나서보시라구요. 니 겡제 같은 거 좀 아나…… 모리먼 그마 치아뿌리라…… 이런 식 말요. 무엇보다 그 양반 방언 발음의 백미는 겡제, 겡제…… 이 소리는 죽어도 못 말리는 고유 상표 아니에요."

나는 물론 몇 차례나 그 사장의 장난 투를 가볍게 눙쳐 넘기곤 하였다.

"그럼 정말 말투까지 배워서 한번 고급 유흥가 쪽으로 나가봐? 그렇게 되고 보면 사장님도 진짜 아우님 역으로 분주해지셔얄 텐데?"

하지만 나는 여전히 그 석연치 못한 불안기를 말끔 떨쳐버릴 수가 없었다. 가슴 한구석에 여전히 그 뿌리가 숨어 움직인 때문이었다. 더욱이 이 무렵은 그 험난한 통합을 이룩한 야당가 총재의 직함이 실린 탓에 여러 언론 매체에 어른의 모습이 유난히 자주 오르내려 사람들의 눈길을 끌기 쉬운 때였다. 전일의 편집국장은 점잖게 모른 척 넘어가주었지만, 그래저래 내가 그 숨은 불안기의 뿌리를 놓지 못해 섣부른 짓으로 잘못 걸리고 보면 희대의 사기꾼으로 인생이 거덜 날 판이었다.

하지만 그런 나를 두고 조 사장은 조금도 물러설 형세가 아니었다. 어쩌면 그도 내 어정쩡한 너스레 투에 숨겨진 소심한 불안기를 알아차리고 그걸 녹여주고 싶어 한 것이었을지 모른다. 어른의 말투까지 배워서 한번 제대로 나서보라던 위인의 짓궂은 농담조는 알고 보니 그저 지나가는 소리가 아니었다.

조 사장은 이날 저녁 퇴근길을 기다렸다가 어디론지 다시 그럴듯한 곳을 찾아가 마지막 시험을 거쳐보자며 길을 앞장서 나선 것이다. 나는 물론 그게 남산 밑 송죽원이 아닌 위인의 또 다른 단골집쯤 될 걸로 여기고 모처럼 단호한 어조로 동행을 사양하려 하였다.

"그런 실없는 짓거리 이쯤에서 그만둬야겠소."

하지만 조 사장은 무슨 생각에선지 그런 내 등짝을 막무가내로 떠밀어 자신의 차에 태웠다.

"아니, 오늘은 절대로 형님 거북해할 일이 없을 테니 그냥 함께 따라가시기만 해 봐요."

그렇듯 조 사장이 차를 몰아간 곳은 내가 아직 한 번도 가본 적이 없는 한강변 아파트촌의 자기 집이었다. 게다가 위인이 그 제 집 현관문을 앞장서 들어서며 천연스럽게 소리치는 데에 이르러서야.

　"어머니, 여기 좀 나와 보세요. 오늘 시내에서 JS 형님을 만나 함께 모시고 왔어요."

　그러니 그게 어찌 내가 거북해질 일이 없는 자리였겠는가. 뿐만이 아니었다. 나중에 다시 안 일이지만 조 사장네는 원래 그 부친이 개인의 사재로 P시 근교의 ○포다리를 놓았을 만큼 일대에 가세가 알려진 집안이었다. 앞에서 잠시 말했듯 그래 JS도 젊었을 적부터 조 사장네를 자주 드나들며 노친네들을 함께 부모자로 모셨을 만큼(한두 번 장학금까지 얻어 썼다던가. 조 사장이 JS를 거침없이 형님이라 부른 것도 그래서였다) 서로 허물이 없는 처지였다. 아니, 그런 사정을 미리 알았더라도 나는 조 사장의 예고 없는 행동에 당황하지 않을 수 없었을 것은 불문가지. 하물며 그 아들에 버금가는 노친네의 착각 앞에 나는 더더욱 아연해지지 않을 수가 없었다.

　"무어라? ○천동 JS가 지금 우리 집엘!"

　아들의 전갈에 득달같이 현관까지 쫓아 나온 조 사장의 노모역시 처음엔 정말로 사람을 잘못 알아보고 덥석 두 손을 끌어 쥐며 반색을 하시는 것이었다.

　"아니, 우리 JS 자네가 갑재기 여겐 우엔 일이고, 에? 귀한 사람이 이래 찾아주니 내사 반갑고 고마운 일이다만 그러잖아도 요지막엔 새 총재 일로 눈코 뜰 새 없이 바빠야 할 사람이!"

뒤따라 들어선 다른 일행은 젖혀둔 채 오로지 유사품 한 사람만을 손수 거실까지 이끌어 들이면서도 여전히 낌새를 알아차리지 못하는 노친네 앞에 나는 정중히 머리를 숙이는 외에 도대체 달리 무얼 어찌 해야 했을 것인가 말이다. 더욱이나 그쯤에선 자신도 참다못한 아들이, "어머니, 형님 얼굴 좀 똑똑히 보세요. 전보다 많이 젊어지신 것 같지 않으세요?" 한마디 주의를 일깨우는 소리에 비로소 찬찬히 그 유사품의 얼굴을 살피다 말고 갑자기 무슨 도깨비라도 홀린 듯, "아니, 그러고 보이 지금 자네 얼굴이……" 어정쩡한 표정 속에 말을 잇지 못하고 말았음에랴.

줄여 말해 이윽고 사정이 밝혀지고 난 뒤의 노친네의 실토가 이런 식이었으니까.

"아이고야. 내 참말로 깜빡했구마. 아인 게 아이라 나도 첨엔 JS 머리가 테레비 사진보단 덜 셌구나 안 했나. 하지만 키도 꼭 그만한 디다. JS를 본 지도 좀 오래고 해서…… 그나저나 어떻게 이래 비슷한 사람이 있을꼬마……"

무슨 심사에선진 알 수 없었지만, 조 사장이 그 일을 두고 내 소심증과 불안감을 지워주려 꾸민 깜짝굿은 그 정도에서 그치지 않았다.

"형님, 혹시 수영할 줄 아세요?"

그 며칠 뒤 퇴근시각이 가까워오자 사장이 또 비실비실 헤픈 웃음기를 띠고 다가오며 엉뚱한 걸 물었다.

"수영은 왜요? 그야 어린 시절을 시골에서 자란 덕에 여름이면 마을 저수지에서 살다시피 했지만."

이젠 사무실에서도 일상 '형님' 호칭으로 나오는 위인의 속내가 미심쩍으면서도 은근히 내비치는 내 자랑 투에 사장이 이번엔 제법 상사다운 어조로 새 제안 한 가질 내놓았다.

"그거 잘 됐네요. 오늘 나하고 수영장엘 한 번 갑시다."

제안이라기보다 명령에 가까운 위인의 주문이었지만 나는 섣불리 따라나설 수가 없었다.

"이젠 더위도 심하지 않은 가을철에 새삼스럽게 수영은 뭐하려요?"

한두 마디 실랑이가 오가게 마련이었다.

"요즘 누가 피서하러 수영장엘 다닙니까. 촌스럽게 굴지 말고 오늘 같이 가서 그 저수지 시험 실력 한번 뽐내 봐요. 뭣하면 나하고 시합을 해도 좋고!"

"수영장에 할 일 없는 뚱땡이 여편네들 많이 몰린다는 소문이던데, 그 여편네들 앞에 수영 실력 자랑할 일 있으면 사장님이나 실컷 뽐내시오. 난 오늘 저녁 회사 일로 바쁘니까."

"이것도 넓게 보면 회사를 잘 관리해나가기 위한 일종의 투자나 업무랄 수 있어요. 그러니 형님, 공연한 고집 그만 부리시고 제발…… 저 남산 순환도로변에 있는 체육관 아시죠. 그 체육관 수영장에다 이미 예약까지 해뒀단 말요. 그럴 사정이 있다니까요……"

그럴 사정이라니…… 게다가 이미 예약까지? 나는 사장의 일방적인 처사에 더욱 마음이 내키지 않았다.

"사정이고 뭐고 난 알 바 아니니, 이 몸을 정 형님으로 모시고 싶으면 오늘은 그만 내 말 들어요. 난 절대 못 가니까!"

전에 없이 결연스러운 내 태도엔 조 사장도 끝내 더 어찌해볼 도리가 없어진 듯 입맛을 쩝쩝 다시고 돌아설밖에 없었다.

하니까 그날은 사장의 계략을 제대로 알지 못했던 내 막무가내 식 똥고집이 일단 성공을 거둔 셈이었지만, 전에 없이 집요한 사장의 낌새가 그걸로 마음을 놓을 일이 아니었음은 물론이다.

"김 과장님, 오늘은 괜찮겠지요? 아니, 오늘은 무슨 일이 있어도 뒤로 미루고 나하고 함께 가주셔야겠어요."

다시 며칠이 지나고 나서 예상한 대로 사장이 다시 같은 채근을 해왔다. 이번에는 예의 형님 호칭도 젖혀둔 채 사뭇 아랫사람 다루듯 한 고압적인 어조였다.

"왜 또 그 수영장 일로다요?"

역시 시큰둥한 이쪽 반응도 아랑곳이 없었다.

"일이 어떻게 시작되었든 이번에는 어쩔 수가 없어요."

끝내는 다시 사정을 하다시피 나오는 사연을 듣고 보니 아닌 게 아니라 사장의 처지가 나로서도 마냥 고개만 저어낼 수 없는 처지였다.

"내 사정을 다 말하지요. 그날은 김 과장님이 거북해하실 것 같아 미리 말씀을 안 드렸고, 일이 그른 뒤에도 혹시나 싶어 혼자 입을 다물고 말았지만, 오늘은 더 숨길 것도 없네요……"

놀랍고 황송해라. 다름 아니라 전날의 그 남산 꼭대기 수영장 일은 바로 JS 어른과의 면대를 위해서였다는 것이다. 수영을 좋아하는 조 사장이 역시 수영을 즐기는 어른이 그 남산 수영장을 자주 이용하는 사실을 알고 일부러 찾아가, 어른하고 얼굴이며 모습이 많이 닮은 친구가 있어 주위에서 오인을 하고 놀라는 일이 잦으니 직접 한번 불러보시면 어떻겠느냐, 농기 섞어 의중을 떠 봤더니, 그거 재미있겠다며 그 친굴 한번 수영장으로 데려와 보래서 이루어진 약속이었다는 것. 그러니 그날 시간 맞춰 기다리는 어른께 약속을 지키지 못했으니 자기 얼굴이 무어가 되었겠느냐며 사장은 다시 오금을 박아왔다.

"그 형님이 그날 내게 뭐래신지 알아요? 불가피한 일이 있었다면 할 수 없는 게지. 그쯤 다행히 너그럽게 넘어가주시면서 약속을 뒷날로 미뤄주시잖아요. 이담에 다시 데려오면 되지 뭘…… 그러시는 양반 앞에 내가 먼저 꺼낸 약속을 없었던 걸로 하자 할 수 있었겠어요. 실없는 녀석으로 점 찍히지 않은 것만 감지덕지 당장에 오늘로 날짜를 정해드렸지요. 그러니 어쩌겠어요, 우리 김 과장 형님. 아무리 성품이 대범한 어른이래도 이런 일로 두 번씩이나 식언을 거듭하게 되면……"

그러니 그 조 사장을 위해서라도 내가 더 버틸 수가 없었음은 불문가지.

하지만 이쯤 양해를 구해야 할 일로, 어른의 체통을 위해 당신을 직접 면대한 수영장 현장 풍경에 대해선 한두 가지 상상거리 단서 이외에 여기서 너무 직접적인 언급은 삼가려니와, 짐작하다시피 우리(이야기를 단순화하기 위해 자세한 말은 않겠지만, 조 사장은 이날도 굳이 그 변 고문을 동반해 갔으니까)는 그날 결국 조 사장의 연출에 따라 탈의실에서 미리 수영 팬티로 갈아입고 휴게실로 들어가 이번에도 미리 와 기다리고 있던 어른을 만났다. 그리고 역시 노란색 수영 팬티 차림에 하늘색 목욕수건을 목에 두른 채 주스 잔이 놓인 탁자를 앞에 하고 앉아 계시던 어른께 우리는 우선 가벼운 목례를 드린 다음 당신의 권에 따라 같은 노란색 과일 주스를 한 잔씩 뽑아들고 와서 탁자 앞에 마주 앉았다.

하지만 아무리 서로 발가벗은 처지라 한들 그 어른과 유사품 사이에 무슨 말이 오갈 수 있었겠는가.

"어떠세요? 이 친구 전에 어디서 많이 보신 얼굴 같지 않습니까?"

자리를 마주하고 나서 한동안 희미한 웃음기 속에 주스 잔만 만지작거리고 계신 어른 앞에 조 사장이 분위기를 잡는답시고 전에 없이 자신 없는 어조로 그렇듯 뚱딴지같은 소리를 늘어놓았던가. 그러자 비로소 어른이 앞에 앉은 나를 의식하신 듯, "아, 그래. 이 친구가 나를 닮았다고 했던가. 그라고 보이 좀 그런 것 같기는 하구만…… 사람들 눈에 내 인상이 저렇단 말이제"하고 방언투가 거의 없는 시큰둥한 혼잣말식 대꾸 끝에 다시 창밖으로 그 방심스러운 눈길을 돌리고 마셨다. 어찌 보면 무엇엔지 실망스러워하는 것 같기도 했고, 아니면 이런 싱거운 자리에 이끌려 나온 자신을 짜증스러워하고 계신 것 같기도 하였다.

맞는 말이요 의당한 심사였다. 작달막한 키에 반백을 넘어선 머릿빛, 그리고 눈 끝과 입술 꼬리가 서로 마주 구부려 모여든 얼굴 모습 하며, 어딘지 조금은 강파르게 들리는 목소리의 느낌까지, 얼핏 지나쳐 보면 아닌 게 아니라 아침저녁 한번씩 마주하는 누군가의 얼굴을 연상시킬 만한 대목이 없지 않았다. 하지만 그 유사품 역시도 자신의 얼굴이 눈에 익숙해 있을 수 없는 터라 어른의 인상이 그리 친숙하거나 우호적일 리 없었고, 그 얼마간의 비슷한 대목조차 호감기 어린 친연성보다는 어딘지 씁쓸한 느낌을 지울 수가 없었다.

하지만 어른 앞에 어찌 그 유사품의 속내 따위가 문제였겠는가. 나는 심기가 그리 편치 못해 보이는 어른의 기미 앞에 지레 혼자 좌불안석 송구해하고 있었을 뿐.

'이 밖에 좋게 닮아드리지 못해 면목이 없습니다. 아니, 이 주제에 감히 어른을 닮은 데가 있다니 이 망극함을 어찌하면 좋으리까……'

조 사장인들 그런 두 사람 간의 떨떠름한 분위기를 그냥 지나칠 리 없었다. 위인이 어른 앞에 다른 자리에서와는 반대로 또 한번 엉뚱한 걱정을 늘어놓았다.

"어쨌거나 지금까지 이 친구를 형님으로 오인하고 깜짝깜짝 놀라는 사람들이 많아 은근히 걱정입니다. 행여 이후로도 그런 일로 형님께 누를 끼치게 될까 봐 안심이 안 된다니까요."

나름대로 앞뒤를 재고 한 소리였겠지만, 나를 아예 위험인물로 치부하고 든 꼴이었다.

"그 뭐, 사람 얼굴 비슷하게 생긴 게 무신 허물이겠나."

예상치 못했던 어른의 대꾸가 아니었다면 변변치 못한 유사품이 나서서 무슨 변명이라도 늘어놓아야 할 판이었다. 그런데 그

때 어른이 모처럼 얼굴을 내 쪽으로 돌려오며 자못 부드러운 목소리로 몇 마디 더 덧붙이셨다.

"그래 김 형이라캤던가? 김 형이 낼 일부러 물 먹일 일만 없다면 얼굴이 닮은 김에 내 흉낼 좀 내고 다니는 일이 무신 허물이 되겠나. 안 그렇소, 김 형? 그런 때 김 형이 내를 대신한다는 기분으로 적당히 품격을 잃지 않는 처신만 해준다면……"

양해를 겸한 당부요 은근한 경고인 셈이었지만, 더불어 참새가 어찌 대붕의 뜻을 헤아릴 수 있으랴만, 가위 한 나라의 통합 야당을 이끌어가는 어른다운 도량과 너그러운 인품 앞에 나는 속으로 새삼 놀라고 감복하지 않을 수가 없었다.

그러니 줄여 말해 그날의 어른과의 대면은 대충 그런 식으로 간단히, 그러나 나름대론 썩 뜻깊은 대화(?) 속에 큰 실수 없이 끝이 난 셈이었다.

그런데 알고 보니 그 어른의 마지막 양해와 당부의 말씀에 조 사장은 또 무슨 아전인수 격의 다른 뜻을 읽은 낌새였다.

어른과 헤어져 나와(수영이야 물론 양쪽이 다 발가벗고 만나자는 조 사장의 구실에 불과했으니까) 다시 우리끼리 술자리를 마주하게 되자, 위인은 어쨌거나 좀 싱겁고 떨떠름할 수밖에 없는 얼뜬 유사품의 심사와는 달리 혼자 신이 나서 떠들어댔다.

"역시 내가 짐작한 대로였어요. 두 분 간에 누가 누구를 얼마나 닮았든 이제 형님은 그 양반한테 윤허를 받은 거예요. 아직도 모르겠어요? 나를 대신한다는 기분으로 품격을 잃지 말고 처신해라…… 그건 이제부터 형님한테 그쯤 조심만 해주면 그렇고 그런 행세쯤 어느 정도 눈감아주겠다는 뜻 아니에요. 왜 그러는 줄 아세요?"

그러면서 자문자답 덧붙여온 소리가 정치인들이란 원래 소문을 먹고사는 족속들이라 그런 식으로라도 곳곳에 자기 얼굴과 이름을 환기시켜주는 걸 마다할 수 없기 때문이라는 설명이었다.

"일종의 세론 관리술인 셈이지요. 그러니 이제부턴 요령껏 그 양반 행세를 좀 해먹는대도 아무 걱정할 것 없어요. 내 말 믿어요. 형님!"

장담뿐만 아니라 나중엔 누가 청하지도 않은 김칫국을 내미는 식으로 계속 실없이 사람을 놀려댔다.

"혹시 또 알아요? 그 양반이 형님을 불러서 곁에서 함께 일을 하자 하실지도. 그렇더라도 설마 우리 회사를 버리고 도망가시지는 않겠지요?"

"그 어른이 나 같은 얼치기 유사품을 데려다 무엇에 쓰게!"

"아, 그런 거 있다잖아요. 높은 사람들 무슨 행사가 있을 때면 비슷한 대용품을 미리 보내어 연단도 점검케 하고 리허설도 시키고…… 그 양반도 요즘엔 일정이 점점 분주해질 때라서 말이에요."

사람들 눈속임을 위한 대리 모조품 노릇 이야기였다.

"하지만 그러다 암살범 총받이 노릇까지 시킬지 모르니 그런 제의가 오더라도 심사숙고해서 결정하세요."

말이 없는 변 고문까지 덩달아 한마디 거들고 나섰을 판이니, 나는 그쯤에서 차라리 입을 다무는 게 상책이었을밖에.

사정이 그쯤 되다 보니 조 사장은 더욱 신이 나서 기회 있을 때마다 여기저기 그 대리품을 앞장세우고 다니려 했음이 물론이고, 솔직히 말해 나 역시 그 조 사장의 성화에 못 이긴 척 슬그머니 마음이 기울곤 했던 게 사실이다. 그렇게 슬금슬금 재미를 붙이기 시작했다는 소린데, 거기 굳이 내가 따로 마음을 써야 할 일도 없었다. 모든 건 그때그때 조 사장의 각본과 연출을 적당히 따라가주기만 하면 나머지 뒷일은 상대 쪽에서 알아서 해결해준 격이었으니까.

　이를테면 이런 식이었다.

　199○년, 그러니까 우리가 그 JS 어른의 오리지널을 만나 묵시적인 대리권 행사를 위임받고 난 이듬해 초봄 갓 총선전이 시작될 무렵이었다. 회사 편집부에서 모처럼 전력을 다해 만들어낸 '세계사상대계'라는 전집물 홍보를 위해 조 사장과 셋이 함께(모처럼 시골 바람을 쐬러 가자는 명목으로 이번에도 예의 변 고문이 끼어들었으니까) 지방 나들이를 나섰을 때였다. 천안과 대전을 거쳐 대구 지역까지 큰 서점들을 대충 훑고 난 우리는 그길로 아예 경주까지 차를 달려 한 조용한 호텔을 찾아 들어 첫 밤을 쉬게 되었다. 늦은 밤길에 굳이 경주까지 내려가 한적한 잠자리를 잡은 것은 언젠가 송죽원의 신 마담이 지방 나들이 길 생기면 전국 어디나 편히 쉴 집을 소개하겠노라 한 소리를 두고 조 사장이 출발서부터 수선을 떨어대는 바람에 위인이 또 무슨 굿판을 벌이게 될지 몰라 이 무렵 발굴 작업을 끝내놓은 천마총 구경을 내세워

내가 내처 차를 달려버린 때문이었다.

한데도 이날 저녁 늦은 요기를 끝내고 셋이 함께 지하실 바로 내려가 술을 한잔하려는 참에 역시 또 예상찮은 사달이 벌어졌다.

"저 인사 여쭙겠습니다. 이곳 심부름 책임을 맡고 있는 양지숙이라 합니다."

자리 시중을 드나들던 종업원 아이의 눈치가 아무래도 예사롭지 않다 싶더니 아니나 다를까, 다른 방 손님들과 어울리고 있었을 그곳 마담이 이내 황망스러운 모습으로 나타나 호들갑을 떨어댔다.

"일찍 알아 모시지 못해 죄송합니다. 이 아이가 늦게라도 용케 총재님을 알아보고 귀띔을 해주어 망정이지 저희가 무릎을 꿇고 애걸해도 모시지 못할 어른께서 이렇게 몸소 찾아주셨는데 정말 큰 허물을 지을 뻔했지 뭐겠습니까."

귀한 어른을 모시게 된 것만으로도 영광이라 이날 밤은 모든 부담을 기꺼이 책임져드릴 테니 좀 더 깨끗하고 넓은 방으로 자리까지 옮기자 하였다.

상황이 그쯤 되고 보니 나는 그냥 두고 볼 수가 없었다.

"됐네, 이 사람아. 나 조용히 좀 쉬고 싶어 일부러 이리 조용한 호텔을 찾았으니 자넨 여기서 그냥 모른 척 술이나 한잔하고 가면 될 것이야."

자신도 모르게 고압적인 어조에다 저절로 깔려나온 굿 멍석에 찬물을 끼얹고 드는 내 달갑잖은 행투에 이번에는 조 사장이 그냥 넘어갈 수 없다는 듯 의뭉하게 끼어들었다.

"이보그라. 우리 총재님께선 워낙 이런 자리에 번거로운 걸 싫어하시는 분이신기라…… 게다가 요즈막엔 이번 총선 출마자들 공천 일로 심신이 많이 시달리신 참이라 오늘은 번잡한 일 끝내시고 이래 일부러 단출하게 조용한 곳 찾아 쉬러 왔은께네 자네들은 모른 척하기다. 알았나!"

어정쩡한 유사품의 말투를 살려내어 짐짓 아랫사람답게 나지막한 그쪽 억양으로 '저간의 사정'을 설명하고 나서 다시 구체적인 주문사항을 덧붙여 일렀다.

"특히 이곳 신문사나 관가 쪽 사람들한테 낌새가 새어나가지 않게 하그라. 그 사람들 눈치를 채고 귀찮게 몰려들면 모처럼 예까지 와서 맘 편히 쉬실 수가 없은께네, 자네들이 책임지고!"

하지만 그 조 사장의 진짜 심산이 말 주문과는 다른 데에 있었음은 물론이다.

나는 이제 어차피 그 조 사장에게 모든 걸 맡겨두는 수밖에 없는 처지였다. 그리고 위인의 당부는 예상대로 이내 효과가 나타났다.

유사품의 술 한 잔을 공손히 받아 마시고 무슨 다른 일이 있는 듯 잠시 방을 나간 마담에 이어 이번에는 호텔의 지배인이 나타났다. 더욱이 위인의 다짐이 이런 식이었다.

"총재님, 오늘 밤은 마음 놓고 푹 쉬십시오. 저희 호텔 전 종업원이 오늘 밤엔 비상근무에 들어가기로 했으니까요. 웬만하면 다른 손님 더 받지 말고 부대 영업도 일찍 끝낸 뒤 총재님께만 모든 주의를 쏟아 편안히 모시자구요. 주무시는 동안에도 내내 방을 지켜드릴 작정이니 바깥일일랑은 일체 마음 놓으십시오."

집안 사람들끼리라곤 하지만 말이 이미 너무 번지지 않았느냐, 방문 앞까지 지키게 하면 오히려 기미가 새어나가기 쉽지 않겠느냐는 유사품의 울며 겨자 먹기 식 염려에도, 그래서 미리 입단속을 단단히 했노라, 방을 지키는 일도 물론 눈에 띄지 않게 은밀히 움직이도록 조처해두었노라, 저희도 다 사리 물정을 알고 마음의 성원을 바치고 싶은 일인즉 모든 것을 믿고 맡겨두시라, 진실로 충정 어린 다짐이었다.

그 지배인이 이날 밤 임무를 위해 자기 '정위치'로 돌아간 것과 차례를 바꿔 다시 나타난 마담 역시 그에 못지않았다.

"니들 아직도 이 형님을 JS 그 양반으로 알고 있나. 내는 그냥 농담인 줄 알았더니 니들도 참 눈썰미가 한심하다. 잘 보그라. 이 양반 진짜 JS 아이다."

술기가 어지간해지면서부터 슬슬 장난기가 도지기 시작한 조 사장이 여전히 심한 사투리 억양 속에 짐짓 사실을 실토하는 척(!)하고 들어도 전혀 곧이들으려질 않았다. 곧이를 듣기커녕 한 술 더 떠 거꾸로 눙치고 들었다.

"점잖으신 어른들께서 술이 취하시니까 말씀도 재미있으셔요. 어련하시겠어요. 어르신 흰머리랑 지금 이쪽 말씨랑…… JS 어른이 아니시라면 그럼 그 어른 사촌쯤(!)으로 알아 모시지요 뭐."

"사촌? 그 양반 사촌 없으신 거 몰랐어?"

나 역시 알딸딸해진 술기를 빌려 짐짓 한마디 거들고 나섰지만 반응이 역시 마찬가지였다.

"어머, 그 어른 사촌이 없으시다구요? 본인보다 사촌동생 쪽이라면 나이가 젊으셔서 전 더 좋았을 텐데요."

"어른을 모시고 싶으마 그런 것도 미리 알아두거라."

다시 조 사장의 반격에 이은 두 사람의 혼전.

"죄송해요. 그렇담 할 수 없이 다시 그 어른 본인으로 모시죠 뭐. 그런데 처음엔 왜 세 분 다 이 어른이 JS 그 어른이신 척하셨어요?"

"그거야 우리도 사실 그 양반하고 닮은 데가 있다는 소릴 듣고 그걸 이용해 한번 힘 안 들이고 출세를 하거나 떼돈을 벌어볼까고 이리 작당을 하고 나선 길 아이가. 일부러 이렇게 겡상도 말투까지 배와 갖고 말이다. 그란디 마 니네들이 워낙 이래 쉽게 넘어가주니께네 차마 더 속일 수가 없어진 기 아이가. 이제 알았나?"

"알았어요. 하지만 오늘은 기왕 이리된 김에 저희도 계속 속아드리고 싶으니 오늘 하룻밤 어르신 쪽은 이대로 그냥 JS 어른 행세를 해보셔요. 그것도 재미있겠어요. 저희 같은 처지엔 진짜보다 그편이 더 편할지도 모르겠구요."

"그러고 보니 우리 형님, 마담 같은 미인하고 연애를 하시자면 진짜보다 가짜 대역 쪽이 더 편하실 수도 있겠네요. 혹시 무슨 뒷소문이 새어나가더라도 핑계 댈 데가 있어 걱정하실 필요가 없고요."

더 이상 부인할 수가 없다는 듯 조 사장이 새삼 정색스러운 표준어 경어 투 속에 수작을 끝내고 말았지만, 그럴수록 위인은 속으로 쾌재를 올렸을 수밖에.

그런데 문제는 다시 이튿날 아침이었다. 용도 되고 구렁이도 되는 이무기 꼴로 그 밤은 별 탈 없이 즐겁게 보낸 셈이었지만, 새벽녘 잠시 눈을 붙이고 일어나 보니 호텔을 무사히 빠져나갈 일이 걱정이었다. 하긴 그도 처음엔 별 어려움이 없을 것 같았다. 밤새 방을 지켜주겠다던 지배인의 다짐이 떠올라 잠시 문을 열고 바깥 사정을 살펴보니 그새 이미 날이 밝아 그런지 아무도 사람의 낌새가 느껴지지 않았다. 세면이고 뭐고 시간을 지체할 수 없었다. 나는 다시 문을 닫고 들어와 구내전화로 옆방의 조 사장을 불러 깨워 뒷일을 부탁했다.

"저 먼저 나가서 호텔 옆 골목 입구에서 기다릴 테니 서둘러 따라 나와주어요. 내 가방이랑 차 열쇠를 이 방 탁자 위에 올려두고 가니 사장님이 챙겨서 주차장 차 빼어가지고요."

역시 마음이 편치 못해 있던 조 사장 역시 순순히 내 주문을 따라주었음은 물론, 반코트 한 장만 걸쳐 입고 급히 방문을 나섰을 때까지도 별일이 없었다. 그런데 텅 빈 2층 복도를 지나 아래층으로 내려갔을 때였다.

"총재님!"

두 손을 코트 주머니에 쑤셔 넣은 채 현관을 향해 발걸음을 재촉해가고 있는 내 등 뒤에서 급한 발자국 소리와 함께 나지막한 목소리가 들려왔다. 그리고 끝내 그 밀행을 들키고 만 낭패감을 숨긴 채 침착하게 걸음을 멈춰 선 내게 간밤의 지배인 녀석이 다짜고짜 주머니 속으로 손을 더듬어 잡으며 은밀히 속삭여왔다.

"간밤엔 좀 편히 쉬셨습니까. 다른 녀석들 시키려니 맘이 놓이지 않아 제가 은밀히 밤을 새우고 난 참인데, 좀 더 천천히 쉬었다 가지 않으시고 어떻게 이리 일찍 총재님 혼자서……"

남모를 사명감과 자랑스러움에 뿌듯해 있는 위인의 진솔한 표정이라니! 그 위인 앞에 나는 새삼 말 못할 위기감에 쫓기지 않을 수 없었다. 하지만 당황 중에 유사품은 아직도 사태를 제대로 다 읽지 못하고 있었다.

"고맙소. 잘 쉬었다 가오. 워낙에 긴 시간 행적을 끊고 지낼 수 없는 처지라…… 차는 아우들이 곧 뒤따라 몰고 나올 거요."

"어쨌거나 저희 호텔로선 두고두고 기억하고 싶은 밤이었습니다. 보이지 않는 곳에서나마 이렇게 총재님을 받들고 밀어드리고자 하는 백성들이 많으니 모쪼록 건강하시고 힘 있게 싸워주십시오."

사세부득(그 간곡한 중년배 지배인의 소망 앞에 내가 어찌 차마 본색을 털어놓을 수 있었을 것인가), 의연해질 수밖에 없는 대리역의 응답에 위인이 다시 손을 꼭 끌어 쥐며 다짐해오는 소리조차 나는 아직 위인의 충정을 다 알아차리지 못한 셈이었다.

"어딘지 다른 눈길이 있을지 모르니…… 이제 그럼!"

"총재님 부디……!"

내가 위인의 진심을 깨달은 것은 자신도 어쩔 수 없는 기묘한 감동(이미 여러 번 보아왔듯 내가 지금까지 겪고 쌓아온 정치적 상식과는 달리 모두들 스스로 진심과 기원을 담아 격의 없이 다가오는 그 불가사의한 민초들의 충정이라니! 하여 대리품은 때로 자신이 그 존경과 흠모의 당사자인 양 심사가 뜨거워지곤 했으니……) 속에 홀 중간에서 위인을 돌려세운 뒤 혼자서 내처 현관문까지 통과해 나온 다음이었다.

'후우!'

뒤도 한번 돌아보지 못한 채 현관을 빠져나와 옆 골목길로 들어서며 담배를 찾으려고 새삼 코트 주머니 속을 뒤지다 보니 무언지 봉투 같은 것이 손끝에 잡혀왔다.

어쩔 수 없는 현행범 처지가 되고 만(다시 말하지만, 누군들 다시 그를 쫓아가 그걸 돌려줄 수 있었겠는가!) 기분 속에서도, 그리고 금액이 그리 많지는 않았지만, 대역 처지에 설망정 진짜 감동스러운 순간이 아닐 수 없었다.

뒤늦게 차를 끌고 나와 셋이 합류하여 남은 행선지 진주와 순천 쪽을 향해 나선 차 속에서 그간의 사연을 듣고 난 조 사장이 새삼, "됐어요. 그러고 보니 우리 형님 일이 점점 제대로 풀려가네요. 슬그머니 그런 후원금도 받아오시고. 하지만 아직 이력을 더 쌓아나가셔야겠어요. 형님이 조금만 눈치를 주었으면 우리 출장비가 다 빠질 뻔했잖아요. 대통합야당 총재 체면에 고작 5만 원 후원금이 뭐예요. 하하" 하고 유쾌한 농기 속에 나를 놀려댄 소리가 이날따라 왠지 경박스럽게만 들렸으니까.

일일이 다 사례를 들어 말할 수도 없고 그럴 필요도 없는 노릇이지만, 그 몇 달 사이 예의 송죽원을 중심으로 서울 장안에만도 그런 식으로 'JS 어른'의 특별한 배은에 남다른 자긍심을 숨기고 지내야 할 업소가 몇 곳으로 늘어 있었으니, 한갓 그림자 속의 유령 놀음에 불과할망정 바야흐로 일생일대 내 권운의 성세기가 열렸달까.

하지만 권불십년(權不十年), 이런 경우에도 그런 비유가 가당할지 모르지만. 그리고 내 기분 같아선 권불십년보다 화무십일홍(花無十日紅) 쪽이 더 합당할지 모르지만, 어쨌거나 그럴수록 나는 더 자중자애 처신을 삼가야 했을 터.

다름 아니라 그러던 어느 날, 나는 끝내 마땅한 금도와 자제력을 잃고 실없는 방만기로 한동안 잊었던 마음속 불안기와 소심증을 다시 일깨우고 만 것이었다.

하긴 그도 내 분수 넘친 지위의 행세 탓만은 아니었다. 그에 더해 굳이 다른 허물을 따지자면 그 위태로운 지방 출장에 이어 치르게 된 5월 총선 이튿날 저녁, 이번에도 조 사장이 회사 창립일을 구실 삼아 회사 식구들을 이끌고 간 그 송죽원의 신 마담과 아이들, 잦아진 발길 따라갈수록 술자리 수작이 늘어간 탓에 넌들마저 덩달아 입심이 질펀해진 분위기나, 아니면 하필 회사 창립일이 총선 무렵에 끼인 게 문제였달까. 어쨌거나 그날 저녁 우리가 다시 찾은 송죽원에서 빚어진 황당한 소동과 주태야말로 대리품에겐 더 한층 위태로운 엽기극이 아닐 수 없었다.

굿판의 시초는 우리 차가 송죽원 골목 주차장으로 들어서고 차를 내린 조 사장이 여느 때 한가지로 일행을 앞장서 현관으로 뛰어들었을 때부터였다. '형님 도착하셨다'고 수선을 피워댄 데까지는 뒤따르던 우리도 으레 그러겠거니 하였다. 한데 미리 대기하고 있었던 듯 신 마담을 선두로 송죽원 종업원 전원이 현관 입구부터 안쪽까지 복도를 메우고 서서 요란한 박수 속에 외쳐대는 합창 소리가 전날엔 듣지 못한 이색적인 것이었다.

"축하합니다. 총재님!"

그러니까 그 갑작스런 합창 소리는 일을 꾸민 조 사장조차 미처 예상을 못하고 얼핏 회사 창립일 정도를 떠올린 모양이었다.

"축하는…… 어떻게 오늘이 우리 회사……?"

잠시 어리둥절해진 탓에 말을 잘못 꺼내다가 뒤늦게 사태를 깨달은 조 사장이 당황해할 사이도 없이 화창한 합창 소리가 다시 복도를 가득 메웠다.

"총선승리를 축하드립니다!"

전날의 총선 결과가 야당의 대승으로 끝난 사실을 유념해두지 못한 게 첫번째 이쪽 불찰이었다. 어쨌거나 일은 이미 물러설 자리가 없었다.

"그래, 우리 형님, 총선 끝내고 오늘은 모처럼 한숨 돌리러 오셨다."

재빨리 사태를 수습해나가는 조 사장의 뒤를 따라 나는 앞에 선 마담과 뒤쪽의 몇몇 아이들 손을 차례로 잡아주며 나름대로 격에 맞는 치하의 말을 건넸다.

"그래 고맙다. 다 자네들이 이래 성원해준 덕분인 줄 안데이!"

그런데 이 층의 우리 전용 방으로 올라가 보니 그곳에 또 다른 축하의 순서가 기다리고 있었다.

장방형으로 길게 이어 차려진 교자상의 맨 안쪽 자리 앞에 '근축 총선승리—송죽원 일동'이 새겨진 커다란 케이크가 놓여 있었다.

"미리 여쭙지 못한 일이어서 죄송합니다. 그간 총재님을 모셔온 저희들 기쁨으로 작은 정성을 모아 마련한 일입니다. 너그럽게 용납해주시면 감사하겠습니다."

일행을 뒤따라 올라온 신 마담의 진심 어린 설명이었다.

그 뒷일은 이제 더 긴 설명이 필요 없을 터. 어떻게 생각하면 조 사장은 제가 친 덫에 제가 걸려든 격이었달까. 한마디로 이날 회사 창립 자축연(엄연한 '형님' 앞에 누구도 물론 그런 소리를 입에 담을 수는 없었지만) 하나는 유례없이 질탕한 행사가 된 셈이었다. '총재님'은 이날 밤 뭇 여인들의 축하 진상 술잔을 비워내느라 이내 인사불성이 되기 시작했고, 내친김에 '맏아우' 조 사장으로 하여금 '고생 많은 아랫 아우들'에게 지출 아끼지 말고 금준미주(金樽美酒)와 옥반가효(玉盤佳肴)를 넉넉히 불러 먹여 그 밤을 마음껏 즐기게 했으니까. 뿐인가. 술기가 거나해진 그 '맏아우'도 오래잖아 이것저것 따지기가 귀찮은 듯, "그럽시다 헹님. 지도 그럼 오늘 밤엔 헹님 덕에 고단한 야당 살림살이 헹펜 싹 잊어뿌리고 한번 맘 펜히 놀아볼람다" 하고 호기 있게 선언하고는 옆방과의 칸막이를 뜯어내게 한 다음, 아래층에서 실내 밴드 기기를 불러 올려 질펀한 춤판까지 벌이고 나선 것이었다. 게다가 그 '아우'에 뒤질세라 마침낸 신 마담의 감칠맛 나는 볼기짝을 끌어안고 나돌아가는 '형님'을 보고 위인은 취기에선지 일부런지 이렇듯 위태로운 소리까지 버릇없이 떠벌여댄 것이었다.

"헹님, 아따 우리 헹님, 오늘 밤 진짜 실력 나오신다. 여색 밝히지 않는 영웅호걸 없다꼬, 우리 헹님 저 꼿꼿한 콧댈 좀 보그라. 저 매서분 마늘코 등쌀에 신 마담 니 오늘 밤 단디이 각오 해얄 끼다. 안 그라요, 헹님?"

질펀한 취중지사긴 했지만 '총재님'이 자칫 나쁜 평판의 늪에 빠져들 수 있는 경거망동이 아닐 수 없었다. 더욱이 세상사 무슨 일에나 오르막이 있으면 내리막이 있는 법. 어른 비슷한 얼굴 덕에 재미가 그만했으면 진짜 큰 변고 터지기 전에 알아서 미리 자중함이 마땅한 일이었다. 나는 한동안 몸을 낮추고 은인자중 송 죽원 행은 물론 다른 곳에서도 섣부른 처신을 삼가려 했음이 물론이다.

하지만 이번에도 조 사장의 악취미가 도대체 그 유사품의 자애지계(自愛之戒)를 유념해주려지 않았다.

"형님, 이제 진짜 눈부신 활약상을 보여주셔야 할 시기가 다가오는데 왜 그러세요!"

자꾸만 다시 몸을 사리고 드는 내 소심한 처신에 사장은 차라리 안달이 날 지경이었다.

"눈부신 활약상을 보일 시기라뇨?"

"올가을에 대통령 선거가 있잖아요. 그리고 형님이 사실상 이번 대선의 야당 후보시구요. 지난번 선거도 실제론 야당의 대선 후보 자격으로 치른 것 아니었어요."

"그래서 나더러 이번에도 그 양반 대신 얼굴을 알리러 돌아다니자 이 말요?"

어른을 만났을 때의 예상 밖의 너그러움과 정치인들의 기상천외한 민심 관리술에 대한 위인의 말이 떠올라 한마디 한 소리에 조 사장은 이러쿵저러쿵 더욱 놀라운 협박 투까지 서슴지 않고 나섰다.

　"이건 그 양반한테서도 양해를 얻은 일 아니에요. 나 사실은 그 양반한테 적지 않은 용돈까지 받았다면 말 다한 거 아녜요. 그런 판에 아직도 뭐가 겁이 나서 그래요?"

　그런 소릴 나더러 사실로 믿으라고?

　"나더러 품위 있는 대용품 행세하고 놀라고 그 어른이 용돈까지 줬단 말요?"

　"일생일대의 큰 선거를 눈앞에 둔 판에 마른 길 진창길을 가리려 하시겠어요? 용돈 속엔 충분히 그런 뜻도 있을 수 있지요. 하지만 그 양반이 그만한 용돈을 내놓으신 건 명목이 달라요. 우리한테 은근히 부탁하실 일이 있거든요. 아니, 사실은 우리가 그 양반한테 부탁을 해야 할 일이지만요."

　"우리가 부탁할 일에 거꾸로 돈을 받다니 무슨 소린지 알다가도 모르겠네."

　하지만 조사장의 채근은 어느 때보다 집요하고 치밀했다.

　"나중에 들으면 무슨 소린지 이해가 되실 테니 우선은 그런 일이 있는 줄이나 새겨두시고 우리 회사 일 부탁을 위해 그 용돈 값부터 알아서 잘 치러나가자 이거지요. 이 일은 어쩌면 우리 회사 명운이 걸려 있는 중대 사안이라는 것만 명심하시구요."

　어느 쪽의 어느 쪽에 대한 부탁인진 여전히 분명치가 않았지만, 어쨌거나 그 용돈에 상관된 내 얼굴값이 우리 출판사의 앞날까지 좌우할 일이라면, 조 사장이 말한 그 '눈부신 활약'은 그만큼 책임이 막중한 셈이었다.

하지만 다른 한편 일개 영업부서의 실무직에 불과한 나로선 회사의 명운까지 짊어져야 할 처지는 아니었다. 더욱이 자신은 만져보지도 못하고 명목도 아리송한 어른의 용돈에 대한 보답으로 내가 계속 위태롭게 그 대용품 행세를 하고 다닐 이유도 없었다.

나는 당분간 더 '공인'으로서보다 개인적 품위와 존엄성을 지켜나가기로 작심하고 단호히 고개를 가로저었다.

하지만 이제 나름대로의 사유(나는 여전히 조 사장의 말을 이해할 수 없었지만)와 명분까지 마련한 조 사장은 물러서려질 않았다. 위인은 우리가 마치 진짜 선거 당사자이기나 하듯이 갈수록 몸이 달아 나를 더 바짝 압박해오기 시작했다.

"형님, 이제 곧 여름이에요. 여름만 지나고 나면 정말 대선이 코앞인데 이렇게 마냥 손발 개고 앉아 있기만 할 거요? ……어제는 마침 남산 수영장엘 들렀다가 또 어른을 만났는데, 그 양반도 잊지 않고 각별히 형님의 안부를 물으며 도움을 당부하더라고요. 이번 선거엔 형님 같은 주위의 활약에 기대가 크시다고요. 그러니 형님이나 나나 우리 회사를 봐서라도 함께 힘을 모아보자고요."

사실인지 아닌지 확인할 길은 없었지만 사실이라면 나로서도 모른 척하기 어려운 호소 조에다. 드디어는 여태 장난기를 가장해온 그 도깨비놀음에 대한 위인의 진짜 꿍꿍이 속내를 털어놓는

136

읍소 작전까지 펴왔다.

"이제 솔직히 말할게요. 선거가 시작되면 그 양반 전국에 뿌려 댈 홍보 책자가 필요한데, 그 책을 꼭 우리가 맡아서 제작해야 한 단 말야요. 우리 변 고문님이 이미 그 평전 원고를 준비하고 있는 중이구요. 알겠어요? 아마 형님도 그게 우리 회사에 얼마나 중요 한 일인지 누구보다 잘 아실 거예요."

허튼수작 뒤에선 은밀히 그런 일을 꾸미고 있었겠다!

"그런데 이 양반 언제부터 우리한테 그 일을 줄 듯 줄 듯하면서 도 자꾸만 두고 보자 미루고 있는 거예요. 그러니 이제 시일은 촉 박한데 어째야겠어요. 이제 형님이 나나 우리 회살 위해 좀 더 적 극적으로 나서줘야 할 사정, 아시겠어요? 한마디로 그 책자의 제 작 일을 우리가 얻어내자면 우린 안팎으로 그 양반에게 좀 더 깊 이 밀착해 들어가야 할 절박한 상황이라는 거. 바로 그 형님의 얼 굴 덕에 말예요. 그러니 제발 나나 형님이나 우리 회사 앞날을 위 해⋯⋯"

선거 홍보 책자 제작권을 얻어내려 어른의 마음을 사는 일에 어째 군이 내 얼굴과 역할이 그리 필요하며 그게 또 얼마나 효과 적일 것인지는 아직도 잘 납득이 가지 않았다. 어느 쪽이 어느 쪽 에 부탁을 넣고 있는 것인지, 그 용돈이란 것의 성격도 나에겐 여 전히 아리송하기만 하였다.

하지만 아무래도 인간적으로 재고해볼 사항이 있었다. 그리고 이 몇 년 줄곧 불황기에 허덕여온 회사 형편을 익히 알고 있는 영 업부서 책임자 처지에서 무작정 그 사장의 절박한 심사를 외면만

하려 들었다면 나는 더 이상 그의 '형님'일 수도 없었으리라.

감불청(敢不請)이언정 고소원(固所願)이라? 불빛 속에 한번 꾀어들면 그 위험한 마력에 취해 다시 빠져나오지 못하고 날개까지 태우는 부나비의 변명 격인지 모르지만, 사장에게 그쯤 이해(利害)와 명분이 따르는 일이고 보니 가짜 대역에게도 새로 그만한 운신의 폭이 덧붙여진 셈이었다. 나는 다시 마음을 고쳐먹게 되었고, 처신에도 그만큼 거리낄 것이 없었다.

여전히 삼가고 자중해야 할 바가 없을 수는 없었다. 은밀한 가운데에 시중 장삼이사에게 어른의 일을 일깨우도록 하되 당신의 품위를 손상함이 없어야 한다는 당부 말이다. 하지만 그도 물론 크게 힘드는 일은 아니었다. 무엇보다 대리품은 말이 없는 가운데에 그 민초들의 호기심 어린 눈길과 접근을 친숙하게 받아들이고 어루만져주기만 하면 되었으니까. 어찌 보면 서로 짜고 치는 고스톱 판 격으로, 때로는 이미 내가 어른과 얼굴이 닮았을 뿐이라는 걸 알면서도 짐짓 속아주는 척하거나 그걸 외려 더 재미있어하는 위인들까지 있었으니까.

"허어! 저 JS가 몸소 이런 데까지 나타난 걸 보면 선거 판세가 생각보다 다급해진 모양이구먼."

"그래도 성품이 그만큼 소탈하고 서민적이시라는 거 아니겠어?"

"어쨌거나 이번 선거에 잘 싸워 이기시우. 그리고 대권 휘어잡으면 우리 겉은 서민들 성원이 컸다는 거 잊지 마시구요. 허허."

게다가 그런 짜고 치기 식 게임에도 그 나름의 융숭함과 경의를 곁들여 누릴 수 있으니 그 역시 권세가(혹은 그 주변의!)의 알뜰한 프리미엄이자 본질적 속성이랄지, 나는 어느새 대권 주자의 그림자가 드리운 힘의 매력, 아직도 이따금은 등골이 서늘해지는 위험기를 느끼면서도 그 때문에 외려 더욱 짜릿한 마력에 흠뻑 취해 들어간 것이었다.

한마디로 가위 전성기를 구가했다 할 이 시기의 활약상에 비하면 전날의 '미행(微行)'은 다만 사전 연찬기에 불과했다 해도 과언이 아니랄까.

하지만 그 숱한 일화는 앞서의 사례들에서 대충 유추 가능할뿐더러 내가 애초 이 이야기를 시작한 연유가 그걸 자랑거리로 여기려는 게 아닐 바에, 여기선 간단한 소화(笑話) 한 가지를 더 소개하고 그만 이 객담을 끝내는 게 어떨까 싶다.

그러니까 그해 가을철 본격적인 대선전이 시작됐을 무렵, 나는 다시 수금과 자사 서적 판매 독려 차 한 이틀 호남과 G시 지역 서점들을 찾아 돌아다닌 일이 있었다. 그런데 그 마지막 날 어느 한 서점을 끝으로 귀경을 위해 역으로 향하려는데 서점 문 앞에서 웬 젊은이가 잔뜩 긴장한 얼굴로 앞을 막아서며 밤중 홍두깨 식으로 물어왔다.

"용서하십시오. 전 이 지방 G지 기잡니다. 한 말씀 여쭙도록 허락해주십시오."

"그래. 무에 알고 싶제?"

곡절이 뻔했지만 유사품은 으레 겪는 일(사실이 그랬으니까)이라는 듯 목소리에 무게를 담아 선선히 대꾸했다.

"바쁘신 중에 이 지역 민심을 살피러 은밀히 미행 중이신 줄 압니다만, 그 민심을 서점가에서 구하시는 게 특이하십니까?"

"내는 책을 버리고 살 수 없는 사람이니 책 민심을 살피려는 것이겠제."

내심 특종을 낚았노라 흥분을 감추지 못해 할 위인을 그 이상 격려해줄 수가 없어 유사품은 그쯤 간단히 돌아서려는데 그가 다시 말을 이었다.

"재미있는 말씀입니다. 아까 아침에 우연히 한 책방을 들른 것이 제 행운이었달까요. 그로부터 저도 줄곧 서점 순방을 계속해온 셈입니다만, 평소에도 이렇게 책과 독서를 즐기십니까. 특히 어떤 책을?"

"거까지 알아야 하나?"

"나중에 다시 서점들을 들러 알아볼 예정입니다만, 어느 책이든 지금 직접 한 가지만 말씀해주시면 감사하겠습니다."

서점에서 다시 알아본다? 위인을 위해서라도 더 긴말을 해서는 안 되었다.

"난 그런 거 확인해줄 수 없구마. 자네도 더 알아볼 거 없고. 아니, 그보다 자네가 오늘 여서 낼 만난 일 자체를 없는 걸로 하는 기 좋을 끼다."

"그건 왭니까?"

"그게 내보다도 자네 신상을 위해 나을 거 같으이까이 안 그러나. 그라이 기사고 뭐고 머릿속에서 말끔 다 지워 없애삐리라 이

140

말이다. 알았제, 젊은 친구!"

멍청하게 놀라기는……!

위인이 너무 바짝 다가드는 바람에 이 경우엔 품위고 뭐고 다 사양할 수밖에 없었지만, 수작의 진행 상황은 대충 그런 식이었다.

더할 수 없는 성세가 아닐 수 없었다.

그야 따지고 보면 그 인터뷰 사례에도 어느 면 꺼림칙한 결말을 남긴 셈이지만, 모든 일이 마음에 흡족할 수만은 없었다. 성세 가운데에도 더러는 마음에 걸리는 경우가 생기게 마련인 데다, 더욱이 회사를 위한 일에선 일시 모든 것이 물거품이 되고 만 듯한 좌절을 겪기도 하였다. '나는 이 나라를 구할 준비가 되어 있다.' 그해 가을로 들어서자마자 조 사장이 그렇듯 공을 들이며 기대해마지않던 어른의 대선 홍보용 책자, 그 유명한 『JS 평전』이 다른 출판사, 다른 필자의 이름으로 제작되어 연일 장안 신문들의 광고란을 도배질하기 시작한 한때가 그랬을 것이다. 그런 사태가 생기자 조 사장의 낙망은 굳이 긴말 덧붙이지 않아도 짐작이 가능할 터.

하지만 다시 한 번 놀라야 할 일이었다. 조 사장의 실망은 오래 가지 않았다. 알고 보니 위인은 출판사 사장다운 또 다른 대비가 마련되어 있었다.

"할 수 없지요. 꿩 대신 닭이라고. 우린 다른 책을 내면 되지요 뭐. 그쪽과 의논이 잘되면 평전에 이어 내놓을 예정으로 그간 변 선생하고 나름대로 준비해온 게 있으니까. 그런데 이런 낭패에다 그 양반이 별 도움이 안 될 걸로 여겨 쉽게 응낙할 것 같지도 않으니, 어떤 결과가 됐든 이번 선거 끝나고 나서 내보내기로 하고 말이오. 우리 출판사로선 어쩌면 평전보다 이게 더 효자가 될지도 모르거든요. 'JS도 속은 가짜 JS 행장기', 이런 제목이면 어떻겠어요? 뒤늦게나마 형님의 양핼 구하기 겸해 말씀드리자면, 물론 이건 서로 미리 의논이 있었어야 할 일이지만 말이지요."

가짜 JS 행장기? 기가 찰 노릇이었다. 어른의 평전 작업에 내 비슷한 얼굴이 그렇게씩 필요한가 했더니, 그게 평전 일을 위한 봉사 작전 때문만이 아니라 그런 속셈이 따로 있어서였다? 뒤늦게 나하고 의논이 있었어야 할 일이라곤 했지만, 나는 그간 그 조사장의 검은 꿍꿍이를 혼자서만 모른 채(이 일은 물론 변 고문도 공범이었을 테니까) 물색없이 놀아났다는 느낌을 한동안 지울 수가 없었다.

하지만 이미 거기까지 일을 꾸미고 대비해온 사장의 용의주도한 집념을 꺾을 수는 없었다. 뿐더러 나 역시 아직은 사장의 말 그대로 동고동락 회사 살림의 일정 부분을 책임져나가야 할 한 식구 처지였다. 무엇보다 한갓 대용물 노릇 속에나마 이미 그 달콤한 맛에 젖고 만 권세의 마력을 쉽게 외면할 수 없는 데다, 평전 일이 어떻게 되었든 조 사장이나 나나 어른을 도와야 할 그간의 도리와 명분은 달라질 수가 없었다. 언제라고 딱히 억지춘향 격으로 남의 이름 핑계 댈 일만은 아니었지만, 이번에야말로 진짜 어른에 대한 자원봉사행이란 대의명분 위에 없지 못할 회사 업무상 필요에서 다시 그 어른의 대역 행각이 이어진 것이다. 그리고 몇 고비 그런저런 우여곡절을 겪으며 임시 위장 대역은 그해 초겨울 대선 투표일까지 나름대로 선거전을 잘 이끌어갔고, 어른을 위해서나 회사를 위해서나 그 배역도 큰 잘못 없이 애초의 목표를 달성해낸 셈이었다. 알다시피 그해 겨울 대선의 승자가 그 JS 어른이었음은 누구나 아는 일이니 말이다.

그런데 문제는 그 대선이 끝난 다음이었다. 아니, 그렇다고 선거 뒤에 그간의 가짜 대역 행각이 밖에 드러나거나 그 때문에 무슨 큰 어려운 후유증에 빠지게 되었다는 얘기는 아니다. 일이 끝난 지 몇 달이 지난 지금까지 아직은 그런 일이 없었으려니와, 이렇듯 스스로 일의 시말을 털어놓는 마당에 어떤 추궁이나 문책이 새삼 두려울 바도 없으니까.

어쨌거나 이젠 선거가 끝났으니 내 대용품 행각도 끝을 내는 게 의당한 순서요 도리였다. 이런저런 곡절이 있었다곤 하지만 내 간덩이가 부어터지지 않은 담에야 감히 어떻게 더 대권을 쥔 어른 흉내를 내고 돌아다닐 엄두가 났을 것인가 말이다.

"아쉽지만 형님도 이쯤 그 양반 얼굴을 돌려드려야겠어요. 그러지 않아도 이젠 형님을 앞세운 취재 과정을 끝내고 본격적인 제책 작업으로 들어가려는 참인데, 오늘 그쪽에서 전갈을 보내왔어요. 다음부턴 그런 짓 일절 금하라고요. 더 설명하지 않아도 알 만한 일 아니에요. 나오는 품이 여간 깐깐하지 않더라고요."

그 무렵 어느 날 조 사장도 경고 삼아 정색을 하고 일러왔다.

언제는 은근히 부추기고, 이제 와선 얼굴색을 싹 바꾸어 중단을 하라? 사실인지 아닌지 그 강압적인 처분이 그닥 맘에 들진 않았지만, 주변을 잘 다스려나가야 할 어른 쪽 처지도 당연했고, 지레 근신을 당부해온 조 사장의 심중도 넉넉히 이해해줘야 하였다.

그런데 뒤에 다시 덧붙여온 조 사장의 몇 마디가 무슨 올가미처럼 아무래도 찜찜한 뒷맛을 남겼다.

"그러니 이제 우리도 며칠 안으로 송죽원에서 결정편을 마무리 짓고 바깥일엔 손을 떼도록 하자고요."

"송죽원에서 결정편이라니……?"

내가 의심쩍어 되물은 소리에 당연한 일 아니냐는 듯 사장의 대꾸가 이랬다.

"지금까지 이야기를 마무리 지을 피날레가 있어야잖아요. 가짜 JS가 정체를 드러내고 나타나는 장면 말야요."

"내게 그럼 신 마담이나 그 아이들 앞에 새삼 본색을 드러내라는 말요?"

"그 애들 반응이 어떨지, 극적이지 않겠어요? 내일이라도 한번 찾아가보자고요."

바로 그 조 사장의 피날레 연출 계획이 내가 이 황당한 이야기를 시작한 첫 이유인 셈이다. 다시 말해 나는 여태 그 노릇에 빠져 지내오면서도 그럴 만한 계기가 오면 그냥 소리 소문 없이 자취를 감출 작정이었으니까. 그래서 끝내 아리송한 수수께끼의 인물로 무상히 사라지는 것이 그 대용품의 은근한 꿈이기도 했으니까. 그런데 제 발로 송죽원을 찾아가 본색을 드러내라니! 이번에야말로 나는 그 사장의 연출을 따를 수 없었다. 사장이 또 무슨 계략을 품고 있을지 알 수 없는 노릇인 데다 대리품으로선 도대체 마음에 내키지 않는 결말이었다.

하지만 나는 이 일에 관한 한 그동안 한 번도 후퇴나 양보가 없었던 조 사장의 집념과 배짱을 섣불리 여겨서는 안 되었다. 어차피 그간의 희망을 포기하고 회사와 책을 위해 대리품의 정체를 다 드러내야 할 처지라면 조 사장에 앞서 차라리 선수라도 치고 나서야 했다.

다름 아니라 이튿날 저녁 나는 다른 급한 일을 핑계로 조 사장의 채근을 따돌린 채 혼자서 미리 송죽원을 찾아간 것이다. 물론 그 '형님'이나 유사품의 마지막 자존심을 위해 예기치 못한 사장의 연출을 피하기 위해서였다. 그 결과는 사장이나 변 고문들이 나중에 찾아가 들으면 될 터이니까.

그런데 일이 참 희한하게 돌아갔다.

선거를 끝내고 난 '어른'이(더욱이 이젠 누구나 함부로 우러를 수도 없는 귀하신 몸이!) 모처럼 혼자 찾아 나타났는데도(그것도 예고 없이) 신 마담이나 아이들의 분위기가 특별히 달라지거나 이상하는 빛이 없이 여느 때 그대로 곧장 2층 단골 방으로 안내해간 태도부터 우선 뜻밖이었다. 한데다 방으로 들어서는 길로 아래 아이들을 모두 내보내고 신 마담 한 사람만 남긴 뒤 아직 자리도 잡아 앉으려지 않은 채 말을 서두르는 내 첫마디부터 그녀는 무언지 미리 짐작이 있었음이 분명했다.

"오늘은 술상 보아올 거 없네. 내 오늘은 이렇게 혼자 찾아온 게 술 때문이 아니니까."

"계속 이렇게 불러도 좋을지 모르겠습니다만, 그야 총재님께선 이제 당선자님이시니 여기 다시 오시면 안 되시지요. 저도 지금 그 말씀을 드리려고 했으니까요. 하지만 오늘은 기왕에 어려운 걸음을 하셨으니 제가 모시던 옛 총재님께 간소하게 한 잔만 올리겠습니다."

축하의 말커녕 주저하는 빛조차 없는 낌새에 나는 아무래도 어렵고 거북한 소리를 한층 서두를밖에.

"아닐세. 잠시 내 말부터 듣게. 자넨 지금까지 나한테 속아온 게야……"

하지만 마담은 그 말이 채 끝나기도 전에 나를 가로막고 나섰다.

"아무 말씀 마십시오. 전 속아온 거 없으니까요."

"속아온 게 없다니? 난 사실……"

"아무 말씀 마시라니까요. 저희도 진작부터 총재님께 말씀드리지 않은 게 있거든요."

"……!"

"그러니 괜찮으시다면 어르신은 옛날처럼 계속 그 총재님으로 저희 집을 찾아주셔도 좋구요. 그럼 저희도 전날처럼 변함없이 그 총재님으로 받들어 모셔드릴 테니까요. 그럼 총재님과 저희 사인 그때나 지금이나 아무것도 달라질 게 없잖겠어요."

이런 세상에!

"아니 그럼 자네들도 이미 그걸 알고 있었단 말인가? 내가 진짜 JS 어른이 아니라는 걸!"

놀랍고 어이없어 되묻는 소리에 그녀가 여전해 공손하게 대꾸했다.

"아마 그 총선 승리 축하 파티를 치르신 날 밤부터였을 거예요."

"그럼 그걸 알고도 계속 일부러 속은 척해주었단 말야?"

"속은 척한 게 아니라니까요. 우린 그 어른한테 속은 거 없어요. 그 어른은 우리한테 진짜 총재 어른이셨으니까요. 그리고 지금은 당선자 어른이시구요. 그래서 그 당선자 어른은 이제 이런 데 다시 오시면 안 되신다고 말씀드린 거잖아요."

"도대체 무슨 소린지 알아들을 수가 없구만. 하지만 그 어른이 진짜 JS였다면 이 집은 땡을 잡은 셈이잖아? 그런데 그 당선자 어른은 왜 다시 여길 오면 안 된다는 거지?"

"그 어른처럼 큰 꿈을 지니신 귀한 분을 곁에 함께할 수 있는 거…… 그건 우리들한테도 소중한 꿈이었으니까요."

"그렇담 이젠 그 어른의 꿈이 이루어지고 자네들의 꿈도 함께 실현된 셈이니 그 더욱 좋을 일 아녀?"

"아니에요. 그건 그저 꿈일 뿐이었어요. 꿈이 실제로 이루어지면 그건 이미 꿈이 아니지요. 현실로 이루어진 꿈의 권세는 그로부터 남의 꿈을 빼앗고 짓밟기 시작하거든요."

"그런데 왜 날더러는 또 여길 계속 찾아다니라는 거지? 날 끝내 낮도깨비로 만들어놓으려구?"

"전날의 총재 어른은 이미 그 꿈을 이루고 권세를 얻어가셨지만, 우리들한테는 여전히 꿈이 필요하니까요. 그게 우리네 인생살이 아닌가요? 어르신은 그분이 계속 이 집에 남겨두고 가신 우리의 꿈이세요. 그런 점 우리한텐 어르신이 더 진짜 JS다우시구요…… 그러니……"

"무어가 무언지 난 아무래도 모르겠지만, 글쎄.....?"

"모르셔도 상관없으세요. 정 뭣하시면 이제부턴 우리가 한 번도 뵌 일이 없는 다른 총재님으로 마음 편히 여길 계속 찾아주셔도 좋으니까요."

내가 이 이야기를 시작한 또 하나 진짜 이유랄 수 있을 터이다. 제 꿈 안에서 태어난 권세가에 대한 까닭 모를 두려움과 혐오감? 세상살이의 꿈과 현실간의 불화? 혹은 그 어리석은 꿈을 사는 무리의 고달픈 아름다움? 어느 쪽인지 여전히 분명치는 않지만, 그리고 뒷날 찾아간 조 사장들에게 신 마담이 또 무슨 말을 어떻게 전했는지 알 수 없지만, 어쨌거나 이후 그 조 사장과 변 고문이 만들어낸 책자에는 알다시피 그날의 이야기가 없으니까.

사족이 되겠지만, 이젠 나도 더 허황되이 남의 꿈속 도깨비놀음을 살 수 없어 이후론 누구와도 다시 그 송죽원을 찾을 수 없었거니와(누군들 그곳에 다시 나타날 수 있으리), 그런 내 주제에도 심사가 어찌 이리 허망하고 무상한지, 흥미로운 연구거리가 될 듯싶어 한마디 더 덧붙여두는 것이다.

(2004년 6월)

태평양 항로의 문주란 설화

"이 선생, 내년 여름쯤 몇이서 멕시코 쪽 한번 다녀올 생각 없으세요? 내년으로 우리 이민 일백주년이 되는 걸 핑계 삼아서 말예요."

어쭙잖은 내 소설 한 편을 스페인어로 번역한 일이 있는 고예선 교수가 작년 봄 어느 날 느닷없는 멕시코 여행을 제의해왔을 때, 나는 처음 그 이민 백 년째라는 소리 때문엔지 어느 까마득히 먼 아열대의 붉은 고원 지역이 떠올랐었다. 그리고 계절의 변화를 모르는 기나긴 무더위와 검붉은 흙먼지 속에 실제로 본 일이 없는 에네켄이라는 용설란류 흰 꽃이 일망무제로 피어오른 숲 속 농장이 잠시 눈앞을 스치다 사라져갔다.

"그때는 하나하나 백성들을 돌봐줄 나라가 없었은께. 우리끼리라도 서로 먹고살 길을 찾아 나서야 했었제. 첨서부터 이 메히코를 목적하고 나선 것도 아니고. 첨엔 인천서 저 태평양 한가운데 떠 있는 하와이 섬 배를 탔다가 일차 계약 기한이 다한 몇 해 뒤 헛소문에 귀를 속아 다시 대륙으로 건너가 고생고생 몇 년을 떠돌다가 결국엔 이 메히코까지 넘어 들어온 게야. 그렇게 저렇게 이 남쪽 변두리 오지 유까딴까지 흘러들어 지금껏 그 웬수놈에 에네껜 농장 일꾼으로 늙고 만 것이제."

지난 1968년, 저 망망한 태평양 너머의 낯선 나라, 당시로선 그 무더운 태양 볕을 가리려는 넓은 챙 모자 솜브레로밖에 거의 알려진 것이 없던 멕시코에서 모처럼 올림픽 경기가 치러질 무렵이었다. 한국 선수단을 따라간 어느 방송국 기자 한 사람이 천신만고 끝에 아직 그곳 어느 에네껜 농장 부근 소도시에 생존해 있는 옛 이민 일세대 할머니를 찾아 나눈 인터뷰 사연을 들은 일이 있었다. 내게 익어온 '멕시코'를 연신 현지 발음인 듯한 '메히코'로 말하는 노파는 그렇듯 자신의 험난한 이민살이 역정과 당시의 생활 형편 따위를 늘어놓은 끝에, 스스로 모진 운명을 자학하듯 몇 마디 더 덧붙였었다.

"그러니 그놈의 에네껜 풀낭구…… 말린 줄기를 밧줄로 엮어 큰 배까지 붙들어맬 수 있는 덕에, 그 모진 풀가시 낭구에 내 평생을 의지해 살아온 덕이긴 하지만, 옛날 조선 이름으로 치면 용설란이랬던가 뭐랬던가, 그거 비슷한 풀낭구가 키를 넘는 둥치에다 문어발 같은 큰 잎들을 쩍 벌리고 서서 틈만 나면 억센 가시로 사람을 찌르고 드니 이 몸뚱어리들이 성해날 수가…… 그래도 때가 되면 꽃은 어찌 그리 흐드러지게 피는지. 육칠월 여름철만 들어서면 그 무더운 들판이 온통 하얀 꽃구름 바다를 이루곤 했으니……"

하지만 그 노파나 인터뷰의 기억은 그저 그뿐이었다. 아니, 조선이니 풀낭구니 웬수 따위, 요즘엔 잘 들을 수 없는 말이나 방언 투를 정확하게 기억해 쓰고 있는 것이 예의 귀에 선 '메히코'라는 발음과 함께 어딘지 우리 옛말 화석이나 오래 된 동굴화를 보는 듯한 기이한 감회가 잠시 머리를 스쳤던가. 그 흰 구름바다를 이루었다는 뽀얀 용설란꽃 무리가 한동안 눈앞에 어른거렸던 듯싶기도 하다.

아마 그래 고 교수의 멕시코 여행 소리에 문득 그 '무덥고 아득히 먼 나라'라는 느낌과 함께 하얀 용설란꽃 농장이 떠올랐을 터이지만, 어쨌거나 나는 그 올림픽 잔치가 끝났다는 소식과 함께 예의 에네켄 농장이나 노파의 사연 따윈 까맣게 잊고 지내온 터였다.

그러니 이번에도 그런 기억이나 노파의 사연이 새삼 내게 별뜻이 있을 수 없었다. 그쪽 말로 번역된 단편소설 하나를 가지게 된 것뿐 나와는 큰 상관이 있을 수 없는 이민 백주년 행사가 그렇듯, 내가 별로 좋아한 일도 없고 주의해본 일도 없는 용설란 꽃에 대해서도 마찬가지였다. 하물며, 흰 꽃빛과 비쭉비쭉 길게 뻗는 잎 모양새를 제외하곤 그것과 아무 유사성이나 인연이 있을 수 없는 멕시코 해안가의 문주란 군락이라니, 상상이나 했을 일인가! 당시로선 거기까지 그런 꽃이 핀다는 사실조차 들은 일이 없는 처지에서.

그러니까 가부간 그 여행 제의에 대한 대답을 미룬 채 며칠을 지나다가 다시 고 교수의 채근 전화를 받고 나서 별 이의 달지 않은 채 마음을 정해버린 것(아마 1년도 더 넘는 뒷날 일이라 그만큼 마음의 부담이 덜한 탓이었으리라)이나, 그럭저럭 한 해를 보내고 나서 고 교수의 여름방학 철을 택해 잡은 여정을 새삼 사양치 못하고 함께 따라나서게 된 것이나 사실 그 방송 인터뷰 때의 기억과는 별 상관이 없었던 셈이다. 굳이 무슨 소이연을 따지자면 고 교수의 제의를 들은 이후 내겐 어쩌면 일찍부터 그 먼 대륙을 한번쯤 가보고 싶었던 듯한 솔깃한 느낌, 이민 백주년이라는 말이 상기시켜주는 어떤 오랜 마음속 체증이 미구에 해결의 실마리를 얻게 될 것 같은 까닭 모를 망념을 쉽게 지우지 못한 탓이었달까. 도대체가 그 멕시코 교민 노파나 에네켄 농장의 일들은 고 교수를 계기로 잠시 스쳐간 기억이었을뿐더러, 내게 언제부터 그런 마음속 체증기가 둥지를 틀기 시작했는지 당시엔 그 시기도 정체도 아직 확연치가 못했으니 말이다.

하지만 알고 보니 반드시 그런 것만도 아니었다. 한동안 여행을 계속하던 중에서야 뒤늦게 기억에 떠오른 일이지만, 그 노파와 에네켄 농장의 사연엔 또 한 가지 덧칠된 이야기를 담고 있었다. 그리고 나중 덧칠된 두번째 이야기가 언제부턴지 내겐 그 노파와 에네켄 농장의 사연을 훨씬 더 아득하고 비극적인, 까마득한 옛날 일로 변색시켜놓고 있었다. 내겐 그 두 이야기가 덧칠되어 떠오른 바람에 다른 한쪽을 가려 보지 못했겠지만, 그런 사실조차 나는 한동안 깨닫지를 못한 것이다.

부지불식간 내가 그 일세대 이민 노파의 사연을 실제보다 훨씬 오랜 옛날 일과 혼동하고 있는 사실에 뒤미처 생각이 미친 것은 대충만 꾸리고 따라나선 멕시코까지의 실제 여정이 예상보다 너무 멀고 힘들었던 데다 종당엔 그곳에서 뜻하지 않은 한 한족 이민자의 핏줄을 만나게 된 덕이랄 수 있었다.

　고 교수를 팀장 삼아 그녀가 함께하기를 원한 J일보의 김 기자(고 교수는 멕시코 현지에서 한국문학 관계의 세미나가 계획되어 있었고, 그 성과가 국내에 소개되기를 바랐을 터)를 포함해 소설가 시인 평론가 각 한 사람씩 우리 일행 다섯이 멕시코를 향해 인천공항을 출발한 것은 지난 6월 하순께였고, 막연히나마 내가 처음부터 머릿속에 담고 간 멕시코만 연안의 유카탄 반도까지(이민 1세 노파가 평생을 보냈다는 에네켄 농장도 그쪽에 있었다) 들어간 것은 그로부터 달이 바뀐 일주일 뒤의 7월 초순 무렵. 그동안 우리는 미국 서해안을 통해 두어 차례씩 비행기를 갈아타가면서 멕시코로 들어갔지만, 그곳 수도권 대학과 작가협회 등에서 고 교수가 예정된 일과를 치르는 동안 나와 다른 일행은 들러리 겸해 따라다니거나 우리끼리 박물관이며 유적지 따위를 구경하고 다니면서 시간을 보낸 끝에, 며칠 뒤에는 기왕지사 먼 길 온 김에 한 이틀 쿠바까지 건너갔다 오자는 바람에 다시 카리브해 왕복 항로를 거쳐 비로소 유카탄 남단의 칸쿤 지역으로 들어선 것이다.

　항공편을 타고 내리기만도 여남은 차례에다 그중 한 곳에서는 내가 칠칠치 못하게 돈지갑까지 잃어버리고(여권이나 항공표 따위를 따로 나눠 지닌 것이 그나마 다행이었지만) 한동안 허둥댄 바람에 그 여정이 어수선했던 탓이기도 했지만, 그동안 나는 어디에서도 마음속에 지니고 간 에네켄 흰 꽃이나 농장 같은 것을 본 기억이 없었다. 에네켄커녕 아열대 기후대의 멕시코나 쿠바에서는 흰색 꽃은 거의 볼 수가 없고, 눈앞을 스치느니 그저 붉거나 노란색 꽃들뿐이었다. 푸른 야지에서고 시중 거리에서고 시원스런 푸르름 속에 선연한 불꽃 무늬가 수놓인 듯한 플람보야르(불꽃이라는 뜻의 꽃 이름 그대로였다)와 '황금의 비'라는 뜻을 지닌 샛노란 '유비아 데 오로'의 아열대 꽃 일색이었다. 게다가 우리 산하에 많았던 호랑이에 대해 그랬던 것처럼, 습기 많고 무더운 이 지역 수림대를 누벼온 파충류들에 대한 두려움 때문에선지 거대한 피라미드 신전을 중심으로 한 곳곳의 유적지나 박물관들에는 갖가지 뱀신들 형상이 높이 모셔지거나 조각되어 있어 먼 길 여행자들에게는 일견 이국적인 정취 이상의 낯설고 끔찍스런 느낌에 몸을 떨게 하였다〔하물며 살아 있는 사람의 심장을 꺼내어 바치고 어린아이들의 인신공희(人身供犧)까지 자행된 아즈데카 태양신 숭배 문명의 유적물들이 즐비한 한 박물관에서의 충격과 낯섦은 더 말해 무엇하리〕.

너무도 멀고 먼 다른 세상, 바로 그 낯섦과 두려움이 내게 마침내 어떤 잊힌 인간군상과 절망스런 처지를 떠올리게 한 것이다.

'그들 중엔 과연 여기까지 끌려온 사람도 있었을까. 만약 그랬다면 오늘 우리는 최신식 비행기 길로도 이렇듯 멀고 낯설기만 한 땅에서 그들은 과연 무엇을 어떻게 보았으며 그 이질감과 두려움은 어떠했을 것인가.'

멕시코 올림픽이 치러지고 다시 5, 6년이 지난 1970년대 중반 어느 해 여름날, 부산의 한 신문사 주필을 지낸 어른이 당시 작은 주간지 말석 일을 맡고 있던 나를 일부러 사무실로 찾아왔다.

"내 이 형이 여기 있다는 얘길 듣고 재미있는 소설거리 하나 전하려고 찾아왔지."

그러면서 C씨는 자리에 앉자마자 대뜸 '일본의 초기 기독교회사'라는 일본어판 책 한 권을 꺼내놓곤 그 책을 읽었거나 내용을 들은 일이 있느냐 물었다. 일본말을 모르는 내가 그런 책 본 일도 들은 일도 없다는 대답에 C씨는 물론 그럴 줄 알았다는 듯 혼자서 설명을 이어갔다.

"하긴 그럴 테지. 나도 이런 책이 있는 줄 몰랐다가 이번 일본 길에 처음 알았으니까. 사실 처음엔 이 책이 목적이 아니라, 오다 줄리아라고……"

경상도 남해가 고향이라고 중간에 자신의 태생지를 밝힌 C씨는 평소 신문 일 이외에 고향 섬 고을의 향토지 기술에 소홀찮은 관심을 기울여왔던 바, 당연히 옛 임진, 정유년 간의 섬 수난사에 주목하지 않을 수 없었고, 종당엔 전란 전반의 왜군들 만행을 좇던 중 매우 예외적인 사례로 고니시 유기나가(小西行長)와 한 한국 소녀 오다 줄리아(뒷날의 세례명) 간의 교의(教義)상의 의부녀(義父女) 관계를 알게 됐다는 것. C씨는 이 희한한 전쟁 속 인간 가화(佳話)가 좀체 석연하게 납득되지 않아 두고두고 고심하다 신문 일에서 물러난 그해 봄 오다 줄리아의 현지 족적을 찾아 묵은 숙제를 해결해볼 겸해 오사카 쪽으로 퇴직 여행을 떠나게 됐다고.

"그런데 오사카에서 만난 우리 교민 한 친구가 그런 일이라면 우선 이 책을 한번 구해보라는 게야. 그리고 난 그 조언대로 이 책을 사 읽고부턴 줄리아의 일보다 내 원래 관심사였던 왜란 당시 우리 백성들의 참혹한 수난상 쪽에 다시 번쩍 눈이 뜨이게 된 게야. 왠 줄 아나?"

그의 자답 투 설명인즉, 줄여 말해 그 전란 중 남쪽 해안 지역에서 많은 민간 양민이 포로 신세로 일본으로 강제 압송되어간 일과 그들 대부분이 일본 곳곳의 노예시장을 거쳐 세계 각지로 팔려간 놀라운 사실을 처음 알게 된 때문이었다.

"이 책엔 당시 로마 교황청에서 파견되어 온 신부가 전쟁 중에 조선에서 붙잡아온 포로들을 온 세계에다 팔아먹는 노예시장의 참상을 적고, 그 같은 비인도적 처사를 중지하도록 교황청에서 영향력을 행사해달라는 탄원과 보고서를 여러 차례 보낸 내용이 밝혀져 있는데, 그 노예시장의 규모나 그곳을 통해 팔려간 조선인 노예의 숫자가 얼마나 되는지 짐작하겠나? 놀라지 말게. 그 무렵 일본의 대표적인 노예시장으로 조선과 뱃길이 가까운 나가사키 시장이 있었는데, 그곳 한 곳에서 팔려나간 조선인 포로의 숫자만도 만 단위를 헤아린다는 게야. 뿐인가. 나가사키 외에도 일본 각처에 그런 시장이 몇 군데나 있었다니, 그곳들을 거쳐 팔려나간 숫자를 다 합하면 몇만이 되겠어. 얼마 전 이탈리아에 안토니오 김이라는 사람의 초상이 남아 있는 게 발견되어 그 무렵 포로로 끌려갔다 어쨌다 화제가 된 일이 있었지만, 유럽뿐만 아니라 미국이나 멕시코 같은 갓 개척기의 태평양 연안 지역은 물론이요, 심지어는 더 남쪽 남미 대륙 식민지 지역에까지 조선인 포로의 발길 안 미친 곳이 없을 정도로……"

내 앞에 때때로 해당되는 책 페이지들을 펼쳐 보여가며(그렇다고 일본글을 모르는 내가 그걸 확인할 능력이나 굳이 그래야 할 필요가 없었지만) 계속된 C씨의 비분강개조 설명은 그러나 다음 대목이 더욱 충격적이었다.

"하지만 내가 이 형에게 소설을 쓰게 하고 싶은 것은 이게 아니야. 진짜로 내가 자네에게 일러주고 싶은 건 그 많은 조선 백성들이 어떻게 일본으로 끌려갔나 하는 것이야. 그래 이 형은 그 전란 통에 왜군들이 진짜 싸움을 접어두고 사기자장과 같은 기술자도 못 되는 민간 양민들을 상대로 그렇듯 노예 장사감 사냥에 열을 올렸으리라 생각하나? 그쪽 땅에 아직 코 무덤 귀 무덤이 남아 있듯이 싸움터의 전과를 거두는 데에도 죽은 자의 코나 귀를 잘라야 했을 만큼 경황이 없는 판에?"

그 물음에 대한 C씨의 자답은 예상한 대로 아니올시다였음이 물론이다.

"이 책 내용을 다 믿을 수는 없지만, 그 해안 고을에서 백성들을 붙잡아 배에 태워 보낸 사냥꾼들 일부는 왜병들 손발 노릇을 한 같은 조선인 장사꾼들이었다는 게야. 그런 인종들 뒤에는 그 고을 관장들의 보이지 않는 비호가 있었구. 일테면 당시 우리 지방 고을의 일부 관장들은 왜군과 뒤로 짜고 제 백성을 사냥해다 노예로 팔아넘기는 동업 장사판을 벌였던 셈이지. 그런 일이 없고선 아무짝에도 쓸모없는 순 농투사니 백성들이 그렇게 많이 잡혀갈 리가 없었지. 이 책에는 싸움터와 멀리 떨어진 남녘 해안 지역에서 우리 백성들이 굴비 두름처럼 줄줄이 엮여 끌려가는 참경이 생생하게 소개되고 있으니까."

C씨는 이제 거의 목이 메고 있었다. 그 임진·정유년 간의 왜란이라면 그저 충무공의 백의종군과 난중일기 따위나 떠올리곤 하던 나로서도 사실 크게 놀라지 않을 수 없었다. C씨의 권유처럼 족히 한 편의 소설을 욕심내어볼 만한 내용이었다. 이야기를 듣는 동안 내심 자주 그런 욕망이 꿈틀댄 것도 사실이었다.

하지만 C씨의 설명이 이에 이르고 보니 나는 전날부터 자주 겪어오곤 하던 심약한 의구심으로 하여 슬그머니 마음이 주저앉기 시작했다.

'내가 과연 이 이야기를 감당해낼 수가 있을까. 나름대로 이유가 있어 외면되고 숨겨진 죽은 역사를 굳이 다시 백일하에 드러낼 필요가 있을까. 제 지난 역사에 스스로 침을 뱉는 배반을 짓는 노릇이 되지 않을까……'

"그런데 선생님께선 이 이야기를 어째 하필 제게 쓰게 하실 생각을 하셨습니까?"

나는 마음을 결정할 말미를 얻기 위해, 그리고 결국 누구에게선가 미구에 쓰일지도 모르는 그 소설에 대한 C씨의 기대치를 재어볼 겸해 우선 그렇게 물었다. 무엇보다 방금 전 그가 나를 찾아 나타나기 전까지도 내게는 C씨가 일면식조차 없어온 어른이었기 때문이다. 그런데 내 물음에 대한 C씨의 대답은 일단 그럴 법도 했다.

"내 이 형의 소설을 한 편 읽은 게 있지. 제목이 '수상한 해협' 이랬던가. 저 신라 때 박제상이 왜국으로 끌려가 끝까지 신라인의 절의를 지키며 죽어간 이야기…… 왜왕은 그의 절의를 꺾어 의로운 죽음 대신 비굴한 삶을 주고 싶어 하지만, 그 왜왕과의 싸움에서 끝내 굴종의 삶 대신 충절을 택해간 박제상의 죽음은 필경 피할 수 없는 운명 같은 것이었지. 난 그 작품을 읽고 나서 이 형이야말로 바로 이 이야기를 써야 할 사람이라고 생각했지."

내가 그 소설을 쓴 것도 사실이었고, 그 소설의 내용에 얹어 새 소설의 필자로 나를 지목하게 된 연유도 제법 앞뒤 맥이 닿는 이야기였다. 하지만 나는 뒤이어 덧붙여온 C씨의 다짐 투에 그만 정나미가 떨어졌다.

"이 형이 이 이야기를 써야 하는 것도 그러니까 어찌 보면 일종의 운명인 셈이지. 내가 이 형의 소설을 읽게 된 것부터가 그렇구."

'운명'이란 말을 빌려 쓴 탓엔지, C씨의 그 말은 내게 마치 박제상류 구원의 운명 드라마를 한 번 더 쓰라는 소리처럼 들렸다.

'무고하게 끌려간 백성들의 그 고난스런 행로를? 그 마지막 죽음의 자리와 모습을 찾아서? 내게 그 구원의 운명극을 다시 쓰라? 제 나라 권부 인종들이 노예로 팔아넘긴 백성들의 구원의 드라마를?'

처음부터 머릿속에 맴돌던 뜨악한 의구심에 결정타를 먹은 꼴이었다. 나는 더 이상 대답을 미루고 싶지 않았다.

"죄송합니다만, 전 감당할 수가 없는 이야기 같습니다. 다른 마땅한 작가를 찾아보시지요."

나는 짐짓 단호하게 머리를 저어 보였다. 하는데도 당장 마음을 정하려 들지 말고 한자어(漢字語)만이라도 대충 내용을 한번 훑어본 연후에 다시 의논해보자며 한사코 C씨가 건네주려는 책을 끝내 사양하는 것으로 그 일을 마무리 짓고 말았다. 그리고 이후 한동안 그 '운명'이란 말의 여운이 까닭 없이 불편스럽게 느껴지기도 했지만, 그도 오래잖아 가뭇없이 아득한 그 민초들의 비운의 행로처럼 자취가 감감 사라지고 말았다.

그런데 너무도 멀고 다른 세상, 그 낯섦과 두려움이 내게 새삼 그 낡은 기억을 떠올리게 한 것이었다.

'그들 중에 실제로 여기까지 끌려온 사람이 있었다면, 이 멀고 낯선 땅에서 그들은 그 생태적 이질감과 두려움 속에 과연 온전한 사람 노릇으로 살 수나 있었을까. 그것을 도대체 어떻게?'

하지만 먼 여로와 객고 속에 생뚱스럽게 불쑥 떠오른 그런 생각이 오래갈 수는 없었다. C씨의 이야기는 4백 년 전 일이었고, 내가 언젠가 올림픽 잔치 취재 기자를 통해 목소리를 들은 노파의 사연은 지난 세기 초엽의 일이었다. 실제로 멕시코까지 닿은 건 백 년 전의 노파들일 뿐 4백 년 전의 백의 민초들이기는 어려웠다. 긴 여행의 피로와 이국적인 풍물로 인해 나는 잠시 엉뚱한 상상과 착각에 빠진 것뿐이었다.

그러니까 이후로 다른 일만 없었다면 그 옛날 민초들의 수만리 노에 길에 대한 상상과 착각은 이번에도 그쯤 막을 고했을 터였다. 그런데 이어진 일정이 그렇게 흘러가질 않았다.

유카탄 반도의 카리브 해 쪽 휴양도시 칸쿤에서 비행기를 내려 하룻밤을 쉬고 나서, 이튿날부터 마야 유적지 툴룸과 치첸이차 등을 거쳐 이틀 뒤에 주 정청이 있는 메리다로 들어갔을 때였다.

고예선 교수가 인터넷으로 예약해둔 호텔을 찾아가 투숙 절차를 마치고 나니 프런트 담당자가 고 교수에게 누군가의 명함과 함께 메모 쪽지 한 장을 건넸다. 그런데 고 교수는 으레 그럴 줄 알았다는 듯 가벼운 눈길로 메모를 훑어보고 나서 일행에게 말했다.

"이 친구 또 용케 우리 도착을 알아냈구먼! 이곳 보험사 직원으로 일하고 있는 한인 이민 손자뻘인데, 오늘 밤 우리 저녁을 대접하고 싶다는군요. 조금 이따 퇴근하고 여섯시쯤 찾아올 테니 사양하지 말고 자기한테 꼭 기회를 달라구요."

전공 분야의 일로 하여 이곳을 이미 여러 차례 다녀간 일이 있는 고 교수는 별로 마음이 당기지 않는다는 듯, 그러나 일행의 의사를 묻기 위해 좀 더 설명을 계속했다.

"이곳을 들를 때마다 번번이 같은 청이 와 있곤 해요. 이 지역 호텔 어디를 정해 들어도 미리 이런 메모가 기다린다니까요. 이 친구한텐 이게 무슨 큰 소망이나 된 듯이 집착을 보이는 것이…… 한국인 여행객 예약 상황을 미리 점검할 수 있도록 메리다의 모든 호텔에 개인적으로 손을 써두었을 정도라니까요."

그의 간곡한 요청에 따라 더러는 저녁이나 술자리 신세를 지고

가는 사람도 있었지만, 고 교수 자신은 어딘지 좀 병적으로까지 느껴지는 그의 집착이 달갑지 않아 동행자들에게 한두 차례 소개만 했을 뿐 긴 시간 자리를 함께한 일은 없었다고.

그런데 그 병적으로 느껴지는 고국인 집착증 배후에는 고 교수가 그를 꺼림칙하게 여기는 또 한 가지 이유가 있었다.

"이 친구, 이민 일세대인 조부가 이곳 마야족 여자와 혼인해 이어온 3세대 핏줄인 모양인데, 피부색이고 몸집이고 생김새가 한민족의 흔적은 거의 찾아볼 수 없을 정도로 완전히 마야족 모습이에요. 그런데다 88올림픽 이후부터래던가, 한국말을 어떻게 열심히 배웠는지 이젠 내 통역 없이도 우리 쪽 사람들과 의사소통이 제법 가능할 정도라니까요. 우릴 만나려는 것도 아마 다른 목적보다 우리 원어민 말을 가까이 들어보고 싶어서 아닌가 싶은데, 그게 아무래도 타산적인 것 같아 끈적한 느낌이란 말예요."

하지만 고 교수의 그 꺼림칙한 이유가 내겐 거꾸로 마음을 끌어당긴 격이었다. 아닌 게 아니라 위인에겐 그 원어민과의 말 익힘과 접촉을 통해 어떤 현실적 이득을 꾀해보려는 목적이 있었을 수도 있었다. 88서울올림픽 이후 세계 각처의 이민사회에서 흔히 보아온 현상이었다. 그렇더라도 그런 건 어차피 내겐 관심도 상관도 없는 일이었다. 고 교수의 말이 내 마음결 어느 부분을 촉발시킨 것은 그보다 그의 급속한 외모의 변모와 우리말에 대한 열망 속에 깊이 억눌려온 세월의 또 다른 거리였다. 이민 백 년째에 3세대라는 물리적 생물학적 시간대 이상으로 나는 그 거리가 아득하게(우리 핏줄의 흔적을 거의 찾아볼 수 없다는 외모의 변화

만큼이나) 느껴지고, 할아버지와 할머니라는 성별의 차이가 그럴리 없었지만, 그 사내가 어쩌면 옛날 멕시코올림픽 방송 때의 그 노파의 손주쯤 될지 모른다는 망연한 상상과 함께 그에 대한 애틋한 정조가 가슴속을 횅하니 휩쓸고 지나간 것이다. 우리가 거쳐온 북중미 대륙과 태평양 너머의 한반도까지의 거리도 그만큼 멀고 아득하게 느껴졌다. 아마도 그렇듯 긴 여정과 이역에서의 여수가 부추긴 호기심 탓이었으리라.

"프란시스코 꼬로나? 뒤엣것이 성씰 텐데 그거 우리 개발시대의 자동차 이름 아니오…… 남의 나라 땅 이민을 온 처지치곤 성씨 한번 거창하게 바꿨네. 꼬로나라면 왕관이라는 뜻 아녜요?"

나는 아직도 고 교수의 손에 펴 들려 있는 명함 짝을 넘겨다보며 농투를 건넨 데 이어 고 교수와 동행들을 향해 역시 좀 대수롭잖은 어조로 제안하고 나섰다.

"그쪽에서 특별히 불편한 주문이 없는 일이라면 시간 보내기 겸해 한번 만나보는 게 어떻겠어요. 저녁 대접이야 우리 쪽에서 하면 되는 일이구요."

하고 보니 초행인 다른 동행들도 대개 이견이 없는 얼굴들이었다. 지금까진 거의 말이 없이 일행을 묵묵히 뒤따라 다니기만 했어도 정해진 일정에 무슨 변화를 고대했을 김 기자와, 누구보다도 이국 풍물에 관심과 찬탄을 아끼지 않으며 고가품 카메라를 혹사시켜온 황 시인들은 썩 적극적이기까지 하였다.

"오늘 저녁엔 다른 특별한 스케줄이 없는데, 웬만하면 만나보기로 하지요."

"그럽시다. 까짓것 여기까지 온 김에 자신이 같은 핏줄을 찾는 다는데!"

화장실을 다니는 일 이외엔 여자인 고 교수를 대신해 무슨 일에나 일행의 뒷바라지 일을 마다하지 않아온 젊은 평론가 장 형에겐 굳이 물을 필요도 없었다.

하고 보니 일행의 향도 격인 고 교수도 이내 생각을 바꾸어먹었다.

"좋아요. 여러분이 다 같은 뜻이라면 저도 특별히 꺼려 할 생각 없어요. 사실은 나도 긴 시간을 보낸 일이 없어서 궁금한 대목이 없었던 게 아니니까요. 그럼 그러기로 하고 각자 방으로 올라가 짐 풀고 쉬었다가 이따가 그 친구가 찾아온다는 여섯시쯤 여기 로비에서 다시 만나기로 하지요"

하지만 자신의 약속시각보다 먼저 호텔을 찾아온 그 꼬로나 씨와의 첫 만남은 역시 좀 실망스런 편이었다. 호텔 입구의 어두컴컴한 로비 한쪽 구석에 앉아 있던 그는 시간에 맞춰 방을 내려간 우리를 한눈에 알아본 듯 먼저 자리를 일어서며 인사를 건네왔다.

"한국에서 오씬 뿐들이지요? 빤갑씁네다. 쩨가 미리 메모 약쏙을 뜨린 고로나입네다. 프란시스코 고로나."

'꼬로나'로 발음해야 할 자신의 이름자를 왠지 예외적으로 '고로나'로 발음하는 것 이외에 군데군데 연자음을 심한 된소리로 섞어 뱉듯 하는 우리말은 그런대로 알아들을 만했지만, 작달막한 몸집하며 가무잡잡한 피부, 양어깨 사이에 짧은 목이 없힌 듯한

164

인상의 마야풍 모습 위인에게선 고 교수 말마따나 한인의 핏줄다운 흔적을 찾아볼 수가 없었다. 말을 하면서 순하게 웃는 눈빛에서나 모종 동족의 심성을 떠올려볼 법했지만, 그것도 이 며칠 일대에서 접해온 마야인들의 순구한 인상과 그리 유다를 바가 없었다. 서투른 대로 의사소통에 큰 불편이 없는 그의 우리말 구사 능력조차 어딘지 속임수기가 느껴질 정도였다. 우리 일행 사이엔 일순 서먹한 분위기가 감돌았고, 이 친구하고 저녁까지는 좀 뭣하잖아, 하는 투 눈빛들이 무언중에 오갔다.

하지만 우리는 결국 그를 물리칠 수가 없었다. 이렇게 먼 이역 땅에서 같은 핏줄의 후손을 만나 반갑다, 외톨이 한인의 후손으로 살아오며 그간 어려움이 많았겠다, 하지만 일이 바쁜 사람에게 긴 시간 저녁까지 신세를 지고 싶지 않다, 섭섭하지만 양해해준다면 우리끼리 다른 일정을 소화하고 싶다 운운…… 은근히 그를 돌려보내고 싶어 하는 치레소리에도 불구하고, 그는 끝내 자신의 약속과 고집을 굽히려 않은 것이다.

"당신들이 내게 신세를 지는 것이 아니다. 이것은 며칠 동안 기다려온 나 자신과의 약속이다. 내가 당신들에게 신세를 지려는 것이다. 식당도 이미 예약이 되어 있다. 제발 자신을 실망시키지 말아달라……"

하지만 우리는 이쪽에서 저녁을 내면 되겠다는 생각 속에 그를 따라나서면서도 계속 위인에 대한 의구심을 지울 수 없었음이 물론이다. 그래 옥수수가루 부침과 훈제 돼지고기가 주요리로 나온 어느 번화가 골목 식당에서 저녁을 먹으면서도 여전히 그 석연찮은 느낌과 의구심을 버릴 수가 없었다. 하다 보니 서로 간에 오간 이야기도 그의 지난날과 가계의 내력을 캐어보려는 쪽으로 이어 졌다.

"당신의 조부는 언제 어떻게 이곳까지 왔으며, 무슨 일을 하였느냐. 당신은 그동안 그분이 겪고 산 고초에 대한 이야기를 들은 일이 있느냐. 그분은 어떻게 마야족인 당신의 조모와 혼인해 살게 됐으며, 당신은 생전의 그분들과 함께 산 일이 있느냐. 당신의 아버지나 어머니는 어떤 분들이냐…… 등등."

그런데 우리는 이 대목에서도 아직 그 석연찮은 생각을 씻을 수 없었다. 그는 조부가 어느 시절엔가는 한국의 제주도라는 섬 해변 마을에서(나중에 알고 보니 그럴듯한 추측이었다) 한국인으로 살다가 이곳 유카탄 반도의 에네켄 농장 일꾼으로 먼 바닷길을 건너 들어온 사실과 자기 조모는 같은 농장에서 일하던 이웃 동네 마야인 과수댁이었다는 따위 몇 가지 간략한 사실 외에, 다른 일은 거의 아는 것이 없었다. 사실이 그런지 일부러 그러는지, 조부모들 생시의 일에 대해서도 직접 본 일은 물론 부모나 이웃으로부터 이야기를 들은 일조차 많지 않다는 거였다. 심지어 그는 어릴 적 순수 마야 혈통의 어머니는 물론 한인 할아버지의 피를 이어 받았음에 분명한 아버지까지도 당연히 마야인으로 여기고 자랐을 만큼 가계에 대해 듣거나 생각한 일이 없었댔다. 그러다 그 아버지마저 외모상으로나 일상의 관습상으로나 의심할 바없는 마야인으로 할아버지와 비슷한 시기에 일찍 세상을 떠나고 말았으니, 그가 지금 알고 있는 몇 가지 사실이나마 다시 마야 처녀를 3대째 며느리로 얻어 사는 자기 어머니로부터였을 뿐이라고.

그 꼬로나 씨에게 조부의 나라에 대한 관심이 일기 시작한 것은 우리가 일찍이 짐작한 대로 1988년 서울올림픽이 계기였다. 그리고 순수 마야 혈통의 어머니를 채근해 얻어낸 올림픽 이후의 이야기들로 하여 위인에 대한 우리들의 의심은 차츰 공감 어린 이해와 믿음 쪽으로 기울기 시작했다.

"한국이 세계 축구의 4강에까지 오르고 종합성적도 비슷했던 서울올림픽 소식은 이곳에서도 큰 관심과 인기를 모았지요. 사실은 저도 그 올림픽 때문에 언젠가 어머니에게서 남의 이야기처럼 무심히 듣고 넘겼던 옛 할아버지의 일을 어슴푸레 다시 생각해내곤 은근히 어깨가 으쓱거려졌으까요."

위인의 된소리 자음 발음과 서투른 어법을 바르게 고쳐 대개 이런 식으로 들을 수 있는 그의 이야기는 그러니까 이때부터가 본론 격이었달까.

"저는 그때부터 할아버지와 할아버지의 나라에 대해 알고 싶었고, 어머니에게 이것저것 묻곤 했지요. 하지만 제 마야인 어머니도 그런 데에 대해선 이미 말한 몇 가지밖에 거의 아는 것이 없었어요. 역시 마야족 여자였던 할머니가 말을 해주지 않은 탓이었지요. 그래서 저는 그때부터 저 혼자서 한국말 책과 테이프를 구해 이 정도나마 한국말을 배우고 한국에 대한 공부를 해온 셈이었지요."

그런데 대개 그 마야 여인들의 마음속 곡절을 짐작하면서도 우리 중 김 기자가 우정 그 조부의 내력에 대한 여자들의 무관심과 무지, 그에 더한 도외시와 침묵의 이유를 물었을 때였다.

"어머니의 짐작에 따르면 그건 아마 저의 할머니가 낯선 이민족의 피가 섞인 당신의 자손들을 온전한 마야인으로 살아가게 하기 위해서였던 것 같아요."

마야인의 관습이나 자존심과 관련하여 충분히 예상했던 대답에 이어 공감을 사양치 않는 우리를 향해 이번에는 그가 전혀 뜻밖의 설명을 덧붙여왔다.

"어머니 기억으로 언젠가 저의 할머니가 말씀하시기를, 할아버지는 제 나라가 버린 백성이라 당신도 그 몹쓸 나라를 쉽게 잊을 줄 알고 당신부터 이곳 마야인으로 만들려 하셨다니까요. 혼인 이후론 할아버지에게 옛 나라에서의 일도, 이후로 겪어온 고생의 사연들도 모두 잊고, 농장 시절 이후로 익히기 시작한 마야의 말을 쓰며 오직 이곳에서의 일과 가족만을 생각하고 살도록 강요한 식으로다요."

심지어 그의 조모는 혼인 이후 자신의 성씨라도 지키고 싶어하는 조부에게 옛 고씨 성과 이름을 버리게 하고 '프란시스코 꼬로나'라는 새 성씨와 이름을 지어 쓰게 했다는 거였다.

"그래요. 아마도 고로나…… 할아버지가 그때까지 써오던 옛날 고국의 섬 시절 성씨가 그곳 고씨였대요. 하지만 전 한참 성장할 때까지 그걸 알지 못했지요. 그런데 우리 집에선 왠지 '꼬로나'를 '고로나'로 발음하는 습관이 있어왔어요. 저도 늘 무심히 아버지나 어머니를 따라 그렇게 발음해오다가 이상한 생각이 들

168

어 언젠가 어머니에게 물었더니, 그런 사연이 있었지요.

조부의 성씨가 고씨였다는 소리에 그의 특이한 '고로나' 발음
과 닮은 데에 생각이 미친 장형이 혹시 그 고씨가 제주도 고씨 아
니었느냐는 물음에 대한 대답이었다.

"할아버지는 새 성을 지어 쓰더라도 기어코 옛 고씨의 흔적을
남겨 지니고 싶어 하셨대요. 그래 겨우 할머니의 허락을 얻어 첫
자가 고씨를 닮은 꼬로나로 정하고 그걸 늘상 '고로나'로 발음하
셨다니까요. 어쩌면 꼬로나라는 발음 전체의 느낌이 어느 정도
꼬레아를 연상시키는 것까지 취하신 건지도 모르구요."

하고서도 그 조부는 역시 피의 기억을 이길 수 없었던 모양. 성
씨와 관련한 연음화 발음 문제 한 가지를 제외하곤 모든 일에 아
내의 뜻을 따르려 노력하던 조부가 끝내는 다시 자신을 이기지
못하고 말았다는 것. 그 조부가 가슴속의 옛 고향에 대한 기억을
지우지 못하고 현지민화의 노력에 지친 기미를 보이기 시작하자,
조모 쪽은 그 실패를 딛고 이번에는 자식들에게만이라도 다른 피
의 기억을 남기지 않기 위해 안팎으로 일절 조부의 옛 일을 입에
올리지 못하게 했고, 그의 아버지나 어머니 대에까지 그것을 금
기로 삼으며 겉으로나마 온전히 마야인으로 살아오게 했다는 것.

이야기가 이쯤 이르고 보니 우리는 이제 그의 가계에 대한 의
혹과 신뢰의 문제를 넘어 느닷없는 부끄러움으로 그만 입을 다
물고 머쓱해질 수밖에 없었다. 제 나라가 버린 백성이란 물론 노
예 이민에 진배 없는 전세기 초엽의 비참한 미주이민 상을 가리
킴으로, 손주인 그가 서슴없이 그런 표현을 쓴 것은 애초 제 나라

에 대한 조부의 원망과 박탈감이 조모와 어머니를 통해 그에게까지 전해져온 탓일 터였다. 그런데 그 원망의 발원지 격인 조부는 무엇 때문에 끝내 마야인이 될 수가 없었던가. 어떤 식이 되었든 그에게 아직 옛 핏줄의 흐름이나 쫓겨난 땅에 대한 기억이 남아 있었던가. 그에게 사라진 나라가 무엇이었길래? 더욱이 그 조부의 박탈감과 원망의 한 부분을 마음속 유전자로 이어받았음에 분명한 이 반쪽 마야인이, 그래서 자신의 외모만이 아니라 영혼까지도 조부를 대신해 온전한 마야인으로 살아왔을 위인이 지금에 와서 새삼스럽게 제 조부의 나라와 그 나라 사람들에게 집착하고 드는 속내가 무엇인가? 이젠 물론 그것을 저 서울올림픽이 불러온 현실적 이해 문제로만 생각할 수가 없었다…… 우리는 저마다 한편으론 무참하고 한편으론 은근히 혼란스런 심사 속에 서로 얼굴만 바라보고 있었다.

그러자 역시 같은 상념 속에 갇혀 있었음이 분명한 고예선 교수가 그 어색한 분위기를 떨치기 겸해 몇 마디 위로 섞인 말을 건넸다.

"이민 1세대이신 할아버지가 끝내 이곳 사람이 되지 못하고 돌아가신 것을 우리가 어떻게 이해하고 말해야 할지 모르지만, 꼬로나 씨는 지금 보면 그 조부 대신 할머니의 소망대로 온전한 마야 남자처럼 보이는데요. 아마 지하의 할아버지도 이젠 그것을 기쁘게 생각하시겠지요. 그리고 당신의 손자인 프란시스코 씨가 이렇듯 다시 할아버지의 나라와 우리 같은 그 나라 사람들에게 관심을 기울이는 것도 무척 고맙게 여기실 테구요."

"그래요. 말씀드렸듯이 전 서울올림픽이 있기까지는 할아버지의 이민 내력이나 한국에 대한 일을 한 번도 깊이 기억하거나 생각해본 일이 없었으니까요. 저는 그만큼 완벽한 이곳 마야 사람이 되어 살아왔던 거죠. 그건 물론 지금도 마찬가지구요."

"그런데 그런 꼬로나 씨가 서울올림픽 이후 새삼스럽게 한국과 한국 사람들에 대한 관심을 갖게 된 이유가 무엇이지요? 올림픽을 개최할 정도의 국력 신장이나 놀랄 만한 금메달 수 때문이라면 몰라도 혹시 다른 무슨……"

흔쾌하기 그지없는 꼬로나 씨의 공감 섞인 응답에 이어, 말끝을 차마 다 끝맺지는 못했지만 이번에는 J일보의 김 형이 예의 기자다운 공격성을 발휘하여 지금까지 계속 일행의 가슴속에 찜찜하게 남아 있던 미심쩍은 의문을 거의 노골적으로 드러내고 나섰다.

우리보다 줄곧 신경이 예민해져 있었을 꼬로나 씨도 물론 이내 그 말뜻을 알아차리고 민감한 반응을 보여왔다.

"그래요. 서울올림픽이 계기가 된 것은 사실이지만 선생님 말씀처럼 맹세코 그간 눈부시게 발전한 한국의 국력이나 메달 수가 동기는 아니었어요."

그런데 뒤에 이어진 꼬로나 씨의 뜻하지 않은 동기가 다시 한번 우리를 무르춤하게 만들었다.

"저는 말씀드렸듯이 이제 이곳 유카탄 반도가 내 땅이고 이 나라 멕시코가 조국인 멕시코 마야 사람입니다. 하지만 할아버지는 끝내 그렇게 되실 수가 없었지요. 자기 조국이 버려 내쫓겨온 당신은 이 땅에서도 끝내 삶다운 삶의 뿌리를 못 내렸던 것이지요. 서울올림픽이 치러지는 동안 저는 새삼스럽게 그런 생각이 들었습니다. 그 잔치가 성대하게 치러질수록 자신을 버렸던 당신 나라에선 이제 그런 잔치가 벌어진 줄도 모른 채 여전히 불귀의 고혼으로 이 이역 땅에 남아 잊혀야 한다는 사실이 말입니다. 저는 끝내 이곳 사람이 될 수 없었던 할아버지를 위해 한국 사람들에게 그 할아버지의 소식을 알리고 싶었습니다. 여기에 그런 내력을 지닌 사람이 있었노라고요. 잔치에 취한 한국 사람들은 이런 할아버지 같은 사람의 이야기는 생각하기도 싫었을 테니까요. 가엾은 할아버지를 위해 그런 당신의 소식만이라도…… 그렇게 해야 당신의 영혼이나마 그 땅의 일을 아실 수 있을 것 같아서……"

봇물이 터진 듯한 그의 원망 섞인 토로는 마침내 울먹임으로 변했다가 잠시 침묵으로 이어졌다. 하지만 그는 이내 목소리를 회복하여 혼잣소리처럼 허탈하게 자신의 말을 끝맺었다.

"하지만 아무도 그걸 귀담아 들어 간 사람이 없었지요. 그런다고 제 할아버지의 혼령이 그걸 알아차릴 거라 믿을 수도 없는 일이지만, 그래서 저는 한국 사람을 매번 다시 찾아 만나고 또 만나고 하면서 이번에도……"

식사나 술기가 웬만해진 데다 그런 분위기에선 자리를 계속 지키고 앉아 있기가 서먹했다. 그렇다고 그쯤에서 자리를 파해 일어나 헤어지잘 수도 없는 노릇이었다. 하여 우리는 특별히 누구의 제의가 없었는데도 이심전심 분위기를 바꿔 옮기려 자리를 털고 일어섰다. 그리고 가까운 공원께의 야외 카페 비슷한 두번째 술집을 찾아 움직이는 동안 우리는 그의 조부에 대한 또 다른 한 실증적 일화를 듣게 되었다.

"한국 사람들은 아직도 그 엎드림 목욕을 즐기나요?"

일행을 앞장서 안내해 가던 꼬로나 씨가 무슨 생각이 들었던지 갑자기 뒤따르는 나를 돌아보며 물었고, 말뜻을 얼핏 알아듣지 못한 내가 어리둥절 대답을 머뭇거리자 그가 몸짓과 함께 다시 설명을 이었다.

"아, 이렇게 윗옷을 벗고 팔을 뻗어 엎드린 모습으로 다른 사람이 등짝에다 물을 퍼부어가며 씻어주는 거 말예요."

나와 일행은 비로소 그것이 등물질임을 알 수 있었다. 우리가 웃는 것을 보고 기분을 회복한 꼬로나 씨가 잠시 더 설명을 계속했다.

"그러니까 제 할아버지가 그걸 몹시 좋아하셨던 모양이에요. 농장 일에서 돌아오시면 귀한 물 아끼지 않고 할머니에게 늘상 그걸 시켜달래며 할머니에게도 그걸 해주시려 성화를 대며 애를 먹이셨다니까요. 그런데 할아버지가 돌아가시고 나니 할머니도 이번엔 할아버지와 함께 그 희한한 목욕법이 생각나곤 해서 며느리인 제 어머니에게까지 그걸 전하신 거예요. 언젠가 어머니가 저를 불러놓고 그 괴상한 목욕 모습을 짓고 엎드리는 것을 보고 웬일이냐 물으니까, 할머니께서 할아버지 흉을 보시듯 말씀하시며 그런 목욕법을 어머니에게까지 전해주신 거라고요."

이민 1세로서의 조부의 존재와 그의 핏줄 내림에 대한 의심이 그것으로 깨끗이 씻어진 셈이었다. 그렇고말고……! 그 버릇이 어디 갈까. 우린 아직도 그런 목욕 버릇을 즐기다마다……

하고 보니 두번째로 시작한 노천 술자리는 분위기가 한결 편하고 가벼워질밖에. 그리고 아마 그런 헐거운 기분에 실려 그 조부의 이야기가 별 거리낌 없이 다시 등장했을 것이다.

"그런데 당신 할아버지의 삶이 그토록 이 땅에 동화할 수 없었던 이유가 당신은 뭐라고 생각하세요?"

기사라도 한 꼭지 건져낼 심산에선지 새로 시작된 술기로 얼큰해진 J일보의 김 형이 다시 그 이민 1세대의 사연을 여담 투로 꺼냈다. 그리고 그에 대한 꼬로나 씨의 응대에도 갈수록 망설이는 기미가 없었다.

"글쎄요. 저도 잘 모르겠어요. 하지만 돌아가신 할머니가 제 어머니에게 옛날이야기 삼아 전한 말씀에 따르면, 할아버지는 무엇보다 겁이 많은 분이셨는지 이곳 사람들이 모시고 사는 뱀신을 끔찍해하셨다고 해요. 여기까지 오시면서 선생님들도 이미 돌아보셨겠지만, 그 치첸이차나 우슈말 유적지의 뱀신들 조형 모습을 보셨지 않아요. 그것도 사실은 최고 태양신을 모시는 신전의 수호신들이었지만, 그 뱀신들을 위해서도 옛날 사람들은 살아 있는 사람이나 심장을 제물로 바쳤는데, 할아버지는 처음 그런 사실을 모르셨던가 봅니다."

그 조부가 모처럼 조모와 유적 구경을 나선 자리에서, 이놈의 나라엔 곳곳에 웬 구렁이 형상이 저리 많으냐고 불평을 했댔다.

그러자 조모가 조부에게 그 사신(蛇神) 형상의 내력과 잔인한 인신공희의 옛 제사 풍속을 설명하고 장난삼아 짐짓 이렇게 겁을 주었다고.

당신도 저 뱀신의 노여움을 사서 생 제물이 되기 싫으면 그렇게 겁만 먹지 말고 하루바삐 이곳 사람이 되어 뱀 형상에 익숙해지고 공경하도록 하여라. 그러지 않았다간 멀쩡한 제 나라 백성에 앞서 당신처럼 나라 없는 떠돌이들을 먼저 붙잡아 바치려 할 테니. 요컨대 그 조모의 협박이 다 사실일 수는 없었지만, 조부는 이후 그 사신의 형상에 익숙해지기커녕 갈수록 더 심한 공포만 늘어갔다는 조모의 회고가 있었고 보면, 당신의 동화 실패 원인도 그런 데쯤 있을 수 있지 않았겠느냐는 투였다.

하지만 나는 다시 이곳 신전들에서 벌어졌을 잔혹한 인신공희 공포극과 함께 한 나라와 그 백성의 일을 다시 한 번 되씹어보지 않을 수 없었다. 꼬로나 씨의 말속에는 단순한 뱀 공포 이상의 끔찍한 진실이 담겨 있었기 때문이다. 국가라는 아버지는 자식 격인 백성을 보호하고 이끌어주는 대신 그 백성들에게서 끊임없이 제 생존을 도모해갈 에너지를 착취한다는 요지의 글을 읽은 일이 있지만, 태양신과 뱀신의 이름을 내세워 더러는 정적 제거나 인구 억제책으로까지 이용되었다는 이곳의 인신공희 제의는 바로 그 아버지인 국가권력의 잔혹한 수혈 행사인 셈이요, 그 태양신과 사신의 형상은 아버지인 국가의 얼굴이었다. 그것을 불가항력의 신화로 치장하고 절대화한 것에 다름 아니었다. 그런 점에서 제 나라 신화를 살아온 현지민들보다 그만 나라조차도 잃고 떠돌아 들어온 낯선 이방인으로 그것을 새로 대하는 공포나 절망감은 비교할 수도 없었을 터. 게다가, 꼬로나라는 새 성씨 속에 겨우 자신의 흔적과 내력을 숨겨 남길 수밖에 없었던 조부의 절핍스런 처지에서도 그 공포를 끝내 넘어설 수 없음 또한 그의 운명이었다. 그도 물론 제 지난날의 모습과 흔적을 말끔 다 지우고 새 땅의 백성으로 살기 위해 이역의 사신을 받아들이려는 노력을 아끼지 않았을 게 분명했다. 하지만 이미 살아오고 유전화된 신화는 또 다른 새 신화를 받아들이려 했을 리가 없었다. 청산맹호, 한국의 호랑이를 산신령으로 모시고 살아온 그는 그 호랑이를 대신해 새 사신의 신화를 받아들일 수 없는 운명이었다. 그러니 그것을 자신의 몸으로 깨달은 그의 공포와 절망감은 도대체 어떠했을 것인가.

나는 비로소 제 나라를 잃고 쫓겨온 한 무국적인의 비극적 운명을 뼈아프게 목도하고 있었다. 그리고 그 유적지의 신들과 인신공희의 공포가 내게까지 감염되어 그런지, 그 조부의 일이 어쩌면 지난 세기 초엽이 아니라 저 16세기 말 임진·정유 왜란 때의 일처럼 새삼 아득하고 막막하게 느껴졌다.

나는 마치 오랜 옛 국난 시절에 끌려온 한 불운한 백성의 후손을 보는 것 같은 암울한 기분 속에 꼬로나 씨를 새삼 찬찬히 들여다보며 제물에 몇 마디 덧붙이지 않을 수 없었다.

"당신의 조부가 끝내 이 땅의 사람이 되지 못한 채 아직까지 이역의 고혼으로 남아 있다면, 이번엔 우리가 그 소식이라도 고국으로 지녀가야겠군요."

그런데 그 실체성 없는 위로조에도 불구하고 꼬로나 씨는 거의 기대 밖이었다는 듯 얼굴빛이 환해지며 다짐 투로 되물어왔다.

"그게 정말입니까? 정말 선생님들께서 그래 주시겠습니까?"

그러다 보니 우리는 이튿날의 예정을 말하지 않을 수 없었고, 결국 그 꼬로나 씨와의 또 다른 약속을 남기게 되었다. 다름 아니라 우리는 메리다까지 온 김에 당연히 옛날 한인들이 노예 한 가지로 중노동에 시달렸던 인근의 에네켄 농장 한 곳을 찾아보기로 돼 있었고, 그것이 바로 이튿날 오전의 일정이었기 때문이다.

"우리가 가보기로 한 곳이 조부께서 지내신 곳인지 어쩐지는 모르지만, 거길 가보면 무언지 조부의 흔적이나 숨결을 찾아 느낄 수 있을지도 모르지요."

"그거 저한텐 무엇보다 뜻깊고 고마운 일입니다."

다시 한 번 기분이 고무된 꼬로나 씨가 내처 그 에네켄 농장에 이어 또 다른 방문지 한 곳을 권해왔다.

"그런데 기왕에 그곳을 가보실 예정이시라면, 제가 또 한 곳 개인적으로 권해드리고 싶은 곳이 있습니다. 이곳 메리다에서 그리 멀지 않은 멕시코만 해안도시 프로그레소항 근처의 조용한 바닷가인데요…… 농장을 들러서 시간 나시면 꼭 그곳을 한 번 가보시면 좋겠습니다만……"

프로그레소항이라면 최초의 이곳 한인 이주자들이 1905년 4월 초순 화물선 수준의 외국 수송선 일포드호에 실려 제물포(물론 지금의 인천항)를 떠난 뒤 태평양을 건너고 중미 대륙을 횡단하여 장장 40여 일 만에 첫발을 내려 디딘 대서양 쪽 멕시코만 연안의 풍광 좋은 항구로(그쯤 사전지식은 우리도 출발 전에 이미 지니고 왔음이 물론이다), 우리 이민사엔 그만큼 유서가 깊은 곳이었다. 하지만 꼬로나 씨의 제안은 그곳의 사연이나 특별히 이국적인 풍물 때문이 아니었음이 물론이다.

"이미 아시다시피 그곳은 우리 한인들이 이 땅에 첫발을 내려딛은 곳으로도 유서가 깊은 곳이지만, 제가 선생님들께 그곳을 권해드리는 것은 아까 말씀드린 제 할아버지의 소식을 위한 개인적인 소망에서입니다. 그곳엘 가시면 어쩌면 제가 지금까지 할아버지에 대해 말하지 못한 것을 보실 수도 있으실 것 같아서요."

꼬로나 씨는 자기 조부의 일을 들어 거듭 간청해왔다.

"선생님들께서 가시겠다면 내일이 토요일이니까 제가 오전 일과를 끝내고 나서 그곳은 제 차로 직접 안내해드리겠습니다. 오전에는 기왕에 예정을 하고 오신 일이니 선생님들끼리 농장엘 다녀오시고, 오후에는 제가……"

하지만 꼬로나 씨는 그 바닷가에 무엇이 있는지, 우리가 무엇을 볼 수 있을지 자세한 내용은 말하지 않았다. 그래서 잠시 의논이 오간 중에 알게 된 일이지만, 이미 한두 차례 다른 여정 중에 프로그레소를 다녀온 적이 있다는 고예선 교수도 늘 빠듯한 일정으로 예의 꼬로나 씨의 제의를 귀담아 들은 일이 없었던 탓에 그 바닷가까지 가본 일은 물론 거기에 무슨 볼거리가 있는질 알지 못했다. 그러니 꼬로나 씨가 일을 확정짓기 위해 거의 사정 조로 덧붙인 말이 아니더라도 고 교수의 경우에서 보듯이 그는 여태 자신의 조부 일과 상관하여 그 바닷가 안내를 성공적으로 치른 일이 한 번도 없었던 셈이었다.

"몇 분 그곳까지 둘러보러 가신 한국분들이 있었긴 했지요. 하지만 그곳에서 무엇을 보셨다는 말씀을 들은 일은 없었고, 서울로 돌아가신 이후에도 그곳 소식을 전하신 일이 없었지요. 제가 늘 그곳을 안내해 보여드리고 싶어 한 것은 다름 아닌 그 바닷가의 할아버지 소식인데 말씀이에요. 그런데 이번엔 선생님들께 한 번 더 희망을 걸어보고 싶군요."

그를 따라나섰다간 무슨 수수께끼 같은 새 숙제거리를 짊어지게 될 판이었다.

하지만 이미 마음이 기울기 시작한 우리는 그가 이번에도 두번째 술자리 계산을 내세워 마지막 못을 박고 나서는 소리에 더 이상 일을 망설일 수 없었다. 그가 이미 일을 마무리 지은 듯 이번에도 자신이 계산서를 챙겨드는 것을 보고 고 교수가 빼앗듯이 말리려 들자 이렇게 다짐 투의 응수를 해온 것이다.

"아깟번은 제가 만나 뵙고 싶어 일방적으로 청한 약속이었으니 제 계산이 당연하고, 이번에는 내일 일정에 대한 새 약속이니 역시 제가 치러야겠습니다."

이튿날 오전 우리는 예정대로 옛날 한인들이 일했다는 인근의 한 에네켄 농장부터 다녀왔다.

숲으로 둘러싸인 널따란 구릉지를 개간해 들어앉은 농장은 이제 흔적만 남았을 뿐 오래전 수요가 끊긴 에네켄 꽃은커녕 그 종자조차 찾아볼 수 없을 만큼 우거진 잡초 속에 황량하게 묵혀 버려져 있었다. 농장의 관리소였을 것으로 보이는 입구의 유럽풍 건물은 반쯤이나 허물어진 꼴인 데다 작물 보관소로 썼음 직한 어두컴컴한 벽돌 창고 천장에는 이름을 알 수 없는 야생조까지 둥지를 틀고 있어 눈을 찌르고 드는 따가운 아열대 태양 빛에도 불구하고 안팎 분위기가 음산하기 짝이 없었다. 그 어느 곳보다 옛날 한인 노역자들의 숨결이 가장 뚜렷하게 배어 있을 듯싶은 농장 둘레의 흙벽돌 숙사들 역시 무슨 축사나 감옥소의 감방 같은 걸 연상시켜 기분이 영 암울했다. 너나없이 길게 살피거나 머무르고 싶은 생각이 없었다.

하여 우리는 오후 일정을 위해 서둘러 호텔로 돌아와 점심을 끝내고 꼬로나 씨를 기다렸다. 그리고 이번에도 정확히 약속시각에 나타난 그를 만나 2시쯤 바로 프로그레소로 향했다. 그 옛날 한인들이 멕시코만 남쪽 바다를 건너 프로그레소항에서 메리다까지 이동해갔다는 열차 길 대신 우리는 성능이 썩 괜찮은 꼬로나 씨의 왜건형 승용차로 생각보다 잘 다듬어진 숲 속 길을 단숨에 달려갔다.

하지만 지난날의 물동량과 활기를 잃고 이제는 추억의 관광지 노릇으로 연명해가는 프로그레소는 물론 우리가 내려 머물 목적지가 아니었다. 앞에서 말한 몇 가지 설명과 함께 그 퇴락한 프로그레소를 외곽도로로 거쳐 지난 꼬로나 씨가 차를 멈춘 것은 다시 10여 분 거리의 한 한적한 바닷가 동네 근처의 나지막한 모래 언덕께서였다.

꼬로나 씨는 주차장 마련도 없는 그 언덕 아랫길가에 차를 세우고 우리를 내리게 한 뒤 별다른 설명 없이 혼자 앞장서 언덕으로 올라가 바로 눈앞까지 펼쳐진 망망대해, 아득한 바다와 파도와 해풍을 마주하고 섰다. 우리는 영문을 모른 채 스적스적 그를 뒤따라 언덕으로 올라갔다.

그런데 꼬로나 씨가 그런 식으로 우리를 안내해간 것은 그 바다나 파도를 위해서가 아니었다. 일행이 언덕 끝께의 꼬로나 씨 곁으로 다가갔을 때 우리는 바다로 흘러내리는 눈 아래 경사면에 하얀 꽃무리가 만발한 채 바닷바람에 흔들리고 있는 것을 보았다. 처음 우리는 그 하얀 꽃색으로 하여 그것이 에네켄 꽃밭이 아닌가 오해했다. 하지만 잠시 더 살펴보니 그것은 다름 아닌 문주란 군락이었다. 우리 문주란보다 포기가 훨씬 크고 긴 꽃잎이 시원시원한 꽃이었다.

"저건 문주란이라는 해양성 꽃이 아닙니까? 저 꽃은 우리 한국에도 많은데……?"

일행 중 황 시인이 조금은 뜻밖이라는 듯, 그리고 그 꽃이 이런 오지에 흐드러지게 피어난 연유가 궁금한 듯 꼬로나 씨에게 물었다.

"그렇지요. 제가 알아보니 한국에선 꽃 이름이 그렇더군요. 여기선 아마릴리스라는 이름으로 불립니다만. 무엇보다 제주도라고…… 제 할아버지의 옛 고향 섬 해변에 이 꽃이 많이 핀다고요. 어제 선생님들 만나 뵙고 지금이 이 꽃이 피어 있을 철이라는 게 생각났지요."

꼬로나 씨는 우리를 데려온 것이 정작 문주란 때문이라는 듯 비로소 그 꽃에 대해 설명하기 시작했다.

아닌 게 아니라 제주도나 해안 지역에 많이 피는 문주란은 지금은 도회에서까지 화분으로 많이 길러지고 있지만, 개화기는 역시 칠월에 가까운 초여름께였다. 그런데 바닷바람을 받고 서서 꼬로나 씨가 한동안 이어나간 그 꽃밭의 사연인즉 예상했던 대로 그의 조부의 정한 깊은 망향가가 담겨 있었던 것으로, 그 대략을 정리하면 이러했다.

……꼬로나 씨의 조부는 옛날 살던 마을 공동묘지에 묻혀 있는 아버지와는 달리 화장을 치른 탓에 무덤이 없었고, 기일이 되어도 눈에 띌 만한 추모행사가 없었다. 대신 1년에 한 번씩 초여름녘이 되면 할머니와 어머니가 하루 종일 어디론지 먼 길을 다녀왔던 꼬로나 씨 어릴 적부터의 어슴푸레한 기억이었다. 늙은 할머니까지 돌아가신 뒤로는 점차 뜸해지긴 했지만 어머니 혼자서 이따금 그런 발걸음이 이어지곤 하였다.

그러다 꼬로나 씨가 메리다의 한 고등학교를 졸업하고 지금의 보험회사에 입사하여 비로소 생활이 얼마쯤 안정을 얻을 무렵. 하루 주말엔 허약한 몸에다 고생을 많이 해온 초로의 어머니를 위해 모처럼 싱싱한 해산물도 사드릴 겸 가까운 프로그레소 항구 구경 나들이를 나섰다. 그런데 점심과 식사를 끝내고 돌아갈 무렵 그의 어머니가 모처럼 이곳까지 온 김에 둘이서 함께 가까운 바닷가엘 한곳 찾아볼 데가 있다 하였다. 그리고 그를 데리고 온 곳이 이 바닷가 언덕이었고, 어머니가 그걸 짐작한 일이었겠지만, 그때도 마침 문주란이 만발해 있는 참이었다.

어머니는 그 문주란 꽃밭 앞에 서서 말했다.

"이곳이 할아버지의 유골을 뿌린 곳이니 당신의 무덤인 셈이다."

그리고 잠시 덧붙인 말이, 할머니에 따르면 할아버지는 생존시 언제 어떻게 알았던지 그 농장 일꾼 시절부터 이따금 혼자서 이곳을 찾아와 한나절씩 쉬고 가셨다더라고. 그리고 당신 돌아가실 때의 유언에 따라 조모와 어머니는 당신 유골을 그 문주란 밭에 뿌렸다고(꼬로나 씨가 다시 덧붙이기를, 멕시코 마야족이 화장을 하는 것은 서부 태평양 연안의 베라크루스 인근 빠누꼭 부족뿐이라서, 그의 유언이 이루어진 데는 망자의 마지막 심회를 헤아린 조모의 각별한 이해와 몇몇 옛 한인 친지의 협조가 뒤따라야 했을 것이라 하였다).

하지만 일평생 죽은 시아비의 출신 성분에 대한 입단속에 길들어온 어머니는 이날도 그뿐 더 이상 자세한 사연을 말하지 않았다. 그때쯤엔 이미 이런 저런 낌새로 조부의 내력을 짐작하고 있던 꼬로나 씨 역시 왠지 좀 별스런 동양식 장묘법이라는 생각뿐, 하얀 꽃색과 끝이 길고 뾰족한 잎들이 억센 에네켄과 비슷한 그 문주란 꽃밭에 대해 별다른 관심을 기울이지 않았다.

그런데 몇 년 뒤 88서울올림픽을 계기로 꼬로나 씨는 새삼 그 조부의 일을 떠올리며 전파나 출판물로 소개되는 한국의 역사나 지리 풍물 따위에 눈길을 돌리기 시작했고, 마침내는 한 책자에서 제주도와 문주란에 대한 제법 자세한 상식까지 알게 되었다고.

"제가 알게 된 것 중 제일 중요한 것이 그것이었지요. 문주란은 씨앗이 바닷물을 타고 흘러 번지는 꽃이며, 나중에 저도 이곳에서 확인한 일이지만, 그래서 이 꽃은 주로 해변 지역에서 자란다는 것, 한국에도 같은 꽃이 자라는데 제주도라는 섬 해변을 시작으로 거의 바닷가 지역이 서식지라는 것……"

꼬로나 씨는 그쯤 이제 그 조부와 문주란 꽃밭 이야기의 핵심을 털어놓고 있었다.

"그러니 저의 할아버지는 고국에서와 같은 이 꽃밭과 바다를 바라보며 어쩌면 까마득한 고국과 자신의 처지를 떠올리곤 했는지도 모르지요. 자신도 이 문주란 꽃씨처럼 오랜 세월 저 넓은 바다를 흘러흘러 여기까지 건너온 신세로구나…… 아니면 반대로 이곳의 씨앗이 한국에까지 흘러갔을지 모르니 그 물길을 따라 언젠가는 당신도 그 씨앗처럼 저 바다 너머 고국 땅까지 흐르고 싶으셨는지도……"

나는 물론 그 꼬로나 씨의 말이나 심중을 충분히 헤아릴 수 있었다. 이해와 공감을 마다할 수 없었다. 한국에서 흔히 볼 수 있는 바다 유골 뿌리기, 그 즉시 고국의 대안과 접속되며 한 바다에 안길 수 있는 길을 두고 굳이 뭍 꽃밭에 뿌리게 한 것이 죽은 혼백이나마 자신도 그 한 알 꽃씨로 멀고 먼 고국 물길을 나서고 싶어서였음이 아닐까. 아니면 너무도 아득한 고국길이 엄두가 나지 않아 차라리 그 해변 언덕에 한 송이 고향 꽃으로 함께 피어나 오랜 세월 망향의 그리움을 지키고 싶어서였는지도.

그런데 그때 바다를 배경 삼아 줄곧 카메라 작업에 열중해 있던 황 시인이 좀 뚱딴지같은 소리를 하고 나섰다.

"듣다 보니 그거 너무 감상적인 생각 아뇨. 이 바다는 실은 우리 한국과 반대편인 동쪽 멕시코만 해역인걸요. 당신 조부님의 조국 한국과 접한 바다는 저 너머 서쪽 태평양이라구요."

딴은 그랬다.

"그건 사실이지요."

꼬로나 씨도 그걸 부인하지 않았다. 하지만 그는 자신의 생각을 버리려 하지 않았다. 그가 완강한 어조로 말을 이었다.

"그렇지만 저는 여태껏 그것을 염두에 두어본 적이 없어요. 그걸 알게 되고부터 제겐 언제나 저 바다가 한국과 통해 있고, 그 바다 너머엔 한국이란 할아버지의 고국이 있었어요. 그건 제 할아버지도 마찬가지였으리라 생각돼요."

단호하기까지 한 그의 토로 앞에 아무도 더 입을 열려고 하지 않았다. 뿐만이 아니었다. 그 꼬로나 씨의 몇 마디로 하여 나는 이제 더욱 기이하고 아득한 환상에 빠져들고 있었다. 멕시코 만류를 타고 대서양을 거슬러 올라가 차가운 얼음 섬 그린란드와 알래스카 해협을 지나고 캄차카와 일본열도를 거쳐 한국의 어느 해안을 향해 끝없이 흘러가는 한 톨의 까만 씨앗, 혹은 남쪽 카리브해로 흘러나가 드넓은 대서양과 남미 대륙 남단을 돌아 멀고먼 태평양 물결을 헤쳐가는 한 송이 하얀 문주란 꽃. 이 먼 이역 오지까지 흘러온 그 조부의 기나긴 험로는 역으로 족히 그런 역경과 고난을 헤쳐왔을 터였다. 그리고 그 길은 아마 이날까지 백 년이 아니라 족히 몇백 년이 너머 걸릴 만하였다.

다름 아니라, 나는 다시 그의 조부를 두고 저 임진 정유란 시의 노예 행렬을 떠올리고 있었다.

다른 사람들도 비슷한 상념에 빠져들고 있는지 새삼 묵연스런 침묵 속에 눈앞의 바다만 내려다보는 모습이고, 황 시인만이 이제는 카메라를 접어든 채 그 숙연하고 애틋한 정조를 잠시 누그러뜨리려는 듯 먼 수평선을 향해 느닷없이 희극 조로 외쳐댔다.

"저 끝없는 탄생과 소멸의 어머니, 카오스의 바다여, 영원하라. 저 천고의 파도 길, 다함없는 먼 노래여, 부디 영원하라, 영원하라."

그런 가운데에도 우리 모두는 그때 바닷바람기에 하얗게 흔들리고 있는 문주란 꽃무리로부터 누군가의 영혼처럼 은은히 풍겨오는 향기를 새삼 확연하게 느끼고 있었다.

이야기 마무리 삼아 잠시 사족을 덧붙이자면, 명시적인 말의 약속은 없었지만 이쯤이나마 내 소설의 이름으로 저간의 소식을 전했으니, 내게 언젠가는 이 비슷한 이야기를 쓰게 하고 싶다며 그걸 내 운명의 점지처럼 말했던 옛날 C씨의 예언 조에 대한 응답까지는 아니더라도, 그날 거기서 마음속에 담아온 꼬로나 씨와의 묵약은 오늘에 이르러 어느 정도 이행한 셈은 됐는지 모르겠다. 그 먼 이역 땅에서 불운한 운명을 살고 간 한 한국 사람의 멕시코인 손자로서 그 조부의 영혼을 위해 그가 불의에 떠나온 옛 고국의 땅을 제주도나 남해안 어느 지역쯤으로 믿고 그 땅 사람들에게 다만 그 조부의 뒷소식을 전하고 싶은 것뿐, 언젠가 그곳을 찾아보려거나 옛 인척을 방문하는 따위 실제적인 이해를 염두

186

에 둔 일은 아님이 분명했기 때문이다. 더욱이 그 여행에서 돌아오고 나서 어느 뒷날 멕시코 이민 일백주년을 이야기하는 자리에서 '일백주년이 아니라 삼백주년이나 사백주년쯤 될 거라' 정색을 하고 우겼을 만큼 그동안 나는 그것을 늘 착각하고 혼동하는 바람에 섣불리 엄두를 못 내고 해를 넘겨가며 미루어오던 일이라서 말이다.

연이나 나로서는 굳이 말이 없는 가운데에도 그 조부의 이야기로 새삼 어떤 생각 속을 곰곰 맴돌게 한 꼬로나 씨에게 이 자리를 빌려 내 진심의 고마움을 보내면서, 그것을 여기 다시 한 번 곱씹어보고 싶을 따름이다.

"우리에게 그 나라라는 게 대체 무엇이며, 무엇이어야 하는지."

(2005년 8월)

지하실

1

이미 가을걷이가 시작되어 그런지 오랜 세월 마을의 쉼터 겸 집회장 노릇을 해오던 늙은 팽나무 근처엔 아무도 나와 있는 사람이 없었다. 시간에 맞춰 미리 나와 기다리겠노라 전화 약속이 있었던 집안 형님 성조 씨의 모습도 보이지 않았다.

나는 옛날 창고 모형의 마을 회관 건물이 헐린 공터에 승용차를 세워두고 팽나무 아래의 새 정자 마루턱에 걸터앉아 성조 씨를 기다리기 시작했다. 10여 년 전 모처럼 이곳을 찾았을 때는 없었던 목조 정자였다. 그런데 잠시 전 윗동네 들머리께서 옛 윤호네 집터가 사람 손길이 뜸한 묵정밭 꼴로 변해 있는 걸 보고 내려온 탓인가. 나는 잠시 그 정자 지붕 위켠의 청청한 팽나무 가지 사이로 작은 몸을 숨긴 채 검게 익은 팽 열매를 따먹고 있는 한

철부지의 그림자가 스치는 것 같았다. 동시에, 한쪽이 좀 짧고 야윈 다리 탓에 자신은 오를 수 없는 나무 아래서 이따금 위에서 따던진 진남색 팽 열매를 줍던 윤호의 어린 모습도.

뿐만이 아니었다. 어쩌면 이젠 어울리지 않은 어린 시절의 망념에 대한 무의식적 반동에서였는지 모른다. 잠시 뒤 나는 그 검팽나무 가지가 뻗어 내린 아래쪽 길목 한곳에 눈길이 머물다 흠칫 고개를 돌리고 말았다. 한순간 눈앞이 하얗게 변해가는 듯한 의식의 맹점 속에 짚 가마떼기에 덮인 한 시신의 그림자가 스치는 듯했다. 이어 깜깜한 어둠 속에 말을 잃고 누운 제 아버지를 부여안고 소리 죽여 흐느끼는 윤호의 작은 모습이 다시 지나갔다.

전번엔 없던 일이었다. 하긴 그때는 어렸을 적 헤어진 윤호의 죽음이나 그의 옛집이 한동안 남의 소유가 되었다 종당엔 묵정밭으로 바뀐 사실조차 귀담아 듣질 않았으니까. 그땐 그만한 마음의 여유가 없었다. 어린 십대 중반에 마을을 떠난 뒤 오래잖아 별 유쾌하지 못한 곡절로 돌아갈 집도 식구들도 모두 잃고 만 나는 이후 줄곧 객지살이 속에 자력으로 일가를 이루고 난 오십대 중반까지도 도대체 고향 골을 다시 찾을 이유나 계기가 없었다. 그러다 어언 예순 고개가 가까워지면서 문득 삶의 소진감과 함께 어릴 적 고향시절이 떠오르기 시작했고, 그래 별생각 없이 부랴부랴 길을 나선 것이 그 첫 고향길이었다. 속절없는 세월에 겁을 먹은 중년 출향자의 각박한 심사, 거꾸로 말하면 그만큼 아직 자신 앞의 삶에 새 동기나 활력을 갈구한 탓이었을까.

그런 마당에 어릴 적 윤호나 그의 집일이 염두에 있었을 리 없었다. 그땐 모처럼 맘에 담고 온 내 유년의 골목길조차 얼핏 들어설 수 없어 뒷담벼락 너머로 미적미적 눈길을 망설이다 그 퇴락하고 남루한 집안 몰골에 제물에 큰 죄를 짓고 내쫓기는 심정이었으니까. 그렇듯 민망하고 쫓기는 심사는 집안 손위 성조 씨네서 하룻밤을 보내고 이튿날 일찍 다시 마을을 떠날 때까지도 끝내 떨쳐낼 수 없었으니까.

하지만 그로부터 다시 10년이라면 짧은 세월이 아니었다. 게다가 이번 길은 윤호네와 반대로 그 어릴 적 옛집을 고쳐 세우는 일 때문이었다. 그 윤호와 윤호네 일이 새삼 머리를 쳐드는 건 이래저래 마음이 그만큼 허약하고 감상적이 된 탓인지도 모른다.

'내가 새삼스럽게 공연한 발걸음을 했나. 게다가 하필 그 지하실 따위 일로다?'

하지만 나는 이내 자신을 달래려듯 제물에 고개를 내저었다.

그러자 이 며칠 계속 눈앞을 떠돌던 그 지하실의 껌껌한 어둠이 얼마쯤 걷혀가는 느낌이었다.

2

"오, 자네가 먼첨 와 기다리는구만그래."

나이 일흔 줄에 접어든 노구에도 아직 농삿일을 놓지 못한 듯 어깨에 삽자루를 걸머멘 성조 씨가 그제야 아래 쪽 골목길을 걸어 올라오며 먼저 미안한 인사를 건넸다.

"아까 자네 전화를 받고서도 모처럼 날씨가 좋아서 내일쯤 콤바인을 넣어볼까, 논배미에 물을 좀 빼두고 오느라고…… 그보다 자네 가낸 다 무고허겠제? 이젠 자네도 아이들 다 내보내고 제수씨허고 두 늙은이뿐일 테지만."

"예, 덕분에 그럭저럭 무탈합니다. 형님네두요? 언젠가 신경통 때문에 형수님 바깥 거동이 불편하시다고 들었습니다만."

나는 서둘러 자리에서 마주 일어나 성조 씨를 맞으며 아침녘 전화통화에서 소홀히 넘긴 문안 인사를 치렀다.

"괜찮어. 우리 나이가 그런 신병 한둘쯤 품고 달래가며 살아야 할 처지 아녀? 그런 사람이 더 오래 살아. 그러니 여기서 이러지 말고 우선 우리 집으로 가자고."

매사 대범스럽기 그지없던 어릴 적 성미 그대로 성조 씨는 그쯤 상면 인사를 치르고 나서 곧장 오랜만의 아우를 재촉했다. 미상불 이번 길은 성조 씨가 서울의 나를 전화로 채근한 덕이었고, 내게도 그것이 우선의 용무였다. 무엇보다 내가 먼저 찾아 봐야 할 옛날 집이 아랫동네 우물께의 실개천을 사이하여 성조 씨네와 마주해 있었기 때문이다.

더 이상 긴말 제한 채 길을 앞장서 내려가는 성조 씨를 뒤따라 나는 이내 발길을 서둘러 나섰다.

그러니 두 사람의 발길은 자연 아랫동네 우물께의 개천을 건너기 전 옛 우리 집부터 들러가게 마련이었다.

성조 씨는 으레껏 이쪽도 같은 생각일 줄 여긴 듯 그 우물께 이켠의 한 돌담집 사립부터 찾아 들어갔다. 나는 10여 년 전 때와 달리 이번에는 왠지 스스로 남루하고 구차한 느낌 속에 제물에 쭈뼛쭈뼛 망설일 틈이 없었다.

나지막하고 아담한 옛 참대 엮음 사립을 대신하고 있는 붉은 녹물 범벅의 낡은 철제 대문. 봄부터 여름까지 수선화며 해당화, 산작약들이 주위에서 색색으로 번갈아 꽃피던 볕발 좋은 장독대와 작은 남새밭 돌담 겯 살구나무들이 흔적 없이 사라진 곳에 웬 싯누런 호박꽃 덤불과 슬레이트 지붕의 간이 화장실이 자리해 있던 뜨악한 앞뜰 정경. 이번에도 그런 풍경과 느낌이 10년 전 그대로였다. 무엇보다 개축 공사가 이미 절반쯤이나 진행되다 만 집 꼴은 아직 걷어내지 않은 두꺼운 비닐 마룻장하며 이곳저곳 문짝과 기둥을 뜯어내고 덧붙인 정상이 10여 년 전 그때보다 더 한층 누추하고 황량했다.

아마 그런 살갑잖은 느낌 탓이 컸을지 모른다. 내가 이윽고 성조 씨를 뒤따라 개축 중인 옛집 부엌으로 들어가 그 한쪽 끝의 지하밀실 입구 앞에 섰을 때 나는 다시 한 번 아깟번과 비슷한 마음의 혼란이 일었다.

'아무래도 내가 애초 안 함만 못한 일을 알은척하고 나섰나?'

그 지하실 일……, 보다 이번의 어물쩡한 고향길, 아니면 애초 아들아이의 옛 고향 집 재매입과 개축의사에 대한 지금까지의 내 어정쩡한 태도. 그 모든 것에 대한 회의와 갈등이 지하실 입구에서 새삼 한꺼번에 솟아오른 것이다. 지하실 입구가 아직 막혀 있는 때문이었다.

"남의 집이 되었을망정 옛날보다 더 깔끔하고 윤기가 도는 모습이었으면…… 마음속에 은근히 지니고 간 소망이었다만. 생각보다 집이 너무 낡았더구나."

그 10여 년 전 모처럼 고향 나들이를 하고 온 아비에게 인근 고을 순천 땅에 터를 잡고 사는 아들 녀석이 시외전화까지 걸어 감회를 묻는 바람에 내가 무심히, 조금은 회한기가 묻은 어조로 주절댄 대꾸였다.

하지만 그쯤 다음 몇 마디는 덧붙이지 않음이 좋았을지 모른다. "이미 남의 집이 되었더라도 그동안의 연륜과 윤기가 쌓였길 바랐는데…… 아끼던 딸아이를 시집보낸 친정 아비가 오랜 격조 끝에 사돈댁엘 찾아갔다 고생고생 땟국에 전 여식의 모습을 앞에 한 심사랄까. 차라리 안 가봄만 못했는지 어쨌는지, 그게 어쩌면 지금껏 내가 한 번도 거길 찾아나서지 못한 내 남루한 지난 세월을 마주한 느낌이기도 하고. 실상은 밖에서 집안까지 들어가볼 엄두도 못 내고 발길을 되돌리고 말았다만……"

다시 찾아가지 않을 요량에서 그 비슷이 솔직한 심회를 말한 것뿐이었을 터. 한데 그걸 녀석이 썩 뼈아프게 새겨 지닌 모양이었다. 이후 나는 10년 너머 동안 무심히 잊고 지나왔지만, 그새 제법 먹고 지낼 만하게 살림이 편 녀석이 어느 날 그 일을 잊지 않고 부러 서울까지 찾아 올라와 집을 재매입할 의사를 비쳤다. 집을 매입하고 나면 말년에나마 아비가 다시 마음 놓고 내려 다니며 쉴 수 있도록 안팎을 새로 말끔히 손보겠다는 소리에 나 또한 은근히 고마운 마음과 함께 10여 년 전 자신의 말을 떠올렸을 만큼 주책스러워지고 있었으니.

허니 그땐 사실 그 아들녀석을 말리고 나설 생각을 했을 리 없
었다. 그만 일을 도모하고 나설 만한 녀석의 여유로움이 대견하
고 그 마음씀이 뿌듯하기만 하였다. 그 위에 나는 철 따라 바뀌던
옛집의 사계를 우정 아름답게 떠올려보기까지 하였다. 봄이면 장
독대 주위와 채전 담벼락 밑 여기저기에 갖가지 꽃 싹들이 움터
오르고, 여름날 저녁이면 적막한 골목길을 깨우듯 나날이 새로
피어나던 흰 박꽃송이와 방금 초저녁별을 머금기 시작한 서쪽 처
마 끝 하늘을 둥그렇게 오려 수놓던 까마득한 왕거미 집, 그리고
뒤꼍 감나무의 청홍색 단풍철과 흰눈을 두껍게 뒤집어쓴 겨울철
초가지붕하며 처마 끝의 고드름 녹는 소리…… 아들 녀석이 고
쳐 지으려는 집과 함께 그간 오래 잊고 지냈던 내 소중한 한 시절
이 새록새록 되살아나는 듯싶었다.

하지만 나는 아들아이 앞에 내 속내를 바로 드러낼 순 없었다.
그런저런 속생각을 좋이 접어 누르며 적당히 얼버무려 넘기는 게
아비의 도리였다.

"그 집은 긴 세월 내가 마음까지 떠나 산 곳이니 내 생각은 상
관할 것 없다."

이를테면 나는 그렇듯 헐렁한 심사 속에, 적어도 특별한 소견
이나 반대가 없이 그저 아들아이의 처분에 맡기고 만 일이었다.
그런 만큼 새삼 큰 기대도 지니려지 않은 채 한동안 짐짓 잊고 지
나온 일이었다.

그런데 녀석은 그로부터 곧 일을 서두르고 든 모양이었다. 녀
석이 다녀간 뒤 한 달쯤 뒤엔 벌써 적당한 가격에 집을 재매입했

노라는 소식과 함께 한 가지 아비 몸을 움직여야 할 전화 주문이 올라왔다.

"아닌 게 아니라 집이 너무 헐어서 여기저기 손을 많이 봐야겠데요. 아버지께서 틈을 내서 한번 내려가 살펴보시고 개축 설계도를 의논해주시면 좋겠어요. 거기 계신 성조 당숙님하고요. 추운 겨울 들기 전에 일을 끝내야겠는 데다, 제가 직접 관리할 수도 없는 처지여서 현장 일을 모두 그 당숙님한테 맡겼거든요. 당숙님이 마침 그쪽 일에 경험이 있으시대서 파적거리 삼아 맡아 돌봐주시라고요."

그리곤, 과연 이 나이에 그 일이 내게 합당한 일인가, 막상 아들 녀석의 당부 앞에 왠지 좀 거추장스럽고 스스로 석연찮은 느낌이 들어 차일피일 다시 한 며칠 궁싯대고 있으려니, 이번엔 일을 맡은 성조 씨로부터 임시 도면 설계와 함께 재촉의 전화가 이어졌다.

"아니, 효자 아들놈이 지 애비 위해 옛날 집을 다시 사 고쳐 세우련다는디 애비라는 사람은 그러고 모른 척하고 있을 게여? 별일 없으면 일간 한번 내려와. 그러고 정 일정이 늦어질 양이면, 일전에 우송한 내 설계 그림부터 살펴보고 빠진 데나 틀린 곳 있으면 전화로 미리 알려주시고. 그새 집주인이 몇 번씩 바뀐 디다 그때마다 부수고 덧댄 곳이 많아 자네 옛날 기억과는 다른 데가 많을 테니께 말여."

한마디로 나는 그렇게 해서 전날 받아둔 개축 설계도면을 꺼내 다시 한 번 찬찬히 살펴보게 됐고, 이어 그 도면에 옛날의 부엌 뒤쪽 지하실이 빠진 것을 알게 됐다. 물론 그 집에 산 일이 없는 현장의 성조 씨가 그런 사실을 별로 유념해보지 못한 탓이기 쉬웠다. 이후 한동안 기억 속의 헤맴과 망설임 끝에 내가 우선 전화로 그 사실을 지적했을 때 성조 씨는 정말 몰랐던 일이라는 듯, 하지만 그리 대수롭잖은 일이라는 듯 반문해왔으니까.

"아 그랬던가? 헌디 요즘엔 별 쓸모도 없을 것인디 그런 지하실을 굳이 다시 찾아 살려야 할까?"

그 성조 씨에게 나는 굳이 그 집과 함께 떠오르던 어린 한 시절은 물론 평범한 대로 큰 과오나 부끄러움 없이 살아온 지난 내 한 생애가 통째로 거기 묻혀 흔적이 지워지고 만 듯한, 옛날 지하실이 도면에서 사라진 것을 발견했을 때의 내 뜻하지 않은 상실감 따위를 털어놓을 수는 없었다.

"꼭 그래야 할 건 아니지만, 그게 원래 거기 있었던 것이니까요. 그리고 형님도 기억이 있으신지 모르지만 그 지하실엔 그럴 만한 내력이 있거든요."

내게도 아직 분명한 마음의 결정이 내려진 게 아니었지만, 그런 가운데에도 나는 대답 속에 내 은근한 다짐과 사연의 뜻을 담으려 했을 뿐이었다.

그런데 성조 씨는 그걸 어떻게 들었던지, 검은 흙바닥으로 채워진 그 지하실 입구나 안쪽에 아직 아무런 복원의 흔적이 보이지 않은 것이다. 이 양반이 정말 그걸 대수롭잖게 여긴 건가, 아니면 나름대로 무슨 다른 생각이 있어선가?

"이 지하실 쪽은 손을 대지 않았군요?"

지나치는 소리로나마 그것을 못 본 척 지나칠 수가 없었다.

그런데 그에 대한 성조 씨의 대꾸 역시 생각보다 무심스런 게 아니었다.

"글쎄, 자네가 내려오면…… 그걸 꼭 살려내야 하는지, 다시 의논해보려던 참이었네만……"

역시 전번의 내 다짐 투를 그리 유념하지 않았던 듯 이쪽 의향을 다시 물었다. 하기야 아들아이의 당부는 물론 그 성조 씨와의 통화 이후에도 나는 다시 일주일 너머나 남행 길을 미루던 끝에, 정녕 이 일을 할 거여 말 거여! 이날 아침 한 번 더 성조 씨의 질책 투 전화 채근을 받고서야 서둘러 길을 나섰으니, 그 지하실에 대한 이쪽의 생각 따윈 그의 머릿속에 남아 있기 어려운 일이었다.

나는 당장 대꾸할 말을 못 찾은 채 그쯤 지하실 입구부터 물러나올 수밖에 없었다.

3

집 안팎과 개축공사 진척 과정을 대충 다 둘러본 다음 저녁을 먹으러 가자며 동네 골목길을 내려가면서도 성조 씨는 더 이상 지하실 일에 대해선 별다른 말이 없었다. 하다 보니 나는 그의 속 내가 점점 더 심상치가 않았다.

뿐더러 어찌 보면 은근한 반대의 뜻이 엿보이기도 한 성조 씨의 침묵은 그새 마치 어머니뻘처럼 늙어버린 형수씨가 손수 행랑

채까지 마련해 내온 저녁상을 마주해 앉아서도 한동안이나 더 이어졌다.

"자 드세, 어서. 종일 먼 길 오시느라 피곤할 텐디 우선 반주부터 한 잔!"

지하실 따위는 이미 잊고 있는 듯한 그 성조 씨 앞에 나 역시 새삼 생뚱맞은 소리를 꺼낼 수가 없었다. 지하실에 대한 이쪽 생각에 아직 석연한 가닥이 잡히지 않은 탓이기도 했다.

하지만 그럴수록 나는 술잔을 비우면서도 밥을 먹으면서도 그 지하실 일에서 벗어날 수가 없었다.

성조 씨가 보내온 개축 설계도면에 지하실이 사라진 사실과 함께 내게 일차로 떠오른 기억이 어린 일제 말기 적 공출 소동이었다.

일제의 패망이 임박한 그 시절, 마을엔 집집마다 공습에 대비해 파놓은 개인 방공호가 한 곳씩 있었다. 그것은 물론 면소나 주재소 사람들의 강압에 의한 시늉만의 것이었지만 나름대로 다른 쓸모가 있었다. 그 무렵 역시 극성을 부리기 시작한 강제공출 독려와 밀주 단속패들에 대비해 곡물 가마며 놋그릇 따위를 숨기는 비밀 보관소 구실이었다.

하지만 그 얼마 전 새집 성주를 해 들어 사는 우리 집에선 강제공출이나 밀주 단속패의 눈길을 피하는 데에 그 텃밭 한쪽의 엉성한 방공호를 이용하지 않았다. 시국이 시국이라 아버지의 남다른 선견지명 덕이었으리라. 별 할 일 없는 이웃 친지의 거들음 외에 거의 당신 혼자 자력으로 짓다시피 한 그 집 부엌 나무청 한쪽으로 건넌방 뒷벽에 이어 붙은 작은 광문이 마련되어 있었다. 바닥에 마룻장을 깔고 빈 김칫독이며 멍석 따위를 들여놓은 그곳은 얼핏 보면 그저 평범한 부엌 뒷구석 광일 뿐이었다. 하지만 정제간 바닥과 수평을 이루는 그 마룻장 한구석, 헌 멍석이나 광주리 따위 허드레 물건들로 가려진 한 곳의 나무 이음새를 들춰 올리면 바로 껌껌한 아래쪽 어둠 속으로 내려가는 통로가 열리며 깊숙한 지하실이 나타났다.

아버지는 허술한 방공호 대신 곡물 가마며 소중한 유기 그릇, 더러는 밀주 독 따위를 그 비밀 지하실에 숨겨 간직했다. 덕분에 공출물 조사패가 닥치면 대개 그 집 방공호부터 덮치거나 건너편 안산 숲속으로 미리 숨어든 동네 프락치 감시원의 눈길을 피하지 못한 이웃들의 딱한 낭패를 종전 시까지 용케 다 비켜날 수 있었다.

그래 그곳은 해방을 맞고서도 한동안 더 설쳐대던 밀주 단속반 눈길을 속이는 데에 이용됐고, 더러는 불시에 들이닥치곤 하던 면소 산감(산림감시원)에 쫓겨 부엌 나무청의 생솔가지를 숨기거나, 심지어 성주 일을 거들었던 이웃 친지 분이 텃밭 밀작으로 거둔 응급비상용 앵속 열매의 보관소로 이용되기까지 하였다.

지하실의 용도가 그만큼 은밀하고 유용하고 특이했던 셈이다.

하지만 내가 정작 그 밀실에서 되살려내고 간직해가고 싶은 것은 보다 위태롭고 은밀한 내력이었다. 다름 아니라 그 지하 밀실은 사람의 생사 갈림길을 숨겨 안기도 했던 곳이었다.

온 나라 골골이 이편저편으로 나눠 갈려 어수선해진 가운데에 첫 선거를 거쳐 새 정부가 들어서고, 그런 지 겨우 두 해를 채워 갈 무렵 다시 엎치락뒤치락 세상이 한철씩 뒤바뀌던 그 으스스한 여름 어느 날 저녁. 하루의 막을 내리는 어스름이 깔리면서부터 그 어둠보다 흉흉한 기운이 전에 없이 무겁게 마을을 뒤덮었다. 이날 해거름 녘 한 낯선 제복의 사내가 면소 쪽으로부터 동넬 다녀가고, 이어 골목골목 성인 남정들에게 마을 회의 소집 소식이 전해졌기 때문이다. 이날 밤 마을의 첫 희생자 가족이 생기리라는 불안감. 누구도 입 밖에 내어 말하지 않았지만, 밥숟갈을 뜨는 둥 마는 둥 홀리듯이 팽나무께 회의장으로 무거운 발길을 향해 나선 남정들이나 집에 남은 아녀자들 모두 그것을 알고 있었다. 그리고 그 첫 희생자 가족이 누구네가 되리라는 것까지도.

하지만 그날 밤, 어머니와 나의 불안감은 그 누구와도 비할 바가 아니었다. 해방 한 해 뒤의 돌림열병 바람에 돌연 가장을 잃고만 우리 집에선 회의장엘 나가야 할 사람이 없는 게 우선 다행일 수 있었다. 하지만 천만의 말씀이었다. 회의장 일이 어떻게 돌아가는지 짐작이 깜깜한 처지에서 우리는 마을 사람들 동향에 가슴속 피가 타고 숨이 멎는 불안감을 참아 넘기고 있었다.

"나 오늘 밤 이 집 정제간 신세를 져야겠다. 요행히 살아나면 신셀 잊지 않을 게니."

마을에서 가장 살림이 유족한 종가 어른. 바로 이날 밤 회의의 빌미가 된 한 집안 재종조 어른이 우리 집 지하실 일을 어떻게 알았던지, 이날 저녁 주위가 좀 조용해진 틈을 타서 불쑥 사립을 들어섰다. 그리고 지레 쉿 소리 손짓과 함께 일방적으로 낮은 몇 마디를 남기곤 이쪽 처지나 의사 따윈 아랑곳할 여유가 없다는 듯 곧장 부엌 쪽을 향해 갔다. 우리가 허겁지겁 뒤를 좇았을 땐 당신 몸소 출입구를 찾아 들추고 이미 모습이 사라진 뒤였다.

우리는 평소 근엄하기 그지없던 어른의 처사에 달리 무슨 말이나 더해줄 일이 없었다. 당신이 사라져 들어간 지하실 마룻장 위로 헌 짚 광주리 따위 허드레 물건 몇 가질 더 가려 얹어주었을 뿐. 그리곤 차례로 광문과 부엌문을 잠그고 나와 안방 문까지 꼭꼭 걸어 잠근 채 짐짓 없었던 일이듯 말없이 자는 척하고 누워 있었다.

하지만 우리는 그 당혹감과 불안감을 가라앉힐 수 없었다.

"우리 집에 그런 곳이 있는 줄을 누가 또 알았길래…… 누가 알고 당신한테 그걸……"

어머니는 무서운 곡두에라도 씐 듯 이따금씩 헛소리처럼 뇌까렸고(이미 엎질러진 물이건만 어머니는 오직 그 한 가지 생각에만 매달리고 있었다), 나는 온몸이 구들장 아래로 녹아내리는 듯한 긴장 속에 연신 마른침만 삼키고 있었다. 그리고 그 부질없는 어머니의 망집은 얼마 뒤 우리로선 차마 예상하기조차 싫었던 그 지하실 수색소동 앞에, 보다는 그 부엌 허드레 광과 지하실 쪽으로 앞장서 달려간 한 위인의 등장 순간부터 산산조각이 나고 말았다.

그러니까 그날 밤 어머니의 거듭된 의구심 앞에 나는 자신도 모르게 한동안 그 윤호를 의심했던가. 해방에 뒤이어 새 정부가 들어서고부터 한동안 잠잠해진 듯싶던 세상이 갑자기 다시 시끄러워지기 시작한 동란 초기의 어느 날. 여느 때처럼 그 마을 회관께의 팽나무 아래서 나를 기다리던 윤호가 그날따라 무슨 생각에선지 지레 은밀한 어조 속에 우리 집 옛 방공호 이야길 물었을 때, 나는 덩달아 긴 소리 아낀 채 조용히 그를 집으로 데려가서 헌 방공호 대신 바로 그 지하밀실을 들춰 보여준 일이 있었으니까. 그리고 말없이 만족해하는 듯한 그의 얼굴을 보고 나 역시 공연히 그 지하실이 자랑스럽기까지 했으니까. 그러니 그땐 물론 그 윤호가 무엇 때문에 남의 집 방공호 이야기를 꺼냈으며 그걸 보고 만족스런 웃음을 지었는지는 알 수 없었다.

하지만 그때까진 좀체 집 밖으로 얼굴을 내밀지 않고 지내던 윤호의 아버지가 이후 오래잖아 세상이 뒤바뀌고부턴 전날의 말씨까지 쇳소리를 머금을 만큼 매섭게 달라진 새 동네 어른 '위원장님'으로 나서 있는 참이었다. 그 또한 이즘엔 얼굴 보기가 어려웠지만, 그때 일을 윤호가 잊지 않았다면 마음을 놓고 있을 일이 아니었다. 믿고 싶어도 이제 와선 섣불리 믿을 수가 없는 윤호. 그래서 나는 어머니 몰래 혼자서 그 윤호 대신 차라리 자신을 원망하고 있었던가.

하지만 그날 밤 윤호는 무고했다.

"날 따라서들 이리 와. 이 집은 내가 다 아니께 다른 덴 볼 것 없고!"

이윽고 바깥에서 어수선한 발자국 소리와 대창들 끌리는 소리에 섞여 한 장정의 목소리가 들려왔고, 목소리의 주인공에 놀라 일순간에 몸과 마음이 새삼 더 꽁꽁 얼어붙은 방 안 식구들은 아랑곳을 않은 채 위인은 이미 그 지하실과 관련해 모든 것을 알고 왔다는 듯 곧장 부엌 쪽으로 달려갔다. 그리고 이내 잠겨 있는 문을 풀고 뒤따르는 무리를 앞장서 부엌 안으로 이끌었다. 영락없이 지하실에 사람이 숨은 것까지 알고 온 형세였다.

그런데 바로 그 목숨이 걸린 사람에게든 그에 못잖은 위험을 안게 된 우리 둘에게든 무슨 천우신조가 있었던 것일까.

천지간의 운행과 시간이 일시에 정지한 듯한 죽음 같은 몇 순간이 지나고서였다.

"없어, 여긴 없는 것 같어. 다른 곳을 좀 찾아봐."

위인이 다시 일행을 앞장서 나오며 떠벌리는 소리가 들렸다. 위인이 필경 안쪽 광과 지하실 문을 들춰봤을 텐데도 바로 아래 어둠 속 사람을 찾지 못한 모양이었다. 하지만 위인은 의심이 풀리지 않은지 계속 다른 사람들을 독려했다.

"어서들 찾아보라니께. 저 남새밭 가 옛 방공호랑 저쪽 칙간 속이랑, 안방하고 건넌방도 샅샅이······"

극성스런 다그침에 다른 일행들도 집 안 이곳저곳을 한참이나 더 뒤지고 다녔다. 한동네 처지에 차마 흙발을 디밀 수 없었던지 와중에도 정작 입을 열게 해야 할 이 집 사람이 떨고 있는 안방 쪽은 누군지가 잠깐 문만 열어보고 말없이 지나쳐준 것이 그나마 아심찮았을 뿐이랄까.

하지만 지하실에서 못 찾은 사람을 바깥에서 찾아낼 수는 없는 일이었다.

"이 집엔 오지 않은 겐가?"

위인이 마침내 낭패스런 소리를 내뱉고 있었다. 그리곤 이어 철수를 선언했다.

"그럼 어서 다른 집을 찾아보러 가세. 아까 그 지하실에 없으면 이 집에 다른 곳은 숨을 데가 없으니께."

앞장서온 일의 실패를 벌충하려듯 끝끝내 아는 척 일행을 이끌고 있었다.

이어 바깥이 거짓말처럼 조용해졌다.

하지만 우리는 아직 그대로 한참이나 몸을 움직일 수가 없었다. 여전히 어두운 정적 속에 얼어붙은 시간과 멎었던 숨소리가 되살아나기를 기다렸다. 가위눌림 속 같은 그 답답한 기다림 끝이었다.

"세상에……"

어머니 쪽에서 잠에서 깨는 듯한 아득한 기척이 되살아났다.

"세상천지에…… 못 믿을 것이 머리 검은 짐생이라더니……"

하지만 어머니는 아직 누운 몸을 미동도 않은 채 일이 좀 그만하기를 우선 다행스러워하기보다 여전히 두려움에 억눌린 목소리를 가늘게 떨고 있었다.

"전날의 정리를 생각해선들…… 어찌 설마 저 인간까지……"

어른이 어떻게 지하실을 알고 찾아왔는지, 처음부터 심중에 떠오른 얼굴이 있으면서도 차마 의심조차 할 수 없었던 옛 가주의 둘도 없는 이웃사촌, 그 뜻밖의 인물 때문에 당신의 두려움과 분노가 그만큼 치명적이었을 것이다.

4

　당신이나 나는 그날 밤 일행을 앞장서 이끌고 든 위인의 목소리를 알아차린 순간 사태의 전말이 확연해진 셈이었다. 그 들뜨고 의기양양한 목소리를 듣자마자 나는 혹시나 싶던 그 윤호에 대한 안도감보다 그를 대신해 온 위인에 대한 배신감에 잠시 그 지하실 일조차 잊은 채 치를 떨었으니까. 무슨 근거가 있었던 건 아니지만, 위인의 설침과 목소리에 묻어나는 완연한 배신의 냄새, 지하실 어른에 껴묻어 우리까지 작자의 음흉한 올무에 걸려든 것 같은 두려움과 절망감…… 입조차 뗄 수 없는 그 배신에 대한 두려움은 위인의 계교가 일단 실패로 끝나고 간 뒤에도 나를 며칠씩 옥죄고 마비시켜놓은 꼴이었으니까.

　그런 느낌이나 생각이 더하면 더했지 조금도 덜할 리 없는 어머니 쪽은 그쯤 의혹이나 맘속 짐작 정도가 아니었다.

　"우리 집 일을 제집처럼 구석구석 아는 위인이 몇 년씩 어른 댁 머슴살이 지내면서 말을 흘렸겠제…… 그랬길래 단박 당신이 우리 집으로 왔을 줄 알고 앞장서 달려든 것이제."

　이날 밤의 실패 때문엔지 이튿날부턴 거짓말처럼 조용해진 동네 기미를 전해 듣고 마음이 좀 놓였던지, 그 사흘째 되던 날 이른 새벽 어른이 지하실을 나와 집으로 돌아가고서야 어머닌 비로소 제정신이 돌아온 모습이었다. 그리고 나보다 한발 앞서 이웃으로 머슴살이로 양쪽 집일을 훤히 꿰고 있을 위인을 단순한 공명심에서보다 그쪽 세상 권세를 남 앞서 누리려 나선 위험한 패덕한으로 단정지었다.

"위인이 그저 우쭐한 생각에 그런 일에 앞장을 섰을까. 큰댁 당신이 여길 온 것도 어쩌면 당신 생각에서가 아니라, 위인이 그렇게 넌지시 일을 꾸며 끌어들인 것인지 모르제. 제가 보내놓고 지 손으로 덮치자고……"

그런 당신의 생각이 옳았는지 아닌지, 지금까지도 그것이 분명하게 가려진 일은 없었다. 그것을 누구도 따지려 하지 않았고, 따지고 들 처지도 못 되었다. 종가댁 어른 역시 그것을 말한 일이 없었고, 세상이 다시 한 번 뒤바뀌고부터는 당신이나 우리나 꽤 씀씀하고 찜찜한 대로 이미 다 지난 일로 서로 간에 새삼 그럴 계제가 못 되었다. 무엇보다 세상이 다시 뒤집히고부터는 그로 하여 거꾸로 위인의 처지가 어려워질 수 있었기 때문이다. 누구의 내색이나 귀뜸이 아니라도 그런 사정은 일의 당사자 격인 종가 어른이나 어머니가 차례차례 세상을 떠나고 없는 지금에 와선 더욱 그럴 수밖에.

하지만 돌이켜보면 그렇듯 어려운 상황에서 어른이 그날 밤을 무사히 넘긴 것은 어쨌든 다행스런 일이 아닐 수 없었다. 그리고 그것은 지금 허물어져가고 되세워지려는 그 집의 잊을 수 없는 내력이자 지하실의 자랑스러운 역사였다. 뿐인가. 당사자인 어른이 이 세상에 없는 지금 그날 밤 일이 무사히 넘어간 것은 누구보다 성조 씨에게도 다행스럽고 고마울 일이었다. 왜냐하면 당시의 어른뿐만 아니라 당신의 장자 또한 전란이 끝나고 오래잖아 젊은

206

나이에 세상을 등지고 만〔동네 사람들은 그게 그날 밤 두 부자의 혼기(魂氣)가 놀라 빠져 달아난 때문이랬다〕 마당에, 이젠 그 장손자 성조 씨만이 두 선대와 그날의 일들을 오롯이 다 기억할 수 있을 터이기 때문이다.

그런데 그 성조 씨가 지하실 일에 별 관심을 보이지 않은 듯한, 무심스럽다기보다 어딘지 거론을 탐탁잖아 하는 기색이니, 나는 아무래도 그 속내를 알 수 없었다.

그래 나는 이윽고 저녁이 끝나고 새판잡이 술상이 바뀌어 나올 때쯤 슬그머니 다시 운을 떼고 나섰다.

"아까 그 지하실 말씀예요. 그 지하실이 옛날 큰댁 조부님의 목숨을 구해드렸던 일, 형님도 기억하시지요?"

하지만 성조 씨에게 그날 일을 상기시켜 지하실을 어떤 식으로 기억하고 있는지 떠보려던(어쩌면 가슴 깊이 숨어 도사리고 있을지 모르는 그의 노기를 더치기 위해) 물음에 그는 역시 기대와 달리 심드렁한 대꾸였다.

"그야 기억을 하제. 그날 밤엔 우리 식구들 중 그 조부님까지 남자들은 그렇게 뿔뿔이 몸을 피해 지냈으니께. 조부님이 그 지하실에 숨어 계셨다는 건 나중에 들었지만. 그런디 새삼스럽게 그 이야긴 왜……"

조부의 일을 다행스러워하기보다 시치밀 떼고 드는 듯한 품이 말을 꺼리는 기색이 역력했다. 하지만 나는 내친김이었다.

"그날 밤 조부님이 무사하셨기 망정이지 만에 하나 자칫 일이 잘못됐다면 형님네뿐 아니라 온 동네에 피바람이 휘몰아칠 뻔했잖았어요?"

"……"

단도직입적이다시피 한 추궁 투였다. 성조 씨는 그래도 마찬가
지였다. 이젠 아예 입을 다문 채 비우다 만 술잔만 골똘히 만지작
거리고 있었다.

"병삼 씨라고…… 그날 밤 지하실을 앞장서 찾아갔던 이는 아
직 잘 살고 계세요? 지난번 왔을 땐 여전해 보이던데요."

나는 마지막 정곡을 찌르고 든 격이었고, 성조 씨는 그제야 마
지못한 듯 몇 마디 응대해왔다.

"돌아가셨제. 몇 년 전에…… 그 시절 사람들은 이제 거의 다
갔어. 우리 나이 정돌 빼고는……"

이쪽 물음의 뜻을 분명히 짚고 있는 소리였다. 그러니 이젠 다
지나간 일로 치부해 넘어가고 싶은 듯한 무연스런 말 흘림……
나는 더 다그치고 들 수가 없었다. 그래 봐야 지하실 일에 무슨
가닥이 날 정황이 아니었다.

"그래, 그날 밤 형님은 어디로 숨어 가 지냈어요?"

나는 모처럼 집안 손위와 함께한 술자리 분위기를 위해 잠시
여담 삼아 물었다.

성조 씨가 비로소 손에 쥔 술잔을 훌쩍 비워내며 쓴웃음을 지
었다.

"저 뒷골 언덕 먹감나무 집 당숙님네 외딴 소마구청에서였제.
열네 살하고 열한 살씩이었던가…… 일찍 집을 나가 지금 대전
에 살고 있는 명조 아우하고 둘이서……"

"그랬었군요. 그 어른 댁이라면 동네 사람 눈길이 잘 닿지 않았을 테니까요. 그렇대도 아직 어린 맘에 어두운 마구청에서 얼마나들 떨었어요? 그 시절 일은 지금 생각해도……"

"그 시절 일은 지금 다시 생각해도 치가 떨릴 노릇이었제."

부지중 다시 어두운 곳을 더치려는 내 맞장구질에 성조 씨가 대신 뒷말을 마무리 짓고 나섰다. 그 말길이 역시 나와는 다른 쪽이었다.

"하지만 지금 난 무서웠던 기억보다 그놈의 극성스런 모기떼에 시달리던 기억이 더 생생해. 그날 밤 당숙님이 어린 우릴 당신네 소새끼 뒤쪽 꼴 더미 속에 묻어주며 신신당부하시길, 누가 찾아와 무슨 일이 있더래도 절대 아침까진 풀 더밀 들추고 나오지 말랬거든. 심지어 당숙 자신이 찾더라도 말여."

"그랬는데요?"

"그랬는디 밤이 깊어가면서 배가 고파진 소새끼가 자꾸 고개를 길게 뻗어 우릴 덮어준 풀 더밀 걷어 먹는단 말여. 그러니 엷어진 풀 이불 틈을 뚫고 달려드는 모기떼가 어쨌겄어. 몸을 내밀었다간 죽는다는 소릴 들었겄다. 어린 맘에 죽을 때 죽더라도 조심조심 팔을 뻗어 옆엣 풀을 끌어다 덮고 나면 어느새 다시 훌쩍 걷어가고…… 명조하고 나는 말도 못하고 정말 죽을 맛이었제. 명색이 형이라서 나는 명조 쪽 풀 더미까지 단속해주느라…… 지옥이 따로 없었어. 그날 밤 일…… 지금 생각하면 그저 웃음밖에 나오지 않아. 허허……"

웃음밖에? 그날 밤 일이 정말 그 소짐승과의 실랑이와 모기떼의 극성으로밖에? 그래 그에겐 자기 조부의 생사를 갈음해준 그 지하실 일조차 이제 와선 한낱 웃음 속 기억거리로밖에 남지 않은 것인가.

"형님이 웃는 걸 보니 그간의 세월이 큰 약이었던 것 같네요."

나는 뭔가 허탈한 느낌 속에 한마디 어깃장을 놓아보았다. 성조 씨는 여전히 웃음기를 거두지 않은 채 그런 나를 은근히 타박해왔다.

"약이 아니었으면 그 세월에 침을 뱉나?"

나는 이제 그쯤 마지막 술잔을 비워낼 수밖에 없었다. 성조 씨의 부드러운 어조 속에 더 이상 거스를 수 없는 힐책기가 묻어난 때문이었다. 더욱이 이젠 밤늦은 바깥 술자리 시중에 지친 늙은 안주인이 어느 결엔지 내실 전깃불을 내린 지도 한참이었다.

5

'그거 그냥 지워 없애고 만다?'

말린 고추 가마 더미가 쌓인 사랑채 방에 자리를 펴고 누운 나는 한동안 매콤한 냄새가 코를 찔러 잠을 이룰 수가 없었다. 재채기를 참느라 자주 몸을 뒤채다 보니 상념만 자꾸 늘었다.

성조 씨는 아무래도 지하실을 되살리고 싶지 않은 게 분명했다.

하긴 이제 와서 나도 굳이 그 성조 씨 앞에 그걸 꼭 되살려내자고 우기려 들 생각은 아니었다. 새삼 무심할 수 없는 그 어린 시절

일(오랜 그을음 같은 내력!)이 아니라면 그런 지하실은 이제 쓸모도 찾을 수 없고, 눈에 띌 일도 없었다. 게다가 그날 밤 종가 어른의 일이 지하실의 한 떳떳한 구실이었다면, 그곳은 한편으로 섣불리 들춰내고 싶지 않은 어두운 그림자가 서린 곳이기도 하였다.

그 더운 여름 한철이 가을로 바뀌면서 세상도 함께 다시 바뀌고 난 늦가을께 어느 날 저녁.

그 흉흉한 기운이 다시 한 번 마을을 무겁게 짓눌러왔다. 이날 해거름 녘 역시 면소 쪽으로부터 어깨에 소총을 걸머멘 두 낯선 사람이 마을로 들어왔고, 이어 마을 회의가 열린다는 소식과 함께 저녁을 먹고 나면 동네 남정들은 한 사람 빠짐없이 마을회관으로 모이라는 엄중한 전갈이 전해진 탓이었다. 또 전번과 같은 소동이 한바탕 지나가리라는 불안감. 사내들이 총을 메고 온 것으로 보아 이번에는 정말로 사람이 다칠지 모른다는 불길한 예감. 역시 누구도 입 밖에 내어 말하지 않았지만, 그 표적이 누구라는 것도 뻔했다. 남정들은 그걸 알면서도 저녁을 먹는 둥 마는 둥 홀리듯이 팽나무께 회의장을 향해 나섰고, 집에 남은 부녀자와 어린것들도 제풀에 겁에 질려 안절부절못했다.

회의장엘 나갈 남정이 없는 우리 집도 바깥일이 어떻게 돌아가는지 궁금하고 불안하긴 마찬가지였다. 어머니나 나는 지난여름 그 저녁 일을 떠올리며 지레 더 겁을 먹고 서로 가슴을 졸이고 있었다.

그 지레 겁먹음이 또 한 번 곡두를 부른 격이랄까. 참으로 조물주나 곡절을 알 일이었다.

시간이 한참 흐르고 난 뒤 바깥에서 무슨 기척이 스치는 듯싶어 급히 내가 문을 열고 내어다보니 웬 사람 형상이 닫혔던 부엌문을 열고 나와 어두운 사립 쪽으로 걸어나가며 말했다.

"놀랄 것 없다. 오늘 이 집 정제간에 목숨을 부지해볼까 했더니, 차마 못할 노릇 같아 그냥 간다."

침착하고 의연한 목소리…… 지난 석 달간 '마을 위원회' 일을 책임 맡아 지낸 사람, 이날 밤 회의 표적임에 분명한 윤호 아버지였다. 하지만 그 순간 어머니나 나는 그 윤호 아버지가 어두운 골목으로 사라질 때까지 아무 말도 할 수 없었고, 아무것도 알 수가 없었다. 도대체 그가 언제 어디로 그 부엌 지하실로 숨어들었는지, 그리고 무엇 때문에 숨기를 포기하고 다시 몸을 드러내고 나섰으며, 그길로 이번엔 어디로 가려는지…… 무엇보다 그가 어떻게 우리 부엌의 밀실을 알았으며 주위를 어떻게 믿었길래 하필 그곳에(지금 생각하면 허허실실 계책이었을 수도?) 숨어들 생각을 했는지…… 어머니나 나는 그저 넋이 빠진 채 서로 얼굴만 바라보고 있었을 뿐. 그러면서 나는 바야흐로 세상이 시끄러워 지기 시작할 초여름 무렵 어느 날 윤호에게 우리 집 방공호 대신 부엌 뒤쪽 지하밀실을 보여줬던 일이 다시 머리를 스쳤던가. 거기 더해 그 여름철 집안어른을 지하실에 숨긴 채 잠시 윤호를 의심했던 일이 이번에야 거꾸로 모습을 드러낸 격이랄까. 사람이 바뀌었을 뿐 어쨌든 그 여름께와 같은 일이 되풀이된 꼴이었다.

하지만 그 결과는 정반대였다.

그날 밤 지하실을 나온 윤호 아버지가 곧장 찾아간 곳이 다름

아닌 동네 회의장이었다. 그리고 그를 찾으려 동네 사람들을 닦
달하고 있던 두 외지 사내는 놀란 마을 사람들 앞에 그를 끓어앉
히고 이날 밤 회의의 목적과 그의 전날의 죄상을 설명했다.

"이자는 푸른 솔밭을 망칠 뻔한 한 마리 송충이다. 솔밭을 온전
히 지키려면 더 이상 송충이가 번지지 않게 해야 한다."

사람들은 대번 그 말이 무슨 일을 비유하는지 짐작했다. 그리
고 오래잖아 그 일은 실제로 눈앞에서 벌어졌다.

하지만 나는 그 일을 직접 목도하지 못했음이 물론이다. 회의
장과는 거리가 떨어진 집 안에 갇힌 격이 된 우리는 윤호 아버지
가 집을 나가고 한참 뒤 두 발의 연속적인 총소리를 들었을 뿐.
그리고 이튿날 아침이 밝고부터 이런저런 정황을 전해 들은 것뿐
이었다.

내가 지하실의 복원을 쉽게 밀어붙이지 못하고 망설이는 마음
속 사연이다. 이를테면 지하실은 명암과 영욕의 내력을 양면으로
함께 간직해온 셈이었다. 지하실을 복원하여 어느 한쪽을 들춰내
면 당연히 다른 한쪽도 따라 드러나게 마련이었다. 그것은 자의
적 선택이 불가능한 내 기억의 권리 밖 일이었다.

하지만 솔직히 말해 나는 윤호와 그 아버지의 일은 되살려내고
싶지 않았다. 그 밤의 일은 지하실 허물 탓이 아니었지만, 그리
고 윤호 아버지가 어떻게 우리 지하실을 찾아왔고, 무슨 생각에
서 다시 거길 나와 몸소 회관을 찾아갔는지 끝내 알 수가 없었지
만, 내겐 그 지하실 자체가 원죄처럼 어두운 기억으로 남았으니
까. 그래서 오랜 세월 그 집 자체를 마음에서 외면하고 살아온 것

인지도 모르니까.

무엇보다 그 윤호의 일 때문에도 그랬다.

윤호는 나보다 나이가 두 살이나 위였지만, 조금씩 절름거리는 한쪽 다리 때문에 초등학교 입학을 미루다가 뒤늦게 10리 밖 면소 마을께 학교엘 나와 함께 다녔다. 나이에 비해 학교 공부는 그다지 두드러진 편이 아니었지만, 등학굣길이나 마을 일에선 말이나 행동이 늘 형처럼 의젓하고 어른스러웠다. 먼 10리 학굣길에 아이들 간의 어려운 일은 그가 늘 앞장서 나서 돌봐줬고, 동네 편싸움 따위 교실 공부 이외의 다른 학교 일에서도 그는 제 불편한 몸 사리지 않고 (한쪽 다리가 불편하면 다른 쪽 다리가 그 힘을 배로 대신한댔다) 요령껏 제 동네 아이들을 보호했다.

그런 그의 어른스러움은 누구보다 등학굣길을 자주 함께하며 동네에서의 어울림도 잦았던 내게 더 각별한 것일 수밖에 없었다. 몇 차례 시도 끝에 마을 회관께 팽나무 오르기를 포기한 뒤, 나를 대신 올려보내고서도 연신 '힘들면 그냥 내려와, 난 팽 안 먹어도 되니까……' 불안스럽게 쳐다보곤 하던 윤호의 걱정 어린 눈빛 따위……

하지만 그 윤호의 어른스러움이 내 맘속에 가장 깊이 새겨진 것은 제 아버지가 변을 당한 날 밤 후문이었다.

그날 밤 일이 있고 난 뒤 면소 쪽 사내들과 마을 사람들이 돌아가고 회관 일대가 쥐죽은 듯 어두운 적막에 싸였을 즈음.

"내 생각에 아무래도 혼비백산 겁이 난 사람들이 시신을 그냥 거기 두고들 돌아갔을 것 같더구만."

마을회관 바로 가까운 곳에 거처를 둔 한 마을 노장이 뒷날 나도 함께 끼여 앉은 그 팽나무 아래 마을 사람들 앞에 길목 한쪽을 가리켜가며 털어놓은 말이었다. 그는 이래저래 지레 무서움 기를 참으며 겨우 거적 한 장을 챙겨들고 나가 봤고, 짐작대로 거기 팽나무 끝자락 가지 아래 버려둔 사자의 시신 위에 겨우 그 거적을 덮어주곤 도망치듯 발길을 되돌려오고 말았댔다. 그러고 한 식경이나 잠을 못 이루고 있는데 그쪽에서 웬 울음소리 같은 인기척이 들려와 다시 가만가만 사립을 나서다 보니, 바로 그 망자의 어린 아들 윤호가 어둠 속에 제 아비의 시신을 끌어안고 소리 죽여 울고 있더라고.

"아, 나도 오금이 저려오는 판에 어린 녀석이 그러고 있으니…… 나야 달랠 수밖에. 이제 그만 돌아갔다가 날이 밝으면 모셔가자…… 해도 소용이 있어야제. 제 녀석이 외려 나더러 지는 괜찮으니 어서 돌아가 주무시라니…… 부자간 천륜이 그런 건지, 녀석이 그리 올된 건지……"

어른은 그때 정말 그걸 몰라 말끝을 다 맺지 못했는지 모르지만, 천륜이 아무리 대단한 것이더라도 나라면 감히 상상을 못할 노릇이었다. 윤호의 남다른 어른스러움이 아니었다면 생각도 못할 일이었다.

그리고 그의 어른스러움은 이후 내가 그를 마지막 볼 때까지도 변함이 없었다.

그 어수선한 한 시기가 지나자 우리는 늦가을 녘부터 쉬었던 학교엘 다시 다니기 시작했고, 윤호도 물론 마찬가지였다. 우리가 그와 등학곳길을 함께한 것이나 윤호 쪽도 공연히 기가 죽기보다 학교나 마을길에서 늘 우리를 형처럼 돌보는 일 역시 전날과 마찬가지였다. 어찌 보면 그의 말투가 전날보다 가라앉고 뜸해진 정도나 느낌이 달랐달까. 하지만 그것도 별일은 아니었다. 어느 날 우리 6학년은 나라마다 다른 색칠을 하고 각국의 수도 이름과 위치를 표시한 세계지도를 그려오라는 숙제를 받고 며칠씩 끙끙대다 겨우 그것을 완성해다 바친 일이 있었다. 그런데 대충 시늉만 해간 우리와 달리 윤호는 누구보다 지도를 정성껏 세밀하게 그린 데다 나라들 색깔까지 차분하고 고운 작품을 만들어왔다. 그리고 그 아름답고 꼼꼼한 지도를 보고 우리는 윤호에 대해 그간 무언지 마음속에 석연치 않던 것이 일시에 사라져간 듯싶었던 기억이다.

그 윤호를 내가 마지막 본 것은 그러니까 이듬해 여름 내가 K시의 한 중학교엘 입학해 들어가고 얼마 되지 않았을 때였는데, 그의 의젓함이나 어른스러움은 그때도 마찬가지였다.

그 시절 벽촌 마을에선 너나없이 대처 중학교 진학이 쉬운 일이 아니었지만, 나는 K시의 외종매 덕분에 그런 행운을 얻을 수(마을에서 오직 나 혼자서만이) 있었음에 반해, 윤호는 이것저것 그럴 사정이 못 되었다. 하지만 그는 그런 자신의 처지를 원망하거나 실망스러워한 일도 없었고, 내 진학을 부러워한 적도 없었다.

"너 같은 기회 누구나 누릴 수 있는 거 아니다. 길 생겼을 때 공부 열심히 해라."

역시 그 어른스런 어조로 담담하게 충고해줬을 뿐이다.

한데 내가 마을을 떠나 K시로 올라가 지낸 지 한 달쯤 지난 갓 신학기 적 어느 날 오후 수업 종료 무렵이었다. 역시 K시의 성경 학교엘 다니고 있던 한 마을 청년이 그 절뚝걸음에다 대머리처럼 머리를 박박 깎은 윤호를 데리고 학교로 나를 찾아왔다. 윤호를 어느 교외 지역 고아원(요즘의 보호 시설)으로 데려다주려 가는 데, 한번 따라가주지 않겠느냐는 거였다. 사연을 대충 짐작할 수 있었으므로 나는 물론 서둘러 두 사람을 따라나섰다. 그리고 묻지 않아도 딱하고 힘들게 된 그의 처지 앞에 서로 별말 주고받지 않은 채 우리는 근 한 시간 만에 예상대로 퍽 한적하고 궁핍스런 한 시설물 문 앞에 당도했다.

그것이 끝이었다. 청년이 먼저 시설 안으로 들어갔고, 우리는 잠시 밖에서 기다리는 동안 윤호가 비로소 그 어른스런 어조(박박 깎은 머리통 탓에 이번엔 그게 오히려 더 비극적인 부조화를 느끼게 했다)로 작별 인사 겸 나를 안심시켰다.

"나 여기서 오리 우리를 지켜주기로 돼 있어. 나는 고아가 아닌 데다 나이까지 많아서 공밥을 먹을 수 없으니까. 하지만 까짓것 대막대기 하나 들고 오리 떼 지키는 거 뭐가 힘들겠어. 그러니 너, 내 걱정 말어. 이후론 너나 나나 서로 일이 바쁠 테니까 오늘 돌아가면 다시 찾아올 생각도 하지 말고. 그리고 공부 잘해."

그렇듯 내게 끝까지 형 같은 어른스러움을 잃지 않은 윤호였다. 잠시 뒤 문을 나온 동네 청년은 그곳 사람에게 그를 혼자 따라 들여보내고 나와 함께 곧 발길을 돌렸으니까. 그리고 윤호는 그날 이미 예측한 일이었는지 모르지만, 몇 달 뒤 첫 겨울방학을 맞고서 내가 모처럼 그를 찾아갔을 땐 그곳에 없었으니까. 하긴 이후에도 난 한두 번 동네 청년을 만날 때면 그의 소식을 묻고, 그가 어디선지 잘 지내고 있다는 소리를 들었던 듯싶다. 그리고 그것으로 그를 마음속에서 그만 지우고 싶었던 듯싶다. 나로선 도대체 늘 대책이 없어 보인 그 의연함과 어른스러움. 그 시절이 모두 지나고 떠오른 생각이지만, 몸을 늘 좌우로 흔들어대는 한쪽 다리와 함께 그의 힘들고 불운한 처지를 그것이 더욱 비극적으로 비치게 한 때문이었다.

그런데 이후 그럭저럭 잊었던가 싶던 그의 일이 십 년 전 첫 고향 길에서 그가 오래전에, 청년기도 맞기 전에 어디선지 세상을 떠나고 말았다는 소식을 듣곤, 그의 어른스러움과 불운한 삶이 함께 마음속에 겹쳐 떠올랐던 것. 그에 겹쳐 그 무더운 여름밤의 일까지도. 하여 다시 20년 동안 억눌러 잊고 온 참인데, 이번의 구가 개축 일로 그 모든 일이 새삼 되살아난 꼴이었다.

하지만 그건 역시 내 마음속에서 지워져 없어져야 할 어둠의 역사였다. 그리고 가능하다면 그 집은 종가어른을 지켜낸 자랑스러움을 안은 화창한 역사의 표상으로 복원되어야 하였다. 이제와서 굳이 그걸 고집할 생각도 없었지만, 그건 내 혼자 생각을 좇아 쉽게 해결날 일도 아니었다.

6

그런저런 내 마음속 장애거리는 현장 공사를 책임진 성조 씨에게도 계속 마음속 부담이 되고 있었음이 분명했다.

이튿날 아침, 조반상을 물린 성조 씨는 예정되어 있던 가을걷이를 미룬 채 다시 공사 현장 쪽으로 길을 앞장서 나섰다. 공연히 하루라도 더 미적거릴 바 없는 내 일정에다 그 지하실 일 말고는 특별히 덧붙일 의논거리가 없는 터에, 서로 간 심중의 장애거리부터 해결해두려는 낌새였다. 밤새 헛궁리만 일삼다 만 내 쪽 생각도 그건 마찬가지였다.

그런데 새 담배를 한 갑 꺼내오려 전날부터 차를 세워둔 팽나무께 공터로 먼저 두 사람이 골목길을 올라갔을 때였다. 때마침 거기 늦은 아침을 끝내고 바람을 쐬러 나온 노인 한 사람이 팽나무 아래에 앉아 있었다. 성조 씨보다 연장으로 보이는 노인을 나는 처음 바로 알아볼 수 없었음이 물론이다. 하지만 담배를 꺼내 들고 데면데면 다가간 내게 성조 씨가 일깨우는 소리에 나는 금세 기억이 떠올랐다.

"그간에 너무 나이들을 먹어서 자네가 알아보질 못하는 모양인디, 이 양반 원옥 씨라고, 바로 저 집에 사시는 어른 아닌가. 이쪽은 저 아래 동네 샘터 건너께에 살았던 우리 집안 영조 동생이고……"

성조 씨가 부러 공터에 잇대어 있는 그의 집을 가리키며 번갈아 설명하자 그도 이내 나를 알아보고 먼저 알은체를 건네왔다.

"아, 듣고 보니 그렇구만. 누구네 차가 여기서 밤을 새우는가 했더니, 자네였구만. 그래 옛날 집을 매입해 새로 손본다더니 그 일 땜시 오셨구만?"

"예, 그런 셈입니다만…… 전번 왔을 때도 뵙긴 했는데, 그새 또 많이 연조를 더하셔서 쉽게 못 알아뵀습니다. 그새도 평안하셨지요?"

"우리야 뭐 별일 있겠는가. 덕분에 이렇게 잘 지내고 있제. 저 문 세월이 이리 늘 심심한 것 말고는……"

그 집이 바로 회관 공터와 맞닿아 있는 탓에 그날 밤 윤호 아버지의 시신을 돌봐주러 나왔다던 어른, 그리고 나중 다시 윤호의 어둠 속 호곡을 달래고 갔다던 어른의 큰아들이었다. 하지만 뒤이은 성조 씨의 한마디가 없었다면 뒤늦게나마 그를 알아본 것 이외에 그런 사실들은 내게 별뜻이 없었을 일이었다.

"심심하기는 뭘! 그 나이에 아직도 동네 일 모르는 게 없는 감시관 노릇 다 하고 지내면서!"

성조 씨가 무심결이듯 내가 흘려 넘긴 그의 말꼬리에 우연찮은 핀잔 투 농지거리를 얹었다.

"내가 무얼 나서고 싶어 나서는가. 여기 우리 집 자리 탓에 좋은 일 궂은 일 코앞에서 일어난 사단들을 모른 척하고 지낼 수 없어 그런 것이제. 그것도 더 궂은일일수록에."

바로 그 원옥 씨의 대꾸가 내게 다시 그날 밤 일을 되짚고 나서게 한 계기였다.

"그런 말씀을 하시니 생각나서 여쭙니다만, 저 경인년 전란 때 말씀입니다. 어느 날 저 윗동네 윤호네 어른이 이 자리에서 변을 당하지 않았습니까. 그날 밤 형님네들은 어디에 계셨습디까?"

"그야 나는 아직 어렸으니께 집에 있었고, 저 양반은 이미 청년 축에 끼었으니 현장에 있었겠제."

"회의장엔 나갔지만 일이 벌어지는 현장에는 없었제."

내 궁금증의 향방을 알지 못한 성조 씨의 대꾸를 수정하고 나서는 원옥 씨의 거달음에 그날 밤 사정이 제절로 풀려가는 격이었다.

"그래, 그날 밤 형님네들은 소동이 끝날 때가지 우리 칙간에 숨어 떨다 갔제."

성조 씨가 기억을 되살려냈고, 원옥 씨가 다시 말을 이었다.

"맞아. 그 윤호 어른이 처음엔 어디론지 몸을 숨기고 나타나지 않는 바람에 장터 쪽 위인들이 총으로 우릴 내몰았지. 윤호 어른을 당장 찾아 끌고 오라고 말여."

"그래서 어쨌어요?"

끼어드는 나를 나무라듯 원옥 씨는 짐짓 성조 씨를 향해 말을 이었다.

"그 양반을 우리가 어디서 찾아 끌고 가! 그렇다고 어정어정 잘못 굴었다간 우릴 죽일 것 같고. 그 어간에 누가 말하더구만. 달포 전에 거꾸로 죽을 고비를 넘긴 자네 어른 곁이 그래도 좀 안전할 듯싶다고. 그게 무신 허락을 받을 일도 아니고, 우린 그냥 몰래 자네 집으로 몰려가 칙간 거름더미 뒤로 숨었제. 그러고 한

참을 떨고 있으니 이 회관 쪽에서 총소리가 들리더구만."

"윤호 어른이 자기 발로 걸어가 일을 당한 소리였겠제."

"우리도 다 그런 줄 짐작했제. 그러니 더 겁을 먹고 떨 수밖에. 동네가 조용해질 때까지 한참이나 더 그러고 서로 오금만 떨고 있었제."

"그러고 꼬박 아침까지 갔을 텐디, 그때 조부님이 나를 시켜 일 러주셨제. 이젠 나와도 괜찮을 거라고."

성조 씨가 이젠 내 마음속을 헤아린 듯 뒤를 잇고 나서 위인들의 다음 행적을 자답 조로 미리 물었다.

"그제서야 형님네들은 우리 칙간을 나와 그길로 바로 윤호네 집으로 몰려갔지라?"

"그래, 맞아. 그리곤 바로 윤호네 집으로 몰려가서 뜨거운 죽 한 대접씩을 얻어 마시고 나니 그 떨림기가 겨우 주저앉더구만."

"윤호네 집으로 가서 죽을 먹다니요?"

이번에는 내가 다시 나서 묻지 않을 수 없었다. 방금 사람이 죽 어난 집엘 찾아가 죽을 얻어 먹다니?

하니까 다시 성조 씨가 대답을 대신했다.

"어쨌든 그 집은 사람을 잃은 상가였으니께. 상가에는 한동네 이웃이 찾아가 밤을 새워주는 것이 도리고, 상가 사람들은 그 사 람들을 따뜻이 대접하는 게 인사니께."

그리곤 이제 그만 이야기를 끝내고 싶었던지 불쑥 몇 마디 더 덧붙였다.

"우린 그렇게 살아왔어! 한동네 이웃 간에 서로 그렇게 지내왔길래 한집 지하실로 서로 다른 위험을 피하러 찾아가는 일도 생기지 않았겠어!"

이미 내 속내를 읽어내고 완연한 나무람기를 얹은 그 말투. 굳이 내게 허물을 따지려 든 건 아니었지만, 느닷없이 지하실 일까지 들추고 나선 성조 씨의 자르듯한 어조 앞에 나는 이제 더 입을 열지 못했다.

"그런데 우리가 지금 왜 그 일을 다시 들춰내고 있제? 아마 오랜만에 자넬 보니 그런 옛날 일도 다시 떠오른 모양이네만, 그간엔 까마득히 잊고 지내온 일들인데…… 끙!"

원옥 씨 역시도 새삼 떠오르는 생각이 있는 듯 더 이상 내키잖은 얼굴로 자리를 일어섰다.

하지만 나는 이제 뭔지 마음속에 맺혔던 것이 얼마쯤이나마 풀리는 기분이었다.

7

원옥 씨와 헤어진 뒤 둘이서 다시 옛 골목길을 찾아 내려오면서도 나는 아깟번에 뒷말을 잘라 삼켜버린 듯한 성조 씨에게 금세 내 생각을 털어놓을 수가 없었다. 우린 그렇게 살아왔어…… 말인즉 그동안 한동네 이웃끼리 도리와 정의(情誼)를 잃지 않고 살아왔노라는 자랑 투면서도 그 어조 속엔 어딘지 불편스런 심기가 묻어나고 있었다. 하지만 나는 이미 생각이 정해져가고 있었다. 깊은 내막까진 알 수 없지만, 그쯤 동네가 서로 아픈 곳을 감싸고 어루만져왔으면 되는 일 아닌가. 더욱이 성조 씨 말 그대로 이쪽저쪽 서로 세상 생각이 다른 처지에 같은 지하밀실을 찾아들 정도로 미더운 마음들이었다면……

그날 밤 윤호 아버지의 변고가 내 마음에 드리워왔던 어두운 그림자가 한결 마음 가볍게 걷혀간 것이었다. 그만하면 지하실을 되살려내도 큰 허물을 남길 일이 아니지 않은가. 오히려 이 마을 공동의 자랑거리 장소가 될 수 있지 않은가. 그 어둡고 험상궂은 상황에서 늙은 원옥 씨 어른이 피에 젖어 버려진 시신을 덮어주고 그 자식의 설움을 어루만져 돌보려 한 일처럼. 무엇보다 그날 밤 윤호 선친에게 그런 일이 생긴 것은 그 지하실이나 다른 누구의 잘못이 아니라, 무슨 생각에서 그랬든 당신 스스로 그곳을 뛰쳐나와 회의장으로 간 허물 탓 아니었던가……

하여 잠시 뒤 두 사람이 다시 어수선한 옛날 집 부엌 앞에 섰을 때 나는 성조 씨에게 어둠 속에 묻혀 사라진 지하실 쪽을 가리키며 내 속내를 솔직하게 말했다.

"어때요? 저 지하실 다시 살려내는 게. 기왕에 이 집을 옛날 모습대로 되살려 손보려면 지하실도 원래 거기 있었으니까요. 사실 전 지금까지 그날 밤 윤호 선친 일이 좀 마음에 걸렸는데, 지금 다시 생각해보니 별 허물이 될 것도 아닌 것 같네요. 오히려 그 앞서 여름날 밤 큰댁 조부님 신상 일은 두고 기릴 만하고요. 그 무지한 병삼 씨 행짜까지 생각하면 더욱…… 이번엔 그 어둠을 다 걷어내야지 않겠어요?"

그런데 이미 짐작한 일이지만 성조 씨 역시 그런 이쪽 내심을 시종 다 꿰고 있는 응대였다.

그는 짐짓 내게서 시선을 외면한 채 말을 앞질러 갔다.

"내 진작에 자네 생각이 그런 줄은 알고 있었제……"

하고 나서 그는 공사 중에 어지러워진 앞 마룻장을 손수 쓸고 앉으며 새삼 나를 찬찬히 올려다보고 말했다.

"하지만 자네 생각이 정 그렇다면 내 먼저 한 가지 물어보세. 자네 지금 그 조부님 일로 돌아가신 병삼 씨를 허물하는 말투였제? 그거 어디 한번 들어보세. 그날 밤 병삼 씨가 우리 조부님 일로 무얼 어쨌길래? 무얼 어쨌다고 알고 있길래?"

연거푸 묻고 밀어붙이고 드는 품이 영락없이 무슨 잘못을 따지는 투, 내가 무얼 잘못 알고 있음을 일깨우려는 낌새였다. 하고 보면 그는 내 다음 대답도 알고 있을 게 뻔했다. 나는 하나 마나 한 소리를 입속에 담은 채 잠시 그 성조 씨의 얼굴만 바라보고 있었다. 그러자 성미가 추근하던 평소의 그답지 않게 말을 참지 못하고 다시 나를 앞질러나갔다.

"그래, 자네가 말하지 않아도 간밤서부터 내 자네가 무얼 어떻게 생각하고 있는지 다 알어. 자넨 분명 병삼 씨가 그때 조부님을 배은망덕하게 해코지하려 든 몹쓸 위인으로 알고 있겠제. 허지만 내 생각은 달러. 내가 알고 있는 병삼 씨는 그런 사람이 아니었어. 그 양반이 그날 밤 사람들을 앞장서 이 집으로 이끌어온 것은 사실이었어. 허지만 그건 청년들이 우리 집으로 조부님을 찾으러 가다 일행 중 어느 시러배가 거기 가 봐야 소용없을 거라고……

지하실 225

그날 어둠 녘에 당신이 여기 자네 집 골목으로 들어가는 걸 봤다
는 소리를 들었기 탓이랬어. 자네 지금 내 말 무슨 소린지 알아?"

"……!"

"병삼 씨가 왜 앞장을 섰었어? 자네가 아는 대로 그 양반 이 집
에 그 지하실이 있는 걸 언젠가 조부님한테 흘렸던 생각이 난 거
제. 그래서 어차피 드러날 일, 당신이 차라리 앞장서 쫓아와 조부
님을 지켜드린 거제. 자기가 먼저 은신처를 아는 척 바로 부엌으
로 달려가 뒤쪽 광 문을 열어젖히고 입구를 가로막고 서서……
바닥 아래 분명 사람이 있는 낌샐 알면서도 짐짓 헌 상판이나 멧
방석 같은 허드레 물건들을 이리저리 밀쳐서 거꾸로 통로를 가려
버린 식으로다 말여……"

나로서는 물론 뜻밖의 사실이었다. 그리고 그게 정말 사실이
라면…… 나는 놀라움보다 한동안 그런 상황을 어떻게 이해하고
받아들여야 할지 갈피를 잡을 수 없었다. 성조 씨는 병삼 씨에 대
한 지금까지의 내 오해를 바로잡아주려는 게 분명했다. 그건 그
지하실 내력에도 백 번 다행스럴 일이었다. 그런데 성조 씨는 그
런 지하실을 되살리고 싶어 하는 내 주문에 왜 그토록 열을 내며
몰아붙이는 식인가.

"그게 다 사실일까요? 형님은 그걸 누구한테 들었어요?"

제물에 어리둥절해 있던 나는 우선에 한마디 묻지 않을 수 없
었다. 하지만 그럴수록 성조 씨의 어조는 더욱 가팔라지기만 하
였다.

"그래, 워낙에 지금까지 알고 있던 쪽과는 다른 소리라 자네한

텐 잘 곧이가 들리지 않겼제. 돌아가신 자네 모친, 그 숙모님도 생전에 그걸 통 믿지 않으려 하셨으니께. 그래 병삼 씨와는 끝까지 데면데면 지내시다가 그 원망을 저승까지 담고 가셨제. 병삼 씨도 끝내 그런 당신의 오해를 풀어드리지 못한 걸 서운해하다가 연전에 세상을 떠나고 말았고…… 그러니 두 양반 간에는 이제 그날 일이 사실대로 바뀔 일이 없게 된 꼴이제.”

“형님 말을 듣고도 저 역시 그날 밤 병삼 씨 일은 쉽게 생각이 바뀔 것 같지 않은걸요.”

나는 다시 한마디 맞서 나섰다. 아닌 게 아니라 오랜 세월 동안의 일방적인 믿음 때문엔지 그게 솔직한 내 심정이었기 때문이다. 성조 씨도 물론 거기서 물러설 기세가 아니었다.

“그야 저 명조 아우…… 대전에 사는 명조 동생도 괄괄한 성질 탓에 그걸 좀체 곧이듣지 않았제. 그 아우도 자네처럼 어릴 적부터 조부님 일로 병삼 씨에 대해 유감이 많았는디, 내가 몇 차례 이런 얘길 해도 콧방귀만 뀌더란 말시. 내 친아우도 그러는디, 하물며 그 일을 직접 겪은 자네가 그걸 쉬 곧이들으려 하겠는가. 허지만 이거 하나는 확실하지 않은가. 조부님이 그날 밤을 무사히 넘긴 일 말일세. 병삼 씨가 정말로 작심을 하고 조부님을 잡으러 왔다면 여기 계신 당신을 왜 못 찾고 그냥 나왔을까 말이네.”

성조 씨는 기어코 내 생각을 돌려놓고 말 형세였다. 나는 더 할 말이 없었다. 성조 씨 말마따나 그날 밤 병삼 씨가 앞장서 지하실로 갔다가 ‘여긴 없다’고 단정 짓고 나온 일, 어서 집 안의 다른 곳을 찾아보랬다가 이내 또 ‘지하실에 없으면 이 집엔 달리 숨을 곳이 없다'며 서둘러 다른 집으로 일행을 이끌고 사라진 일들이 어쩌면 다른 눈길을 가리려는 헛시늉질일 수도 있었다. 나는 잠시 생각이 헷갈린 채 성조 씨의 얼굴만 바라보고 있었다.

하지만 성조 씨가 그렇듯 내게 생각을 바꾸게 하려는 것은 실상 그 병삼 씨의 결백이나 지하실의 복원 여부가 목적이 아니었다.

"그렇다고 이제 와서 내가 자네더러 꼭 내 말을 믿거나 지금까지 생각을 바꾸라는 건 아니네. 자네가 그걸 믿거나 말거나, 그걸 어느 쪽으로 생각하거나, 이젠 그때 일은 이대로 그냥 묻어두고 넘어가자는 거네. 이도저도 저 지하실 어둠 속에다 함께 말이네."

성조 씨가 마지막 본심을 털어놓기 시작했다.

"아까도 말했지만 우리는 지금까지 그렇게 살아왔어. 자네나 우리 명조 아우처럼 일찍 마음이 열려 이곳을 떠나 살아온 사람들은 이래도 저래도 별 상관이 없으니 그런 일을 다시 들추고 따지려드는 모양이데만, 이 나이가 되도록 동네 귀신으로 살아온 우리 같은 무지렁이들은…… 어느 시절 어느 한쪽에 그럴 힘이 있어 그걸 알아두면 이로운 일이 생기는지 모르지만 그 힘 바뀔 때마다 우리는 살기가 더 불편해. 그래서 그냥 이렇게 살아. 그도 보통 힘든 세월이 아니었지만, 그래도 우리헌틴 그편이 마음이 편하고 세상이 편했으니께."

"……"

"아까 그 원옥 씨, 그날 밤 이야기를 하다 말고 슬그머니 자리를 뜨고 말지 않던가. 이 동네선 그런 일에 당사자가 아니면 말이나 참견을 피해 모른 척 덮고 살아. 지금 나나 자네처럼 어느 면 당사자 격인 처지에서조차 무엇이 사실인지 믿기가 어려운 판에 하물며 남의 지난 일에는. 더러는 바로 당사자들까지도. 내 말뜻 알아들어? 그런 이 동네에 저 지하실을 되살려놓으면 그거야말로 지금까지 잊고 지내온 험한 내력을 죄 되살려놓는 일 아니겠어? 그래서 새삼 동네 사람들 마음을 이쪽저쪽 시끄럽게 갈라놓으면 무슨 좋은 노릇이 생기겠어. 우리가 다 죽고 난 뒷세상 일이라면 몰라도 그 시절을 직접 살아낸 사람들이 이쪽저쪽 입 다물고 지낼망정 아직도 서로 이웃해 살고 있는 마당에! 어느 시절 어느 한쪽에 그럴 힘이 있다고 제 편에 이로운 것만 골라 살리래서 쓰겠냔 말여."

그러니 이 마을을 위해 지하실을 되살릴 생각을 그만둬라. 어느 쪽 일이 사실이고 진실인지 아직도 분명히 가닥 지을 수 없는 마당에 새 동네 분란거리 만들지 말고 지하실의 흔적과 함께 모든 일을 그대로 묻어두라. 목소리가 잠겨들 만큼 깊은 진정이 묻어나는 성조 씨의 도저한 호소였다.

그 지하실을 내 지난 시절의 성지로나 여기렸던가? 거기 무슨 지울 수 없는 세월의 마디라도 앉혀보길 원했던가? 그 지하실이 이젠 내 앞에 껌껌한 입을 벌리고 다가드는 느낌이었다.

하지만 나는 이제 그 성조 씨 앞에 아무 말도 할 수 없었다. 대신 나는 훤히 뚫린 부엌 뒷문을 통해 뒤란 쪽 담벼락을 기어오르다 말라가는 호박넝쿨만 묵연히 바라보고 있었다.

"내 여태 자네 생각이 미치지 못한 사실 한 가지만 더 일러줌세."

내 침묵을 어떻게 여겼는지 성조 씨가 그런 내 상념에 마지막 쐐기를 박고 들었다.

"그날 밤 일이 있고 나서 이 마을 사람들은 윤호 어른이 어디에 은신해 있다 왔는질 바로 알게 됐제. 하지만 당신이 왜 저 지하실에 숨었다가 자기 발로 다시 나와 죽음 길을 찾아왔는진 아무도 알지 못했어. 당신이 그걸 말한 일이 없었으니께. 그러니 사람들이 어떤 생각들을 했겠는가? 자네가 어떻게 생각하든 우선 나부터도 말이네."

"……?"

"이 동네 사람들, 그래도 지금까지 그런 맘속 의심을 입 밖에 내어 말한 일이 없네. 그리고 이젠 그 시절 너무 어려 아무것도 알지 못했을 자네밖엔 그 자리 사람이 이 세상엔 없네."

오랜 세월 망각의 어둠 속에 묻혀 있다 어느 날 제법 그럴듯한 모습으로 나타났던 지하실이 이젠 다시 제 어둠 속으로 사라질 운명을 맞고 있었다. 마음이 아파오기도 하지만 그 애틋한 윤호의 기억, 그 짧은 삶의 흔적까지도 한동안은 다시 그 망각의 어둠 속으로.

성조 씨의 어조에서 나는 이미 그걸 예감하고 있었다. 어느 시절 어느 한쪽에 그럴 힘이 있다고 제 편에 이로운 대목만 골라 살리려서 쓰겠냔 말여…… 윤호의 기억이 아무리 애틋한들 성조 씨 말마따나 그건 이미 내가 되살리거나 지워 없앨 수 있는 일이 아니었으므로.

"헌다고 지금 이 동네 사람들 누가 자네 말을 곧이들으려 하겠는가. 당사자 격인 자네도 제대로 알기 어려운 어릴 적 일을."

성조 씨가 그 지하실과 어릴 적 일에 마지막 심판을 내리고 있었다.

"내 우정 자네를 탓하려는 게 아니라, 눈길을 바꿔 보면 세상일이란 사람 따라 세월 따라 다 그렇게 달라 보이는 법이여! 지난일이 그리 소중하다면 내일 또 지난날이 될 오늘 일이 우리한텐 더 소중하니께 말여."

전에 없이 서슬이 선 어조와는 딴판으로 성조 씨는 언제부턴지 해맑은 가을 볕발 속에 얼굴색이 무참한 흙빛으로 변해 있었다.

(2005년 겨울)

부처님은 어찌하시렵니까?

　나와 동향내기이자 10여 년의 연차에도 망년지교 처지인 한국
화가 이송(二松)의 장형이 졸지에 의식불명 상태에 빠진 지 벌써
반년 가까이 되어간다.

　내가 처음 그 소식을 들은 것은 올해 벽두 이송도 함께 참석하
기로 되어 있던 군(郡) 향우 새해맞이 모임에서였다. 전날 저녁
내게 참석을 다짐해왔던 그가 정작 자리엔 나타나지 않아 까닭을
물으니, 이날 아침 그의 형이 지방출장 길에 과로로 쓰러져 아우
인 이송이 뒷수습 차 남쪽 전주까지 달려내려갔다는 모임 책임자
의 전언이었다. 그리고 모임이 거의 끝날 무렵 이번에는 급한 병
원 일을 살피고 난 이송 자신이 손전화로 나를 불러 좌중에 자초
지종을 설명해왔다.

　"형은 평소에 당이 심했는데 출장 중에 무리를 한 데다 섭생 관
리도 제대로 못했던가 봐요. 더욱이 쇼크가 시작된 줄 모르고 시

간을 너무 보내버린 바람에……"

전주의 지사 사무실에서 출장 용건을 의논하던 그의 형은 갑자기 식은땀이 흐르고 현기증이 이는 전조를 무시하고 잠시 안정을 취하면 괜찮을 거라며 직원 휴게실로 들어가 누웠댔다. 그런데 일에 쫓기던 지사 동료들이 그걸 잊고 있다가 한 시간쯤 만에 휴게실로 쫓아가 보니 그는 이미 인사불성 의식을 잃은 상태였다고.

"위험신호가 왔을 때 바로 병원을 찾았어야 하는데, 형이 워낙 숫기가 없고 꼼꼼한 성격이라 내친걸음에 업무를 마저 끝내려 참고 기다렸던 모양인데 그만…… 하지만 곧 괜찮아질 테니 염려들 마세요. 병원에서 최선을 다하겠다며 지레 큰 걱정은 말라니까요."

사태의 심각성에 비해 이송의 전화 목소리가 비교적 담담하고 침착한 거라도 그중 다행이었달까. 어쨌거나 이송이 그 형 곁에 기다리다 용태가 웬만하면 서울 가까운 병원으로 옮길 생각이라니 전주까진 아니더라도 그런 조처가 취해지면 나는 한번쯤 그 형을 병원으로 찾아가 봐야 할 처지였다.

앞서도 말했듯이 이송은 나와 한 고을 태생에다 이십수 년 전 내 동화책 삽화를 그려준 인연을 더해 격의 없는 수하 겸 친구로 지내온 사이. 거기다 일을 당한 그의 맏형은 물론, 오래전부터 우리 산수화에 일가를 이루고 차남인 이송을 같은 화업의 길로 이끈 스승 격인 아버지와도 대를 바꿔가며 이어지는 전시회 때마다 늘 자리의 축의를 함께 나눠온 가족간 같은 처지였다.

한데다 이송은 그림 일과 상관하여 그 아버지나 맏형에 대한 혈연 이상의 애틋한 정회와 심정적 경사가 특히 깊었다.

내 개인적인 솔직한 느낌으로, 마을 앞 쉼터에 쌍나란히 붙어 선 두 그루 큰 소나무의 뜻을 얻어 아들의 아호를 '이송'으로 정해주신 아버지의 소망이야 더 이를 나위가 없는 일이지만, 이즘 들어 이송의 그림은 그 아버지의 일흔 평생의 성가를 앞서고 있는 형세였달까. 아버지를 앞서는 것도 효도의 길이라지만 나는 평소 그를 두고 어딘지 좀 자연스럽지 못한 느낌이 들곤 했다. 그런 미묘한 속내를 숨기지 못해 내가 어젠가 이송에게 아들의 그림과 활약에 대한 어른의 소회가 어떠시냐 물은 일이 있었다. 그런데 어릴 적 내내 외지를 떠돌다 모처럼 고향 집엘 들른 아버지가 선물로 사다 주신 크레용으로 그림 공부를 시작했노라 고백한 일이 있었음에도, 그는 직답을 피하며 엉뚱하게 자기 심회 한 자락을 털어놓았다.

"제가 처음 ××일보 미전의 대상 수상 소식을 받고서 말씀예요. 그날 밤 저는 아버지를 생각하며 오래 울었어요."

송구함인지 감사인지 구분할 수 없는 소리에 나는 굳이 더 캐고 들어야 일이 없어 입을 다물고 말았지만, 이송 자신도 그게 어딘지 미심쩍은 느낌이 남았던지, 며칠 뒤 자신의 홈페이지에다 제 아호를 유래케 한 두 그루 소나무 그림과 함께 평소의 시작(詩作) 취미에 실어 '큰 산'이라는 제목의 이런 시구를 함께 올려놓았다.

어릴 적

아들에게

먼 곳의 아버지는

때론 바람이었다가 때론 큰 산이었다

아버지는

풍족하지 않았지만

작은 소망들을

쉬지 않고 그렸다

봄이 오면

아버지는 계절풍처럼

고향으로 돌아와 지친 영혼을

그림 위에 풀어헤치곤 하였다

그때마다

아들은 연보리 사이를

팔랑팔랑 날아가서

아버지 그림 속으로

들어가 놀았다

훗날

아들은 아버지를 따라
또 다른 바람이 되었고
아버지는 아들의
큰 산으로 여전히 남아 있었다

이쯤 되면 그 아버지에 대한 그림 동업 아들의 경모의 정을 더 거론할 바가 없으려니와, 이송은 그 맏형에 대해서도 평소 형제 간 우애 이상의 도저한 부채의식까지 가슴 깊숙이 안고 있었다.

"아버지한테서 물려받은 그림 소질은 저보다 형이 더 앞섰어요."

이송은 언젠가 아우의 전시회 일에 온갖 정성을 쏟고 다니는 형에 대해 말한 일이 있었다.

"하지만 아버지 대신 일찍부터 집안 가계를 꾸리느라 형은 그림을 포기했지요. 자기가 제 그림 공부 뒷바라질 맡을 테니 저더러 대신 그림을 잘 그리라구요. 저한테 자기 그림을 양보한 셈이지요. 그러니 저는 어릴 적부터 늘 형한테 미안하고 당신 몫 그림까지 대신 그려야 한다는 생각이 떠나질 않았어요."

나이를 먹고 어느 정도 그림에 세평을 얻게 된 지금에도, 그리고 아우를 대견해하고 그림에 대한 형의 애정이 더해갈수록 이송은 그 어릴 적부터의 미안한 부채감이 조금도 줄어들지 않는다는 고백이었다.

이래저래 삼부자에 대한 내 도리뿐 아니라 형에 대한 이송의 유다른 충정을 생각하면 환자를 찾아보는 것이 백번 마땅한 노릇이었다.

　그러나 며칠 뒤 환자를 서울의 종합병원으로 옮겼다는 소식을 듣고도 나는 한동안 그를 찾아가보지 못했다. 사실 나는 그사이 환자의 상태에 대해 한 가지 석연찮은 의구심을 지우지 못하고 있었다.

　"의식을 잃었다면 순간적으로 심장 박동이 멈추지 않았는지 모르겠네요. 만약 그랬다면 지속 시간이 문제구요. 심장이 멈추면 혈류가 끊어져 뇌 조직이 손상을 입거든요. 혈류가 멈췄더라도 시간이 길지 않았어야 의식 회복이 빠를 텐데요…… 시간을 꽤 지체했다면서요."

　전주 쪽 소식을 기다리는 동안 무슨 도움 될 일이 없을까 싶어 가까이 지나던 한 이웃 의사에게 물으니 그렇듯 조심스런 대답이었다. 결국은 심장 박동의 이상 여부와, 그 지속 시간의 길고 짧음이 관건인 셈이었다. 하지만 그건 이미 변경 불가능한 일일뿐더러, 이송이 모든 걸 알아서 대처하고 있을 터. 나는 그 일로 굳이 이송에게 전화까지 걸 생각은 없었다.

　그런데 며칠 만에 먼저 전화를 걸어 온 이송은 환자가 아직 의식을 회복하지 못한 상태로 여전히 응급실에 누워 있는 상태랬다. 그래 내가 이번엔 문제의 심장 박동 정지 여부를 조심스럽게 물었다. 그리고 과연 걱정했던 일이 사실로 드러남에 따라 다시 그 지속 시간 정도 물었다. 했더니 그에 대한 이송의 대답은 더욱 걱정스러운 것이었다.

　"전주서나 여기서나 의사들도 그걸 걱정하는데, 누가 곁에서 지켜본 사람이 없으니 확실한 걸 알 수 있어야지요. 검사 결과로 보아서 그런 순간이 있었던 게 분명한 듯싶은데, 시간이 길었거나 짧았거나 이제 와서 어쩌겠어요. 환자의 잠재의식이라도 강해서 그걸 이기고 깨어나기를 바랄 수밖에요. 이곳 의사들, 다른 조처는 최선을 다할 테니 마지막엔 거기 희망을 걸어보자는 식이고요."

그와 관련해 이따금은 환자가 발끝을 조금씩 꼼지락거리는 데다 희미하게나마 눈동자의 움직임도 엿보인다고. 무엇보다 잠이나 꿈속처럼 배시시 미소를 흘릴 때도 있어 희망이 없어 보이진 않는다는 자위 투가 이어졌다. 그 위에 이송은 아직 집안 어른들께는 상황이 나아지기를 기다리느라 사실을 알리지 않고 있노라는 말로 그 희망을 스스로 다짐했다. 내가 병원을 찾아보겠다는 소리에도 때가 되면 알리겠으니 좀 더 기다리라는 만류와 함께.

그러니 이번에도 내 병문 길은 다시 뒤로 미뤄질 수밖에 없었다. 본인 부모님께조차 아직 알리지 못하고 있는 창망(悵望)한 일이었다. 의식을 회복하지 못한 채 계속 응급실에 누워 있는 환자를 찾아본대야 이송을 비롯한 주변 사람들만 번거롭게 할 뿐 무슨 뾰쪽한 위로나 도움의 말이 있을 수 없었다.

나는 한동안 다시 이송의 소식만 기다렸다. 한두 번 간단히 경과를 묻는 외에 번번이 괴롭고 실망스런 설명을 되풀이해야 하는 이송에게 전화조차 자주 할 수가 없었다. 때로 그 이송의 형을 향한 아픔과, 난경을 빨리 마무리 짓지 못하는 것이 자신의 허물이

듯 물색 모르는 부모님께 죄스러움을 숨기고 지나야 하는 괴로운 심중을 헤아려보곤 했을 뿐.

그렇듯 그럭저럭 몇 달이 지나 4월로 접어들면서 오랜만에 컴퓨터 앞에 앉은 김이었다. 그동안 병원 일에 쫓기느라 새 대화거리를 올리지 못했을 듯싶어 한 번도 들르지 않았던 이송의 홈페이지를 열어보니 뜻밖에 그의 시문 한 편이 새로 올라 있었다.

착한 기러기

꽃들이 모여 건들건들 노래하니
봄이 점점 무르익어가네요 〔……〕

우리 집 착한 기러기
꽃구경 간 지 오래
꽃향기에 취해
집에 올 생각을 잊었나봐요 〔……〕

혹시 길에서 우리 철부지 만나시거든
어서 집으로 돌아가라 일러주세요
방학은 아직 멀었고 해야 할 숙제도 많답니다

보슬비가 내리려 하네요

동백나무에 올라 꽃꿀 빨고 있거든 타일러주시고

벚나무 아래 낮잠 들었거든 깨워주세요

이 봄비 나리기 전에.

어머니랑 아버지랑 식구들이 애타게 기다린다구요.

시를 읽고 난 나는 부지중 뜨거운 무엇에 가슴을 덴 것 같았다.
착한 기러기로 대칭(代稱)된 형이 아직 깨어나지 못했음은 물
론, 그 심정이 너무 아프고 절박했기 때문이다.

뿐만 아니라 어린 봄꽃들 앞에 잠시 굳었던 마음이 풀리며 위
로받은(무장해제당한) 그가 형의 귀가(의식의 회복)를 비는 염원
속엔 간절함을 넘어 자신으로선 이제 더 어찌할 수 없는 안타까
운 체념기마저 엿보였다.

하지만 나는 아직도 그 이송을 위해 아무것도 위로할 말이 없
었다. 그의 허물어지려는 마음에 다시 희망의 빛이 스며들고, 형
을 기다릴 힘을 잃지 않기를 바랄 뿐. 그런 심사 속에 나는 이송
을 앞에 하듯 이런 댓글을 적어 넣었다.

자비하신 천지신명께서

굽어살피시어

그 착한 기러기를

반드시

집으로 찾아 보내주시리라 믿으면서

빌고 또 빕니다.

─ 나무 지팡이

그리고 바로 몇 시간 뒤에 다시 이송의 대답을 읽을 수 있었다.

지팡이님 감사합니다.
님의 따숩고 간절한 마음으로 우리 착한 기러기
집을 찾아들 것 같습니다.

─ 이송

역시 희망을 버리지 않고 형의 회복을 기도하며 기다려야 마땅한 핏줄의 도리가 변할 수 없음이었다.

그런데 얼마 뒤엔 그런 내 생각이 흔들리게 하는 소식이 다시 인터넷과 전화로 전해왔다. 이송이 현지 화가 몇 사람과 공동 전시를 위해 한 달 남짓 예정으로 미주 여행길에 나선다는 것이었다.

이 몇 달간 경황없이 지쳐났을 심신도 추스를 겸, 그간에 제대로 돌보기 어려웠을 그림 일을 위한 여정임이 분명했다. 하지만 나는 그게 좀 뜻밖의 일로 여겨졌다. 형의 병세가 좀 나아진 건가? 아니라면 오히려 희망이 엷어진 것인가. 한마디로 그렇듯 긴 기간 형을 떠날 작정을 한 그의 마음의 향배가 궁금하고 걱정스러웠다.

하지만 알고 보니 그런 내 의구심 또한 어쭙잖이 경박한 기우였다.

기왕에 나선 길이니 그간에라도 형의 일 잊고 지내며 좋은 성과 거두고 오라……, 그럼 일보다 미리 예정했던 일이라 그냥 바람이나 좀 쐬고 돌아오겠다…… 식으로 둘 사이에 다소 어정쩡한 전화 한 통 나눈 것으로 그가 떠나고 난 지 며칠 뒤였다. 그에게서 혹시 무슨 소식이 들어와 있을까 싶어 그의 홈피를 열어보니 과연 새 글 한 편이 올라 있었다. 하지만 그것은 도착 인사나 그곳 소식을 대신해 자기 아호의 뜻이 담긴 '솔바람'에 의탁해 쓴 글로, 여전히 병석에 누운 형과 그 자식의 회복을 기구하는 두 부모님 이야기였다.

이 솔바람 소리 들리세요?

올봄 우리 형이 쓰러지고 난 다음부터 아버지 어머니로부터 전화가 잦으시다. 매사에 너무 무리하지 말고 쉬엄쉬엄 작업하라는 당부 말씀이 통화내용의 거의 전부다. 이는 나의 건강에 대한 염려는 물론 당신들의 장남에 대한 못다 한 사랑과 배려, 그로 인한 안타까움 때문이 아닌가 싶다.

형이 쓰러져 의식을 한참이나 회복하지 못하고 있을 때 우리 형제들은 일부러 형의 소식을 두 양반께 바로 전하지 않았다. 연로한 두 분의 건강 또한 염려되었기 때문이다. 하지만 간절한 우리 염원과는 달리 형의 병세는 시일이 지나도 크게 차도를 보이지 않았다. 하다 보니 우리는 두 달이 지나서야 더는 감출 수가 없어 두 분께 그간의 일들과 형의 상태를 그대로 말씀드렸다.

그런데 두 양반이 아직도 꿈속을 헤매듯 의식이 몽롱한 형을 눈앞에 했을 때의 모습은 예상과 너무 빗나가 나는 내심 놀라지 않을 수 없었다. 두 분 다 너무도 담담했기 때문이다. 어머니가 형의 손을 쓰다듬으며 조용히 '나무관세음보살' 소리를 속삭이는 가운데에, 아버지는 말없이 형의 얼굴만 내려다볼 뿐이었다. 눈 속이 붉어지는 기미 하나 안 보였다. 연로한 부모에 앞서 몸져누운 아들의 처연한 모습을 보고 난 뒤의 그 침착함이라니. 일순간 어떤 비정함과 냉정함까지 느껴졌다……

하지만 쓰러진 아들을 앞에 두고 어느 부모인들 그렇게 매정할 수 있겠는가. 두 분의 따뜻한 속마음을 확인하는 데엔 그리 긴 시간이 걸리지 않았다.

먼저 우리 어머니. 의식을 못 찾는 환자는 청각이 예민해지기 때문에 그가 평소 좋아하는 노래나 가족의 음성을 녹음해 들려주면 치료에 좋다는 의사의 말에 따라 누나가 병원 뒤뜰에서 어머니를 상대로 녹음을 한 자리였다. 처음엔 쑥스러워 몇 번이나 낭패를 거듭한 끝에 얻어낸 그 어머니의 녹음 내용이 이랬다.

"선×아! 엄니다. 그동안 너 혼자 우리 식구 멕여살리느라 참 고단했지야! ……나도 몇 년 전 아팠을 때 꿈 많이 꿨니라. 그때 부처님 덕분으로 좋은 데 많이 구경 댕겼다. 그랑께 너도 꿈꾸는 동안이라도 맛난 것 많이 묵고, 쉬엄쉬엄 좋은 데 구경 많이 하거라. 그라다가 꿈 깨면 길 잃지 말고 집으로 바로 오니라…… 꼬옥! 우리 집 기둥아."

몇 년 전 방송가에서 인기가 높았던 「고향에서 온 편지」 프로그

램의 한 장면이요 어머니가 아닐 수 없었다.

그 일이 있고 난 며칠 뒤 아버지와 통화할 일이 있었다. 전일 병원에서처럼 평소엔 거의 당신의 속내를 내보이지 않으시던 양반이 이날은 무슨 작심에선지 슬그머니 당신의 속내 한끝을 드러내 보이셨다. 어머니가 하신 것처럼 형에 대한 당신의 당부 말씀을 내게 대신 녹음해 전하라신 것이었다.

하여 나는 그 아버지의 구술 말씀을 나중에 혼자 '고향에서 온 편지' 투로 녹음하여 병원의 형에게 들려줬다. 무의식 속에서 다시 우리에게 돌아오기 위해 분명 사투를 계속하고 있을 형의 쾌차를 아버지와 함께 간절히 빌면서.

"선×아! 나 아부지다. 너 평소 아부지 말 안 듣고 몸 관리 소홀하더니 이게 대체 무슨 꼴이냐. 속이 상해 너 아프다는 소리 듣고도 한동안 네게 오질 않았다…… 어려서부터 항상 아부지를 어려워한 니가 내 앞에 혹 자책감으로 힘들어할 것 같기도 하고…… 하지만 이제 다 부질없는 일이다. 그러니 더 이상 자책하지 말고 그만 일어나거라."

글을 읽고 나자 그 아버지의 말투를 흉내내어 형에게 이르는 이송의 행작이 떠올라 나는 잠시 쓴웃음이 흘러나왔다. 하지만 나는 이송의 그 간절한 기원 앞에 이내 다시 마음이 무거워지고 말았다.

날짜를 보니 그 사연은 분명 이송이 그곳에 도착해 쓴 것이었고, 아버지가 지어준 그의 아호 속 두 그루의 소나무에 의탁한 글

형식은 자기 홈피 방문자를 향해 있었지만, '바람소리'의 내용은 자신을 포함한 위아래 혈륜의 기원을 담아 형에게 전하려는, 무의식중에라도 전해지기를 간구하는 기도였다.

사람이 혼자 말하고 글을 쓰는 것은 대개 그 맘속 지님이 감당하기 무거워 누구와 그걸 나누거나 덜고 싶을 때이다. 이송이 만리 객지에서 그런 글을 쓴 것은 그곳에서도 그림 일보다 형에 대한 근심과 기구를 감당할 수 없음이었다.

나는 이번에도 그 이송에게 띄워 보낼 마땅한 말이 떠오르질 않았다. 언젠가 잡지에서 읽은 가십성 이야기……, 10년 동안 내내 식물인간 상태로 지내던 여자가 자신을 곁에서 변함없이 돌봐주던 남편이 병을 얻어 먼저 저세상으로 떠났다는 귀띔엔 소리 없이 눈물을 흘렸다는 괴담 같은 사례 한 가지가 떠오르긴 하였다. 하자만 거기, 이야기 속의 여자가 다시 의식을 회복했다는 말은 없었다.

'그가 과연 무의식 속에라도 주변의 소리를 알아듣고 있는가……'

고심 끝에 나는 다시 그 이웃 의사 친구에게 물었다. 하지만 그는 시인도 부인도 않은 채 앞 이야기와 비슷한 예화 한 가지를 들려줄 뿐이었다. 의사 남편을 둔 여자가 하반신 마비에다 몇 해 동안 의식을 잃은 상태로 남편이 근무하는 병원 이 층에 입원해 있었는데, 그 남편의 회진이 시작되면 일 층께 발자국 소리부터 안색이 긴장하는 기미다가, 그 소리가 자기 방을 지나 그냥 이 층 다른 방이나 삼 층 쪽으로 사라질 때면 그녀 또한 눈물을 흘리곤 했다고.

하지만 나는 끝내 의식을 되찾지 못한 두 여자의 이야기 중 어느 것도 이송에게 말해줄 수가 없었다.

나는 여전히 혼자 마음속 궁리만 일삼고 있었다.

그러던 어느 날 새벽, 사부중생을 일깨우는 인근 산사의 은은한 종소리에 귀를 기울이다 부지중 한 생각이 떠올랐다.

그러지 않아도 이송의 형에 대한 첫 번 글을 읽고부터 내 마음 가운데엔 그걸 이미 어디서 보고 들은 듯한 느낌이 맴돌고 있었다. 이송의 어머니가 잠에 빠진 아들에게 녹음으로 남겼다는 애끊는 당부 속에 그 느낌은 더한층 완연했다.

그 어머니의 사무친 기도가 천지간에 번지다가 내게 스민 것인가. 그간 아무래도 실체가 잡히지 않던 기억 속의 일이 이날 새벽 종소리를 타고 모습을 드러낸 것이다. 다름 아니라 그것은 내 한 동년배 글 친구가 오래전 북미주 이민지에서 보내온 편지 속 덕담으로 해서였다.

그도 아마 족히 10년쯤 저쪽 일이었을 것이다. 그해 12월 성탄절에 즈음하여 나는 어언 30년 가까이나 이역 이민살이를 보내고 있는 그 친구에게 너무 오랜 동안 격조해왔다는 느낌이 들어 모처럼 만에 몇 마디 안부 말을 적은 연하장을 보낸 일이 있었다. 그런데 해가 바뀌고 나서 이듬해 봄 느지막이 그의 회신이 당도했다.

"이가가 보낸 카드가 때를 아주 잘 맞춰(12월 24일) 도착했었더라. 그 카드가 없었더면 내 연말은 얼마나 을씨년스러울 뻔했을꼬. 서장(西藏)의 민담에……"

그는 사연의 서두부터 도사풍이 약연한 제 소설 문장 투 그대로 내 연하장에 대한 고마움을 말하고, 치하 삼아 한 티베트 민화 속 수도승 이야기를 소개했다. 그런데 그 승려의 이야기가 나에 대한 치하나 덕담치고는 당치않이 과분한 것이어서, 위인의 이민 살이가 짐작보다 적막했던가 보다 여기곤 별다른 생각 없이 그걸 편지함에 넣어둔 채 오래 잊고 지나온 터였다.

그 수도승 이야기가 이날 새벽 문득 산사의 종소리를 타고 나를 일깨우고 든 것이었다.

나는 서둘러 컴퓨터를 열고 이송의 메일 방에다 부러 친구의 도사풍 어투를 빌려 그 수도승 이야기를 써넣기 시작했는바 이런 사연이었다.

언젠가 이송도 그림 여행으로 다녀온 바 있는 설산(히말라야) 아랫동네에 이런 민담이 전해온다 하오.

한 서장(티베트) 승려가 설산 깊숙이로 수도의 길을 떠났는데, 이 후부터 그 지역에 폭설이 내려 사유시방(四維十方) 왕복두절 상태가 되고 말았거니, 달이 바뀌어가도 그 눈이 녹을 줄을 몰랐더라.

산아래 도반들이 헤아려보매 이미 도우(道友)가 살아 있지 못함이 분명한지라, 제사라도 후히 지내주기로 했더라지. 이미 죽음의 그림자를 덮고 누운 산중의 승려가 그날 밤 꿈을 꾼즉, 산 아래 친구들이 눈에 보이고, 그를 위해 크게 잔치를 벌이고 있었으니. 그는 친구들과 어울려 슬카장 배부르게 먹고 마셨을지라.

그로부터 한참이 지나서야 쌓였던 눈이 녹고 길이 틔어 수도승은 무사히 산을 내려오게 되었다는 말씀이더라.

이는 그 친구들이 정성껏 마련해준 제수 음식을 꿈속에 배불리 먹은 덕이었음이 분명할지니. 그 음식은 과연 누가 꿈속으로 그에게 보내주었음이료?

모두가 부처님의 공덕이 아니리오.

사연을 적은 뒤엔 굳이 이송을 위해 덧붙일 말이 필요 없었음이 물론이다. 다만 그를 대신해 한마디 내 소망을 적어두고 싶었을 뿐.

'부처님, 이 젊은이의 일은 어찌하시렵니까.'

(2005년 12월)

---

* 이 소설은 외우(畏友) 김선두 화백의 실제 글들을 한 이야기 줄기 속에 꿰어낸 정도임을, 마지막 편지문 인용 또한 문우 박상률 님의 사신을 일부 첨삭해 썼음을 밝힌다.

천년의 돛배

   아이는 날마다 마을 앞 안산(案山) 너머 산밭 일을 나가는 어미를 따라갔다.

   어미는 진종일 콩밭 이랑을 조각배처럼 오가며 김을 맸고, 아이는 그 떼기밭 아래 바닷가 모래톱에서 혼자 작은 게들과 놀았다.

   밀물과 썰물이 번갈아 들고나는 바닷가엔 모래밭이 좁아졌다 멀어졌다. 게들도 그에 따라 숨었다 나타났다. 아이와 술래잡기 숨바꼭질 놀이를 벌였다.

   물비늘 반짝이는 앞바다에는 멀리 꽃섬에서부터 한나절 뱃길 동네 약산과 조약도 따위 여러 섬들이 줄줄이 늘어앉아 지친 물길을 오가는 돛배와 바닷새들을 쉬어가게 하였다.

   어느 여름날 오후 아이는 그 앞바다 먼 물길에서 전에 보지 못한 작은 배 모양의 형체를 발견했다. 모처럼 맑게 갠 오후의 햇빛

속에 하얗게 빛나는 뱃전 모습이 푸른 파도 위로 솟았다 사라졌다. 건너 쪽 약산이나 조약도 뱃길을 힘들게 저어가고 있는 것 같았다.

아이는 이튿날도 어미를 따라갔다가 그 배를 다시 보았다. 그리고 혼자 고개를 갸웃거렸다.

아이는 아직도 거기 배가 있는 것이 이상했다. 푸른 파도에 흔들리며 계속 물길을 헤쳐가고 있는 듯싶은데도 배는 여전히 전날 그 자리에 그냥 솟아났다 사라지고, 사라졌다 다시 솟아나기를 되풀이하고 있었다.

아이는 그 이튿날도 또 이튿날도 배를 보았고, 배의 모습은 여전히 같은 자리에서 가물가물 사라지고 나타나기를 거듭하고 있었다. 아이는 비로소 그 배에 먼 바닷길을 나서는 여느 배들처럼 돛대가 없음을 알았고, 흰 돛폭도 눈에 띄지 않음을 깨달았다.

이상한 일이 아닐 수 없었다.

아이는 이날 게들과의 놀이를 단념하고 아직 밭일이 끝나지 않은 어미를 찾아 올라가 맘속의 궁금한 것들을 물었다.

"엄니, 저거 앞바다를 건너가는 배 맞아요?"

"……"

"그런데 왜 오늘도 어제처럼 저렇게 그냥 한자리에 떠 있어요? 왜 돛폭이 안 보여요? 저 배에는 바람을 싣고 갈 돛이 없어요?"

어미는 아이의 연거푼 물음에도 한동안 아무 대꾸가 없었다. 짙푸른 콩밭 이랑을 여전히 작은 조각배처럼 떠돌며 가는 호미질 소리만 울려댈 뿐이었다.

어미가 비로소 호미질을 멈추고 긴 한숨 소리와 함께 허리를 펴고 일어선 것은 아이가 답답하여 다시 소리쳐 물었을 때였다.

"엄니, 저 배는 돛대도 없이 어디로 가려는 거예요? 어디로 가고 싶어 저렇게 날마다 다시 물길을 나서고 있는 거예요?"

"아가, 네 눈에도 저것이 날마다 물길을 다시 나서는 배처럼 보이다니 놀랍고 신통한 일이구나. 먼 핏줄이 어린 너한테까지 그걸 배로 보여준 모양이니."

한숨 소리에 묻어 흘러나온 어미의 첫 대꾸였다.

하지만 아이는 물론 그 어미의 대답도 한숨 소리도 뜻을 알 수 없었다.

아이의 어미도 그걸 안 모양이었다. 잠시 뒤 어미가 다시 아이에게 차근차근 일렀다.

"저 배가 가는 곳은 이 앞바다의 약산도 조약도도 지나고 꽃섬도 지나서 먼 수평선 너머에 숨어 있는 또 다른 한 작은 섬이란다. 그 섬에는 두고두고 저 배가 오기를 기다리는 사람이 있어 날마다 저렇게 물길을 나서건만, 그 배는 무거운 바윗돌로 지은 탓에 쉽사리 파도를 뚫고 섬까지 갈 수가 없구나."

"⋯⋯!"

"그래서 저 배는 네가 세상에 태어나기 전서부터, 어쩌면 이 어미도 태어나기 전서부터, 아니아니 네 할아버지나 할머니까지도 태어나지 않은 오랜 옛날부터 저렇게 날마다 새로 물길을 나서며 세월만 보내는 신세란다."

"......"

"하지만 바윗돌 뱃바닥이 아무리 무겁고 세월이 오래 걸린다
해도 저 배는 언젠가는 기어코 섬까지 가 닿아야 한단다. 그 섬에
는 언제까지나 저 배를 기다리는 사람이 있고, 저 배는 그것을 알
고 애타게 그리워하는 사람을 태우고 있어서란다."

아이는 이번에도 물론 어미의 말을 다 알아들을 수 없었다. 무
엇보다 바윗돌로 지은 배를 곧이들을 수가 없었다.

아이는 다시 어미에게 물었다.

"그 배는 나무로 짓지 않고 왜 무거운 바윗돌로 지었어요? 어
떻게 바윗돌로 배를 지을 수 있어요?"

그러자 이번엔 그 어미가 아예 머릿수건까지 벗어 들며 아이를
밭가로 이끌었다.

그리고 아이와 함께 한쪽 편편한 밭둑 가 풀섶 위에 주저앉아
오랜 옛이야기 하나를 들려주기 시작했다.

"아가, 그럼 저 바윗돌 배의 사연을 들어보렴."

우리 할아버지의 할아버지 때쯤의 오랜 옛날, 저 수평선 너머
멀고도 작은 섬에 집안 살림이 몹시 어려운 엄마와 어린 딸아이
가 살았단다.

세월이 흘러 딸아이가 자라서 혼인을 해야 할 나이가 되었을
때, 그 엄마는 어렸을 적 일찍 바다에서 아버지를 잃고 자란 딸아
이가 섬 뱃사람 아닌 육지 총각과 혼인하여 섬을 나가 살기를 소
원했단다.

그리고 그 엄마의 소망은 이웃 뭍 동네에서보다 마음씨 곱고 부지런한 먼바다 너머 섬 동네 처녀를 신부로 데려가고 싶어 하는 한 육지 동네 총각 집안사람을 만나 뜻밖에 쉽게 이뤄지게 되었구나.

딸아이는 애초 엄마와 반대로 언제까지나 그 섬 엄마 곁에서 함께 살기를 소망하여 고집을 부렸지만, 그 엄마의 간절한 소망을 이길 수가 없었구나. 딸아이는 끝내 어느 이른 봄날 육지 신랑을 맞아 혼례를 치르고 그 신랑이 타고 온 배에 실려 먼 뭍 동네 시댁으로 떠나갔지 않았겠느냐.

그런데 그 딸아이는 한번 섬을 떠나고 나서 새 며느리 노릇도 어렵고 뱃길도 너무 멀어 이후론 좀처럼 섬에 두고 온 엄마를 다시 만나러 갈 수가 없었구나.

그러니 섬에 혼자 남은 엄마는 그런 줄 알면서도 한 해 가고 두 해 가고 몇 년씩 세월이 겹쳐 흐르면서 마침내 딸아이에 대한 그리움을 참지 못하게 되고 말았다지 않으냐. 그래 그 엄마는 섬을 거쳐 지나가는 뭍 동네 뱃사람을 만날 때마다 가슴속 그리움과 원망을 곁실려 보내곤 했구나.

"다른 집 딸자식들은 시집을 가도 한 해 한 번씩은 친정집엘 다녀가는디, 우리 딸아기는 한 번 가고 나니 해가 몇 번씩 바뀌어도 영영 소식을 다시 들을 길이 없네그래. 병풍에 그린 닭이 꼬꼬 울면 올거나, 화로에 구운 밤이 싹이 나면 올거나. 우리 아기 귀한 아기 네가 언제 다시 나를 보러 올거나."

이러구러 외롭고 서러운 세월을 보내는 엄마였건만, 딸아이 또

한 아무리 그리움이 사무친들 마음대로 뱃길을 나설 수가 있었겠냐. 그래 그 섬 쪽 뱃길을 떠나는 사람들에게 거짓 변명과 그리움을 대신 실어 보낼밖에 없었단다.

"바다가 너무 멀어 뱃길 나서기 어렵고, 갯바람 너무 세어 파돗길 험해서라, 우리 엄니께 전해주소. 마음은 어느 하루 꿈에나마 돛을 달지 않는 날이 없건마는, 잠을 깨면 무심한 비바람 치는 날뿐이라, 바람 빗발 다 그치고 궂은날 맑게 개면 진짜 배를 띄운다고."

하지만 딸아이가 정말 배를 띄워 고향 섬으로 엄마를 보러 가는 날은 끝내 올 수가 없었구나.

"바람 불고 파도 일면 튼튼한 바윗돌로 배를 지어 오라 하소. 비바람 앞을 서면 닻을 내려 쉬엄쉬엄 쉬었다 오라 하소."

섬 엄마가 다시 애절한 사연을 보내오고, 같은 소식이 해를 건너 세번째나 전해왔을 때.

딸아이는 근심으로 시름시름 야윈 몸에 그때서야 늦둥이로 귀한 첫아기를 얻었건만, 이 노릇을 어찌하랴. 그것으로 명이 다해 산후통을 못 이기고 아주 눈을 감았으니.

어찌 또 그뿐이냐. 그런데도 바다 너머 고향 섬 엄마는 차마 그 일을 전하거나 일러줄 사람이 없어 마냥 오지 않는 딸아일 기다리며 그리움과 푸념이 다할 날이 없었으니, 그 가엾고 딱한 정상이 이랬구나.

"돌배를 지어 타고 오란 말이 잘못이던가. 우리 모녀 한이 깊어 돌배로나 당했거늘. 그 뱃길 못 이겨서 길이 이리 늦다던가. 험한 풍파 넘으려다 아주 가라앉고 말았던가. 돌배 지어 타고 오라 이른 내가 죄인이네."

"이제는 내가 늙어 기다리도 못 하겠네. 한번 간 우리 아기 살아서는 못 보겠네. 나 죽으면 이도저도 기릴 일이 없을랑가. 차라리 제 동네로 배를 돌려 가라 하소."

그런데 참 기이한 일이었구나. 딸아이가 죽은 지 얼마 지나지 않은 어느 날 아침, 망자 생전에 늘 고향 섬 바다를 바라보며 한숨짓던 바닷가에 정말로 바윗돌로 된 큰 배 한 척이 닿아 있었으니. 뿐이냐. 그 배 어언 찬 물결을 헤치며 해변을 떠나 바다로 떠나가는데 뉘라서 곡절을 물을쏘냐. 그 딸아이 혼령을 거둬 싣고 옛 고향 섬으로 데려다주려는 길인 것을.

하지만 이 일을 또 어쩔거나. 원통하고 절통한 변이 다시 겹쳤으니, 생전에 가지 못한 고향 섬 바닷길이 죽어선들 어찌 그리 쉬울 수 있었으리.

하룻밤이 지나고 이튿날이 밝고 보니, 그 배가 아직도 바다 가운데에 그대로 발이 묶여 있더란다. 바윗돌로 된 뱃몸이 천근만근 무거운 데다, 바다 가운데에는 갯바람이 너무 세고 파도가 거칠어서 길을 더 멀리까지 저어 가지 못했구나.

그 배가 지금까지 저렇게 바다를 건너지 못하고 날이날마다 고향 섬 뱃길을 다시 떠나곤 한단다. 이제는 이미 늙은 어미 또한 기다림에 지친 끝에 이 세상을 등져간 지 긴 세월이 흘렀건만……

아이의 어미는 거기서 잠시 이야기를 쉬었다.

그리고 아직도 먼 섬 길을 떠나고 싶어 출렁이는 물결 따라 몸을 흔들어대고 있는 듯한 그 돌배 모습을 새삼스런 눈길로 바라다보고 있었다.

이야기하는 목소리가 자신이 직접 겪은 일처럼 너무 절절했던 데다 눈길까지 촉촉이 젖어들고 있어 아이는 혹시 그 할머니나 딸의 혼령이 제 어미 속에 숨어 있지 않은지 은근히 걱정스러울 정도였다.

그 어미가 다시 입을 열어 남은 이야기를 마무리 지은 것은 그렇듯 자신도 마음이 답답하고 안타까워진 아이 때문이었다. 완연한 근심기를 담은 아이의 눈길이 말없이 그렁그렁 어미를 재촉한 때문이었다.

"그래, 너도 저 배가 어서 그 섬으로 떠나가기를 바라는 모양이구나. 그럼 이제는 저 배가 어찌 되어야, 저 배에 무엇이 어떻게 되어야 남은 물길을 마저 다 갈 수 있는지, 그걸 정말로 맘속 깊이 소망한 사람이 누구였는지 말해주랴?"

어미는 다짐을 주듯이 한 차례 더 아이를 묵묵히 바라보다 이야기를 이어갔다.

"아까 그 딸아이가 낳고 죽은 아기 말이다. 그 아긴 아들아이였는데, 엄마는 죽었지만 그 아인 다행히 죽은 엄마 대신 튼튼하게 잘 자랐구나.

하지만 아이는 한참 자랄 때까지도 엄마가 어떻게 죽었는지 알질 못했지. 아빠도 누구도 아이에게 그걸 말해주는 사람이 없었고, 아이 자신도 다른 아이들처럼 제 엄마가 없는 것을 별로 이상하게 생각하지도 않았으니.

그러다 아이가 조금씩 철이 들기 시작할 무렵 어느 날 갑자기 아빠에게 물었단다. 아빠, 나한텐 어째서 엄마가 없어요?

하지만 이때도 아빠는 아무 대답 없이 아이의 두 볼만 부드럽게 쓰다듬어주고 말았더란다.

그러다 그해 가을 그 엄마의 제삿날 밤이 되어서야 전에 없이 술을 많이 마신 아빠가 아이에게 엄마의 제상 앞에 절을 시키고 나서 비로소 모든 사연을 일러주었구나. 섬 마을 외할머니를 그리워하다 소망을 이루지 못하고 죽은 엄마와 그 혼령을 실은 채 뱃길을 다 가지 못하고 발이 묶여 있는 저 돌배 이야기까지도.

그러니 아이는 이후부터 누구보다 그 죽은 엄마를 많이 그리워하고, 물길을 마저 다 가지 못한 채 머뭇거리고 있는 저 돌배에 대한 원망이 많지 않았겠느냐. 그래서 아이가 어떻게 했는지 아느냐?"

어미의 물음에 아들아이는 물론 대답을 할 수가 없었다.

으레 그럴 줄 알았다는 듯 그 아이를 가만히 들여다보다 말고 어미가 다시 눈길을 바다 쪽으로 돌리며 이야기를 이어갔다.

"아이가 자라 나중 청년이 되었을 때 그가 직접 배를 저어 저 돌배를 찾아갔단다. 그리고 지금까지 돌배로 알았던 그 배의 형체가 실은 배 비슷한 모습을 한 갯바위 섬이었다는 걸 알게 됐구나.

지금까지의 돌배 이야기는, 바다 한가운데에 외롭게 반쯤 솟아 있는 한 갯바위 섬의 모습을 두고 사람들이 두 모녀의 가슴 아픈

이별과 이루지 못한 재회에의 그리움을 자신들 일처럼 안타깝게 여기고 소망했던 일이었으니 말이다.

하지만 아들은 여전히 그 돌배 이야기를 믿었다는구나. 그리고 제 어머니의 혼령이 실린 돌배 위로 건너 올라가 제가 저어간 나무배의 돛과 돛폭을 옮겨 박아 세우고 한나절 내내 어머니를 위해 울다가 날이 깜깜 저물어 돌아왔다지 않으냐. 돛대와 돛폭은 그 돌배에 그대로 세워둔 채 말이다……

그러고 보니 참, 아까 넌 저곳에 돛이 없다고 했더냐? 하지만 이후에라도 아들이 그 돛을 다시 찾아왔을 리 없고 보면, 그 돌배에 그 아들의 돛이 생기게 된 셈 아니겠느냐. 그야 그간 오랜 세월이 흘러 아직도 그 돛이 흔적이나마 남아 있을지 모르겠다만. 그리고 그게 아직 남아 있더라도 그 하나론 무거운 선체가 움직여나가기 힘들어 아직도 저러고 있는지 모르겠다만."

그로부터 아이에게도 다시 몇 년의 세월이 흘러갔다.

그리고 아이는 건장한 젊은이가 되어 어릴 적 바닷가 밭둑에서의 어머니의 이야기, 그 앞 바닷길 돌배 이야기 속의 슬픈 모녀와 뒷날 그 아들의 사연이 사실은 자신의 외조모와 어머니 아버지 적 일로 생각됐다. 글쎄, 그 어머니 또한 저승길 앞서간 사람들에 대한 회한이 그리 깊었던 탓인가. 그날 해변 밭둑에서나 이후에나 그의 어머니는 왠지 그걸 밝히지 않았고, 자신도 그저 어슴푸레한 짐작밖에 이유를 알지 못했지만, 아들은 두고두고 그 어머니에게서 바로 그 가엾은 옛 딸아이의 목소리를 들은 듯했고, 그 섬 딸아이의 혼령 대신 그가 어렸을 적 일찍 뱃길을 떠났다가 돌아오지 못했다는 아버지를 본 듯싶어진 것이었다.

그래 그도 이야기 속 옛 선대 어른의 청년 시절처럼 그 바다 뱃길의 돌배 이야기를 누구보다 사실로 믿고 싶어 하였다. 그리고 언젠가는 자신도 직접 배를 저어 그 바위섬을 찾아가 옛 어른들의 흔적을 찾아보고 싶었다.

그러다 드디어 추운 겨울이 지나고 맑은 햇빛과 짙푸른 바다빛이 유난히 고운 어느 새해 아침 자신이 직접 작은 배를 저어 그 바위섬으로 건너갔다.

그리고 그 섬이 차츰 눈앞 가까이 다가들기 시작하면서 그는 이때가지 전혀 생각지도 못한 뜻밖의 광경에 한동안 넋을 놓고 말았다.

섬 위엔 언제부턴지 크고 작은 수많은 돛대와 색색의 돛폭들이 세찬 바닷바람 속에 힘차게 솟아올라 흔들리고 있었다.

젊은이가 나중 알게 된 일이지만, 그것은 두고두고 옛 모녀의 일을 잊지 못한 그의 마을 사람들이 이날까지도 그 모녀를 위해 바위섬 곁 뱃길을 지나갈 때마다 늘 새로 꽂아 꾸며준 기원의 작은 돛폭들이었다.

그래 그 섬이 젊은이 눈에는 여전히 바다에 떠 있는 갯바위 섬으로만 보인 게 아니었다.

그 오랜 이야기 속의 돌배가 이날도 가엾은 딸의 혼령을 싣고 바다 건너 그리운 어머니에게로 먼 뱃길을 새로 떠나고 있음이었다.

(2006년 3월)

조물주의 그림

　다른 사람 아닌 이모(李某)가 여기서 영화감독 Y님의 이야기를 꺼내면, 사람들은 그가 내 졸작 「서편제」를 영화로 찍은 사실을 떠올리고 그 작품들과 관련해 두 사람 간의 이런저런 주변 이야기를 늘어놓으리라 여길지 모른다. 하긴 Y감독이 처음 떠돌이 소리꾼 아비와 눈먼 딸의 이야기를 찍은 게 벌써 십수 년 저쪽 일인 데다, 이후 내 돌아가신 노모의 치상(治喪) 과정을 소재로 한 '축제'를 거쳐 오늘에 이르러선 다시 졸작 「선학동 나그네」의 영화화(영화명 「천년학」) 작업에 몰입해 있는 처지고 보니 그런 예단이 무리도 아니리라. 한 글쟁이의 소설을 세 편씩 영화로 찍게 된 흔치 않은 인연이나 그간 가까이 해온 시간만 하여도, 그 원작자로서 Y감독에 대한 남다른 소회나 주변담이 없을 수 없는 일이니까.

　하지만 이번엔 그게 아니다. 여기선 그보다 Y감독의 심중에 숨어 있는 어떤 숙제의 화면, 짓궂고 무례한 노릇이 될지 모르지만 아직 세상에 드러나지 않은 그의 오랜 마음속 영상 하나를 미리 훔쳐내어, 그를 통해 그의 영상예술의 순정한 회원과 비의의 한 정점을 헤아려보려는 것이다.

「서편제」 때부터의 일이지만, 원작자랍시고 이따금 촬영 현장 엘 찾아가 하루 이틀씩 함께 지내다 보면 나는 아무래도 견딜 수 없고 이유도 알 수 없는 고역거리 한 가지가 있었다.

촬영 예정지 답사 때나 실제 작업 때나 감독과 제작팀은 새벽 일찍부터 서둘러 일어나 현장으로 향하는 일이 많았다. 아침 늦 잠을 유일한 건강 방책으로 삼아온 나로선 갑자기 평소의 신체 리듬이 깨어지는 바람에 그걸 함께하기가 여간 힘들지 않았다. 아침 입맛이 떨어진 데서부터 하루 종일 심신이 무기력하고 멍한 상태가 계속됐다. 게다가 일정 부분 촬영 작업을 마치고 나면 감 독이나 제작팀은 다음 장면을 찍기 위한 준비와 기다림으로 많은 시간을 보내곤 하였다. 그러면서 중간중간 일을 잇다 말다 하기 도 하였고, 어떤 날은 해거름 녘 어둠이 내릴 때가 되어서야 쫓기 듯 남은 일을 서둘러 마무리 짓기도 하였다. 그것이 내게는 공연 한 시간낭비와 헛수선 떨기처럼 보여 은근히 짜증기가 더하곤 하 였다.

'저럴 거면 무엇 하러 새벽부터 그리 수선을 피웠누? 뿐인가. 일 마무릴 저리 쫓길 형편이면 여유 있는 낮 시간에 미리 좀 서두 르지!'

하지만 다 알다시피 그것이 공연한 수선 떨기나 게으름 부림이 아니었음은 물론이다. 언제부턴지 차츰 짐작하게 된 일을 이번 「천년학」에 와서 확인하게 된 사실이지만, 그것은 촬영 당일의 현장 날씨와 시간대별 일광 및 각도 때문이었다. 그리고 이는 다름 아니라 더 바랄 바 없는 최첨단 장비와 거장 감독(물론 촬영감독 J님을 포함하여)의 솜씨에도 불구하고 영화를 찍는 데에는, 특히 야외촬영의 경우에는 일정 부분 그 자연광에 의지할 수밖에 없는 특수한 조건과 사정이 있음을 말함이다. 누구라도 그 자연에 순응하고 신세짐이 없이는 뜻하고 원한 만큼 아름다운 화면을 얻을 수 없다는 사실, 그게 내겐 새삼 오묘하고 놀라웠다는 이야기다. 그것도 긴 기다림의 인내 끝에 잠시 한 시간대밖에 허용되지 않는 매우 민감한 조건 아래서의 일임을 생각할 때.

"내가 도대체 뭘 찍어놓은 거여!"

Y감독이 이따금 재생 모니터 속의 화면을 들여다보며 혼자 아쉬워하는 것도 사실 눈먼 거북이가 물에 뜬 나무토막을 만나는〔盲龜遇木〕 행운까지는 아니더라도 그 자연광의 효과를 제대로 살려내지 못한 경우가 많은 듯했으니까.

야외촬영에서는 그 자연광의 혜택을 충분이 누리는 것이 그렇듯 무엇보다 중요했다.

하지만 알고 보니 그 조건이 충분히 갖춰져도 매번 원하는 화면을 얻을 수가 없었다. 그리고 Y감독의 경우에서 내가 더욱 흥미롭고 놀랍게 생각한 것도 실은 이 대목과 관련해서였다……

10여 년 전 「축제」 촬영 준비 일로 Y감독과 내가 실제 이야기의 무대 격인 내 고향 동네 일대를 살피고 다니던 중이었다. 하루 오후엔 좀 여유로운 틈을 얻어 앞바다로 낚시를 나간 일이 있었다. 선주가 배를 세우고 우리가 낚시를 내린 곳은 동쪽으로 멀리 고흥 반도와 서쪽의 강진만 해변, 남북으론 완도와 장흥의 여러 섬과 나지막한 산들로 둘러싸인 바다 한가운데였다. 그런데 시간이 한참 흐르도록 낚시 끝이 움직이는 어신(魚信)이 찾아오지 않았다. 마침내는 서쪽 바다로 해가 기울기 시작하며 차츰 하늘 한쪽이 붉어지기 시작했다. 그리고 그 무렵쯤부터 Y감독은 그만 흥미가 떨어진 듯 낚싯대를 던져두고 뱃전에 몸을 기댄 채 조용히 휴식을 취하고 있었다. 찰싹찰싹 잔잔한 물결 소리뿐 갈매기들마저 사라진 적막한 바다 위로 서서히 옅은 어둠이 깔리고, 이윽고는 중천에 하얗던 반달이 노란 월광을 띠기 시작했다.

　그런데 참 희한한 일이었다. 그 늦은 잔광과 황혼빛 속으로 한동안 모습을 희미하게 숨겨 들어가는 듯싶던 원근의 섬들이 그 달빛과 어둠의 대비 속에 오히려 모습이 뚜렷해지며 가까이 다가들고 있었다. 마치 어둠 속 술래잡기처럼 한 발짝 한 발짝 사방에서 소리 없이 우리를 둘러싸오듯이.

　　밤바다 가운데로 나가 있으면
　　섬들이 사방에서 나를 에워싸고 다가든다.
　　섬들이 어찌 나를 에워싸랴.
　　섬들은 저희끼리 밤 이야기 위해 서로 둥글게 다가앉는 것뿐이다.

섬들 가운데에 나는 없다.

내가 나중 집으로 돌아와 그런 메모까지 남겼듯이, 그쯤에선
나도 그만 낚싯대를 잊은 채 넋을 잃고 앉아 있기만 하였다.

그런데 실은 조용한 침묵 속에 휴식을 취하고 있는 줄 알았던
Y감독도 그걸 놓치지 않았던 모양이다. 아니, 그는 애초 무료함
이나 휴식 때문이 아니라 그걸 보기 위해 낚싯대를 놓았음이 분
명했다.

"참, 대단하지요?"

낚시에서 이미 마음이 떠난 내 낌새에 Y감독이 문득 침묵을 깨
고 물어왔다. 나는 대뜸 그가 무엇을 묻는지를 알 수 있었다. 하
지만 내 대답에 앞서 Y감독이 탄식하듯 털어놓았다.

"아까 그 황혼 빛에서부터 어둠까지의 시간 바뀜, 그 흐름 속의
바다와 섬들의 묵연한 대좌 모습들…… 우린 영락없이 저 섬들
에 갇히고 마는 것 같았어요. 곡두나 가위눌림 속처럼 한동안 입
도 열리지 않더라니까요. 나 이런 끔찍한 바다 풍경 오늘이 처음
이에요. 밤바다가 이런 것인 줄을 지금껏 몰랐어요."

이름난 영화감독으로 방방곡곡을 다 누비고 다니고 누구보다
풍성하고 특성 있는 경관. 풍광의 파일이 많았을 그가 여태 말을
잃은 듯 잠잠해 있었던 것도 실은 그 때문이었던 모양. 한마디로
나와 똑같은 경험이요 느낌이었다. 그 섬들에 둘러 갇혀 자기 존
재나 말을 잃고 만 것까지도.

그런데 Y감독이 그 밤바다 풍광 앞에 얼마나 압도된 것인지는

그 며칠 뒤의 고백에서 더욱 확연해졌다. 그날 대충 촬영 준비 답사를 끝내고 서울로 돌아오는 차 속에서 Y감독이 묵연히 창밖을 내다보다 말고 느닷없이 내뱉었다.

"그것 참, 바다는 꼭 그런 바다를 찍어야 하는 건데!"

말할 것도 없이 그 전날의 밤바다를 두고 한 소리였다.

"찍으면 되지 않아요."

나는 무심결에 한마디 따라 건넸고, Y감독은 그런 나를 나무라듯 자탄을 거듭했다.

"끔찍해서 엄두가 안 나요. 찍으려 해봐야 찍을 수도 없고요. 그거 아마 누구도 불가능한 일일 거요."

알맞은 시각과 광선을 떠올리며 나는 왜 그게 불가능한 일이냐 물었고, Y감독은 서슴없이 단정했다.

"그거 워낙 조물주가 연출한 작품이라서요."

Y감독의 그 '조물주의 작품'이란 말은 한동안 내 머릿속을 떠나지 않고 맴돌았다. 한마디로 그 시간대와 자연광 따위 사진의 조건이 너무 완벽하면 사람의 몫이 사라지고, 오히려 사진이 불가능해진다는 소리였다. 하긴 그 조물주의 오묘한 연출, 시간과 우주 자연의 자기 완성적 조화경을 사람이 넘보고 탐할 수는 없으리라.

'섬들은 저희끼리 밤 이야기 위해 서로 다가앉는 것뿐이다. 섬들 가운데에 나는 없다…… 그 섭리와 경이 앞에선 나 역시 숨죽이며 자신의 존재를 지워 없애야 했으니까. 그렇듯 차라리 절망

스럽기까지 했으니까.'

Y감독의 어쩔 수 없는 한계이자 모든 영상 예술인들의 숙명으로 읽힐 수밖에 없는 대목이었다. 그러니 그 최상의 영상은 그 감독 가슴속에만 존재하는 것이라 할까. 왜냐하면 Y감독은 이후로도 자주 그 순간을 묻곤 한 것이다.

Y감독은 이후로도 이런저런 핑계로 몇 차례나 나를 앞세워 그 바다를 다시 찾곤 하였다. 그리고 황혼녘을 기다려 비슷한 장소로 배를 띄우고 나가 채근하듯 그날의 장소와 때를 묻곤 하였다.

"그게 아마 여기 이때쯤에서였지요?"

나는 처음 그러는 Y감독이 그 바다의 밤 풍경을 단념하지 못하고 기어코 한번 찍고 싶어서인 줄 알았다. 그래 순순히 뱃길을 따라하던 끝에 그 본심을 떠본 일이 있었다.

"어떻게 그걸 한번 찍어보려고요?"

그때 Y감독의 대꾸가 실은 이런 체념 투였다.

"그건 찍을 수 없는 그림이라니까요. 그냥 한 번 더 보고 싶을 뿐이에요. 그 조물주의 섭리의 순간을 말요. 한데 그마저 좀체 다시 보여주시려질 않네요."

그러니 Y감독이 다시 만나기조차 힘든 그 가슴속 그림에 비해 늘상 찍어내고 찍어낼 수밖에 없는 영화의 화면들은 어찌 그 사진기 앞의 조건들이 만족스러웠다 할 것인가.

그러면 그 압도적인 그림의 완결성은 우주자연의 섭리만이 연출해 보여줄 수 있는 것인가. 카메라의 거장 Y감독이 닿을 수 없는 영상의 경지가 그 우주자연의 섭리자 세계뿐이었던가. 그게 아니었다.

내가 여기 마지막으로 하고 싶은 이야기가 그것이거니와 Y감독에겐 그 말고 또 하나 놀라운 영상이 가슴 깊이 숨겨져오고 있었다. 이번에는 인간의 모습이 보이지 않는 전자에 비해 그 자연계의 조건 속에 인간이 등장하는 그림, 자연계와 인간계가 함께 어우러져 연출된 묵시록 같은 장면이었다.

이번 작품 「천년학」의 시나리오를 다듬어나가는 과정에서였다. 주인공 동호의 북 장단과 누이 송화의 소리가 한데 어울려 절정을 이뤄야 할 마지막 화면을 Y감독은 좀체 확정짓지 못한 채 며칠씩 망설였다. 그러면서 혼자 못내 아쉬워하곤 하였다.

"그거 참, 머릿속 느낌으론 이런 때 꼭 찍고 싶은 지랄 같은 영상이 하나 있기는 한데⋯⋯!"

나는 물론 그게 어떤 화면이냐 물었고, Y감독은 그 특유의 반어법으로 '너무 지랄같이 무섭고, 더럽게 외로운 끔찍한 그림'이라며 짐짓 머리를 내저어버렸는데, 그날 밤 술자리에서 내 은근한 채근에 못 이겨 털어놓은 그 영상의 사연인즉 이런 것이었다.

⋯⋯Y감독이 어릴 적 한 골목 이웃집엔 여학교엘 다니던 중 전쟁 통에 휩쓸려(이런 표현이 본인에게 무례나 모독이 될까) 몇 달간 산속에서 죽을 고생을 하다 살아 돌아온 큰누이뻘 나이의 여자 한 사람이 살고 있었다. 이전에는 남달리 머리가 영특하고 언행이 야무졌다는 그 처녀 아이는 다른 사람들과 달리 운좋게 목숨을 구해 돌아와서도 계속 넋이 나간 사람처럼 말을 잃은 채 명

청한 눈길을 하고 지냈다. 그러다 어느 봄날 해 질 녘, 무슨 일로 해선지 어린 Y감독과 함께 그 집 툇마루에 나란히 나와 앉아 어스름에 싸여가는 마을 서쪽 산봉우리를 바라보던 그녀가 왠지 문득 진저리를 쳐대며 꿈속처럼 중얼거렸다.

"해가 지면 안 되는데!"

그리곤 더 이상 그 황혼 녘의 어둠을 지키고 앉아 있을 수 없는 듯 두려움 기 역력한 얼굴로 혼자 급히 방 안으로 숨어 들어가버렸다.

Y감독이 그날의 곡절을 알게 된 것은 그러니까 그로부터 다시 며칠이 지난 뒤였다.

……이웃집 아이는 이후에도 왠지 그녀가 두려움을 무릅써가며 계속 마루로 나와 앉아 그 일몰과 황혼을 지키는 것을 알았다. 그리고 그날은 왠지 그 곡절을 알고 싶어 슬그머니 사립을 타고 들어가 여자 곁에 다시 자리를 나란히 하고 앉았다. 그런데 여자도 그 이웃집 아이의 말없는 속내를 알아차린 거였을까.

"나…… 이 누나가 아무도 보지 못한 옛날 세상 그림 이야기 하나 해줄까?"

그녀가 이윽고 제풀에 물어왔고, 그냥 말없이 그 눈빛만 바라보는 아이를 외면한 채 그녀는 띄엄띄엄 천천히 독백 조로 이어갔다.

"사람들이 높은 산 숲 속을 함께 쫓겨 도망치고 있었어. 숨이 마지막까지 턱에 차서…… 수십 수백 명씩 떼를 지어서…… 산 아래선 그보다 많은 수천 명 군인들이 사방에서 콩 볶듯 총을 쏘

아대며 쫓아 올라오고, 하늘에선 기관총에 기름폭탄 세례에……
한덩어리로 쫓기다간 살아남을 길이 전혀 없었지…… 그래 한
여자가…… 사람들 틈에서 함께 쫓기던 한 여자가 무리에서 벗
어져 나와 혼자서 길을 거꾸로 잡았어. 무리가 쫓기는 쪽과 반대
편 산 능선 쪽으로. 그리고 요행 그 능선까지 이르러 한 바위틈
에 몸을 숨길 수 있었지. 쫓고 쫓기는 그 무서운 죽음의 경주가
다 지나가고 끝장날 때까지…… 그리고 여자는 결국 살아났어.
해질 무렵이 가까워지면서 주위가 비로소 조용해졌을 때……
그 여잔 바위틈에서 혼자 살아 나온 거야. 그리고 혼자서 본 거
야……"

여자는 거기서 잠시 마음을 추스르듯 말을 끊었고, 아이는 계
속 입을 다문 채 침만 삼키고 있었다.

"그사이 온 산이 거멓게 변해 있었지. 하얗게 덩어리져 쫓기거
나 쓰러져 뒤에 널린 사람들의 흔적도, 사방의 나무숲도…… 반
대편 능선 쪽은 물론 여자가 은신했던 능선까지도……"

여자가 다시 조용조용 말을 계속해나갔다.

"세상이 온통 거멓게 변하고 남은 건 아직 못 다 탄 나무들의
작은 불길들과 흰 연기뿐이었지. 그런데 그 숯 검댕이 숲속에 차
츰 어둠이 내리기 시작한 거야. 그리고 검게 탄 나무 둥지 속에
숨었던 불씨들이 어둠 속에서 이글이글 벌겋게 다시 타오르기 시
작한 거야…… 검은 나무기둥의 불길들 사이로 함께 불붙어 넘
어가는 마지막 순간의 붉은 햇덩이와 함께…… 그 적막한 주위
가 온통…… 이 누나 혼자 거기서 그걸 본 거야."

아이도 이미 알고 있는 일이었지만, 여자는 거기서 '누이'라는 말로 비로소 그것이 자신의 이야기임을 털어놓고 있었다……

Y감독 말대로 그건 아닌 게 아니라 더 할 말이 없는 '끔찍한' 그림이었다. 「천년학」에는 물론 차용할 수 없는 그림이었지만, Y감독이 많이 아쉬워할 만도 하였다. 그런데 그 그림을 왜 여태 다른 영화에도 응용할 생각을 안 했는지, 그 혼자 마음속에 숨겨 지닌 채 그럴 엄두를 못 냈는지 나는 얼핏 이해가 가지 않아 슬그머니 뒤끝에 물었다.

"왜, 그건 다른 영화에서라도 한번 써먹지 그랬어요? 이건 그 초인적 섭리자의 연출도 아닌데요."

하지만 그건 물론 내 옅은 심중만 드러낸 꼴이었다.

"거, 그걸 찍을 배짱 있으면 이 형이 영화감독 해보지그래요, 내 참!"

Y감독이 짐짓 한심하고 딱하다는 투를 앞세우고 나서 문득 다시 정색한 얼굴로 진짜 본심을 털어놨다.

"그 빌어먹을 인간, 이게 끼어들지 않으면 그냥 황혼녘의 산불처럼 한 장면 그림으로 끝날 건데, 인간이 들어서니 그 섭리자의 연출이 무색할 무서운 비극의 완성을 부르게 되잖아요."

과연 그랬다. 그것은 자연만물의 섭리자와 지상 인간들의 합작품이었다. 그 섭리자가 연출한 자연만의 세계는 선악애증을 초월해버리는 데 반해, 사람이 등장하고 함께하는 세상사 모습은 무서운 비극의 얼굴로 타올랐다. Y감독은 그 젊은 여자가 혼자서

270

보았다는, 혼자서 보고 혼자서 마음속에 지녀온 그 비극의 얼굴을 물려받은 셈이었다. 그리고 여태도 혼자서 마음속에 지녀온 것이었다.

나는 더 이상 할 말이 없었고, Y감독은 그런 내 생각들을 잇듯이, 또는 다짐을 주듯이 새삼 낮은 목소리로 말했다.

"사람이 비극의 운명적 조건인 셈이지요. 그래서 더욱 그걸 찍을 수가 없어요. 사람이 조물주의 그림을 망치고 들었다고 할지, 사람의 그림자가 끼이니까 더욱 끔찍해서…… 그 비극을 부러 연출할 수도 없고, 섭리자가 그래 주기를 기다릴 수도 없으니까."

하고 보면 Y감독은 그 화면을 끝내 찍어낼 수 없을는지 모른다. 그의 영화의 마지막 화면으로(그 화면의 궁극으로) 그냥 계속 마음속에 남게 될 수도. 하지만 그게 찍혀지지 않는 한 Y감독 또한 여전히 그 감독의 일을 손 놓지 못하리라. 그 가슴속 여자의 그림 한 장이 뒷날 그를 영화감독이 되게 했는지 모르듯이.

(2007년 2월)

그곳을 다시 잊어야 했다

— 혹은, 조국을 세 번 잊은 사람 이야기

1

2006년 새해 들어 독일월드컵 열기가 무르익기 시작하면서부터 육십대 중늙은이 유재승 씨는 한 가지 남다른 숙제거리로 마음이 무거워지고 있었다.

'이번 기회에 형님이 다시 한 번 다녀가시면 좋으련만.'

지난날의 소련 영토, 그러니까 지금의 우즈베크 공화국 수도 타슈켄트 시에 살고 있는 막바지 고희 길 맏형 일승 씨에 대한 아우로서의 소망. 고국에 생존해 있는 하나뿐인 친아우로서 재승 씨는 그 엄혹한 이역살이로 평생을 늙어온 형의 재방문 길이 무척이나 소망스럽지 않을 수 없었다. 그 형님이 이번에도 우리 축구팀 응원을 핑계 삼아 재차 고국을 찾아주기를 간절히 바랐다. 하지만 당신이 과연 노구를 이끌고 다시 고국 길을 나서줄지 어떨지, 그럴 마음을 먹어줄지 어떨지 지금으로서는 전혀 짐작할 길이 없었다.

"내 이렇게 떠나가서 미안하네. 아우가 궁금하시겠지만 내 그럴 만한 맘속 소이가 있어서니 그냥 접어 용서하시게."

지난번 서울월드컵 참관을 중도에 접어버리며 불쑥 남기고 간 수수께끼 같은 몇 마디가 아직도 풀리지 않은 마음속 숙제로 남아 있는 때문이었다. 그 몇 마디를 마지막으로 고국행 발길이나 뒷소식이 다시 감감해지고 만 까닭을 재승 씨는 여태도 헤아릴 길이 없었다. 그로 인한 걱정 반 기대 반의 별스런 심사. 심하게 말하면 형님이 그간 자신에게 무언가를 숨기고 속여 넘긴 것 같은 찜찜한 느낌마저 들곤 했으니.

형 일승 씨에 대한 형제간의 우애나 도리 이외에 재승 씨의 그런 찜찜한 심사는 그러니까 형님이 다시 서울을 찾아준다면 그 마음속 숙제이자 의혹거리가 풀리게 될지 모른다는, 당신에 대한 의혹과 기대가 한데 겹친 격이었다.

어쩌면 자신이 형에게 어떤 중요한 대목을 속아 넘어간 건지 모른다는 그 괴이한 느낌……, 그래서 모쪼록 이번엔 거기 넘어가지 않겠다는 무의식중의 다짐, 돌이켜보면 재승 씨는 그런 괴이한 느낌이나 경각심이 자신의 유소년 시절에서부터 비롯된 한 고질적 버릇인 듯싶기도 했다.

재승 씨는 나이 열다섯이던 읍내 중학교 2학년 시절 6·25전란을 맞았고, 그해 여름부터 겨울까지 학교를 쉬고 고향 동네로 내려와 지냈다. 그리고 이른바 적치 3개월이 끝나가던 그해 추석 무렵 그는 전쟁의 혼란과 무서움에 더하여 생애 최초의 불가사의 한 일 한 가지를 겪었다.

어린 재승의 외가는 10리 밖 면소지 동네에서 일찍부터 가계가 썩 유족하고 인심도 후덕한 편으로 알려져 있었다. 하지만 미친 전쟁은 사람들 개개인의 품성이나 사정을 가리는 법이 없었다. 세상이 바뀌고부터 면소 동네 쪽에선 자주 외가댁 사람들의 신상이 위태롭다는 불길한 소식이 전해져왔다. 그러다 그해 추석을 며칠 앞둔 어느 날 아침 끝내는 참혹스러운 비보를 맞고 말았다. 전날 밤 열린 그 동네 '인민재판'에서 외숙 내외와 큰 외종형 등 외가식구 네 사람이 몰살을 당하고, 살아남은 건 내의 바람에 인근 산속으로 도주한 둘째 외종형 한 사람뿐. 그 역시 대처 고등학교 3학년 학생으로 전란을 맞아 고향집으로 내려와 숨어 지내던 처지에서, 용케 당장의 위험은 피했다지만 더 이상 몸을 숨겨갈 데가 없는 고립무원의 상황을 어떻게 살아 넘을지 뒷일을 장담할 수 없게 된 거였다.

1930년대 중반 재승이 태어날 무렵 갓 여덟 살 어린 나이에 사지에 다름없는 먼 망각의 땅으로 떠난 이후 영 소식이 끊기고 말았다는 맏자식(그가 일승 씨였다)에 이어 사십대 한창 나이의 가장까지 잃고 난 이후 망부를 대신하듯 남은 두 딸자식과 어린 막내 재승에게 흔들림 없이 꿋꿋하게 잘 살아왔다는 그의 어머니도 이때만은 온통 제정신이 아니었다. 반동 가족 친정을 둔 허물을 드러내 더치지 않기 위해 그동안 속으로 피를 말리듯 하면서도 짐짓 의연한 모습을 잃지 않던 어머니가 이날 아침 소문을 듣자마자 친정 동네로 건너갔다.

"내 이러고 앉아 있을 수가 없다. 단신으로 몸을 빠져나갔다는 늬 외사촌 일이랑, 일이 어떻게 됐는지 내 눈으로 보고 와야겠다."

하지만 그 어머니의 위험한 친정 동네 길은 불행히도 결과가 모두 소문 그대로였다. 단신 탈출에 성공했다는 작은 외종형의 이후 종적이나 생사 여부도 더 자세한 걸 알 길이 없었음이 물론이다. 무엇보다도 어린 재승에겐 그 어머니의 탄식 가운데에 유독 더 이해나 납득이 불가능한 일이 있었다.

"늬 오라비댁이 말이다. 글씨 그 불쌍한 것이 흙구덩이 속에서 공화국 만세를 부름서 죽어갔다지 않겄냐. 대창에 찔리고도 아직 덜 죽은 목숨을 그대로 구덩이에 던져넣고 흙을 덮는디, 그 속에서 소리가 안 들릴 때까장…… 아이고 그 모진 목숨 그 자리에서 단박 숨이라도 끊어지제!"

어머니는 이미 기가 질려 떨고 있는 두 누이를 향해 친정 조카며느리의 끔찍한 최후를 전하며 거듭거듭 진저리를 쳐댔다. 어린 재승에겐 그 외종형수가 흙구덩이 속에서 죽어가며 공화국 만세를 불렀다는 사실, 그게 참으로 불가사의한 수수께끼였다.

"죽기가 얼마나 싫었으믄 그랬겄냐. 그렇게라도 하면 행여나 다시 살려줄까 싶어서…… 아직 나 죽지 않고 살아 있다고…… 나도 이렇게 공화국 사람 될랑께 살려주라고……!"

"그런디, 엄니…… 나 한 가지 물어보고 싶은 것이 있는디."

"이판에 너까진 것이 무엇을 안다고 나서!"

누이들은 어머니와 함께 눈물을 찔끔거리며 물정 없는 재승의 궁금증을 나무랐지만, 그는 그것이 늘 무거운 체증처럼 가슴을 눌러오곤 한 것이다.

'세상에 어떻게 그런 일이 있을 수 있단 말인가. 외갓집은 원래 우리 새 나라 대한민국을 받들고 따르던 대한민국 편 사람들 아닌가. 그 때문에 공화국 세상이 되고부턴 그토록 감시받고 쫓기는 신세가 되지 않았는가. 그럴수록 속마음은 더욱 대한민국 만세를 부르고 싶고 불렀어야 할 사람들 아닌가. 그런 사람이 죽음 앞에 살기 위해 거꾸로 공화국 만세를 부르다니! 그건 필시 상대편을 속이려는 일일 뿐 아니라, 자기 양심을 속이는 노릇 아닌가. 어떻게 그런 일이 있을 수 있는가. 그런 속임수가 통할 수나 있는가. 형수가 그런 식으로 살아날 수도 없지 않았는가. 형수는 어째서 그걸 몰랐던가. 설마 그걸 모를 리 없는 형수가 왜 그런 부질없는(가엾은 형수의 일을 두고 차마 어리석다거나 비굴하다 할 수 있을까) 짓거리로 자신의 마지막마저 욕되게 하고 갔단 말인가……'

그렇듯 정연한 생각일 수는 없었지만, 형수의 죽음보다 더 안타까운 그 마지막 순간에 대한 재승의 심사는 대개 그런 식이었다. 일제 식민지 노예교육을 받게 하지 않기 위해 어린 장자를 사지로 내보내고 나서 자신까지 삶을 더 길게 이어가지 못한 꼿꼿한 성미의 아버지 탓에 반 유복자 처지로 자라 중학교 진학에까지 외가의 도움을 받아온 재승의 지난날도 그랬지만, 벽지 촌가에선 아직 쉽지 않던 읍내 웃학교 교육으로 신생독립국 학도의 소명감이며 애국심이나 양심 따위 시대적 덕목에 소홀치 않아온 재승으로선 어쩌면 매우 당연한 생각일 수 있었다.

그런데 이후 다시 한 달쯤만의 일은 그런 재승을 또 한 번 놀라게 했다.

이해 초가을 다시 한차례 세상이 뒤바뀌고 나서 채 한 주일이 지나지 않아서였다. 하루 저녁엔 면소 동네 쪽에서 무장 수복부대원 두 사람이 동네로 들어왔다. 그리고 남녀노소 불문 동네 사람을 모두 마을 회관으로 모이게 했다. 거듭되는 재촉 외침 소리에 이끌려 재승까지 마지못해 어머니, 누이들과 함께 회관으로 갔을 때는 적 치하의 마을 인민위원장 어른이 회의장 연설단 한쪽에 끌려나와 있었다. 그는 몇 달간의 붉은 위원장 시절에도 마을 사람들에게 크게 위해를 끼친 일이 없었으므로 처음엔 크게 두려워하는 빛이 아니었다. 하지만 사정이 급변했다. 회의가 진행되면서 수복부대 사내가 그를 지목해 푸른 솔밭의 '송충이'로 낙인찍었고, 이어 낯빛이 사색으로 변하며 와들와들 떨기 시작한 그를 회의장 밖으로 끌어내어 자신의 총부리 앞에 세웠다.

"공화국 만세를 불러라."

사내는 총을 겨눈 채 위원장에게 명령했고, 위원장은 사내 앞에 거꾸로 맹세했다.

"저는 죽어도 이 자유 조국 대한민국에 충성하겠습니다."

"공화국 만세 불러!"

"대한민국 만세!"

"탕!"

한동안은 그 자신 '전 조선 인민의 자유와 행복을 위해 목숨을 아끼지 말고 싸워야 한다'고 큰소리치던 위원장 어른이 이번에는 그 마지막 순간에 본심을 속인 반대편 만세를 부르며 죽어간 것이다. 말할 것도 없이 그렇듯 살고 싶어서였겠지만, 그 역시 자신의 본심을 숨기고 상대방을 속이려 함이요, 자신의 양심까지 속이려 함이었다. 하지만 그 뻔한 속임수에 누구라서 속아 넘어간단 말인가……

하여 그 불행의 당사자가 그의 인척이 아니므로 재승은 이제 확신을 가지고 말할 수 있게 되었다.

"어떻게 사람이 저렇게 어리석고 비겁해질 수 있단 말인가."

하지만 사람은 경우 따라 그렇게 어리석고 비겁해질 수도 있었다. 한데다 그 이해 불능의 불가사의, 무엇인지 자신이 속아 넘어갔을지 모른다는 수수께끼 같은 일은 거기서 끝나지 않았다.

그 야만스런 여름날 밤 내의 바람으로 단신 탈출해나간 작은 외종형은 다행히 수복 보름쯤 만에 살아 돌아왔다. 그런데 그는 집엘 돌아와서도 그새 넋이 반쯤 나간 사람처럼 풀이 죽어 지내는 바람에 가까운 주위를 실망시키고 있다는 소식이었다. 한동네 일가붙이나 전날부터 가까이 지내온 이웃들의 은근한 기대완 딴판으로 그 무도한 인간 도살자들에 대한 적개심이나 복수의 기미는 고사하고 조석 끼니를 살펴주는 먼 친척 할머니뻘 노인 한 사람 이외엔 도대체 사람을 만나는 것조차 싫어하여 혼자 빈집에 깊이 숨어 지내다시피 하고 있다고.

그 외종형이 한번은 흙구덩이에 함께 파묻힌 친정 혈육들의 유체를 재매장하는 장제(葬祭)를 보러 갔다 오는 어머니(그러니까 그의 고모)를 따라 재승이네 동네를 찾은 일이 있었다. 그런데 역시 답답할 정도로 별말 없이 시간을 보내던 그가 누구에게선지 이 동네일을 들어 알고 있었던지 날이 어두워지자 뜻밖에 죽은 위원장네를 찾아 나섰다. 더욱이 그를 따라갔다 온 어머니에 따르면 그는 남정을 잃은 그 집 아주머니 손을 감싸 잡고 하염없이 눈물을 흘리다 돌아왔다는 것이다.

자리는 다르다지만 한바탕 분풀이 판을 벌인대도 허물할 말이 없을 마당에 거꾸로 누구 손을 부여잡고 눈물을 흘려? 기가 찰 노릇이었다. 정신이 온전한 사람 일이 아니었다.

"지 맘속이 오죽했으면. 지 맘을 이기기가 오죽 힘들었으면…… 불쌍한 것!"

어머니는 무언지 짐작이 간다는 낌새였지만, 재승은 아무래도 그 형을 이해할 수 없었다. 그것이 그의 본심일 수가 없었다. 형이 무언지 본심을 숨기고 있는 것만 같았다. 게다가 이튿날 그 형이 자기 동네로 돌아가면서 오랜 휴교 끝에 새 개학 날을 눈앞에 두고 있던 재승에게 몇 마디 알쏭달쏭 뜻이 확연찮은 당부를 건넸을 땐 더욱 그런 생각뿐이었다.

"너 무슨 공부를 하든 사람들 무리에 뛰어들어 함께 휩쓸릴 일은 하지 마라. 네 자신을 잃지 않도록 해라. 그런 공부를 해라."

사람들 사이에서가 아니라면? 그건 내게 공부를 하더라도 소위 입신출세를 위해 하지 말라는 소리 아닌가. 재승은 물론 그 역시 받아들이거나 따를 수가 없었다. 그럼 도대체 공부는 뭣 땜에

해야길래? 사내 녀석이 대처 학교 공부를 나갔으면 그 생각부터 진취적이어야지! 재승은 나름대로 신념이 확고했던 만큼 그런 형이 오히려 답답하고 딱해 보이기만 했다. 남다른 불행을 겪은 터이기는 하지만 그 형이 사람들이나 세상을 도에 넘게 싫어하거나 두려워한다는 생각만 더 확연했다.

외종형수와 위원장 어른에 이어, 혈연이든 이웃이든 그 형까지 하나같이 세상 사람들 앞에 무언가를 숨기며 속여 넘기려 하는지 모른다는 그 꺼림칙한 의혹이 그의 맘속에 아예 둥지를 틀고 들어앉게 된 경위였다. 하기야 형을 비롯한 주위 사람들에 대한 그 같은 의혹과 불신감이 오죽했으면, 그리고 그 믿음이 얼마나 확고했으면, 얼마 뒤엔 이런 웃지 못할 일까지 생겼을까마는.

다름 아니라 바로 이듬해 설을 맞아 재승은 어머니의 간곡한 당부를 좇아 변변한 성묘객이 있을 듯싶지 않은 그 외갓댁 망인들 산소 성묘를 간 일이 있었다. 그런데 그는 그 동네 산주 외종형에게도 들르지 않고 단신 묘를 찾아갔던 모양. 뒷날 전해온 그 동네 사람들에 의하면 재승은 외가 망인들에게 절을 하다 말고 그 형수의 묘 앞에서 '대한민국 만세!'를 목이 터져라 수없이 외쳐대고 있었다는 것이다. 그런데 너무 어이가 없어 웃지도 못한 제 어머니 앞에 그가 나중 진지하게 털어놓은 소리가 이랬다.

"형수님 본심은 공화국 만세가 아니었을 테니께요. 형수님은 부질없이 부르기 싫은 억지 공화국 만세로 사람들을 속이려 했으니께요. 형수님이 진짜 부르고 싶었으면서도 못 부르고 간 대한민국 만세를 내가 대신 실컷 불러드린 거였어요."

못 말릴 일이었다. 혹은 말려선 안 될 일이었는지도. 오래잖아 그 가엾은 외가댁 사람들이나 형수의 혼백은 그나마도 더 이상 보살피고 지켜줄 사람이 없게 됐으니까. 그해 겨울 추위가 차츰 풀리고 산야가 신록으로 어우러지기 시작한 봄철 어느 날, 외종형은 가장 가까운 손위 혈육인 고모 재승 모나 일가 사람들, 집안의 재기를 바라던 주위 친지들의 기대를 외면한 채 오직 젖 염소 한 쌍만을 끌고 인근 천관산 깊은 골짜기로 홀연 종적을 감춰 들어가버린 것이다. 그가 사람들과 세상을 터무니없이 너무 꺼리고 무서워한다는 그간의 재승의 생각이 사실로 증명된 셈이었다. 그리고 그해 여름방학을 맞아 집에 내려와 비로소 소식을 들은 재승에게선 그 형에 대한 전날의 믿음이 더욱 확고해졌다. 무엇보다 재승은 그 2년 뒤 소식을 잊고 지내던 외종형의 때 이른(어쩌면 당연하기도 한) 죽음을 전해 듣고 한동안 대학 진학시험 준비를 미룬 채 그 기이한 삶의 역리(逆理)에 쫓기며 지내야 했으니까.

2

하지만 88서울올림픽과 2002년의 서울월드컵 일만 아니었으면 유쾌할 리 없는 옛날 일들은 오래전에 잊혔음이 당연했다.

그런데 88올림픽이 끝난 지도 10년 너머나 지난 새 2000년대의 문턱을 넘어서던 해였다.

"이거 혹시 일제시에 옛 소련 땅 연해주로 건너가 죽었다는 이

댁 장 형 이야기 아니오?"

그해 여름 어느 날 재승 씨의 이웃이 중앙지 신문 한 장을 들고 찾아와 사회면 한쪽 박스 기사를 펼쳐 가리키며 물었다.

……지난 세기 1930년대 중반 일제의 노예교육을 피해 옛 소련 연해주 땅으로 유학길을 떠났다가 천신만고 죽을 고비를 몇 차례나 넘나든 끝에 전날의 소련 지방정부였다가 독립한 지금의 우즈베크 공화국 타슈켄트 시 교외에 안착해 살고 있는 우리 한족 교민 유 세르게이(한국명 유일승, 73) 씨. 그가 방금 고국 공연차 서울을 방문 중인 교포 성악가 리나 최 씨 편에 자신의 옛 고향 혈육을 찾는 편지를 의탁해 전해온 바, 그가 기억을 더듬어 적어 보낸 옛 고향 주소는 전남 강진군 D면. 더 이상 마을 이름이나 가족들 이름은 확실치 않으나, 집을 떠나던 여덟 살 당시 기억으로 이미 세상을 떠났을 부모님 외에 손아래 누이 두 사람과 막냇동생 중 누군가는 아직 생존해 있을 가능성이 있다고……

기사의 요지였다. 재승 씨의 놀라움은 말할 것이 없었다. 그것은 틀림없이 어릴 적 소련 유학을 위해 연해주까지 넘어갔다가 원인 모를 죽음을 맞고 말았다는, 재승 씨로서는 어릴 적부터 지금까지 줄곧 그렇게 알고 지내온 옛 형 이야기임이 분명했다. 어렸을 적 어슴푸레 듣고 그냥 잊고 지내온 일이라 지금껏 한 번도 실제의 가족사로 생각하거나 그 존재를 상상해본 적이 없는 사실이었다. 일승이란 이름조차 기억이 희미하여 생소하기 그지없었다. 하지만 유가의 항렬자며 면 단위까지의 고향고을 기억들이 그 형 일임이 분명했다. 더 이상 일일이 뒷바라지를 맡아줄 수 없으니 유관 혈육이 살아 있으면 나타나시라……, 기사의 함의도 능히 짐작되는 일이었다. 그동안 험난했던 이 나라 백성의 역사를 대신 살아내듯 만고풍상을 이기고 오뚝 살아난 그 꿋꿋한 의기의 삶이라니. 선대부터의 쫀쫀한 가통이랄까. 사실이라면 떳떳하고 자랑스럽기 그지없는 노릇이기도 하였다.

하지만 재승 씨는 그 즉시 서울 신문사로 쫓아 올라가거나 연락을 취하려 하지 않았다. 도대체 어떻게 이런 일이 있을 수 있단 말인가. 어머니는 무슨 까닭에선지 당신 돌아가실 때까지 좀체 그 형의 일을 입에 담는 일이 없었고, 누이들이나 주위에서 그 일을 들먹이는 것조차 꺼려 했다.

"그냥 없었던 사람으로 잊고 살어."

8·15민족해방을 맞아서도, 6·25를 거치면서도 그 일은 한사코 잊은 양하고 지냈다. 도대체 그동안 그 형에게선 무슨 일이 어떻게 돌아가고 있었는지, 고향 가족이 여태 그렇게 믿어온 죽음의 소식은 어떻게 된 것인지, 재승 씨는 우선 그 형의 일에 대한 자초지종부터 알고 싶었다. 더하여 새삼 한두 가지 믿기지 않는 의문점도 있었다. 그가 그렇게 멀쩡하게 살아 있다면 그 오랜 세월 어디서 무엇을 하고 있었기에 한 번도 소식이 없었단 말인가. 뿐더러 아무리 어려운 세월을 보냈다 한들 자기 고향 동네 주소와 아버지를 비롯한 혈육들의 이름마저 제대로 기억할 수가 없단 말인가? 그가 진정 그 형이라면 사람 일이 그럴 수는 없는 노릇

이었다.

재승 씨는 그런저런 사정에 대한 이해나 도움을 얻기 위해 우선 아직 이웃 고을에 생존해 있는 큰누이(나이가 아래인 둘째 누이는 먼저 세상을 떠나고 없었다)부터 찾아갔다. 그리고 그 누이에게 비로소 그가 몰랐던 그 시절 형의 일에 대한 얼마간의 곡절을 알게 됐다.

"아니 그 오라버니가 살아 있다고? 설마하면 그런 일이?"

늙은 누이도 처음엔 못지않은 놀라움 속에 사실을 믿으려지 않았다. 하지만 재승 씨가 들고 온 신문기사와 설명을 듣고 나서 차츰 마음을 가라앉힌 누이의 떠듬떠듬한 회상인즉, 앞뒤 연결이 제법 그럴듯하였다.

……그 일제 시절 우리 집에는 한 독립운동 전력의 20대 초반 나이 젊은이가 숨어 지내고 있었다. 그 시절 만주 지역에서 독립군 운동에 참가했다가 중국군에게 일제의 첩자로 붙잡혀 3년여 동안 옥고를 치르고 다시 고국으로 돌아온 이웃 고을 청년이었다. 하지만 그는 귀국을 해서도 남모르는 전력과 석연찮은 신분 때문에 고향 동네를 찾아 들어갈 수가 없었다. 깊지 않은 한학으로나마 수신제가며 나라 잃은 백성의 도리를 귀하게 여긴 아버지가 그의 처지를 딱하게 여겨 우리 집으로 거둬 숨겨준 것이다. 이웃에게는 어린 큰오라버니의 신학문 교습을 위해서라는 구실 아래서였다. 그런데 큰 오라버니가 면소 초등학교엘 들어가면서부터 그는 자기 신념에 따라 어린 제자와 아버지를 설득하기 시작했다. 그리고 끝내 그 뜻을 이루었다. 어느 날 밤 아버지가 청년

과 함께 오라비를 불러놓고 당신의 결의를 언표하기에 이르렀다.

'우리 젊은이들은 과연 언젠가 나라를 되찾을 때를 대비하여 지금서부터 넓은 세계로 나가 신학문과 기술지식을 배워 익혀봐야 한다. 하지만 일본 쪽은 아니다. 지금 이곳 보통학교나 일본 유학에서 배울 것은 침략 왜국의 노예가 되는 길일 뿐이다. 일승이 너는 소련으로 가거라. 물론 너 혼자가 아니다. 너도 알듯이 지금까지 누차 의논을 거친 일로 네 선생님과 함께하는 길이다. 이제서부터 모든 것을 선생님께 맡기고 선생님을 따르도록 하여라.'

노씨 성 청년은 물론, 그간 노 선생 앞에 나름대로 어린 마음을 다짐해온 일승 역시 아버지의 뜻을 순순히 받아들였고, 다시 며칠 뒤 당신에게서 급히 몇 두락의 논밭을 처분해 마련한 노자 전대를 건네받은 두 사람은 새벽 일찍 먼 길을 떠나갔다. 아버지와 어머니 외에 그 무렵 막 태어난 갓난쟁이 재승은 말할 것이 없으려니와 손아래 두 누이들도 아직 잠 속에서 기척조차 알지 못한 채.

"아침에 일어나 오빠가 어디 갔느냐 물으니 선생님하고 며칠 대처 나들이를 나갔다는 말씀이셨제. 그러니 오라비가 돌아올 때까지 아무 소리 말고 기다리라고. 그러다 두 사람은 돌아올 기미가 없고 동네 이웃들이 이상해하며 자꾸 묻기 시작했을 때서야 엄니가 은밀히 일러준 말씀이셨구만."

까마득한 회상 끝에 누이는 새삼 눈물을 찍어내며 긴 한숨기 속에 후일담을 마저 끝냈다.

"그런디 그게 망주막이었어. 이후론 영영 소식이 끊어지고 말았으니께. 그냥 소식이 끊어진 것도 아니었어. 오라비랑은 왜경들 감시 눈길을 피해 먼첨 두만강을 건너 만주 쪽으로 갔을 거랬는디, 거기서 어떻게 천신만고 끝에 연해주까지는 넘어갔던 모양이여. 하지만 우리는 아직 그런 줄도 모르고 있던 참인디, 서너 해 뒤에 그 노 선생이란 사람이 연해주 땅에서 잡혀 죽었다는 소식이 전해온 게야. 이번에도 노 선생이 그쪽 사람들에게 왜인들 첩자로 밀고되어 붙잡혀 총살을 당한 거라고. 그리곤 이쪽저쪽 모두 영영 소식이 끊어지고 말았으니 우린 오라버니도 그때 함께 꺼묻혀 죽은 걸로만 알았제.”

누이는 그 바람에 이후 어머니가 일본 첩자를 따라다니다 죽은 아들 이야기가 무어 내세울 거 있느냐, 광복을 맞은 나라나 몇 년 뒤의 북쪽 사람들 세상에서 무슨 이로울 일이 있겠느냐며 8·15 이후에도 6·25를 치르면서도 한사코 그 아들의 사연을 입에 담기 꺼려 하며 우정 잊은 척하고 지낸 곡절을 함께 덧붙였다.

“그러니 어린 너 앞에선 차라리 처음부터 없었던 사람 취급이어서 잊을 일도 기억할 일도 없는 너는 속이 편했을지 모르겄다만, 그런다고 평생을 그렇게 살다 간 엄니 가슴속은 어쨌겠냐. 그런디 그 오라비가 어떻게 아직 살아 있을 수가…… 돌아가신 엄니를 생각해서라도 어디 그런 사람이…… 이 일을 대체 믿어야 한단 말이냐, 말아야 한단 말이냐?”

사연을 끝내고 나서도 누이는 끝내 사실을 믿을 수 없어 하는 눈치였다.

하지만 재승 씨는 그쯤 우선 형의 존재 사실이 한결 분명해진 것 같았다. 신문기사에 대한 느낌도 훨씬 현실감 있게 다가왔다. 그렇다고 아직도 그가 무언지 또 속고 있을지 모른다는 느낌, 살아 있으면서도 여태까지 아무 소식도 전하지 않은 거나 그새 자기 혈육이나 고향 고을의 이름까지 잊고 만 따위에 대한 의문들은 풀릴 길이 없었다. 누이도 그게 새삼 서운해할 정도를 넘어 용서할 수 없는 패륜으로 단정하고 들었을 정도였다.

재승 씨는 어쨌거나 이제 형의 존재가 그쯤 확연해진 마당에 그 누이와 자신의 수수께끼를 풀기 위해서도 하루빨리 신문사를 찾아 올라가 형의 편지를 소상히 읽어보고 싶었다.

그는 서둘러 서울로 올라가 신문사를 찾아갔다.

하지만 거기서도 수수께끼는 쉽게 풀리지 않았다. 기사 담당자는 리나 최 씨가 전한 일승 씨 이야기 외에 그녀가 맡기고 간 일승 씨의 편지를 이미 개봉해 읽은 터였다. 하지만 그 내용은 이미 기사에서 읽은 사실과 크게 다르거나 새로울 것이 없었다. 지금은 이웃나라 격인 러시아의 모스크바까지 일부러 그녀를 찾아와 편지를 맡기고 간 일승 씨는 그간 우즈베크 정부의 농업부 소속 농기계 기사로 지내다 은퇴한 처지라 경제적으로나 가정적으론 썩 안정적인 느낌이었다는 것이 리나 최 씨 쪽 전언이었고, 어린 일승이 앞서의 노 선생과 함께 중국을 거쳐 연해주로 들어갔다가 2년 뒤 청천벽력 같은 일을 당해 하늘 같은 노 선생을 잃고, 다른 한인 집단과 함께 중앙아시아 우즈베크 지역으로 강제 이주해 가 살게 된 그간의 생존 경로는 현지의 일승 씨가 자신의 신분을 밝히기 위해 편지 속에 적어 넣은 것을 기사를 쓰려고 미리 뜯어본 담당자에 이어 재승 씨가 차례로 다시 확인한 사실이었다. 그 밖에 편지 속에는 일승 씨가 뒤늦게 그런 편지를 써 전하게 된 사유와 관련하여 재승 씨의 수수께끼에 어떤 단서가 될 만한 사연이 적혀 있었다.

"나는 그동안 내 고국과 고향, 고려인(여기선 한국인이나 조선인 대신 우리 한족을 모두 고려인이라 합니다)이라는 내 본색을 깜깜 잊고 살았습니다. 그것이 지금까지 오랜 세월 내 생존의 길이요 절대 조건이었습니다. 심지어는 내 어릴 적 모국어였던 고려 말까지도 한사코 잊어야 했으니까요."

그는 고백성사처럼 진지하게 쓰고 있었다.

"그러다 저 88서울올림픽 방송을 보고서야 오랜만에 그 고국과 옛날 고향의 가족들을 생각하기 시작했습니다. 이어 오래 잊고 지내온 고려말과 고려글을 다시 배워 익히기 시작했습니다. 그래서 겨우 고려 사람으로 다시 태어났습니다. 고려인의 혼령만은 내 속 어딘가에 살아 숨어 있었던지, 작심을 하고 고려말 공부를 다시 시작하고 보니 그것만은 그다지 힘겨운 일이 아니었습니다만, 어쨌거나 그건 지난 10년간의 뼈를 깎는 노력의 결실이라 할 수 있습니다…… 일차적인 목적은 2002년 고국 서울에서 88올림픽 못지않게 성대히 개최한다는 월드컵 경기를 계기 삼아 고국 땅을 다시 밟아보고, 운이 좋으면 옛 고향과 혈육들도 찾아 만나보기 위해서입니다…… 그러니 다행히 이번 리나 최 씨 편 소식으로 내 신분을 알아볼 고향 혈육이 나타난다면 이렇듯 고국을 다시 찾기 위한 지난 10년간의 이 늙은이의 소망과 노력을 헛되이 하지 마시고 부디 소식을 주시기 바랍니다…… 손 모아 기다리겠습니다."

지금 그 우즈베크 고려인 단체에서는 2002년 서울월드컵 기간을 이용한 고국방문단 조직사업이 한창인데, 일승 씨에겐 그에 필요한 고국 혈육의 확인과 방문 초청 절차가 필요하리라는 담당 기자의 귀띔이었다. 그야 이 정도까지 사실이 확인된 마당에 다른 장애가 따르지 않는다면 재승 씨로서도 의당 기쁜 마음으로 늙은 형님의 고국 길을 열어드려야 할 일이었다. 하지만 조국이나 고향을 향한 소망과 기다림이 지난 일생간이 아니라 다만 10년간 뿐이라니? 더하여 이전엔 자기 고국과 고향을 일부러 잊으려 했다니? 그래서 제 나라 말과 혈육들 이름들까지 잊어먹고 말았다니? 그게 무슨 생존의 길이었다니!

재승 씨가 품어온 의문의 수수께끼에 대한 해답의 열쇠가 거기 있는 셈이긴 하였다. 하지만 재승 씨는 도대체 믿기지가 않는 소리였다. 그야 형의 지난날이 그만큼 험난스러웠다는 소리임은 짐작하지 못할 바 아니었다. 그 어려움 속에서 살아남을 길을 찾는 데엔 제 나라 말이나 먼 데 혈육 따윈 아무짝에도 쓸모없는 장애거리밖에 될 게 없었다는 원망…… 재승 씨도 형의 그 고난스런 지난날이 마음 아프고 안타까웠다. 그렇다고 아예 자신의 모든 것을, 그 기억들까지 다 내던지고 말았다니! 그 어려움이 도대체 얼마나 한 거였길래? 힘들고 고통스런 처지일수록 제 나라와 제 나라 말을 잊지 않고 고향과 혈육들에 대한 기억에서 따뜻한 위로와 힘을 구했어야 옳은 일 아닌가.

재승 씨는 아무래도 곧이가 들리지 않았다. 그 형이 무엇인가를 숨긴 듯한, 형에게 무엇인가를 속고 있는 듯한 그의 고질적인 의구심이 편지를 읽기 전보다도 더 깊어진 느낌이었다. 게다가 그 장막 너머 형님의 일을 계기로 하필 옛 외종형수와 마을 위원장 어른의 엇갈린 만세 놀음까지 떠올랐음에랴.

재승 씨는 뭔가 은근히 불길한 느낌까지 들었다.

3

어쨌거나 재승 씨는 그쯤 맏형임에 분명한 일승 씨의 고국방문 초청 절차를 서두르기 시작했다.

하지만 그동안의 과정이야 장황한 설명이 필요 없는 일. 방문 사업을 추진해온 현지 고려인 단체와 국내 유관 기관의 적극적 협조 아래 이후의 일들은 일사천리 격으로 순조롭게 진행됐고, 그해 6월 중순께 일승 씨는 마침내 20여 명의 교민 일행과 함께 대망의 고국 땅을 밟게 됐다. 나이 여덟 살에 이 땅을 떠난 지 근 70년 만의 일이었다.

그 일승 씨의 감회나 기쁨이 어떠했으리라는 것은 족히 짐작할 수 있는 일이거니와, 인하여 그 또한 여기 긴 설명이 필요치 않을 터이다. 밝혀둘 바는 다만 일승 씨는 그 오랜만의 고국방문 길에서도 대부분의 시간을 아우 재승 씨와 함께 서울의 호텔 방에서 보냈을 뿐 마음속에서까지 잊고 살았다는 남쪽 강진 골 고향 길은 겨우 체재 기간 막판께에 잠시 발길을 스치다시피 하고 돌아갔다는 것과, 그가 어떻게 자기 고국과 고향고을을 잊고 말이나 이름까지 잊을 수 있었는지, 자신의 육신이나 정신과 다름없는 모든 것을 말끔 다 잊고 살아야 했는지……, 아우 재승 씨의 석연찮은 의구심이 얼마간 풀리게 된 대신 이번에는 왠지 그의 고국방문을 심드렁해하거나 후회하는 듯한, 재승 씨로선 더욱 마음이 무겁고 불가사의한 수수께끼를 남기고 다시 그 우즈베크 이역 땅으로 떠나가고 말았다는 사실이다.

서울 동북쪽 변두리의 한 전통 있는 호텔 로비에서 첫 대면을 갖게 된 일승 씨의 인상은 미리 들어둔 근황에도 불구하고 저간의 모진 풍상의 세월만을 생각해온 재승 씨에겐 뜻밖에 차분하고 신색이 좋아 보였다. 게다가 구소련 시절부터 만만찮은 지방정부의 농기계 기술 지도원으로 복무해온 경력하며 국가산업영웅 훈장까지 받은 그간의 행적이 먼 동양의 망국 유랑민 출신답지 않게 안정적이고 당당했다. 옛 공산주의 소련 땅에서 일본의 첩자로 몰려 자신의 보호자와 함께한 죽음이 8·15 이후에나 그 여름의 적치 시절에나 무슨 이로울 게 있겠느냐던 어머니의 체념조와는 달리, 무슨 천우신조가 있어 당시 용케 목숨을 부지해 살아날 수 있었다 한들 재승 씨에겐 그 모든 일이 그냥 사실로 믿기지 않을 정도였다. 가문의 핏줄을 함께한 그 형에 대한 존경과 자랑스러움이 더해가는 것과는 달리 그의 뒤에 무언지 숨겨진 곡절이 있는 것만 같았다. 어쩌면 그가 어쩔 수 없는 꼭두각시 노릇을 하고 있을지도 모른다는, 모든 것이 그곳 권부나 우리 정부 사람들이 꾸민 모종 음모나 공작의 과정일지 모른다는 의혹마저 일기 시작한 것이다.

하다 보니 재승 씨는 은근한 망설임이 앞을 섰다. 형을 단박 고향집으로 이끌고 갈 수가 없었다. 그는 당분간 이십수 명 일행이 함께 움직이는 시간표에다 이미 월드컵 경기 일정이 임박해 있음을 핑계 삼아 서울에서 그 형의 동태와 속내를 지켜보기로 하였다.

그런데 일승 씨 역시 난생처음 상면한 아우 재승 씨의 그런저런 낌새를 이미 다 (어쩌면 당연히) 짐작하고 있었던 모양이다.

"내가 오늘 여기까지에 이른 것은……"

상면 사흘째 되던 날 저녁, 모처럼 두 형제끼리 한 호텔 방에 잠자리를 같이하게 된 기회를 얻어 술기가 거나해진 일승 씨가 아우 재승 씨 앞에 자신의 기억 속에서도 이미 까마득히 흘러갔을 옛 사연을 스스로 털어놓기 시작했다. 듣고 보니 그 사연은 아우 재승 씨가 마음속에 혼자 그려온 것보다도 훨씬 더 가혹하고 처연했다.

밤늦게까지 계속된 그 일승 씨의 파란만장한 사연인즉 아우 재승 씨가 줄곧 관심을 기울인 요점만 추리면 이런 식이었다.

……8살짜리 유일승과 함께 강진을 떠난 지 십여 일 만에 무

사히 두만강을 건너 간도 지역으로 들어간 노정삼 일행은 다시 소련령 연해주 쪽을 향해 발길을 재촉하던 중 용정 부근의 조선족 산간마을 근처에 은신 중이던 한 독립 무장대에게 일제의 첩자 혐의로 붙잡히는 신세가 된다. 생사의 갈림길 앞에 선 위험지경에서도 천우신조가 있어 노정삼의 옛 만주 활동 시절 상급 책임자와 간신히 연락이 닿아 목숨을 구하게 되고, 이후부턴 오히려 그쪽 도움을 얻어 무사히 연해주 땅을 밟게 된다. 그리고 노정삼은 사전 약조에 따라 거기 미리 단신으로 건너와 기다리고 있던 고국의 약혼녀를 만나 조촐한 결혼식과 함께 일가를 이루고, 유일승은 노정삼의 성을 받아 그의 아들 노일승으로 변신, 그곳 초등학교까지 입학한다. 하지만 이 무렵 연해주는 공산 소련과 일제 간의 밀약에 따라 몇 해 전부터 조선인들의 독립활동을 억압하여, 무장부대는 군대의 무력 소탕전을, 민간 첩보활동은 가차 없는 감시 색출과 처형을 일삼던 위험천만한 시기였다. 연해주 정착과 함께 지하 첩보활동을 시작한 노정삼의 신변 또한 오래 무사할 수 없었다. 그는 연해주 살이 2년 만에 다시 소련의 정보기관에 '일제의 첩자'로 체포되어 그 즉시 죽음의 비극을 맞고 만다.

"그 무렵 그 땅에선 흔히 있었던 일이니 그게 그 어른 혼자만의 비극이랄 수는 없었지. 비운이나 비극이라면 조국광복이 멀어진 것보다 그 만주에서의 첫 봉변과 달리 이번엔 끝내 일제 첩자의 누명을 벗지 못하고 가신 거였제."

담담하게 이어지던 회고담 가운데에 모처럼 자신의 감정을 억누를 수 없는 듯싶은 일승 씨의 토로였다. 하지만 일승 씨는 이내 마음의 평정을 되찾아 담담한 목소리로 사연을 이어갔다.

……일승 씨의 비극은 물론 거기서 끝나지 않는다. 조선인들의
독립활동을 억압하고 나설 때부터 이미 계획되고 차츰 소문이 퍼
지기 시작한 일이었지만, 오래잖아 연해주와 사할린 등 극동 지
역 고려인들의 중앙아시아 강제 집단이주가 시작된 것이다. 노정
삼 씨가 죽고 나서 채 1년도 지나지 않은 1937년, 노일승과 의모
도 그 비극의 소용돌이에 휩쓸려 멀고 먼 시베리아철도의 화물차
에 함께 실려 이해 가을 녘 중앙아시아 우즈베크 지역의 어느 황
무지 벌판에 버려진다.

하지만 일승 씨는 그 추운 황무지 벌판에서 두 사람이 어떻게
살아남을 수 있었으며, 그 어려움이 어떠했는지에 대해선 차라리
입을 다물고 싶은 듯(어쩌면 그도 옛 고국의 일들처럼 잊고 싶었거
나 이미 다 잊어버린 듯) 긴 설명을 하지 않았다. 그 난경과 고생
담 대신 그는 한참 나중의 중학교 시절 이후 학창기로 세월을 훌
쩍 건너뛰어 이야기를 마무리지어갔다.

"지금 여기서 그간의 신고는 다 늘어놓을 바가 없고…… 나는
의모와 어찌어찌 힘을 합해 살아남아 결국엔 그곳 원주민 초등학
교와 중학 과정을 거쳐 고등 전문학교 과정까지 끝마치게 되었
제. 그 덕에 지금까지 이렇게 우즈베크 정부의 농기계 기술자로
그럭저럭 남보다 나은 생활을 이어온 셈이고. 처음엔 고향을 떠
날 때 다짐을 주신 아버님 말씀 따라 최신 학문인 항공기술학교
엘 가려 했지만, 고급 기술 유출을 막으려는 당시 소련 정부 방침
에 따라 조선인은 입학이 불가능하여 이름까지 그쪽 식을 따라

유세르게이로 바뀌가며 겨우 농기계 기술 쪽을 택해 들어간 거였지만, 그 기술도 집단농장운동이 한창이던 소련에선 쓰임새가 컸던 덕이었제. 한데 말일세. 그렇게 되기까지 내게서 무슨 일이 일어난 줄 아나? 난 그동안 원래의 나를 잃어버린 게야. 내가 고려인이라는 것도, 내 고향고을이 어디라는 것도, 심지어 원래의 진짜 반 가짜 반 성명 석 자를 빼고는 우리말이나 부모형제 이름까지도 깡그리 잊어버렸을 정도로. 그러지 않고는 살아날 수가 없었으니까. 초등학교 때부터 고려인 학교를 두고 현지인 학교를 간 것부터 그랬지만, 난 원래의 내 고려인 신분을 잊고 우즈베크 사람, 안팎으로 모두 소련 사람이 되지 않고는 온전히 살아갈 수도, 농기계 학교에서나마 기술 교육을 받을 수도 없었으니까. 그렇게 한사코 내 모든 걸 잊고 소련 사람이 되려고 마음속이 피투성이가 되도록 싸운 게야. 오직 살아남기 위해서, 그 땅에서 살아남기 위해…… 그게 이나마 오늘의 나를 있게 한 게야."

일승 씨는 한마디로 고국과 고향과 고국의 말까지 잊어야 했던 혹독한 생존환경과 조건을 들어 그간의 어려움과 고난사를 대신 설명한 셈이었다. 그리고 그걸 통해 재승 씨는 일승 씨가 처음 고국의 일에 대해 거의 아무것도 기억하지 못한 불가사의에 대해 어느 정도 해답을 얻은 셈이었다. 그야 물론 재승 씨로선 아직도 과연 그런 일이 가능할까, 쉽게 믿음이 가지 않았지만, 어쨌거나 그간의 의문이 상당 부분 풀린 게 사실이었다. 아니 가급적 그렇게 형의 말을 믿으려 하였다.

'살아남기 위해서라면 어쩌면 그럴 수도 있으리라.'

하지만 그러고 보니 또 하나 새로운 의문이 뒤를 따랐다. 그 잊음이 그토록 완벽하고 항구적일 수 있었을까. 그것은 저 6·25 민족상잔 전란 소식에도 끝내 깨어난 일이 없었단 말인가. 이제 그쯤 확실한 신분을 얻었다면 그때쯤은 한번이나 고국을 찾아야 했을 일 아닌가. 그의 의부가 일제의 첩자로 몰려 죽은 말 못할 사정이 있었다곤 하더라도, 그럴수록 더욱 당당한 원조국민 신분으로 고국을 찾아와서 그 허물을 해명하고 벗겨줘야 하지 않았겠는가……

하지만 아우 재승 씨의 그 같은 원망 섞인 추궁 투에 일승 씨는 이번에도 알 듯 모를 듯 아리송한 독백 조 대꾸였다.

"그때도 나는 조국을 잊어야 했었지. 그 전쟁을 용서하기 위해. 그 조국을 거꾸로 용서하기 위해서. 조국을 잃은 망국인에겐 지구 저편 한쪽에 그런 조국이나마 하나로 뭉쳐 남아 있는 게 나아 보였으니까. 가고 싶지는 않아도 용서해야 했으니까."

살기 위해 고국을 잊어야 했다던 일승 씨는 이제 그 동족상잔극을 통해서라도 하나로 합해 남으려는 전쟁과 조국을 용서하기 위해 그 조국을 다시 잊어야 했다니! 재승 씨로선 도대체 뜻이 알쏭달쏭 앞뒤가 안 맞는 변명처럼 들렸다. 형에 대한 존경과 자랑스러움이 차츰 실망감으로 변하기 시작한 계기이기도 하였다.

하지만 재승 씨는 이번에도 그 형을 믿기로 했다. 일승 씨의 그간 형편이 그만큼 파란만장 기구했음은 어느 정도 짐작할 수 있었고, 또한 가엾고 안쓰러운 생각에 새삼 가슴이 저려오기도 하였다. 이번 기회에 우선 그 형을 실컷 위로하고 즐겁게 해주리라,

형 앞에 뒤늦은 다짐을 해 보이기도 하였다.

"형님, 그간의 어려움이나 고생이야 어찌 다 말로 할 수 있었습니까만, 그나마 오늘 이렇게 떳떳하고 건강한 모습으로 재회의 자리를 맞게 됐으니 얼마나 다행스럽고 기쁜 일입니까. 큰 잔치라도 열어 축하를 해야 할 일입니다. 월드컵 경기가 이미 내일모레로 임박해 있으니 우리는 그냥 개회식만 구경하고 바로 강진 우리 집으로 함께 내려가십시다. 내려가서 제가 그동안 형님이 잃고 살아오신 고향과 못다 한 혈육의 정의를 실컷 나누고 벌충해드리겠습니다. 보시다시피 그간 이 나라도 이렇듯 세계적인 행사를 치를 만큼 국력이 크게 자랐고, 저희 집 살림살이 규모 또한 원하신다면 얼마든지 그곳 형님네를 함께 끌어안을 만큼 유족한 편이니께요."

그런데 참 알 수 없는 노릇이었다. 재승 씨는 모처럼 고국을 찾은 늙은 형님이 가급적이면 그 고국의 발전된 모습 앞에 한국인으로서의 긍지와 자랑스러움을 느끼기를 바랐다. 잊었던 조국을 다시 배우고 고국 땅을 찾은 보람을 실컷 누리게 하고 싶었다. 그는 형님을 위해 이런저런 배려와 노력을 아끼지 않았다. 일행이 단체로 움직이는 낮 일정이 끝난 시간이면 개인적으로 이곳저곳 시내 구경을 시키고, 숙소에서도 늦게까지 TV를 함께 보며 긴 이야기를 나누곤 하였다.

붉은 셔츠의 인파가 넘쳐나는 휘황한 거리 풍경에, 그 가지런함과 풍성함이 빚어내는 물밀듯한 활력에 일승 씨도 새삼 적지

않이 놀라는 낌새였다. 상가 앞을 지나다가도 숙소에서 TV를 보다가도 일승 씨는 이따금 넋이 나간 사람처럼 한참씩 눈길이 한곳에 붙박여 있곤 하였다. 더러는 입에서 알 수 없는 신음 소리 같은 것이 흘러나올 때도 있었다.

하지만 차츰 지내다 보니 그건 재승 씨가 바라던 황홀경이나 경탄에서가 아니었다. 경탄이나 부러움보다 무언지 마음속 의혹을 숨기고 있는 듯한 석연찮은 표정이나 태도 쪽이었다. 그렇듯 왠지 그는 시간이 흐를수록 그 자랑스럽도록 휘황하면서도 일사불란한 거리 풍경엔 흥미가 떨어져가는 기색이었고, 숙소로 돌아오면 TV를 켜는 것조차 썩 내키지 않는 듯 심드렁한 안색이 되곤 했다. 재승 씨는 처음 이번 행사가 어릴 적 일찍이 그의 삶의 물줄기를 비틀어놓은 원인 제공자 일본과 공동으로 치러지는 탓 아닌지 싶었지만 그건 아니었다. 그가 긴 세월 지난날을 통째로 잊고 살아왔듯이 그 어린 시절이나 일본이란 나라에 대해서도 별 적한(積恨)을 남기고 있는 것 같지 않았다. 남의 일, 남의 기억 잊어먹듯 그 시절 일은 다시 입에 올린 적이 없었다.

재승 씨는 마음이 켕길 수밖에 없었다. 내가 형님께 무얼 잘못해드리고 있는 건가? 하지만 별로 그런 대목이 있었던 것 같진 않았다. 무어 불편하거나 언짢은 일이 있느냐, 말을 에돌려 조심스럽게 속내를 떠보려 하면, 당신은 매번 아무 일도 아니라 고개를 저어버리며 오히려 함께 늙어가는 아우의 자상한 우애에 새삼 고마움을 표하곤 하였다.

"동생이 내게 이렇게 마음을 많이 써주는데 무슨……"

하면서도 일승 씨의 그 곡절을 알 수 없는 저조한 기분은 정작 경기 개회식 날까지도 걷히는 기미가 없었다. 아니 이날은 어느 때보다 그 정도가 심해지고 있었다. 아침 녘 호텔을 나서며 단체로 착용키로 한 '붉은 악마' 셔츠를 입는 것을 잊고 나온 실수에서부터, 그걸 은근히 탐탁잖아하는 동행들 눈치에 다시 윗도리를 바꿔 입고 간 운동장에서도 사정이 마찬가지였다. 그 화려한 개막식 행렬과 군무 광경하며 관중석의 붉은 물결, 함성들에도 불구하고 그는 좀체 즐겁거나 흥겨워하는 표정이 아니었다. 자리를 함께한 동행들의 환호작약은 물론 어깨를 마주 대고 앉은 아우 재승 씨의 존재도 거의 아랑곳을 않은 채 혼자서 계속 입을 다물고 있었다. 그 안색까지 이젠 무슨 두려운 일이라도 숨긴 듯 불안하게 굳어지고 있었다.

일승 씨가 그 얄궂은 속내를 다시 드러낸 것은 이날 밤 재승 씨와 일찍 숙소로 돌아와 자리를 나란히 하고 앉은 TV 앞에서였다. 재승 씨가 따라 내민 맥주잔을 받아든 채 한동안 붉은 셔츠와 '대애—한민국'을 연호하는 함성의 물결이 가득한 TV 화면을 넋 없이 바라보던 일승 씨가 문득 혼잣소리처럼 말했다.

"자신들은 모르는지 모르지만 저건 혁명이지. 혁명의 흐름이야. 우린 옛날 소련에서 저렇게 혁명을 했어."

일승 씨는 그러면서 왠지 몸을 한차례 부르르 떨었다. 그리곤 그 응원전을 포함한 도저한 축구 열기, 또는 그 이상의 무엇을 두고 하는 소린지 분명치 않았지만, 이런 소리까지 혼자 중얼거리고 있었다.

"하긴 어떻게든 경기는 이기고 봐야겠지. 이건 지난날 나라 간 전쟁을 대신하는 격이니……"

재승 씨는 이번에도 그 뜻이나 속내를 도통 알 수 없었다. 한갓 축구경기를 위한 애국적 응원의 열기를 두고 무슨 혁명이니 전쟁이니 하는지, 그 혁명이나 전쟁이 옳다는 것인지 그르다는 것인지, 일승 씨의 심중이나 몸을 떠는 이유를 헤아리기 어려웠다. 무엇보다 일승 씨는 그것으로 그만 TV 화면에서 시선을 거두어버린 바람에 더 이상 속내를 물을 수도 없었다.

하지만 일승 씨의 말투나 태도 속엔 그렇듯 약동하는 고국민의 활력 앞에 모종 불편스런 심기가 숨어 있음이 새삼 분명했다. 그건 분명 낮부터의 어두운 불안기와 두려움의 그림자가 마음속에서 지워지지 못하고 있음이었다.

'이 양반은 대체 이 나라의 무엇이 그렇게 못마땅하단 말인가?'

재승 씨는 갈수록 그 늙은 형을 이해하기가 힘들었다. 형에 대한 존경과 자랑스러움이 실망의 단계를 넘어 연민과 짜증기를 불러왔다. 무슨 이유에선지 모처럼 찾은 고국의 일에 마음을 열지 못하는 형이 딱하고 원망스럽기조차 하였다.

재승 씨는 그럴수록 그 형을 위해 더욱 정성을 기울였다. 그 형님 앞에 나라의 발전을 짐짓 더 자랑스러워하며 당신이 잊었던 고국(위대해진 조국!)을 다시 찾은 보람을 원껏 누리도록, 그의 방문길이 얼마나 축복받은 일인지를 입증해 보이기 위해 물심양면 나름대로 노력을 아끼지 않았다. 당신과 함께한 경기장에서나 거리에서나 자신부터 더욱 응원의 물결에 함께해 보이려 하였고, 텔레비전 앞에서도 우정 더 흥분과 감격의 갈채를 보내곤 하였다.

4

하지만 일승 씨는 끝내 마음을 열지 못했다. 첫 개회식 날 이후론 정작 축구 경기가 시작되는데도 함께 온 일행들과 어울려 운동장을 찾는 일에도 소홀했고, 숙소에서 TV 중계를 보거나 밤거리 구경을 나가는 것도 그닥 내켜 하지 않는 빛이 역력했다. 심지언 한국 팀이 출전한 경기 스코어는 물론 그 승패에조차 거의 무관심해 보였다. 그러다 종당엔 대회 기간을 채 절반도 넘기지 못한 채 남은 일정을 단념하고 느닷없이 아우 재승 씨와의 고향고을 방문을 서두르고 나섰다. 마지막으로 거기에 무슨 마음속 기대를 남기고 있었거나, 어쩌면 그것으로 고국 방문의 마지막 절차를 일찍 마무리해버리고 싶기라도 하듯이.

"내 어차피 고향 땅은 한번 밟고 돌아가야 도리가 아니겠는가. 아버님 어머님 묘소도 찾아뵈어야 하고……"

마음속에 이미 작정하고 있었던 듯 어느 날 아침 문득 재승 씨를 다그치고 든 그의 말속엔 그런 낌새가 완연했다. 그리고 그건 어쩌면 사실이기가 쉬웠다.

일승 씨는 한마디로 초청 주관 기관의 특별 양해하에 이루어진 그 고향 방문 길마저 마치 어쩔 수 없는 숙제를 치르는 식이었다.

아우 재승 씨의 벅찬 기대와 일가친척들의 융숭한 환대에도 불구하고, 일승 씨는 부모님 성묘하며 일가들 상봉잔치 일체를 시종 무엇에 쫓기는 사람처럼 건성건성 치러갔다. 옛 고향 산하나 일가친척, 돌아가신 부모님 일들에는 일절 별다른 감회를 못 느끼는 위인 같았다. 그리고 한 며칠 그렇게 시간을 때우고 난 일승 씨는 아우 재승 씨와 함께 다시 서울로 올라가 바로 짐을 챙기기 시작했다. 축구 경기고 고국 관광이고 심지어 함께 온 일행들의 일정도 전혀 염두에 없는 사람 행투였다.

일승 씨는 결국 대망의 고국 방문 길을 그렇게 마감하고 혼자서 일찍 이 땅을 떠나가고 말았다.

"이렇게 떠나가서 미안하네. 아우가 궁금하시겠지만 내 그럴 만한 맘속 소이가 있어서니 그냥 접어 용서하시게. 돌아가서 좀 곰곰이 생각해보고 맘속 가닥이 잡히면 그때 가서 다시 연락함세."

늙은 아우 앞에 자신도 그 불편스런 심기를 모른 척할 수가 없었던지 여전히 속내가 알쏭달쏭한 언약 몇 마디를 남기고서였다.

재승 씨는 아쉽고 허전하지 않을 수 없었다. 허망스러움이나 원망을 넘어 새록새록 노기가 받쳐 오르기까지 하였다.

'저 사람이 진정 내 형이요 혈육인가?'

위인의 핏줄이 의심스러울 정도로 모진 생각이 들기도 하였다. 그만큼 위인을 이해할 수가 없었다. 게다가 일승 씨는 재승 씨가 예상한 대로 그렇게 훌쩍 자기 땅으로 돌아간 뒤론 다시 소식이 없었다. 뒤따라 띄워 보낸 재승 씨의 안부 편지에조차 저승 세상 일처럼 감감 답장이 없었다.

재승 씨도 이젠 그 형이 노엽다 못해 자기 나름대로 치부해 잊고 지내는 수밖에 없었다. 끝내는 그 입속 염불 소리처럼 이해난망이던 일승 씨의 말들을 자기 맘속을 속이려는 변명쯤으로 여겨 넘기기에까지 이른 것이다. 긴 세월 동토나 황무지 같은 땅을 헤매며 온 삶을 헛되이 낭비하고 만 사람의 억울함과 회한, 그사이 상상치도 못하게 부강해진 조국의 위대함과 거기 남은 동포 형제들의 풍요한 삶 앞에서의 어쩔 수 없는 상실감, 어느 편이냐 하면 재승 씨는 서울 체재 중의 일승 씨의 불편한 심기와 조기 귀국, 그리고 이후의 매정한 소식 두절을 그쯤 패배한 삶의 자기 위장과 도피행으로나 여길 수밖에 없었다. 일방적 독단에서가 아니라 그렇게 여길 만한 행적 또한 없지 않았다.

　일승 씨는 서울 체재 때나 고향 방문 기간 중에 재승 씨가 의외로 여길 만큼 한 가지 예외적인 관심과 행태를 보인 게 있었다. 길거리 상점이나 시장통 같은 데서 의류나 일상의 주방용구, 학용품 따위 저가의 싸구려 물건들을 기회 닿는 대로 자주 사 모아들였다. 백화점 같은 데선 홍보용 샘플 화장품이나 사탕류 같은 것도 서슴지 않고 받아 챙겨오곤 하였다. 심지어 고궁이나 공원 같은 곳의 음료수 판매대 같은 곳엘 들렀을 땐 빈 종이컵이나 보잘것없는 고무줄 나부랭이까지 차곡차곡 다 모아 챙겼다. 그런 허섭스레기 물건들이 옷장을 거의 다 채우고 나중엔 침대 밑까지 여기저기 나뒹굴 정도였다. 사정이 허락하면 귀국 길에 가지고 가서 모두 유용하게 쓸 수 있으리라는 설명이었지만, 그쪽 땅에선 어느 정도 안정된 생활을 누린다는 살림 형편이 고국의 아우 앞에 저렇듯 염치를 차릴 여유조차 없을 정돈가 싶어 차라리 입을 다물고 만 일이었다.

한데 일승 씨는 그마저 끝내 생각을 바꾼 모양이었다. 그는 귀국 길에 그렇듯 정성들여 모은 물건들을 호텔 방에 그냥 버려두고 떠나간 것이다. 그 물건들뿐 아니라, 재승 씨가 이미 오래전에 세상을 떠났다는 양모(養母) 이외에 그의 고려인 아내와 피붙이들을 위해 마련한 선물 보따리까지 한사코 사양한 끝에 마지못해 겨우 고집을 꺾은 그였다.

재승 씨로선 두고두고 생각해도 그 역시 달리 이해할 길이 없었다. 아무래도 그 억울한 회한과 상실감에서 비롯한 자기 위장이나 거부 행위로밖엔 달리 헤아릴 수가 없었다. 그리고 여전히 소식조차 들을 길 없는 세월이 몇 년이나 흐르다 보니 재승 씨의 생각은 새삼 가엾은 혈육에 대한 애틋한 동정심으로 굳어져가고 있었다.

그리고 바로 이 한 해 전 한국은 대망의 2006년 독일 월드컵 본선 진출국으로 확정됐고, 그를 계기로 재승 씨는 그 형에 대한 깊은 동정심과 함께 해묵은 의구심이 새삼 다시 고개를 들기 시작한 것이다.

"형님, 내년이면 독일에서 또 월드컵 경기가 열립니다. 다행히 또 본선 진출권을 얻어 출전하는 한국에선 이번에도 주최국 못지않은 응원의 물결과 열기가 넘쳐날 것입니다. 형님, 그러니 한 번 더 이 아우가 기다리는 고국을 찾아주십시오. 그래서 이미 서로 앞날이 길 수 없는 혈육 간에 모든 지난 일을 잊고 이 아우와 함께 고국의 힘찬 응원 물결 속에 실컷 휩쓸려봅시다……"

소식 없는 형 일승 씨를 아우 재승 씨가 다시 서울로 청해 부른 것이다.

하지만 일승 씨에게선 편지를 받았는지 어쨌는지 여전히 소식이 감감이었다. 그새 어디 다른 데로 거처를 옮겨가고 말았던지, 아니면 이미 저세상 사람이 되고 말았는지, 재승 씨로선 도대체 궁금하고 불안하고 답답하기만 하였다. 그리고 이후 그 아우의 애원과 원망과 채근 투가 담긴 몇 통의 편지까지 종내 아무 반응이 없은 채 마침낸 전 지구적 잔치가 몇 달 앞에 임박한 2006년 새해로 접어든 것이다.

5

이젠 더 이상 희망을 걸 수 없었다.

그리고 그 형의 일을 그만 잊고 말자는 재승 씨의 마음 아픈 체념으로 말하면 이후 다시 몇 달이 흘러 바야흐로 월드컵 경기와 응원 열기가 한창 어우러져 들기 시작한 이해 6월까지도 사정이 마찬가지였다. 그러니 그쯤 체념이나 망각 속에 그 월드컵 계절이 지나가고 말았으면 오히려 다행이었을지 모른다. 적어도 이젠 그 월드컵도 일승 씨 일도 모두 깡그리 잊어버리고 싶고, 대충은 그렇게 되어가고 있던 재승 씨에게만이라도. 나아가 그 재승 씨가 어느 날 인근 K시 중앙광장의 붉은 악마들 응원 물결 속에 끼여 그 우스꽝스런 희극은 연출하지 않았을지도.

그런데 일이 실은 그렇게 되어가지 않았다. 우즈베크의 일승 씨가 재승 씨에게서나 세상에서 완전히 사라져주지 않은 탓이었다.

일승 씨는 그간 거처를 옮기거나 저세상으로 간 것이 아니었다. 그는 그 주소 그 자리에 살면서 아우 재승 씨의 편지를 모두 받아보고 있었다. 더욱이 독일 월드컵 시기나 한국의 본선 진출 소식은 물론, 서울의 응원 열기까지 훤히 다 미루어 알고 있었다.

"……바야흐로 막이 오르기 시작한 금번 독일 월드컵 대회에 즈음하여 내 그간 아우의 사연이 안타까워 이렇듯 한번이라도 답신을 띄우지 않을 수 없네."

그가 뜻밖의 편지를 보내왔다.

"하지만 아마 이게 내 마지막 소식이 될 것일세.

자네, 내가 어렸을 적 고국을 떠난 뒤로 그 조국을 두 번씩이나 잊어야 했다고 한 말 기억하는가. 처음 한 번은 이 땅에서 살아남기 위해. 그리고 두번째는 그 조국과 조국의 전쟁을 용서하기 위해서였다고. 그런데 이제 나는 다시 세번째로 조국을 잊어야 했고, 잊어가고 있는 참일세. 이번엔 여기 이렇게 살아왔고 앞으로도 종생까지 살아가야 하는 내 삶을 용서하기 위해서 말이네."

오랜만의 서한 못지않게 사연 또한 뜻밖이라 할 수 있었다. 그야 재승 씨도 당신의 고국 체류 시나 이후의 행작으로 보아 무슨 까닭에서든 이곳의 기억이 형에게 썩 탐탁지 못했다는 것쯤 익히 짐작하고 있었다. 그런데 기껏 기억을 되살려 찾은 고국을 다시 잊으려 한다니? 그것도 그 땅에서 종생할 자신의 삶을 용서하기 위해서라? 재승 씨는 도대체 무슨 도깨비 하품 같은 소린지 갈수록 더 알아들을 수가 없었다.

"아우에게는 물론 이런 내가 잘 이해되지 않을 줄 알고 있네. 하지만 굳이 이유를 알려고 하거나 물으려 하지 말게."

일승 씨는 자신도 그 이유를 확연하게 내보일 수 없었던지 중언부언하였다.

"다만 이 한 가지 사실만 말하면 내 속을 어느 정도 헤아릴 수 있을지 모르겠네. 내가 서울에서 자네가 감격해마지않던 엄청난 응원 열기, 쉼 없이 대한민국을 외쳐대는 붉은색 물결을 보고 무슨 말을 했던가…… 사실 나는 그때 내 지난날이 눈앞에 떠올랐네. 붉은 혁명의 물결 속에 나를 실어온, 세계 무산자 프롤레타리아트 조국 만세를 목메게 외쳐대던 날들. 때론 그 혁명이란 게 어쩌면 우리 인민의 꿈을 제물로 독식하고 사는 이념의 괴물이 아닐까 싶은 두려움을 느끼면서도 이 땅에 살아남기 위해 목숨 걸고 그 두려움을 쫓으며 그 물결 속에 자신을 묻고 잊어가던 날들…… 그런데 그렇게 잊은 것으로 믿고 살아온 내 속마음 한 조각이 어느 구석

엔지 남아 숨어 있었던지 모르겠네. 서울의 그 붉은 물결 앞에 나는 지난날 내 만세 소리가 역시 본심이 아니었던 것 같은 불편스러움이 살아났네. 마치도 내가 그동안 줄곧 그 불편스러움을 숨기고 속이며 살아온 것 같은, 큰 세상 흐름과는 다른 내가 늘 마음속 한 구석에 숨어 있었던 것처럼, 그게 오랜 버릇이 되어 있었던 것처럼…… 나는 함께 만세를 부를 수가 없었네. 내 속에 다시 살아난 불편함 때문에, 이제나마 그 불편함을 다시 숨기고 속일 수가 없었길래. 어이없게도 그것이 옛 소련에서의 붉은 물결인 양.

이번에도 나는 그 불편한 마음을 속이고 '대한민국'을 외칠 수 없을 게 분명하네. 그리고 이건 맹세코 그 월드컵이나 그 땅의 일과는 아무 상관없는 순전한 내 문제일 뿐일세. 그 땅엘 가서 함께 대한민국을 외치진 못하지만 여기서나마 살아남아 끝내 종생을 해야 하는 여기 이곳에서의 내 버려진 삶을 위해서 (이곳에 숨어서 그렇게나마 가는 명맥을 이어온 내 가엾은 삶을 위해서) 말이네. 그렇게 거짓 속에 허무히 낭비해온 내 하찮은 삶을 위해. 그러자니 그 조국도 다시 기억에서 지워 없애야 하지 않겠나. 그 월드컵도 고국의 말도, 기억들까지도…… 그러니 아우님도 이제 더 이상 내 소식 기다리지 말고 그만 나를 잊어버리게. 그 땅의 일도 말도 기억도 모두 잊고 말 마당에 우리 사이에 더 이상 무엇이 오고 갈 것이 있겠는가……"

재승 씨로선 그 역시 물론 뜻을 확연히 읽어낼 수 없었다. 하지만 그 편지가 실은 재승 씨로 하여금 며칠 뒤 이웃 K시에서 그 기괴한 희극을 연출케 한 숨은 사단이었다.

형 일승 씨의 뜻을 다 헤아릴 수는 없어도 아우 재승 씨는 그 형이 지난날 서울 체류 시 진짜 심중에선 '대한민국'을 목청껏 외치고 싶어 한 것만은 확연히 알아차릴 수 있었다. 잊은 줄 알았던 조국과 기억의 한 조각이 아직 마음속에 살아남아 그걸 못내 외치고 싶었으면서도 그 소련 땅에서의 불편했던 기억이 되살아나, 그곳으로 다시 돌아가 종생을 해야 할 당신의 처지에선 그럴 수 없었노라는 소리가 그런 고백일시 분명했다. 그 땅에서의 여생만 아니었다면 그는 모처럼 마음속 기억의 부름을 좇아 '대한민국'을 목청껏 외쳐댔을 것임이 분명했다. 그는 그렇듯 억눌림과 인내로 일관할 수밖에 없었던 늙은 형이, 그러나 끝내 모든 것을 참고 스스로 용서해야 하는 그 일승 씨의 척박 창연한 삶의 여정이 새삼 가엾고 원통했다. 게다가 그는 그 형을 위해서랍시고 거꾸로 속맘 고생만 더해준 꼴이었던 자신이 뒤늦게 후회스럽고 노엽기까지 하였다.

하여 그는 우리 한국 팀이 저 스위스의 16강 진출권을 겨루던 날 오후 일찍 인근 K시로 올라갔다. 이번에야말로 자신이 대신 그 형을 위해 못내 참고 간 '대한민국'을 실컷 외쳐줄 결심을 품고서였다. 그리고 그날 그는 K시 중앙광장 대형 스크린 앞 응원석을 차지하고 앉아 긴 시간 경기의 중계를 기다렸다. 중간에 일사불란하게 차려입은 다른 사람들 눈치가 심상찮아 집에서 입고 올라온 회색 양복저고리 위에 붉은색 응원 셔츠를 구입해 입으러 나선 것과 두 차례의 화장실 왕래 외엔 저녁까지 굶은 채였다.

그러다 경기가 시작되기도 전인 해 질 녘부터의 응원전. 그 약동하는 샷대질과 거대한 함성의 응원 물결 속에 재승 씨 자신도 목청껏 '대한민국'을 함께 섞어나갔다. 대한민국! 대애한민국!…… 마치 그 자신이 형 일승 씨가 되고 만 듯이 마음속에 가물가물 되살아나는 어떤 불편스런 기억까지 맛보면서. 그럴수록 그 훼방꾼 같은 기억을 짐짓 더 억눌러 지워 없애려 목소리를 더욱 돋워가며. 대한민국! 대애한민국!

하다 보니 그 형을 위한 오기와 열기가 오를 대로 오른 그의 외침은 도대체 시간 가는 줄을 몰랐다. 어느새 두 시간 가까운 경기가 다 끝나고 한국 팀이 2 : 0으로 패한 다음까지도 그는 아직 아무것도 알아차리지 못한 듯 그의 샷대질과 '대한민국'은 줄기차게 계속됐다. 바야흐로 대망의 16강 진출의 꿈이 깨져 참담한 침묵에 싸여 있던 주위의 누군지가 보다 못해 힐책기 섞인 비웃음 소리를 날려온 것도 아랑곳을 않은 채.

"웬 정신 나간……! 요즘 붉은 악마 셔츠나 대한민국은 늙은이들한테도 유행인가?"

(2007년 봄)

이상한 선물

1

한 사내가 위태롭게 왕복 이차선 차도 중앙선을 타고 걸어오고 있었다. 한창 여름철에 땟국 전 긴팔 양복 저고리 꼴하며 딴엔 오가는 차를 조심한답시고 꼿꼿한 걸음걸이에 긴장한 얼굴 표정이라니. 길섶 쪽으로 급히 차를 에돌아 지나치며 스쳐본 위인의 행색으론 얼핏 소이를 알 수 없었다.

"쯧, 아직 한참은 살 만한 나이에 웬 명 재촉은! 도대체 뭐 하는 짓거리야?"

나이 들수록 순발력이 떨어져가는 자신의 운전 솜씨에 일순 가슴이 내려앉았던 황기태 씨는 뒤늦게 속으로 녀석을 저주했다.

하지만 그는 오래잖아 제풀에 불편한 심기를 거두고 피식 혼자 웃음을 짓고 말았다.

"지랄, 날궂이!"

조금 전 보림사 산문을 나설 때부터 간밤의 기상청 예보대로 시커먼 먹장구름덩이가 산봉우리 쪽 하늘을 뒤덮어오더니 문득 빗방울 몇 줄기가 앞 창유리에 빗금을 그어 내리기 시작했다. 아마도 그가 지금 오랜만에, 실로 십수 년 세월 만에 그 선바우골〔立巖洞〕옛 고향 동네를 찾아가는 길이기 때문이었을 터. 기태 씨는 긴 가뭄 중의 짙은 먹구름장이나 굵은 빗방울 형세가 쉽게 지나갈 소나기성이라는 걸 짐작하면서도 그 찻길 중앙선을 걸어가던 요령부득의 사내 표정 위로 옛 선바우골의 한 여자 얼굴이 겹쳐든 것이었다.

마을의 맨 위쪽 빈집을 빌려 살던 그 떠돌이 의원집 아낙은 어느 땐 차림새나 행신이 거의 멀쩡했다. 명색이 의생인 바깥 남정의 단속 탓에 사립 밖 나들이가 잦은 편은 아니었지만, 아침저녁 우물 길을 오갈 때나 개울가 빨래터 같은 데서 보면 다른 아낙들 한 가지로 걸음걸이나 얼굴 표정이 썩 가지런했고, 실없이 허튼 소리를 흘리는 일도 없었다. 하지만 날씨가 꾸무럭해지기 시작하면 그녀는 사람이 돌변했다. 어느 틈에 남정의 감시 눈길을 벗어나 아무렇게나 흐트러진 모습으로 온 동네 골목길을 휘젓고 다녔다. 가슴께를 함부로 드러내거나 치맛자락을 질질 끌어대며 지나가는 사람을 향해 무슨 말인지 히죽히죽 혼잣소리를 중얼대기도 하고 부질없이 흙을 한 줌씩 긁어 집어다 사방으로 흩뿌려대기 예사였다. 사람들은 그걸 두고 '비가 오려나. 미친년 또 날궂이 시작하는구만' 따위로 그녀를 비웃었고, 그러고 나면 거의 어김없이 비가 오곤 하였다. 그쯤에서 그녀는 홀연 모습이 사라졌다 며칠이 지나고 나면 의원 남정의 주먹다짐 부기가 채 가시지 않았을망정 다시 멀쩡한 얼굴을 하고 나타났다.

어릴 적 기태 씨는 멀쩡하던 사람에게 왜 그런 일이 일어나는지 곡절을 알 수 없었다. 어른들은 그녀가 지병인 가슴앓이를 다스리기 위해 바깥 남정의 아편을 과도히 취해온 탓일 거라 하였지만, 나 어린 그로선 물론 그 아편 약의 조홧속도 이해할 수가 없었다. 그리고 며칠 뒤면 다시 정신이 멀쩡해진 듯싶던 일 때문이었겠지만, 기태는 그녀가 그 며칠 간도 완전히 미쳐 지낸 거라곤 생각할 수가 없었다.

"너 기태구나. 황기태…… 그치 맞제……"

어느 날 그녀가 또 '날궂이' 중에 기태네 집 앞 골목길에서 그를 스쳐 지나다 말고, 웬일로 문득 발걸음을 멈추고 서서 그를 찬찬히 건너다보며 혼잣소리처럼 물어오던 그 유심한 눈길. 그 눈길 속엔 중얼중얼 혼잣소리 이상의 어떤 간절한 속말이 담겨 있는 것 같았다. 하지만 그는 그녀가 그토록 하고 싶은 말이 무엇인지 알 수 없었고, 그걸 섣불리 물을 수도 없었다. 그녀가 제풀에 그 눈길을 거두고 가던 길을 계속해갈 때까지 그냥 그 자리에 말없이 못박혀 서 있었을 뿐이었다. 이후 그는 오래도록 그녀의 그 눈길 속의 말이 궁금했고, 궁금한 만큼 그 요령부득의 눈길을 잊을 수가 없었다. 하지만 그에 못지않게 더욱 오랜 동안 잊혀온 그녀의 얼굴이 방금 전 녀석의 얼굴 위로 새삼 생생하게 겹쳐든 것은 역시 이날의 행선지와 그다지 달갑잖은 빗방울 때문임이 분명했다.

시간이 갈수록 빗줄기가 굵어지고 있었다. 기태 씨는 어언 장흥 읍내를 가로질러 남쪽으로 억불산 자락을 달려 나아갔고, 차도 곁으로 그 산자락을 끼고 도는 탐진천 수면 위론 제법 세찬 빗줄기의 파문이 낭자했다. 한데 이번에도 아마 옛 선바우골 일에 대한 상념이 겹쳐든 때문이었을 것이다. 기태 씨는 얼핏 그 빗줄기에 젖고 있는 천변 풀숲 사이에서 한 사내의 벗은 몸 그림자를 본 것 같았다.

그것은 물론 사실이 아니었다. 옛 선바우골에 대한 오랜만의 상념이 빚은 순간적 환각이었을 터. 그 시절 동네 초입께의 오두막집에 갱엿을 내려 파는 초로의 과수댁 아낙이 나이 스물을 넘기고도 아직 배필을 만나지 못해 어벙한 노총각 신세로(당시로서는!) 지내는 장순이란 아들과 단둘이 살고 있었다. 그런데 여름철 비가 오는 날이면 마을 사람들은 그 장순을 두고 흔히들 실없는 소리를 하였다.

"오늘 비 오는 거 보니 장순이 목욕하러 나왔겄다. 장순이 큰물건 보고 싶은 사람 있음 뒷골 내로 나가 봐라."

언제부터, 누구로부턴지 장순이 유난히 큰 양물(陽物)을 숨겨 지녔다는 뒷소문이 나돈 때문이었다. 위인은 체구부터 마을 젊은이 누구 못지않게 우람했지만, 그의 물건 또한 체구에 못지않게 거대해서 누구나 그걸 한번 본 사람은 그 장대함에 놀라 한동안 입이 다물어지지 않음은 물론, 그걸 지니고 다니는 위인까지도 도시 온전한 사람으로 보이지 않을 만큼 정나미가 떨어지고 만다는 거였다. 위인이 아직 배필을 만나지 못한 것도 실은 그 양물을 감당할 만한 처자를 찾을 수가 없어서라고. 뿐만 아니라 장순 자신도 제 큰 양물을 심히 창피하게 여겨 사람들 앞에 그걸 내보이는 일이 없음은 물론, 여름철 더위 중에도 동네 눈길 무서워 방죽물 목욕 한번 어울려 든 일이 없다고. 그래 사람들은 설 추석 명절이야 일찍 간 제 아비 기일이야 1년 삼백예순 날 제 몸을 아예 씻지 않고 지낼 리 없고 보니, 날씨 추운 철이면 집 안에서 물을 데워 감당하겠거니와, 날이 풀린 계절이면 아마 동네 사람 발길이 뜸한 밤 어둠 속이나 우중을 틈타 그 뒷골 냇가 풀숲쯤을 찾을 게 분명하댔다.

하지만 그때고 나중이고 기태 씨는 마을 사람 중에 그 장순의 양물을 제 눈으로 보았다는 사람은 알지 못했다. 1년 가야 말소리 한마디 들을 둥 말 둥 과묵한 성미의 장본인에게 그걸 물을 사람도 없었다. 그저 짐작이나 뒷소문뿐이었다. 어른이고 아이들이고 우중을 틈타(저녁 어둠 이후엔 소용도 없을 일이었다) 그 뒷골 냇가 풀숲으로 그를 찾아 나서려는 시러배 녀석도 물론 없었다.

기태 씨 역시 그건 마찬가지였다. 어린 기태 역시 그것은 본 일도 없었고 그것을 보자고 우중의 뒷골 냇가 풀숲을 찾아가볼 생각도 없었다. 대신 그는 그런 소문이 진짜 사실이라면 그건 보통 위험한 물건이 아니리라는 생각이었다. 장손은 저 6·25전란이 한창이던 당시 그 나이가 되도록 면소 호적부에 이름을 올리지 않아 군대조차 가지 못한(가지 않은 게 아니었다) 처지로 마치 죽음 판으로 끌려가는 듯한 동년배 징집 대상 청년들과 그 부모들의 부러움 속에 이따금 마을 골목길을 지나가곤 하였다. 어느 더운 여름날 오후, 그가 모처럼 동네 쉼터 당산나무께를 지나가고 있었다. 당산나무 그늘 아랜 오후 들일을 나가던 청년들이 방금 들독(마을 젊은이들의 체력 단련과 힘겨루기 용도로 가져다 놓은 무거운 석질의 둥근 바윗덩이. 그 시절 시골 마을 공터엔 대개 그런 돌덩이가 한두 점씩 마련되어 있었다) 들어올리기 시합을 치르고 난 참이었다. 무리 중에선 한동안 안간힘만 써댈 뿐 움쩍도 못해보고 물러서거나 겨우 허리께까지 들어 올린 정도를 자랑스러워해야 할 판이어서 아쉬움이 남았던지 한 청년이 그 장순을 불러들였다.

"어이, 장순이 자네 이 들독 한번 들어보겠어?"

장순은 말을 듣지 않았다간 좋이 길을 지나가기 어렵겠다 싶었던지, 어딘지 그를 어림없어하는 듯한 위인의 말투에도 묵묵히 그 들독 앞으로 다가갔다. 그리곤 벼르고 자시고 할 것도 없이 댓바람에 그 들독을 들어올려 제 한쪽 어깻죽지 너머로 내던져버리고는 그대로 가볍게 손을 툭툭 털며 가던 길을 가버렸다. 운 좋게 현장을 목도하게 된 기태나 마을 청년들이 미처 놀라워할 틈조차 주지 않은 채였다.

허우대에 부끄럽지 않은 뚝심이었다. 떡대 값을 한 것은 그 뚝심만이 아니었다. 하는 짓거리 또한 못지않게 우악스러웠다. 그 무렵 기태 씨는 이따금 같은 조무래기 친구들과 어울려 앞바다로 망둥이 낚시질을 다니곤 하였다. 개펄 가에 흔한 고둥 미끼를 아무렇게나 꿰어 낚시를 던져 넣으면 미련한 망둥이 녀석들이 곧바로 물려나오곤 했기 때문이다. 그런데 위인이 어디서 그런 소문을 들었던지 하루는 어린 기태들 먼저 낚시를 한답시고 그 갯바위께로 내려와 앉아 있었다. 미끼를 달았는지 말았는지 낚싯대랍시고 커다란 장발목 끝에 겨울철 연실을 묶어 매단 것을 제 곤두선 양물 형국으로 가랑이 사이에 끼어 타고 앉아 그 끝을 물속에 담가두고서였다. 그러고 호시탐탐 고기가 물려 나올세라 장목 끝을 들여다보고 앉아 있는 큰 몸집 꼴이 어린 기태는 왠지 '미련한 곰탱이' 같았다 할까. 아니 그보다 어린 기태는 이후 위인을 생각할 때마다 그 기다란 장발목 낚싯대와 함께 그가 가랑이 사이에 숨기고 다닐 게 분명한 큰 양물이 눈앞에 떠올랐고, 그것은 그만큼 무지막지 힘이 세고 위험하리라는 생각이 들었다. 곰탱이처럼 미련한 만큼 힘이 세고, 미련하고 힘이 센 만큼 그의 흉기는 위험하리라는 까닭 모를 두려움!

그 장순의 일 말고도 그 시절 선바우골엔 어린 기태가 곡절이나 내력을 알 수 없는 일과 괴이한 인물들이 열손가락이 모자랄 정도였다. 근동에서는 아무도 위인의 속임수를 앞설 자 없는 고수로 소문이 자자하면서도 왠지 운이 없어 일찌감치 가산을 다 털어먹고 제 마누라까지 팔아먹은 끝에 종당엔 하릴없는 개평꾼으로 떠돈다는 불운한 노름꾼 이야기, 작고 깡마른 몸집에도 그가 나서기만 하면 아예 아무도 대적하려 드는 자가 없어 판을 이어갈 수조차 없게 되는 바람에 '번갯불 같고 바람 같은 신식 기계 씨름' 실력을 한 번도 제대로 발휘해 보이지 못한 채 시름시름 실의에 젖어 지내다 짧은 일생을 마감해가고 말았다는 비극적 천재 씨름꾼 이야기 따위, 못 말릴 패행으로 동네 이웃 간의 애물단지 신세가 됐거나 반대로 비범한 지력과 초인적 능력의 주인공으로 오랜 기림을 받아온 인물들의 후일담이 허다했다. 동네 안에 둥 지를 틀고 지내는 광인풍신만 두고 봐도 앞서의 의원 여편네 이 외에 정도가 훨씬 심한 두 사내 계집 간의 숨은 일화가 있었다.

동네 변두리 과수원집 행랑채엔 언제 어디서 떠돌아 들어왔는 지 근원을 알 수 없는 한 광녀가 사시상철 동네 품팔이 맷돌질로 한 세월을 보내고 있었다. 자신의 지난 내력을 깡그리 잊은 채 오 직 어려 살던 마을이 '자두리'였다는 한 가지 대답뿐이어서 이후 '자두리'가 제 이름이 된 30대 후반께 여자였다. 그 여자 때문인 지는 분명치 않았지만, 그 과수원집 행랑채 방앗간에는 또 하나 정신이 온전치 못한 총각 늙은이 창선이 날이 날마다 그 자두리 곁에서 동네 디딜방아를 찧어주고 지냈다. 20대 초반 힘겨루기 등짐질 내기 중에 제가 짊어지려던 나무 둥치에 머리통이 깔려 넘어진 바람에 그 상처 구멍으로 정신이 반쯤 흘러나가 이후부턴 다른 일을 못하고 이집 저집 동네 방아질 품일로 호구책을 이어 가는 사내였다. 그런데 위인이 마을 어느 집 품을 들건 제 방아질 일자리로 그 과수원집 방앗간만을 고집한 것이었다. 자두리가 보 이지 않는 다른 집 방아는 도대체 올라서려 하지 않았다. 마을 사 람들은 당연히 그게 다 자두리 때문이라 하였고, 헌 짚신 짝도 제 짝을 만나게 마련이라며 소리 죽여 웃었다. 그리고 위인이 언제 부턴지 늘 뜻 모를 흥얼거림 속에 두 발을 교대로 옮겨 디디며 고

개까지 기웃갸웃 맞춰 흔드는 기이한 버릇이 생긴 것을 보고는
두 사람의 간밤 잠자리까지 궁금해하곤 하였다. "글씨, 저것들은
서로 정해진 잠자리가 없은께 날마다 첫날밤이겄어. 어지께 밤엔
또 어디서 고 일을 치렀으까이!"

그 시절 선바우골엔 희비 간에 그런저런 우스개 기담거리의 주
인공이 많았다. 어찌 보면 마을 사람들 거의가 각기 남다른 풍모
와 행투, 기상천외한 일화의 주인공으로 살아가고 있는 형국이었
으니.

2

선바우골에서 그를 마중 나온 집안 조카아이는 보림사를 떠나
며 전화로 약속한 대로 회진포 버스 정류장에서 차를 기다리고
있었다.

"마을로 들어오지 마시고 회진 터미널 주차장으로 차를 대셔
요. 이 양반, 작은 안 선생이 그리로 나가 직접 물건을 전해드리
겠답니다. 터미널 근처 식당에서 함께 점심도 나눌 겸 해서요."

기태 씨로선 너무 오랜만인 데다 예정에도 없던 돌연한 선바우
골 길이 적지않이 주저되던 참에, 웬일로 아심찮이 위인 쪽에서
먼저 상면 장소를 이곳으로 정해준 걸 따른 참인데, 그가 정류소
주차장 한쪽에 차를 세우고 내려서자 녀석이 어디선지 금세 그를
알아보고 빗속을 내달려와 꾸벅 인사를 건넸다.

"오셨어요? 이쪽 길 오랜만이신데 오시면서 큰 불편한 점이나 없으셨는지 모르겠습니다."

집안 손위 어른 앞에 제 턱수염을 민망해할 일이 없을 만큼 그새 훌쩍 나이를 먹어버린 터에도 녀석은 첫 대면부터 말투나 행신이 어색할 만큼 한껏 정중하고 조심스러웠다.

"그 양반은 나와 계시냐?"

동네 일가붙이들의 안부는 아침 전화에서 미리 물어둔 터이므로 기태 씨는 녀석이 펼쳐 내미는 우산 밑으로 들어서며 거두절미 바로 궁금한 용건으로 들어갔다.

"예, 저기 보이는 양지식당입니다. 아까부터 미리 점심을 시켜 놓고 기다리고 계십니다. 차는 그냥 여기 두고 가시지라."

조카아이는 대답과 함께 기태 씨 왼쪽에서 우산을 받쳐 든 채 길 건너 골목 식당 쪽을 향해 걷기 시작했다.

하지만 그 식당까지의 짧은 거리에도 이날 기태 씨의 궁금증은 오래 묵은 시간의 미로 속을 한나절만큼이나 길게 헤매야 했다.

"그 양반이 내게 대체 무얼 전해 맡기겠다는 것인구?"

그게 무언진 조카아이도 아직 모르는 일이랬다. 하지만 녀석 말투로 보아 그게 예삿 물건이 아님은 분명한 것 같았다. ──내가 과연 선바우골로부터 무얼 얻어 지닐 노릇을 해왔던가? 그는 새삼 자신의 지난날이 되돌아 보이지 않을 수 없었다.

……나이 예순을 넘어 사무실 일에서 물러나 쉬고 있는 지금에 와서 돌이켜 보면 황기태 씨의 지난날은 한마디로 크게 자랑할 것이나 후회할 것이 없는, 기복 없이 그럭저럭 살아낸 평범한

삶이었다. 남 앞서 나설 만한 공부 머리도 못 되는 터에 나름대로 배우고 남 사는 만큼만 살고 싶은 어릴 적부터의 소망과 그것을 뒷받침해온 꾸준한 노력과 성실성 덕이랄 수 있었다.

그는 애초 그 벽지 시골 동네 아이들이 대개 그랬듯이 초등학교를 졸업하고 더 이상 웃학교 진학을 못했다. 하지만 몇 년 농사일 끝에 독학으로 중학교 과정 공부를 시작했고 다시 몇 년 뒤에는 고등학교 입학자격 검정고시를 통과했다. 그는 이번에도 진학 대신 자력으로 고등학교 과정을 공부했고, 또 한 번의 대학 진학 검정고시 관문을 통과했다. 하지만 그쯤 기태 씨는 이제 진학용 자격고시 공부를 접고 생계 방편의 시험공부 길로 들어섰고, 그 몇 년 뒤의 보통고시 합격……

그렇게 중하위직 공무원으로 첫발을 내디딘 관직 생활도 그의 변함없는 성실성과 노력 덕분에 썩 탄탄한 승진가도를 달린 셈이었다. 고향 고을 군청의 5급직(당시)으로 출발한 그의 직급과 보직은 흠결 없는 업무 능력에다 거듭된 승진시험을 거쳐 10여 년 뒤에는 도청 3급 사무관직에까지 올라 있었다.

그런데 대충 이 무렵부터였을 것이다. 그 유별난 선바우골 인물전 일화가 터무니없이 그를 뒤따라 붙기 시작했다.

"우리 동네에 천재가 났다. 황기태는 우리 동네가 낳은 큰 인물이다. 선바우골 유사 이래 황기태보다 크게 출세한 사람은 없다!"

부러움과 기대가 섞인 고향 마을의 성원과 칭송이 그칠 날이 없었다. 그 또한 어느새 비상한 '천재'의 이름으로 '선바우골의 인물전' 반열에 오르기 시작한 것이다. 게다가 당시로선 그 자신 그 것이 크게 당찮은 일로 여겨지지도 않았다. 지금까지 그가 기울여온 노력과 성취는 과연 선바우골의 '입지전적 인물'로 그만한 칭송을 받아 마땅한 일면도 있으리라 자부심을 느끼기도 하였다.

하지만 기태 씨의 '출세'는 그것이 절정이었고, 거기까지가 한계였다. 소위 '가방끈'이 짧은 데다 이렇다 할 주위가 없이 혈혈단신 오직 혼자 힘으로 거기까지 걸어온 기태 씨는 거기서 더 이상 오르거나 나아갈 길이 없었다. 나이까지 이젠 어언 불혹의 장년기를 다해가고 있었다. 그는 차츰 삶의 피로감을 느끼기 시작했다. 때로는 지력이나 체력이 모두 소진된 듯한 무기력증에다 무엇보다 심한 의욕감퇴 증세까지 겹쳐들었다.

그는 새삼 자신의 지력과 능력에 회의가 일기 시작했다. 그리고 자연 선바우골 사람들의 칭송과 자신에 대한 기대의 눈길마저 전에 없이 거북하고 부담스럽게 여겨졌다.

'천재니 출세니 무슨 당찮은! 그래 대체 나더러 무얼 어쩌라고?'

어쩌다 한 번씩 찾아간 선바우골 사람들의 변함없는 칭송과 덕담 투엔 갈수록 어떤 갚을 길 없는 부채감, 무엇인지 억지 종주먹질을 당하는 느낌에 답답한 짜증기가 늘어갔다.

그는 마침내 그런 칭송과 기대의 눈길을 더 이상 참을 수가 없어졌고, 자신을 참을 수가 없어졌다. 그리고 그쯤에서 오랜 관직 생활을 정리하고, 어느 구청 근처에 새로 행정서사 사무실을 차렸다가 1년쯤 뒤에는 먼저 올라간 옛 동료의 주선에 따라 수도권 도시의 한 변두리 관공서 근처로 사무실을 옮겨갔다.

이후 십수 년 동안 고향 선바우골 쪽에 발길을 끊고 지내게 된 저간의 경위였다.

그렇듯 선바우골 쪽 일은 거의 잊고 지나다시피 해오던 지난해 가을이었다. 하루는 그 동네 이장 일을 맡고 있다는 조카뻘 아이로부터 사무실로 뜻밖의 전화가 걸려왔다.

"이따금 전화라도 좀 주시지 않고요. 이제 고향 동네 쪽 사람들하곤 아여 담을 쌓고 지낼 작정이신가보구만이라이? 당숙님 전화번호 알아내느라 여기저기 한참 고생을 했구만이라."

제 나이도 어언 40줄에 들어섰을 조카 녀석은 안부 인사를 끝내자마자 자못 시비조가 되었다. 갑자기 무슨 일이냐, 그쪽에 무슨 긴급한 일이 생겼느냐니까, 금년 가을 집안 시제 때 한번 다녀가시지 않겠느냐, 집안 어른들이 얼굴 잊어먹겠다고 한번 내려왔다 가시라는 간곡한 당부의 전갈이 있어서랬다. 거기다 녀석은 듣기 거북한 다른 구실까지 들이대며 그를 다그쳤다.

"집안 시제도 시제지만, 마을 사람들도 한번 내려와보셔야 하잖겠어요. 마을 사람들 은근히 뒷소리가 많아요. 출세하면 고향도 버리느냐고요."

"출세? 내가 무슨 출셀 했길래 그 동네 사람들에게 그런 인사까지 치러야 하지?"

기태 씨가 좀 어이없다는 듯 떨떠름해하는 소리에 녀석은 갈수록 태산이었다.

"당숙님은 이 동네 산 전설이시잖아요. 걸어 다니는 법전······

군청이나 도청 시절엔 당숙님이 곁에 계시지 않으면 일을 볼 수 없었을 만큼 머리 좋은 천재…… 지금도 잊지 않고 전해오는 이 동네 사람들 말이구먼요. 그런 당숙님이 이 동넬 버린 모양이라고 서운해들 하니, 나이 드신 집안 어른들까지 듣기 거북하다고, 웬만하면 시간 내어 한번 다녀가시라고요."

더 말하지 않아도 알조였다.

"알았다. 그런 일이라면 내 알아서 할 테니 가고 안 가고는 내게 맡겨두고……!"

천재? 동네 전설? 기태 씨는 쓴웃음을 흘리며 그쯤 녀석과 통화를 끝내고 말았다. 그리고 때가 되면 마음 움직일 날이 오겠지 싶어 짐짓 잊고 지냈다. 그는 이제 더 이상 천재나 걸어 다니는 법전이 아닐뿐더러, 마을의 입지전이나 전설이 될 수 없음이 너무도 명백한 때문이었다. 자신의 일에 관한 한 지난날 마을 사람들의 치하와 칭송 속엔 모종 기대심리가 빚은 과장과 거품기가 끼었음이 분명해진 데 따른 부끄러움 또한 적지 않았기 때문이다. 나아가 그는 옛 선바우골 사람들, 어릴 적 이미 지나간 옛날 사람 이야기로 치부돼온 노름꾼의 속임수나 젊은 나이로 요절한 시름꾼의 '번갯불 같고 바람 같은' 신식 기계씨름 기술은 물론, 세월의 한 자락을 같이한 장순이나 자두리들의 일에 대해서까지 그런 과장과 거품기를 새삼 의심하게 됐으니까. 돌이켜 보니 제 눈으로 직접 보았거나 겪은 일이 거의 없었던 그 사람들 이야기는 어느 쪽도 확실한 말을 할 수 없었지만, 황기태 씨 자신의 일을 두고 보면 그런 과장이나 거품기는 이제 의심할 바가 없었으니까.

　이번 사진 여행 일만 아니었다면 그럭저럭 한동안 더 잊고 지낼 수도 있었을 일이었다. 그런데 서울살이가 시작되면서부터 혼자 소일거리 취미 삼아 손에 가까이 하기 시작한 절간 사진 일이 애초의 사단이었다. 한동안은 부러 발길을 멀리해오던 남녘 고향 쪽 사찰들은 그만큼 오랜 마음의 숙제가 되어온 꼴이었고, 그중에도 화순골 운주사의 천불천탑과 와불, 월출산 자락 강진고을의 옛 무위사 벽화들은 나이 예순 길 고개로 접어든 그로선 이제 더 미룰 수 없는 생애의 과제였다. 하여 그는 마침내 여름 휴가 겸해 사무실 문을 걸어 닫고 먼저 화순의 운주사로 향했다. 그런데 그 운주사를 들러 근처에서 하룻밤을 묵고, 아침 길을 나서려다 먼저 무위사 쪽 유물 벽화 전시관 사정을 알아보니, 때마침 여름철 내부 습기 관리공사가 끝난 참이라, 이틀 뒤쯤이면 관람이 가능하리라는 대답이었다. 하루쯤 못 기다릴 게 없었다. 길을 나선 김에 그 하루를 이용하여 어릴 적 자주 가보았던 장흥골 가지산 자락 보림사의 자랑스러운 국보 철조비로자나불과 뒤뜰의 아름다운 부도며 보조국사 창성탑비들을 차분히 둘러볼 좋은 기회였다. 하지만 보림사 쪽으로 길을 바꾸어 하루를 지내고 나서 아침에 다시 무위사 쪽 사정을 확인해보니 전시관 공사는 끝났지만, 마침 또 이날 하루 비가 오리라는 기상청 예보가 있어 전시관 문을 여는 것은 비가 지나간 다음 날쯤이 되리라는 대답이었다. 불가피하게나마 또 하나 그간의 마음속 숙제, 선바우골 조카 녀석과 그의 채근을 떠올리게 된 계기였다. 그런데 예상을 못했을 갑

작스런 전화에 녀석은 도를 넘는 반가움에 더하여 그다지 달가울
수 없는 궁금증 한 가지를 보태왔다.

"참 전화 잘 주셨네요. 그러지 않아도 며칠 뒤쯤 제가 당숙님을
한번 댁으로 찾아올라가 뵐 참이었는디요."

"왜 무슨 급한 일이 생겼냐? 네가 우리 집까지 먼 길을 찾아올
일이라니?"

영문을 알 수 없어 그가 되묻는 소리에 녀석의 대답이 이랬다.

"그 작은 안 선생님이라고, 옛날 서당 선생님 하셨던 안 선생
어른 기억하시지요? 그 어른 자제 되시는 상투쟁이 양반이 당숙
님께 꼭 전해드리라는 물건이 있어서요."

'안 선생'이라면 기태 씨도 어릴 적 동네 서당 공부를 다닌 일
이 있었고, '상투쟁이'라면 남들은 일찌감치 잘라 팽개친 제 선대
어른 때부터의 상투를 나이 마흔을 넘어서고 나서 새삼스럽게 쌓
아 올리고 다닌 데서 비롯된 그 아들의 별호로, 기태들보다는 10
여 년 연상의 인물이었다. 그런 행장으로 온 동네 경조사 절차를
일일이 참견, 간섭하고 다니는 것으로 동네 골동품이 된 위인(작
은 안선이란 호칭을 얻은 연유였다), 동네 이웃 한 젊은이가 장가
를 들고 나서 새색시를 데리고 신혼인사를 갔다가, 탕건망건 의
관 일습을 갖추고 앉아 그것도 새댁 내외를 하느라 시종 한쪽으
로 얼굴을 돌리고 있는 바람에 당신이 갑자기 풍기라도 얻은 게
아닌가 싶었달 만큼 또 한 사람의 문화재급 기인 목록이었다.

"그런데 그 양반이 내게 무얼 전한다고?"

기태 씨의 달갑잖은 궁금증에 녀석이 다시 기름을 부었다.

"아마 그 양반이 당숙님께 전해 맡기고 싶으신 물건이 있으신가 봐요. 그 물건을 맡아주실 사람은 당숙님밖에 없다고요. 하지만 그게 무엇인지는 저도 아직 모르겠어요. 그게 무언진 제가 심부름 길을 나설 때 말해준댔지만 당숙님 말고는 당분간 아무도 그 물건을 보아선 안 된대셨으니께요."

미상불 궁금하지 않을 수 없는 노릇이었다.

하지만 이젠 어차피 사람을 만나야 하고, 만나보면 알게 될 일. 그때까진 궁금증을 눌러두고 싶지만, 차가 고래로 호남 오악(五嶽)의 하나로 일컬어왔다는, 눈익은 천관산 자락 해안도로로 들어서 있고 보니 기태 씨는 새삼 그 조카녀석의 아리송한 소리가 떠올라 부지중 머리가 갸웃거려졌다.

'모를 일이로구만……!'

3

식당에는 조카아이가 고한 대로 안채 깊숙한 방에 자리를 정하고 앉아 기태 씨를 기다리고 있었다. 짐작한 대로 흰 바지저고리 한복 차림에 상투 망건과 갓을 갖춘 옛 의관 그대로의 모습. 기태 씨는 그새 훌쩍 더 노쇠해진 노인이 고풍스런 차림이 예상처럼 희극적이기보다 어딘지 좀 숙연한 분위기였달까.

"그간 존체 평안하셨는지요."

방문을 들어선 길로 그가 아랫목의 노인 앞에 냉큼 몸을 꿇어 엎드리며 정중한 문안 인사를 고한 것은 자신도 전혀 예기치 못한 일이었으니까. 그러니 그 역시 정중한 맞절로 상면의 예를 갖추고 난 노인이 금세 스스럼없이 그 밀의의 봉인을 뜯어 보이지 않았다면 기태 씨로선 감히 이날의 상면과 관련한 노인의 심중은 한동안 문턱조차 넘을 수 없었을 터였다.

때마침 준비된 음식상이 들어오고, 바닷가 해산물을 곁들인 푸짐한 남도 한식 차림에 궂은 날씨에 제격인 약주도 한 주전자 따라 들어왔다. 상투 영감은 지금껏 그걸 기다렸기라도 하듯 갑자기 위아래 격식을 버리고 손수 그 주전자를 집어다 기태 씨의 잔을 채워 권하며 허물없이 굴기 시작했다.

"자, 일부러 어려운 길 오셨으니 우선 한잔 드시고!"

그리곤 별 스스럼없이 수하의 기태 씨에게 자신의 잔을 채우게 한 다음, 상대방과 짐짓 속도를 맞춰 잔을 비우고 나선 다시 자신의 잔을 건네며 곧바로 이날의 용건을 꺼내기 시작했다.

"그러니께 내가 오늘 이렇게 황 선생 자넬 보고자 한 것은……여기 지금 이렇게 우리끼린데 이야길 더 미루고 자시고 할 것 없이 막바로 털어놓자면……"

무언지 썩 은밀한 의논거리라는 듯 우정 '우리끼리'에다 당치도 않은 '선생' 소리까지 내세우며 말을 꺼내려다 말곤 지금껏 자신의 뒤쪽으로 반쯤 가리고 앉아 있던 보자기 상자 하나를 상 한쪽으로 밀어 내놓았다. 그리곤 그 붉은색 보자기 속 물건이 무엇인지 알겠냐는 듯 새삼 기태 씨를 찬찬히 건너다보았다.

기태 씨는 물론 부피가 제법 있어 보이는 그 보자기 속 물건이 무슨 사각 상자 같다는 것밖에 더 이상의 짐작은 어려웠다. 그래 잠시 영감을 마주 쳐다보고만 있으려니 그가 비로소 본론을 말하기 시작했다.

"자네도 어릴 적 내 선친께서 돌보신 서당엘 다닌 일이 있으니 필경은 이 물건에 대한 기억이 있을걸세. 그 시절 동네 글방에서 학동들이 공동으로 함께 썼던 심지연(心池硯)이란 큰 벼루 말일세."

"심지연? 그럼, 저 물건이 그 시절 글방의 주인공 팔각 벼루란 말인가?"

기태 씨는 순간 자신도 모르게 자세를 고쳐 앉으며 새삼 그 보자기 속 물건을 바라보았다.

오래 잊고 지나온 일이긴 하지만 심지연이라면 그도 물론 분명한 기억이 있었다. 그 시절 나이가 벌써 일흔 객에 가깝던 늙은 안 선생의 글방에선 아침저녁 습자나 필서(筆書) 시간마다 그 대형 벼루가 방 한가운데에 나앉아 있었다. 아이들 글씨 공부를 위해 동네 집집마다 보리쌀 한 되씩을 갹출하여 마련해주었다는 대형 팔각 벼루. 먹을 갈고 글씨를 쓰는 것을 제 마음을 갈고 닦는 일로 삼으라는 뜻으로 훈장 안 선생이 일찍이 '심지연'으로 명명했다는 그 벼루 주위는 늘 크고 작은 글방 아이들의 붓길질이 분주했고, 심지어는 훈장님 안 선생까지도 그것을 함께 사용했다. 기태 씨가 예닐곱 살 어린 나이에 『천자문』부터 『동몽선습』까지 3년여 간의 서당 시절을 끝내고 10리 밖 면소 마을의 초등학교 공부를 다니기 시작할 무렵엔 그 벼루의 갈판이 깊이 닳아 뚫릴

지경에 이르러 새 벼루를 마련해 들이느니 어쩌느니 동네 의논이
분분하기도 했던 물건이었다.

"그런데 그런 물건이 아직까지 남아 있었던가? 게다가 그걸 어
째서 하필 내게?"

하지만 상투 영감은 기태 씨가 다행히 그 심지연을 기억하고
있는 낌새에 한결 마음이 놓이는 듯 여유로운 어조였다.

"허긴 황 선생으로선 갑자기 사람을 불러놓고 웬 고물단지 벼
루타령인가 싶을 게야. 허지만 이 물건엔 그럴 만한 연유가 있어.
자, 이거 한잔 더 들면서 잠시 들어봐."

영감은 다시 한차례 술잔을 들어 권하며 내쳐 사연을 이어갔다.

"황 선생도 알다시피 저 경인년 전란(1950년의 6·25)이 터지
고 나서 서당도 그만 문을 닫고 말았제. 그 몇 년 뒤엔 선친께서
도 세상을 떠나셨고 벼루 일 따위가 더 이상 기억되거나 문제될
리 없었제. 사실을 말하자면 나는 한동안 그 물건이 어디 있는지,
누가 어디 간직하고 있는지도 알지 못했으니께. 그 전란 통에 서
당 문을 닫고 나서 선친께선 집에서도 글을 읽거나 쓴 일이 통 없
으셨거든. 그런데 언제부턴지 동네 사람들이 그 벼루 이야기를
다시 꺼내기 시작한 게야……"

기태 씨로선 좀 황당하게 들리기까지 한 그 벼루의 사연인즉
이런 식이었다.

……마을 사람들이 벼루를 기억하고 다시 찾기 시작한 것은 그
심지연의 보이지 않는 신통력과 음덕 때문이었다.

"심지연이란 이름이 부끄럽지 않은 신통방통 영험한 벼루였

제. 그 벼루에 먹을 갈아 글씨를 배운 학동들 중에 마음보가 비뚤게 자란 아이는 하나도 없었으니께."

나이 먹은 사람들은 한결같이 찬탄과 아쉬움을 금치 못하곤 하였다.

"뿐인가. 이 동네 아이들이 하나같이 글씨를 잘 쓰고 지력이 뛰어난 것도 다 그 벼룻물로 글공부를 한 덕이었구만. 둘도 없는 우리 동네 보물이었제. 그런디 그 벼루가 지금 어디로 갔제? 서당이 닫힐 때 안 선생 어른이 댁으로 지녀 가셨을지 모르겄는디, 그 벼루 한번 다시 봤으면 좋겄구먼. 그 벼루 원래가 누구 한 개인 물건이 아니라 우리 동네 공동 재산 한가지였으니께."

사람들은 은근히 안 선생의 장자 되는 뒷날의 상투쟁이를 지목하여 그 벼루를 다시 보고 싶어 한 것이다.

상투쟁이도 물론 마을 사람들의 기억이나 추궁을 거스를 생각은 아니었다. 하지만 당시로선 별 관심이 없었던 탓이겠지만 그는 선친의 처결 여부는 물론 그 벼루 자체에 대한 기억이 없었다. 새삼스레 집안 구석구석을 뒤져봐도 흔적을 찾을 수 없었고, 그렇다고 돌아가신 어른께 행방을 물을 수도 없었다. 하지만 그는 이제 그 마음만은 동네 사람들과 한가지였다. 그는 마을 사람들과 동네를 위하여, 무엇보다 앞으로 나고 자랄 마을 후생들을 위해 그 벼루의 신통한 이야기만은 그대로 고스란히 전해 남기고 싶었다. 하여 그는 이후 그를 채근해오는 동네 사람들에게 말하곤 하였다.

"그 벼루 아마 선친께서 오래 보관하라고 세상 떠나시기 전에 누구에겐가 전해 맡기신 듯싶네. 내 지금에 와서 짐작만 가지고 그게 누군지는 섣불리 말할 수 없는 일이지만, 아마 그 사람도 벼루의 사연을 귀히 여겨 잘 보관하고 있을 것일세."

그런데 그 상투 영감의 황당한 이야기가 기태 씨에게는 거기서부터가 더욱 어이없고 듣기 거북했다.

"그런디 언제부턴지 마을 사람들이 자넬 지목하기 시작하드구만. 그 벼루는 분명 자네가 보관하고 있을 게 분명하다고. 내가 그걸 누구라고 말한 일이 없는데도 말일세."

이야기를 들으면서 기태 씨 자신 설마 하면서도 머릿속에 막연히 맴돌던 지레짐작을 확인해준 것이었다.

상투 영감은 그러고 나서 이제 오늘 일의 곡절과 네 처지를 알겠냐는 듯 반쯤 비우다 만 술잔을 천천히 집어다 비워냈다. 기태 씨는 그 영감의 술잔을 다시 채워주며 농담을 흘리듯 짐짓 심드렁하게 물었다.

"그 물건 정말로 제가 지녔다면 싶기는 합니다만…… 마을에서들은 왜 하필 저를 지목했을까요?"

하지만 그에 대한 영감의 대답은 어느 때보다도 머뭇거림이 없었다.

"그야, 황 선생은 이 마을 누구보다 머리가 뛰어나고 출세도 했으니 그 벼루의 음덕을 누린 거라 여긴 게지. 벼루를 지닐 사람은 마땅히 그런 황 선생이어야 한다고."

"지금 그 말씀, 설마 어르신께선 믿지 않으셨겠지요? 지금도 이런 제 몰골을 앞에 하고 계시지만, 어르신께선 제 어릴 적 이후의 일들도 대개 다 알고 계시지 않습니까?"

"옛날에나 지금이나 황 선생 모습이 어때서? 머리 좋겠다, 사람 심성 착하겠다, 이 마을 누구보다 큰 꿈을 이뤘겠다…… 그냥 한때의 수재나 천재였다기보다 유사 이래 이 마을의 인물이요, 젊은 사람들의 귀감이자 사표라 할 수 있제. 내 진실로 그걸 믿지 않았더면 그 당장 진실을 밝히고 들었겠제. 하지만 난 그러지 않았어. 지금까지도. 못 믿겠으면 자네 집안사람이니 이 사람, 우리 이장한테 물어봐. 동네 사람들이 지금 황 선생을 어떤 사람으로 알고 있는지."

말을 하고 나서 영감은 기태 씨 대신 네가 한번 말해보라는 듯 상 한쪽에 앉아 말없이 시중만 들고 있는 조카아이 쪽을 건너다 보았다. 하니까 녀석은 영감보다 외려 한술을 더 뜨고 나섰다.

"당숙님 이야기야 한마디로 이 동네 전설이지요. 당숙님은 누가 뭐래도 이 동네 샛별이여요."

기태 씨로선 할 말을 잊을 지경이었다. 한데다 영감은 마지막으로 못을 박듯이 그를 어르고 들었다.

"헌다고 지니지도 않은 물건 일로 애먼 덤터길 써왔다고 날 너무 원망하진 말게. 오늘은 내 자네한테 진짜 물건을 전해드릴 모양이니께. 이 보자기 속 물건 말일세……"

영감은 잠시 말을 끊고 다시 곁에 놓인 상자 보자기를 눈길로 가리켜 보였다. 기태 씨도 거기 새삼 궁금증이 기울 수밖에 없었다. 벼루는 행적을 찾을 수 없다면서, 필시 벼루처럼 보이는 저 물건은 그럼 무엇이란 말인가. 진작부터 정체가 아리송하던 참이었다.

"내 근자에 내 집에서 이걸 찾아냈지 뭔가. 바로 내 집안 깊은 곳에서 말일세."

영감은 더 미룰 일이 아니라는 듯 그 보자기 상자를 기태 씨 앞으로 밀어놓았다.

"자, 이제부턴 이거 자네 물건일세. 기왕지사 우리끼리니 솔직히 말하면, 찾고 보니 실은 별로 보잘것없는 물건이었지만 오늘 이렇게 자넬 보자 한 건 이걸 전하기 위해서니 이따가 지니고 가시게!"

하지만 기태 씨는 물론 영감의 일방적인 처사를 그대로 받아들일 수가 없었다. 원래부터 있어야 자리에서 물건이 나타난 마당에 지금 와서 천부당만부당 그걸 자신이 지녀갈 이유도 없었고 그럴 마음도 없었다.

"벼루를 찾았으면 이제 댁에서 동네 물건으로 건사해가시면 되지 이걸 새삼스럽게 왜 제가 가져갑니까?"

기태 씨는 곡절을 따지기 앞서 완강하게 사양했다. 그런데 그를 강요하다시피 한 영감의 속내가 더한층 아리송하고 완강했다.

"내 그래서 여태껏 우리 이장한테도 사실을 묻어왔고 지금도 차마 함께 열어보잘 수가 없어 집에 가서 혼자 풀어보시랄 참이었네만, 아까 말했듯 찾고 보니 이 벼루 우리가 기억해온 그런 물건이 아니었어. 크기도 그렇고 모양새도 그렇고…… 황 선생을 비롯해 이 동네 인물들을 길러낼 만한 음덕을 지닌 벼루라기엔. 동네 사람들 앞에 내놓을 수가 없었제."

영감이 드디어 좀 솔직한 속낼 털어놓은 셈이었다.

하지만 기태 씨는 아직도 뭔가 석연치가 못했다. 영감의 말속
엔 그가 쉽게 읽어내지 못한 간곡한 함의가 담겨 있는 듯도 싶었
지만, 그에겐 그게 아무래도 확연치가 못했다(그리고 뒷날 가서
그 영감의 웅숭깊은 염량에 더욱 놀라지 않을 수 없었지만). 영감의
강요 투가 여전히 달가울 수가 없었다.

"그런데 그걸 하필 왜 제가 지녀야 합니까."

그가 다시 똑같은 소이를 따져 물었다. 하지만 영감 또한 좀체
물러설 기색이 아니었다.

"허, 그거야 실물을 곧이곧대로 내보여줄 수 없다면 누군가는
이 동넬 위해 밖에서 그걸 지녀줘야 하지 않겠는가, 이 사람아.
그리고 황 선생은 본인이야 어찌, 거기 얼마간 허명기가 끼었든
어쨌든 기왕지사 그런 신망과 부러움을 사온 사람이니께. 게다가
또 한마디 덧붙이자면, 황 선생은 오랜 세월 이 동네 발길을 끊고
지내온 사람이거든. 그래서 내 오늘도 동네 눈길 띄지 않게 자넬
굳이 이렇게 보자고 한 일이지만, 이 선바우골 사람들이 자넬 지
목하기 시작한 건 자네가 이 동네 발길을 하지 않을 때부터였거
든. 아마도 자네가 그 벼루를 내놓기 싫어서 아예 발길까지 끊은
게라고 말여. 허허…… 아, 헌디 이거 우리 이야기가 너무 길어
진 모양이구만. 우리 이장 아인 어느새 제 밥그릇을 비우고 나간
모양인디 우리도 이젠 몇 술 떠야지 않겠는가."

영감은 그쯤 할 말을 다했다는 듯 밥숟갈을 집어들며 기태 씨
를 건너다보았다.

4

두 사람은 비로소 늦은 식사를 시작했고, 그동안엔 별말이 오간 게 없었다.

기태 씨도 이젠 마을 어른으로서의 영감의 충정이나 그에 대한 주문의 뜻을 대충 헤아릴 수 있었다.

하지만 두 사람 간의 이야기는 아직 그것으로 끝날 수가 없었다. 기태 씨는 여전히 영감의 뜻을 따를 수가 없었다. 무엇보다 그는 영감이나 조카아이가 말하듯 수재나 천재가 아님은 물론 마을의 귀감이나 사표가 될 만한 인물이 아니었기 때문이다.

"죄송한 말씀입니다만, 아무리 생각해도 이 벼룬 제가 맡을 수 없을 것 같습니다. 누가 뭐래도 저는 제 자신을 잘 압니다. 전 이 벼루를 지닐 위인이 못 됩니다."

점심을 대충 끝내고 상을 물린 뒤 숭늉 대신 녹찻잔을 가운데 하고 마주 앉게 되었을 때 기태 씨가 작심한 듯 다시 사양의 뜻을 분명히 하고 나섰다. 이야기가 다시 이어질 수밖에 없었다. 서로 번갈아 오가는 논전 투가 아니라 이번에는 상투 영감의 일방적인 회고담으로, 그간 선바우골 사람들 간에 전해온 옛 기인급 인물들의 일화였다.

"황 선생도 아마 옛날 우리 동네 천태산이라는 그림자 도둑 이야기 아직 기억하고 있었제?"

기태 씨가 입속에서 별러 뱉은 말은 들은 척을 않은 채 한참 만에 딴청을 부리듯 꺼낸 소리가 그 그림자 도둑 이야기였다.

……일제 강점기하의 1900년대 초엽 어느 시절. 선바우골에 그다지 인심이 도탑지 못한 '부잣집'이 있었다. 이 집 저 집 봄 계량(計糧)이 어려운 춘궁기로 접어들면 누군지 야음을 타고 종종 그 부잣집 곳간을 털어가는 절도사건이 생기곤 했지만 한 번도 그 범인이 잡히거나 도난물을 다시 찾은 일이 없었다. 그게 애초부터 불가능한 일이었다.

"아침에 일어나 보니 우리 식구 굶고 지내는 걸 어떻게 알았는지 간밤에 누가 고맙게도 쌀 한 자루를 사립께다 들여놓고 갔던걸. 오늘은 부황 나 죽을 뻔한 우리 식구 모처럼 배가 터지게 포식들을 했구만."

때마다 동네에선 한두 집씩 곡절을 알지 못한 채 쌀을 먹어치운 사실을 실토하고 나섰고, 어떤 사람은 새벽 칙간 길을 나서다가 얼핏 사립 밖으로 사라지는 사람 그림자를 보았지만 그게 누군지는 알아볼 수가 없더랬기 때문이다.

그래 두고두고 정체가 밝혀지지 않은 그 신출귀몰한 부잣집 곳간 '그림자 도둑' 이야기…… 그 역시 상투영감의 긴 설명이 아니라도 기태 씨 어릴 적 자주 들어 귀에 익은 또 하나 전설 같은 이야기였다. 그러다 어느 해 봄철엔가는 그 그림자 도둑이 예의 부잣집 씻나락 담가둔 것을 몽땅 털어다 나눠 먹인 바람에 그해 모판 파종 시기를 놓쳐 한 해 농사를 망치고 만 부잣집 사람들이 이듬해부턴 끼니를 잃고 지내는 마을 이웃 처지에 제법 마음을 열게 되고, 그 도둑은 끝내 정체가 밝혀지지 않은 채 그냥 '그림

자 도둑' 이야기로만 남게 됐다는 사연······

하지만 기태 씨는 그 이야기 중 무언가를 잘못 알아온 모양이었다.

"내 황 선생헌티 하나 물어봄세. 그 그림자 도둑 말일세. 자네 그렇게 마음 착하고 넉넉한 도둑이 정말로 있었다고 생각하는가?"

기태 씨가 이미 그 이야기를 기억하고 있는 듯한 낌새에 상투 영감이 긴 설명을 접고 갑자기 그에게 물어왔다. 그리곤 필시 그가 잘못 알고 있으리라 여긴 듯 스스로 설명을 이어갔다.

"그 고마운 도둑 덕에 절량의 어려움을 연명했다는 동네 사람들······ 그 사람들 중에 정말로 그 곡물 자루를 얻어먹은 사람은 한 사람도 없었어. 그냥 이심전심으로 그렇게 서로 소문을 만들어낸 것뿐. 내 말은 그러니께 그런 마음씨 고운 도둑은 있어본 일이 없었다는 게야. 그냥 도둑이 마을 사람들 입소문으로 그렇게 변했을 뿐. 그러구 그때나 지금이나 그런 줄을 알면서도 진짜 사실을 말하거나 그걸 굳이 허황된 거짓말이라고 우기고 나서려는 사람도 없어. 지금 이런 소릴 털어놓는 나 역시도······ 그런데 자네 왜 그런 일이 생겼다고 생각하나. 동네 사람들이 있지도 않은 의적을 만들고, 그런 사실을 알면서도 여태껏 입을 다문 채 그걸 사실인 양 이야기로 전해오고······ 황 선생헌틴 그게 다 이 동네 사람들의 부질없는 호사취미로 생각되는가?"

"······"

기태 씨도 이제 그 영감의 의중을 읽을 수 있었음이 물론이었다. 하지만 그는 곧바로 대답할 수가 없었다. 그것이 마을과 마을 사람들의 모듬살이에 그렇듯 필요한 일이었다 치더라도 자신이 그 '의적'이 될 수는 없었기 때문이다. 상투 영감은 사실이 크게 문제 될 게 없다는 투였지만, 그렇더라도 동네 보물을 빼어내다 혼자 끼고 지내는 욕심꾸러기 의적 역이라니! 그게 아무리 사람들 마음속 그림자 노릇일 뿐이라 하더라도 벼루를 지녀가는 일만은 내키지가 않았다.

하지만 황기태 씨가 안 영감을 만나러 온 데서부터 일은 이미 영감 뜻대로 흘러가게 마련이던 꼴이었다.

이날 하룻밤을 혼자 포구 여관에서 지내고 이튿날 아침 하늘이 개인 걸 보고 강진 쪽 무위사 길을 나선 기태 씨 차 뒷좌석에는 예의 벼루 상자 꾸러미가 실려 있었다. 실은 전날 저녁 느지막이 영감이 조카아이를 데리고 기태 씨와 헤어져 돌아가며 남긴 당부를 막아서지 못했기 때문이었다.

"이젠 그냥 모른 척하고 싣고 가셔. 그리고 이미 말했듯 궁금해할 것 없으니 미리 열어보지 말고 집에 당도한 뒤에 열어보고, 계속 지니든지 말 것인진 그때 가서 정하시고. 황 선생이 어떤 처분을 내리든 난 이제 임자헌티 맡긴 것인께."

아직도 물건을 꺼내보지 않은 건 그 영감의 당부 때문이 아니라 계속 어떤 뜨악한 느낌이 남아서였지만, 그때 한 번 더 영감을 막아서지 못한 건 그에게 더 이상 그럴 기력이 다한 탓이었다. 두 사람 간에는 점심 술자리가 그만큼 더 길어진 것이었다.

"마음이 아직 그리 개운치가 못하다면 내 한 가지 더 얘길 할까. 멀리 갈 것 없이 자네 어릴 적 이웃해 살았던 방 씨 어른 얘기 말일세."

아, 그 도깨비 할배! 앞서의 '그림자 의적' 이야기에도 아직 흔쾌한 대꾸가 없는 기태 씨 반응에 영감이 '그럼 이 사람 일은 어때' 하는 식으로 다시 들추고 나선 것이 그 '도깨비 할배' 방 씨 어른 이야기였다.

……기태 씨 어릴 적 한골목 이웃집에 땅딸막한 키에도 다부진 체격의 방씨 성 영감네가 살고 있었다. 젊었을 적 어느 날 장터거리에서 쇠고기 한 근을 사들고 늦은 밤 산길을 돌아오다 생피 냄새를 좇아 뒤따라온 도깨비 녀석과 사생결단 씨름판을 벌인 끝에 그 쇠고기를 무사히 가지고 돌아왔다는 일화의 주인공. 이후부턴 그가 밤길을 나설 때마다 그 도깨비 녀석이 고분고분 아우처럼 길동무를 해주는 바람에 아무리 먼 길도 무서운 줄 모르고 바람처럼 단숨에 오가는 초인적 능력의 소유자로까지 알려져 어두운 밤 마을에 급한 일이 생길 때마다 번번이 이웃의 부름에 따라 힘들고 무서운 길을 대신 다녀오곤 했다는 미담의 주인공이기도 하였다. 그러다 종당엔 당신 자신이 아예 '도깨비 할배'로 불리게 됐다는……

"그 도깨비 어른이라면…… 제 어릴 적엔 이미 기력이 다할 연세라 이웃해 살면서도 직접 겪거나 목도한 일은 없습니다만, 어쩌다 한 번씩 골목길에서 마주친 당신의 이글거리는 눈빛하며 벼락치듯 한 기침 소리들만 하여도 제가 들은 어른들 말씀이 실감 되곤 했지요."

기태 씨가 먼저 아는 척을 하고 들자 상투 영감도 거기 일단 동의를 표하듯 고개를 끄덕였다. 하지만 기태 씨는 이번에도 그 도깨비 할배의 일을 제대로 다 알지 못한 꼴이었다.

"그런디 그 어른이 세상을 떠나시기 전 병석에서 늙은 할멈에게 마지막으로 하신 말씀이 뭐래셨는지 아는가?"

상투영감이 기태 씨에게 물었다. 그리고 으레 알 리가 없다는 듯 자답을 해왔다.

"'임자, 사람 죽는다는 게 왼통 험한 노릇만은 아니구만! 나, 인제 그 험한 밤 산길 그만 떨고 다녀도 되는 거 아니었어?' 이게 무신 소린고 허니, 그 당신도 그동안 그 산길을 혼자 떨고 다녔다는 게 아니었어? 동네 사람들에게 등을 떠밀려서 말도 못하고 할 수 없이 정말로 당신이 그런 사람마냥!"

"……!"

"허고 보니 우리 후인들 또한 그걸 알면서도 지금껏 당신을 그런 사람으로 여기며 그렇게 말해온 게야. 그런디 황 선생도 알다시피 오랜 세월을 거슬러 올라가다 보면 우리 동네에 전해오는 그런 기인. 재주꾼, 초인 격 인물들 이야기가 어디 그 당신뿐인가. 혹은 만인이 우러러볼 의기나 덕망으로, 혹은 누구처럼 빼어난 글공부나 전문 기예, 심지언 남다른 풍모나 기행으로 해서까지…… 어찌 보면 이 동네 사람들 모두가 각기 한 가지씩 제 역할을 맡아 살아온 격이랄까. 왜 그랬는지 이제 임자도 알겠지만 그게 세상살이고 이 동네 사람살이 꼴이었다면, 거꾸로 저 몹쓸 도

둑이나 노름꾼, 패륜아 무리까지도 나름대로 사람살이의 반면거
울을 삼을 수 있었으니께. 그래 나도 지금껏 상투쟁이 소릴 들어
가며 짐짓 이 꼴로 고집스런 세월을 살아온 것 아니겠는가."

"벼루가 대체 어떻게 된 물건이길래 당장에선 풀어보지도 말
라는 게여?"

전날의 일을 되새기다 말고 기태 씨는 자신도 모르게 힐끔 뒷
좌석을 돌아다보았다. 바야흐로 장흥 지경을 벗어나 강진 땅으로
들어서며 오롯이 혼자가 된 느낌 탓이리라. 그는 비로소 그 뒷자
리의 보자기 속 벼루가 궁금해진 것이었다. 실은 그 때문에 우정
외면을 하다시피 해온 터이지만 아무래도 웬 애물단지를 억지로
떠안고 가는 듯한 편찮은 기분 때문이기도 하였다.

"그야, 영감이 내게 동네 보물급 물건을 지니라 내놓을 리는 없
을 테지……"

기태 씨는 별 영양가가 없음에 분명한 머릿속 궁금증을 지우려
차창 밖을 내다보았다. 비 개인 아침녘의 강진만 푸른 바다가 남
쪽 끝 마량포구에서부터 시원스럽게 펼쳐져 있었다. 맞은편 해남
반도의 연안 산줄기를 마주보며 달리는 해안 길 경관은 기태 씨
에게 충분히 다른 생각을 잊게 하고 남았다. 이어 강진읍을 비껴
지나면서부터 바로 시야에 떠오르기 시작한 영암골 월출산의 연
봉들 역시 모처럼 만의 그의 무위사 탐방 길을 무심찮이 맞아주
고 있는 것 같았다.

5

짐작대로 드물게 옛스럽고 소박 고즈넉한 분위기의 무위사 벽화유물관은 아침 10시쯤부터 이미 문이 열려 있었고, 그곳에 소장하고 있는 고려 불화의 아름다움 또한 기태 씨에겐 생각 이상으로 경탄스러운 것이었다. 그 벽화의 유려하고도 신비한 선과 채색 솜씨는 물론 출발 전 안내 책자에서 확인한 바 그대로 겉그림과 속그림을 중첩해 그린 그림의 겹침 자국에서는 선인들의 지혜와 면면한 시간관에 마음이 숙연해지지 않을 수 없었다.

"지난 1950년대 후반 6·25전란으로 퇴락한 절간 중수를 하다보니 낡고 희미해진 벽화 속에 같은 그림이 네 겹이나 겹쳐 숨겨져 있었다는 거야. 겉그림이 못쓰게 되면 속엣것을 차례로 벗겨보라는 선인들의 배려였을 거라는구먼. 그것도 네 벌씩이나…… 그쪽 골 태생에 사진을 찍는다면서 그런 것도 아직 안 가봤어?"

한 동향 친구의 핀잔 어린 조언처럼 같은 그림이 네 벌까지는 아니더라도 적어도 겉그림 속에 다른 그림이 그려진 흔적은 분명해 보이지 않았던가. 허락 없이 벽화를 촬영하지 말라는 관리소의 고지문이 아니더라도 그런 경우 흔히 해오던 요령대로 카메라를 들이댈 엄두를 못 낸 채 그대로 전시실을 나오고 말 뻔한 그였다. 끝내 사진 한 장 못 찍었더라도 나름대로 뿌듯한 보람을 안고 도량을 나섰을 기태 씨였다.

그런데 그가 전시관을 나서려 할 때 앞서거니 뒤서거니 팔짱을

긴 채 벽화를 구경하고 나오던 한 쌍의 젊은 학생 티 남녀가 주고
받는 소리가 새삼 기태 씨의 주의를 일깨웠다.

"그런데 파랑새가 눈동자를 그리려다 말고 날아가버렸다는 부
처님 그림은 어디 있어? 그 부처님 그림 전시관엔 없었잖아?"

"바보야, 그 부처님 그림은 유물전시관이 아니라 저기 법당 벽
화에 있댔어. 지금 거기로 가보자구."

아차, 그걸 그냥 잊고 갈 뻔했잖아! 고려 불화에 너무 넋을 빼
앗긴 탓일 터였다. 젊은이들이 우연찮이 그걸 일깨준 게 고맙다
고 해야 할지.

"그 절 법당엔 이런 선담이 전해오는 벽화도 한 점 있어⋯⋯"

동창 친구 녀석의 계속된 부추김 소리가 떠올라 길을 나서기
전 사찰 안내서를 찾아보니 대충 이런 내용이었다.

⋯⋯조선조 초기 이 절을 크게 중축한 스님들이 마지막으로 훌
륭한 벽화를 그려 얻고자 고심하고 있었다. 하루는 한 낯선 스님
이 절을 지나가다 그 이야기를 듣고 자신이 한번 그 일을 감당해
보겠노라 자청하고 나섰다. 그리고 그가 벽화를 그리려고 법당 안
으로 문을 걸고 들어가며 그림을 완성하고 나올 때까지 안을 엿보
지 말라는 당부를 남겼다. 하지만 미완 모티프의 이야기들이 늘 그
렇듯이 그림이 완성되려는 마지막 날 스님 한 분이 끝내 궁금증을
못 이겨 문구멍으로 법당 안을 엿보았다. 그러자 안에서는 파랑새
한 마리가 입에 붓을 물고 마지막 붓질을 하려다 말고 놀라 어디론
지 날아가 사라지고 말았다. 그때 파랑새가 미처 끝내지 못한 마

지막 붓질 부분이 한 보살님의 눈동자였던 까닭에, 지금까지 전해지는 그 벽화의 보살님 상에는 눈만 그려져 있고 눈동자는 비어 있다……

그런데 안내서는 선담의 마무리가 대개 그렇듯 사람에 따라 그 벽화 중의 보살상을 찾아내는 사람도 있고 그러지 못하는 경우도 있다며 모쪼록 경건하고 깨끗한 마음의 눈으로 그 보살님을 찾아볼 수 있길 바란다는 조언이었다. 마음이 깨끗지 못한 사람에겐 그 보살님은 물론 더러는 벽화 자체가 사라져 보이지 않는 일까지 생긴다며 다소 허황된 너스레 투를 덧붙이고 있었다. 하고 나서 그는 다시 자신의 상상을 덧붙이되—

……이는 필시 후인들이 지어낸 설화임이 분명할 터이다. 그렇다면 사람들은 왜 그 그림에 그런 선담 투를 지어 붙인 것일까…… 이는 아마도 벽화의 아름다움을 인간의 솜씨를 넘어선 신필이나 성화로 격상시키려는 목적에서일 터이다. 그 그림의 내력을 인간 아닌 신의 뜻에 의해 영구불변의 것으로 완결지어놓으려는 바람에서……

기태 씨는 물론 자신이 없었다. 하지만 사실이건 아니건 자신을 한번 시험해볼 수도 있는 일. 여기까지 와서 그냥 돌아갈 수는 없었다.

하지만 그 역시 마음의 눈이 그다지 맑지 못한 모양이었다. 아니 그 젊은 연애패 녀석들의 탓이었는지도 모른다.

"눈동자 없는 그 애꾸 보살 그림 여기도 없잖아. 그거 순 사기
아냐. 절간 관광객 끌어들이려고?"

"야야, 넌 여자애가 부처님 앞에서 고운 말 좀 써라. 니 맘보가
그런 식이니 그림이 보이겠냐?"

"얼씨구. 그러는 너는?"

기태 씨가 국보 몇 호인가로 지정되어 있다는 목조 맞배지붕 웅
전 쪽으로 올라갔을 때 그를 한발 앞서 법당을 들른 두 녀석은 아
직 그 미완의 보살 그림을 찾아내지 못한 듯 좌우사방의 벽화들
앞을 서성이며 함부로 지껄여대고 있었다. 그러다 녀석들은 측문
쪽에서 법당 안 부처님을 향해 합장 예를 드리는 기태 씨를 보고
뭔지 좀 계면쩍어졌던지 결국은 찾기를 단념한 채 나가버렸다.

"니 말이 맞아. 우리가 말쩡하게 속은 거야. 재수 없어."

"그러니까 반성 좀 하래두! 나는 봤으니까 이따 점심은 니가
사고."

"거짓말 마. 니가 보긴 뭘 봐. 니가 봤으면 부처님 달팽이 모자
나 봤겠지. 그건 나도 봤으니까."

앞뒤 조리도 없이 계속되는 히히덕거림 속에 들어오면서 신발
을 벗어놓은 어문을 통해서였다.

그런데 산문 안 일이 되어 그러랬던지 이날 기태 씨와 녀석들
과의 인연은 그게 끝이 아니었다.

녀석들의 허튼수작에다 법당 출입법도 모르는 녀석들의 불경
스런 행티를 못마땅해한 탓에 기태 씨는 보는 사람이 없더라도

카메라를 메고 그 법당엘 들어갈 수가 없었다. 녀석들이 놀이 삼아 찾다 만 보살님을 굳이 자신이 찾아보려는 것도 뭣했다. 그래 잠시 밖에서 카메라 렌즈를 통해 여기저기 벽화들을 한 바퀴 둘러보는 시늉만 하고 절을 나서려던 참이었다.

법당을 앞서 나간 젊은 친구들이 절 아래쪽 요사채 부근의 채전 일을 손보고 있던 한 중년 스님과 이야기를 나누고 서 있었다. 두 사람 중 한쪽이 그 눈동자 없는 보살님 벽화의 설화에 대해 물은 듯 스님은 호미를 손에 쥔 채 엉거주춤한 자세로 대답하고 있었다.

"젊은 사람들이 벌써 부처님 눈을 지녔나 보구먼. 다른 사람 눈에는 빈 곳으로 남은 보살님 눈동자가 학생들한테만 온전하게 살아 보였으니 동자가 빈 그림은 못 찾은 거 아니겠소."

하지만 말귀를 알아듣지 못한 둘 중 남자애 쪽이 스님을 향해 자못 시비 투로 한마디 더 물었다.

"그럼 진짜로 그 그림을 본 사람이 있다는 거예요? 여기 진짜로 그런 보살 그림이 있다는 거예요?"

"글쎄, 제 맘속에다 그걸 지녔으면 눈에도 보일 수 있었겠제. 난 이 절에 그런 그림 있는지 없는지도……"

스님은 대답을 이으려다 말고 다시 허리를 굽혀 호미질을 시작했다. 애꾸 보살님 그림 따위엔 이미 흥미가 떨어진 듯 두 사람은 이미 손을 껴잡은 채 절 바깥쪽 돌계단 길을 내려가고 있었기 때문이다. 자신도 잠시 발길을 멈추고 서서 양쪽 말수작을 얻어듣고 있던 기태 씨는 거기서 그 학생들을 대신해 스님에게 한 가지

마저 듣고 싶은 게 있었다.

하지만 더 물으나 마나 뻔한 대답, 어쩌면 반쯤 잘리고 만 스님의 뒷말 속에 이미 그 대답을 들은 듯싶기도 하여 그는 곧 발길을 돌려 절문을 나오고 말았다. 실은 방금 그 대화 같지도 않은 양쪽 대화를 들으며 느닷없이 궁금해진 일이 있었기 때문이다.

그런데 과연 예감대로였달까. 아니 설마…… 예감이라도 거기까지는 아니었을 것이다.

황기태 씨가 차 문을 열고 급히 뒷좌석의 보자기 꾸러미를 풀어 젖히고 상자를 열었을 때 비로소 모습을 드러낸 것은 그래도 혹시나 싶었던 벼루가 아니었다. 무슨 물건을 갈아대는 돌멩이 조각인 것은 분명하되 그것은 먹물을 갈아내는 벼루가 아니라 낫이나 칼날을 가는 숫돌판이었다.

하지만 황기태 씨는 나름대로 이미 각오가 있었던 사람처럼 그걸 보고도 그리 놀라는 빛이 없었다.

"허, 영감하곤……! 내게 여기다 뭘 갈라는 것인구?"

그는 그 돌판 조각이 진짜 벼루로 변하기를 기다리기라도 하듯 무연한 눈길을 떼지 못한 채 혼자 무연히 중얼대고 있었다.

(2007년 가을)

고향집으로 돌아가다

안서현
(문학평론가)

소설이라는 장르의 상상적 탄생기는 근대인의 고향 상실이라는 기원적 장면에서부터 쓰이곤 했다. 지도가 되어주던 천공의 별이 실종되었다는 저 비가(悲歌)의 한 자락 역시 우리에게 너무도 익숙하다. 고향을 잃고 영원히 헤매게 된 근대인은 필연적으로 세계와의 불화를 겪으며, 그 방황과 갈등을 통해 세계의 상처와 결핍을 드러내 보이게 된다. 그래서 소설은 세계와의 불화의 양식이자, 세계에 대한 반성의 양식이다.

한편 이러한 실향의 이야기 양식과 대비되는 고향의 이야기 양식이 바로 설화다. 그 안에는 공동체가 오랜 시간 가다듬어온 꿈이 담겨 있다. 소설이 세계와 맞서는 이야기라면, 설화는 세계의 큰 질서 안에 자신을 놓아보는 이야기, 또 세계와의 동화를 꿈꾸는 이야기이다. 그러므로 결국 설화는 세계와의 화해의 양식이자, 세계에 대한 꿈의 양식이라고 할 수 있겠다.

이청준의 소설 세계에는 종종 설화가 틈입해 들어와 그 흔적을 남기곤 했다. 가령 우리는 「이어도」를 떠올려볼 수 있을 것이다. 돌아오지 않는 뱃사람들이 간 곳이라고 여겨지는 설화 속의 복락의 섬 이어도를 찾아 나섰다가 죽음에 이르는 「이어도」의 천남석 기자는, '이어도가 실재하는가'라는 소설적 탐구에서 출발하여, '이어도가 왜 진실일 수밖에 없는가'라는 설화적 믿음에 도달하는 인물이다. 소설에서 출발하여 설화에 이르는 여정을 그린 작품이 바로 「이어도」였던 것이다. 이 이야기의 마지막 장면은 다음과 같았다.

그런데 더욱더 신기하고 불가사의한 조화는 그 여러 날 동안의 표류에도 불구하고 천남석의 육신은 그 먼 바닷길을 눈에 띄는 상처 하나 없이 고스란히 다시 섬을 찾아온 것이었다. 그리고 아직도 무엇을 기다리고 있는 사람처럼 아침 해가 돋아 오를 때까지도 그 심술궂은 썰물 물 끝에 얹혀 용케도 다시 섬을 떠나가지 않고 있는 것이었다.[1]

이토록 생생한 모습으로 귀환한 천남석의 몸은 무엇을 의미했던가? 그것은 공포와 동경, 절망과 구원, 허무와 실존 사이의 치열한 싸움을 주재한 몸, 이어도의 실재를 추적하다가 끝내 실패하고 자살을 택함으로써 자신의 패배를 드러낸 소설적 몸이다.

---

1) 이청준, 「이어도」, 『이어도』, 문학과지성사, 2015, p. 176.

한편, 그 몸은 마침내 이어도 이야기의 일부로 귀의한 몸, 스스로 죽음을 택함으로써 '다른 세계'에 대한 꿈의 무한성을 지켜낸 설화적 몸이기도 하다. 소설적 세계와 설화적 세계의 한몸, 그것은 진작부터 예고되고 있던 것이다.

『이상한 선물』에 수록된 만년작(晩年作)들에서 이청준은 설화의 세계 쪽으로 한발 더 가까이 가고 있는 것처럼 보인다. 고향 부재가 아니라 고향 회복의 이야기 양식이다. 공교롭게도 이 시기의 소설들에서는 '고향집 고치기'의 모티프가 더러 보인다. 어머님의 여생을 위하여, 혹은 다시 찾아간 낡은 고향집에서 "내남루한 지난 세월을 마주한 느낌"(p. 193)을 받고 그 상심을 달래기 위하여, 오래 떠나와 있던 고향집을 고쳐 짓는 인물들이 등장하는 것이다(「꽃 지고 강물 흘러」와 「지하실」이 그 작품들이다). 그동안의 이청준 소설에서는 선뜻 고향에 돌아가지 못하거나, 고향 상실의 병을 앓는 이들이 인상적으로 등장해왔다(「귀향 연습」 등). 그러니 이제 그의 인물들은 다시 귀향하여 충만해진다. 그러니 우리는 이 시기의 이청준 소설들을 일컬어, 소설적 불화의 세계를 잠시 떠나 그 뿌리에 해당하는 설화적 꿈의 세계로 돌아갈 것을 꿈꾼 흔적이라는 의미에서 '고향집으로 돌아가기'의 소설들이라고 불러보면 어떨까.

꿈의 의탁

설화적 세계의 첫번째 원리는, 바로 이야기는 '꿈의 의탁'이라는 것이다. 이야기꾼이 이야기를 찾아나서는 것이 아니라 자신을 찾아온 이야기를 수뢰한다는 식의 이야기 서두가 많아지는 것은, 이청준의 소설이 설화적 세계로 진입한다는 신호다. 인물들은 이야기(꾼)에게 자신의 꿈을 의탁하는 것이다.

「문턱」의 반형준은 이야깃거리들을 가지고 그를 찾아와 대신 소설로 써달라고 조르는 친구 구정빈의 채근 탓에 소설가가 된다. 그리고 자기 삶이 소설이 된다는 꿈을 좇은 구정빈의 삶을 해명하는 단 한 편의 소설을 써낸다. 「태평양 항로의 문주란 설화」에서도 소설가인 '나'에게 멕시코 이민 1세대의 이야기가 여러 경로로 쇄도해온다. 소설거리가 있다고 찾아온 지인의 손에 들려서, 또 문인 행사 차 멕시코를 방문했을 때 그의 일행을 찾아온 이민 3세대 '꼬로나 씨'를 통해서, 그들의 이야기는 '나'를 집요하게 방문한다. 특히 '꼬로나 씨'의 할아버지는 멕시코만에서부터 제주도까지 고국에 대한 그리움을 담은 문주란 씨앗이 흘러갈 것이라는 설화 — 귀향의 꿈의 이야기 — 를 마음에 품고 평생을 살아갔다는 것이다.

이 이야기를 수뢰하는 소설가 인물들 — '반형준'과 '나' — 은 이러한 소설 쓰기의 과제를 소설가 본연의 반성적 임무로서 받아들인다. "그(구정빈, 인용자)는 왜 그런 식으로 살다 그렇게 갔는가"(p. 88) 혹은 "우리에게 그 나라라는 게 대체 무엇이며, 무엇이어야 하는지"(p. 187)라는 소설적 성찰의 과제로서 인식하는 것이다. 따라서 이 소설 속의 소설가들은 삶 속의 설화적 차원을 소설거리로 맞아들인 소설가의 자리, 다시 말해 만년의 이청준의 자리와 크게 다르지 않은 자리에 놓여 있다.

이와 같은 이야기의 방문담은 이 책의 다른 수록작들에서도 등장한다. 「무상하여라?」는 현대판 참칭 설화에 가깝다. 야당 총재와 꼭 닮아 종종 오해를 사던 「무상하여라?」의 '나'는, 본격적으로 JS의 행세를 하고 다녀보자는 주위 사람들의 줄기찬 부추김을 받는다. 민중들의 꿈 이야기 속의 한 역할을 맡은 것이다. 이후 계속해서 가짜 JS에 대한 이야기(상면담)를 뿌리고 다니던 '나'는, 졸지에는 자기도 모르는 새 "JS도 속은 가짜 JS 행장기"라는 이야기(참칭담) 속의 주인공이 되기에 이른다. 그 이야기들이 성립 가능했던 것은 야당 정치인에 대해 사람들이 가진 기대감 때문이었다. "스스로 진심과 기원을 담아 격의 없이 다가오는 그 불가사의한 민초들의 충정"(p. 129)이 그 이야기들을 만든 것이다. JS가 대통령이 되고 나서 '나'가 참칭의 내력을 밝히기 위해 자신이 그동안 JS로 행세하던 '송죽원'에 찾아갔을 때, '나'를 JS로 모시던 마담은 다음과 같이 말한다.

"전날의 총재 어른은 이미 그 꿈을 이루고 권세를 얻어가셨지만, 우리들한테는 여전히 꿈이 필요하니까요. 그게 우리네 인생살이 아닌가요? 어르신은 그분이 계속 이 집에 남겨두고 가신 우리의 꿈이세요. 그런 점 우리한텐 어르신이 더 진짜 JS다우시구

요…… 그러니……" (pp. 147~48)

그러니 설화는 꿈의 의탁으로서의 이야기 양식임이 명확해진다. 그리고 그 꿈이 이루어지면 다시 다른 꿈을 찾아내고 다른 이야기에 의탁하여 살아가는 것이 바로 민중들의 삶의 방식인 것이다. 바꾸어 말하면 설화는 공동체의 꿈을 창조하고, 그것을 통해 삶을 지속시키는 형식이기도 하였다.

「이상한 선물」의 '기태' 역시 마을의 큰 인물을 길러낸다는 영험한 벼루에 관한 일종의 기물 설화를 제 이야기로 떠맡게 된다. '천재'라는 허황된 신화와 '입지전적 인물'이라는 과장된 출세담까지 뒤따른다. 그러나 마을 사람들 "모두 각기 한 가지씩 제 역할을 맡아"(p. 341) 그 이야기 안에서 살아가고 있다는 사실 ── 심지어 도깨비가 지켜주어 밤길을 잘 다닌다는 '도깨비 할배' 역할을 맡은 성 영감은 그간 밤길을 떨면서 다녔다는 사실 ── 을 알고 나서는 그 역시 자신에게 맡겨진 벼루 이야기를 수락하지 않을 수 없게 된다. 그가 의탁 받은 이 이야기에는 마을 공동체의 미래에 대한 꿈이 담겨 있다. 마을의 부자들이 스스로 곳간을 열어 끼니를 굶는 이웃에게 양식을 나누게 하기 위해 만들어냈다는 '그림자 도둑' 이야기 안에 유토피아적 꿈이 담겨 있었던 것처럼 말이다. 이와 같이 설화는 공동체의 꿈의 공유 형식이자 꿈에의 참여 형식이기도 하다. 「심지연」에서 한번 다루어진 적이 있는 이러한 '보물 벼루' 이야기는, 「이상한 선물」에 이르러 '가져갈 수 없는 벼루' 이야기에서 '떠맡겨지는 벼루' 이야기로 변주되면서 이와 같은 설화의 성격과 의미를 보다 잘 드러내고 있다. 이와 같은 설화적 세계로의 이행을 통해 이청준의 소설은, 이야기에 기대어 살아온 고향의 민중 공동체의 삶의 방식을 다시 환기하며, 이야기와 삶의 관계라는 평생의 화두 가운데 하나를 끝까지 밀고 나가고 있다.

순박한 믿음

앞서 살펴본 「이상한 선물」의 말미에는 무위사 벽화 설화가 등장한다. 부처의 눈에 마지막 눈동자가 칠해지지 않아 텅 비어 있다는 벽화에 관한 이야기다. 이렇게 범속한 언어나 논리로는 접근할 수 없는, 비의의 영역이 바로 설화적 세계라는 또 다른 설화의 존재론이 「이상한 선물」의 본 이야기 뒤에 덧붙어 있는 것이다(사실 이러한 '不可說'과 '不可現'의 세계는 이미 항상 이청준의 예술론 속에 포함되어 있었고, 이것 역시 이청준 소설 세계에 '이미' 할당되어 있었던 설화의 지분이었을지 모른다).

따라서 이청준이 설화적 세계로 넘어온 이 시기의 소설에서 우리는 종종 진리 탐색자 인물의 실패와 무력화를 목도할 수 있다. 이청준 소설의 트레이드 마크였던, 진실을 추적하는 일종의 탐정 역의 인물들이, 이 설화적 세계에서는 힘을 잃고 만다. 가령 「꽃 지고 강물 흘러」에 나오는 '나'가 어머니에 대한 형수의 행동을 살피며 그 숨은 의도를 읽어내려고 할 때, 그와 같은 탐문은 필연적으로 실패할 수밖에 없다. 그것은 감히 접근할 수 없는 영역이기 때문이다. 우리가 늙음이 무엇인지 아직 모른다면, 늙음을 곁에서 바라보는 또 다른 늙음의 상심을 어찌 짐작할 수 있겠는가? 혹시 그것을 이해한다 하더라도, 생사를 뛰어넘은 영혼들의 대화는 또 어떻게 이해할 수 있겠는가? 「부처님은 어찌하시렵니까?」에서도, 또 「조물주의 그림」에서도, 탐색자 인물들은 전에 없이 무력하기만 하다. 합리적 앎을 초과하는 세계, 논리적 탐구가 불가능한 세계에 관한 이야기들인 까닭이다.

여기에서 유래하는 설화의 인간학이 바로 '순박한 믿음'의 그것이다. 그의 인물들은 이제 설화가 들려주는 이야기를 그저 자명한 것으로 받아들인다. 「천년의 돛배」의 '어머니'가 '아이'에게 돌배섬 기원 설화를 들려줄 때, "이야기하는 목소리가 자신이 직접 겪은 일처럼 너무 절절했던 데다 눈길까지 촉촉이 젖어들고 있어 아이는 혹시 그 할머니나 딸의 혼령이 제 어미 속에 숨어 있지 않은지 은근히 걱정스러울 정도"(p. 256)였다는 장면 묘사에 유의하자. 아이는 "두고두고 그 어머니에게서 바로 그 가엾은 옛 딸아이의 목소리를 들은 듯했"(p. 258)다는 것이다. 이것은 설화적 세계의 전형적인 작동 방식이다. 공동체가 전승해온 이야기는 그대로 그 안에 속한 개인의 운명에 관한 이야기이기도 하다는 믿음, 그 순박한 믿음을 통해서 설화는 이어져온 것이다. 그리고 '아이'가 돌배섬에 갔을 때 목격한 돛폭들이란 무엇이었는가. 그것 역시 설화가 앎의 차원에서가 아니라 믿음의 차원에서 받아들여진 이야기임을 보여준다. 설화를 자신의 가족사에 대한 암시

나 자기 운명의 징표처럼 받아들인 '아이'처럼, 마을 사람들 모두가 그 이야기를 자신의 이야기로 간절하게 살아내고 있었던 것이다. 따라서 돛폭을 달아놓은 마음은 이 세계 안에서 살아가는 한 누구나 피할 수 없는 벌리의 운명을 극복하고자 하는 기원의 마음이었으리라.

한편 이러한 '순박한 믿음'을 지닌 설화적 이야기꾼의 상은 「심부름꾼은 즐겁다」에도 인상적으로 등장하고 있다. 우리는 흔히 비밀 이야기를 듣게 된 이야기꾼을 저 대나무 숲으로 간 이발쟁이로 상상하곤 했다. 금기를 깨고 싶은 욕망에 시달리는 이발쟁이 말이다. 이청준 역시 「소문의 벽」 속 박준이 쓴 소설 안에서 그러한 이발쟁이형의 인물을 그려낸 바 있다. 사장의 비밀을 알게 되어 괴로워하는 운전수, 그것은 진실을 말하는 것을 억압하는 힘과 그 힘에 굴복한 자신에 대해 치열하게 성찰하는 반성적 이야기꾼의 형상이었다. 반면 「심부름꾼은 즐겁다」의 비밀 이야기꾼은 괴로운 이발쟁이가 아니라 즐거운 심부름꾼 '용선'이다. 그는 심부름을 잘못했다는 (사실상 심부름꾼으로서의 자신의 소명을 배반하는) 역할까지를 떠맡으면서도 이를 충직한 소명감으로 즐거이 감내한다. 사장의 비밀에 관해 침묵하는 것은 물론이다.

그러나 「심부름꾼은 즐겁다」 이야기에 숨겨진 속사정은 그리 단순하지 않다. 이 모든 일의 의미 —— 비판적 성찰을 통해서만 접근할 수 있을 누명의 부당성에 관한 것 —— 를 '용선'이 스스로 충분히 알지 못하기 때문이다. "이 백성들은 도대체 눈을 번히 뜨고도 무얼 제대로 아는 게 없으니까!"(pp. 21~22)라는 그의 말은 그러니 그 자신에게로 되돌려져야 할 것이다. 그는 자신만 알고 있는 비밀을 지닌 '선지자-이야기꾼'이 아니라 자신이 맡은 비밀의 숨은 의미를 스스로도 충분히 알지 못한 채로 그저 비밀을 지킨다는 자신의 소명에만 충실한 '순박한 백성-이야기꾼'인 것이다. 이 소설의 마지막 대목에서 은근히 드러나는 '용선'에 대한 아이러니의 시선은, 설화적 세계를 바라보는 작가의 소설적 시선이라고도 할 수 있겠다. 이청준은 설화적 세계와 그 속의 민중적 형상에 대한 깊은 애정을 드러내면서도, 일말의 반성적 의식을 끝까지 놓지 않고 있는 것이다.

무심한 너그러움

소설(적 세계)과 설화(적 세계) 사이의 긴장과 아이러니를 읽어내는 것은 이 책의 수록작을 읽는 또 하나의 독법이다. 그 가운데 소설적 세계와 설화적 세계의 전면적 대결을 그리고 있는 작품이 바로 「지하실」이다. 고향집을 다시 지을 계획을 세우며 '나'는, "그 집의 잊을 수 없는 내력"과 "자랑스러운 역사"(p. 206)를 담고 있는 지하실을 다시 복원하자고 목소리를 높인다. '나'에 따르면, 그 지하실이 담고 있는 역사적 의미는 거듭 이야기되고 성찰되어야 마땅한 것이다. 그러나 고향 마을의 '성조 형님'은 의외로 그 지하실은 복원하지 말고 그대로 덮어두자고 주장한다.

「지하실」은 이청준의 〈가위 밑 그림의 양화와 음화〉 연작 가운데 「금지곡 시대」와 「키 작은 자유인」에 나오는 지하실 이야기를 다시 쓴 것이다. 「금지곡 시대」에서는 전란 때 집안 어른 한 분이 비밀 지하실에 숨어 있다가 제 발로 걸어 나갔던 일이, 「키 작은 자유인」에서는 그 집안 어른이 비밀 지하실을 나간 뒤에 친지 ― 비밀 은신처의 존재를 알고 있는 유일한 사람이었던 ― 가 일행을 앞세워 그곳을 살피러 왔던 일이 그려지고 있었다. 죽음 앞으로 당당히 나아간 한 인간의 자존과, 뒤에서 몰래 밀고를 한 한 인간의 배신을 각각 보여주는 이 두 장면은, 인간의 본성에 관한, 평생을 두고 지워지지 않는 인간학적 그림들 ― 양화와 음화 ― 였다는 것이다. 그리고 여기에서 각각 출발한 '복수'와 '자유'라는 문제가 이청준 소설의 평생의 주제였음은 그의 독자라면 잘 알고 있는 사실일 터이다.

그런데 '꿈의 양식(설화)' 편에 서 있는 고향 사람인 '성조 형님'의 이야기 방식은 '불화의 양식(소설)' 편인 '나'의 그것과는 딴판이다. 그는 '나'가 마음속으로 원망해왔던 배신자가 기실은 숨은 구원자였을 수도 있다는 사실, 또 그렇게 스스로를 판관의 자리에 두고 이 일을 바라보았던 '나' 역시 고향 마을 사람들이 보기에 따라서는 의심의 대상일 수도 있었다는 사실을 말하며 '나'의 이야기의 맹점을 찌른다. 물론 이것은 소설 세계의 방식대로 '나'에게 응수한 것에 불과하다. 기실 그를 비롯한 마을 사람들이 지켜온 방식은 그마저도 따지지 않고 그저 무심함을 견지하며 이를 덮어두는 방식이었던 것이다.

"아까도 말했지만 우리는 지금까지 그렇게 살아왔어. 자네나 우리 명조 아우처럼 일찍 마음이 열려 이곳을 떠나 살아온 사람들은 이래도 저래도 별 상관이 없으니 그런 일을 다시 들추고 따지려드는 모양이데만, 이 나이가 되도록 동네 귀신으로 살아온 우리 같은 무지렁이들은…… 어느 시절 어느 한쪽에 그럴 힘이 있어 그걸 알아두면 이로운 일이 생기는지 모르지만 그 힘 바뀔 때마다 우리는 살기가 더 불편해. 그래서 그냥 이렇게 살아. 그도 보통 힘든 세월이 아니었지만, 그래도 우리헌틴 그편이 마음이 편하고 세상이 편했으니께."(p. 228)

이러한 의도된 무심함은, 역사의 질곡 속에서 삶의 붕괴를 막기 위한 민중들의 지혜였을 것이다. 이청준은 우리 현대사의 비극의 문제를 소설적으로 극복할 수 있는 방법을 지속적으로 고민해왔고, 그 과정에서 가해자의 입장의 시험 등 다양한 방법론을 시도하기도 했다(「가해자의 얼굴」등). 그러나 일단 피해자와 가해자의 입장을 나누는 순간, 그것이 아무리 교환되고 변증된다 하더라도 이미 이분법의 논리에 묶여 있다는 한계를 지닌다. 그런데 설화적 세계를 참조하면서 작가는 그러한 이분법을 근원적으로 넘어서 있는 민중적 삶의 원리를 발견하였던 것이다. 그것은 그 지하실의 기억을 그대로 봉인해버리는 '무심한 너그러움'의 원리라고 할 수 있다. 모든 '위의 논리', 즉 권력이나 이념 등에 무심함을 견지함으로써 '아래의 삶', 즉 민중공동체의 생활을 지속해나간다는 원리인 것이다. 그것은 삶의 지속성을 최고의 가

치로 둠으로써 얻어진 화해와 공존의 원리라 할 수 있다.

이것은 앞서 「심부름꾼은 즐겁다」에서 용선을 통해 지적되었던 백성의 순박함과도 일맥상통한다. 자신을 "무지렁이"라고 부르는 사람들의 소박한 윤리인 것이다. 「태평양 항로의 문주란 설화」에서 자신을 버린 나라를 끝내 잊지 못하는 '꼬로나 씨'의 마음이나, 「그곳을 다시 잊어야 했다」에서, 전쟁 당시에 "공화국 만세"와 "대한민국 만세"라는 말에 깃든 억압을 이미 경험했으면서도 월드컵 때마다 거듭 '대한민국'을 외치는 '재승'의 마음이 바로 이러한 민중의 마음인 것이다(물론 「그곳을 다시 잊어야 했다」에서도 이러한 '재승'을 바라보는 작가의 시선에는 아이러니가 게재해 있다. 소설의 시선이 설화의 세계를 들여다본 흔적이다). 여기에서 작가는 과거사 문제를 넘어서기 위한 실마리를 하나 더 얻은 셈이다.

유의해야 할 것은, 이러한 '무심한 너그러움'은 결코 그의 소설 속에서 절대화되거나 낭만화되고 있지는 않다는 사실이다. 또 이청준이 그동안 수행해온 치열한 소설적 성찰을 거치지 않고는 이러한 민중적 원리로의 회귀가 의미를 가질 수 없을 것도 물론이다. 민중의 마음이란, 역사의 화해를 지향하는 우리의 이야기가 도달해야 할 귀결점이라 할 수는 없으며, 다만 그 이야기가 끊임없이 조회해야 할 하나의 참조점으로서만 제시되고 있는 것이다.

이청준이 남긴 이 만년의 이야기들은 '고향집으로 돌아가기'와도 같은 설화적 세계로의 귀환을 보여준다. 그곳은 소설적 인간, 즉 고향을 잃어버린 근대인들이 잠시 쉬어갈 수 있는 곳이다. 소설적 양식, 즉 '불화의 양식'이 '꿈의 양식'을 완전히 잊어서는 결코 안 된다는 사실을 다시 상기할 수 있는 곳이다. 또 소설의 씨앗이 되는 풍요로운 이야기 자산이 있는 곳임은 물론, 소설적 치열함의 세계가 그 한계에 이르렀을 때 그것을 돌파할 새 힘으로서의 설화적 여유로움의 원리를 회복할 수 있는 곳이다. 그리고 소설이 잃어버린 공동체의 꿈, 순박한 믿음, 그리고 민중적 삶의 원리로서의 무심한 너그러움이 그대로 아직도 남아 있는 곳이 바로 이곳, '이야기의 고향집'인 것이다. 이 고향집은 계속해서 고쳐 지어지고, 또 지켜져야 한다는 것이 이청준의 마지막 마음이 아니었을까.

> "아재네가 이렇게 찾아와 하루라도 마음 놓고 쉬어가게 할라면 두고두고 내가 늙지 말고 이대로 집을 지키고 있어야 할 것인디…… 우리 집을 언제까지 이대로 지키고 앉아 있어야 할 것이디……"(pp. 59~60)

〔2016〕

자료

텍스트의 변모와 상호 관계

이윤옥

(문학평론가)

「심부름꾼은 즐겁다」

| **발표** | 문학 웹진 〈인스워즈〉 2001년 2월 1일.

| **최초의 단행본 수록** | 『꽃 지고 강물 흘러』, 문이당, 2004.

1. 실증적 정보

 –초고: 컴퓨터로 작성된 초고가 남아 있다. 초고에 따르면 이 소설은 2000년 12월 26일에 완성됐다.

2. 텍스트의 변모

1) 〈인스워즈〉(2001년 2월 1일)에서 『꽃 지고 강물 흘러』(문이당, 2004)로

 –9쪽 8행: 들었는지 → 듣곤 했는지

＊텍스트의 변모 과정을 밝히면서는 원전의 띄어쓰기 및 맞춤법을 그대로 살렸다.

-9쪽 20행: 사장 → 윗사람

-9쪽 22행: 앞선 때문이었다. → 앞설 뿐이었다.

-11쪽 20행: 쌀바가지를 다시 → 다시 두번째 쌀바가지를

-12쪽 6행: 지워지지 않은 심부름꾼의 부끄러운 흉터로 남게 되었달까.
→ 지워질 수 없는 부끄러운 흉터 겸 심부름꾼의 첫번째 철칙으로 자리하
게 되었달까.

-13쪽 13행: 초학년 → 저학년

-15쪽 15행: 심부름질 → 심부름 길

-15쪽 17행: 없지 못할 → 꼭 필요한

-15쪽 6행: 투철한 소명감이 당연히 바탕삼아야 하고 유혹에 꺾이지 않는
힘을 얻어나갈 실천적 덕목일 뿐이었다. → 투철한 소명감이야말로 당연히
그 충직성을 바탕 삼아야 하고, 인하여 그 충직성은 어떤 외압이나 유혹에
도 그것이 꺾이지 않는 힘을 담보해줄 한 불가결의 실천 덕목이었다.

-16쪽 16행: 소명감 → 소명 의식

-17쪽 2행: 정직성이나 충직성을 가장 앞선 덕목으로 여기는 것도 또한
사실이었다. → 그 소명감보다 하위 세목 격인 정직성이나 성실성 정도를
앞선 덕목으로 여기는 것 또한 사실이었다.

-18쪽 9행: 하지만 어림없는 생각이었다. → 어림없는 추단(推斷)이었다.

-19쪽 5행: 그보다도 한 걸음 더 나아간 절대적 책임감에 있었다. 어떤
뜻에서 이 책임감은 심부름 일의 정확성이나 신속성, 충직성들에 앞설 뿐
아니라, 그 모든 덕목을 크게 아우르면서 그의 소명(감)을 마지막으로 완
성시켜주는 한 단계 더 높은 차원의 덕목이랄 수 있었다. 말하자면 그의
소명감은 정직성이나 충직성 이상의 굳은 책임감 속에 비로소 완성이 가
능하고 충직성도 온전히 빛을 얻을 수 있게 하는 것이었다. → 한 걸음 더
나아가 구체적이요 절대적인 책임감에 있었다. 이 책임감은 심부름 일의
정확성이나 신속성, 충직성들의 기본 요소일 뿐 아니라, 그 소명(감)을 마

지막으로 실현하고 완성시켜주는, 그런 뜻에서 그 소명감보다도 한 차원 더 높은 핵심 덕목이랄 수 있었다. 말하자면 그의 소명감은 정직성이나 충직성 이상의 실제적이며 굳은 책임감 속에 비로소 완성이 가능하고 충직성도 온전히 빛을 발할 수 있게 하는 것이었다.

- 20쪽 4행: 그리고 → 바꿔 말해

- 20쪽 10행: 좀더 단호한 → 더욱 결연스러운

- 20쪽 14행: 사람들 → 처지들

- 20쪽 19행: 「……」 → 〔삽입〕

- 20쪽 20행: 자네 → 우리

- 21쪽 1행: 내가 다 책임을 지기로 하고 말이네. → 우리 모두를 위해 내가 다 책임질 테니 말이네.

- 21쪽 4행: 「……」 → 〔삽입〕

- 21쪽 7행: 정직하고 성실한 책임감이 모자라서가 아니라 오히려 그것을 넘어선 더 큰 소명감의 선물이지. → 정직하고 성실한 소명감이 모자라서가 아니라 오히려 넘쳐 난 결과지. 살신성인! 그것을 뒷받침해준 실천적인 책임감과 결단력의 선물이지.

- 21쪽 18행: 소명감이나 책임감의 숨은 덕목 → 소명감이나 희생적 책임감

- 21쪽 21행: 공로도 → 공로와 덕성이

2) 『꽃 지고 강물 흘러』(문이당, 2004)에서 『이상한 선물』(문학과지성사, 2016)로

- 11쪽 20행: 다시 두번째 쌀바가지를 → 다시 다른 쌀바가지를

- 15쪽 17행: 꼭 필요한 → 없지 못할

- 15쪽 6행: 투철한 소명감이야말로 당연히 그 충직성을 바탕 삼아야 하고, 인하여 그 충직성은 어떤 외압이나 유혹에도 그것이 꺾이지 않는 힘을 담보해 줄 한 불가결의 실천 덕목이었다. → 투철한 소명감이 당연히 바탕

삼아야 하고 유혹에 꺾이지 않는 힘을 담보해줄 한 불가결의 실천 덕목이 었다.

3. 인물형

- **용선:**「날개의 집」의 세민도 용선처럼 '우체부의 반들반들 윤이 나는 가죽 가방을 매만지고 따라가'면서 편지를 대신 배달해주기도 하는 등 차근차근 우체부의 꿈을 키운다(8쪽~9쪽).

　-「날개의 집」: i) 하지만 그로부터 세민이 그 우체부만 만나면 그를 매번 혼자서 독차지하다시피 하고서, 때로는 그의 우편 가방을 대신 메어다주기도 하고 때로는 아는 동네 사람의 편지를 대신 맡아 전해주기도 함으로써 그 우체부에 대한 그의 꿈이 날이 갈수록 확고해져가고 있었음은 전혀 의심의 여지가 없는 일이었다. ii) 먼 데 소식으로 사람들을 늘 기다리게 하고 반기게 하는 우체부 노릇. 때로는 웃기고 때로는 눈물짓고 한숨을 짓게 하는 그 요술 주머니 같은 편지 가방. 그 가방 속 비밀스런 사연들의 보이지 않는 마력…… 자신 속에 움츠려 있는 어떤 주체할 수 없는 기다림……

4. 소재 및 주제

- **도공들:** 광주 지역 도공들의 이야기는 삶을 위한 행위가 죽음으로 이어지는 비극적 배반 현상을 보여준다. 이 현상에 주목한 이청준은 수필「쓰이지 않은 인물들의 종주먹질」에서, 도공들의 역사를 소설로 쓰고 싶었지만 쓰지 못한 채 끝내 숙제로 남았다고 고백한다. 도공들 이야기는「지관의 소」와「전짓불 앞의 방백」에도 있다(13쪽).

　-「전짓불 앞의 방백」: 조선 왕조 후반, 여주나 광주의 관요 도공들은 좋은 그릇을 구워 조정이나 관가에 바치는 것이 그들의 삶에 부여된 절대적 임무이자 생존의 수단이었다. 〔……〕 하여 평등한 민권의 주창자들은 사기 반입자들의 목까지 베어가며 그릇의 반입을 철저히 막았다. 하지만 도

공들은 또 죽음을 무릅쓰고서라도 그릇을 성중으로 들여가지 않을 수 없는 처지였다. 그릇을 들여가지 않으면 이번에는 관가의 양반들이 목을 베기 때문이었다.

–「쓰이지 않은 인물들의 종주먹질」: 나는 언젠가는 그 비극적 배반 현상의 증거에 그치지 않고 적절한 방법을 찾아내어 제대로 된 작품을 써낼 희망을 버리지 않고 있다. / 이래도 저래도 살 길이 없는 막다른 운명의 짐을 진 그 시구문 밖의 사기장 무리가 아직 그 절체절명의 짐을 내려놓지 못한 채 나를 계속 옥죄어들고 있는 것이다.

–「지관의 소」: 나의 관심이 미칠 만한 것으로, 그가 찾아 수집한 이들의 비사들 가운데는, 한 예로 옛날 이 지역 관요들의 생산품이 성곽 동남쪽 시구문을 통하여 성중 관서로 납품되어갈 때의 절망스럽고 통한스런 천민사가 있었다. 성 밖에선 그때 왕실이나 권부의 부패상에 항거, 시구문 근처에서 그 관수품 반입을 방해하는 세력이 있었는데, 도자업 종사자들은 이들의 눈을 피해 짐을 몰래 들여가려다 억울한 죽음을 당하는 일이 많았다는 것. 그렇다고 그게 두려워 할당받은 물목을 제때 들여가지 못하면 이번에는 서슬 푸른 권부의 관헌에게 역시 목이 베이는 절통할 진퇴유곡의 천민 수난사가 그 내용이었다.

「꽃 지고 강물 흘러」

| 발표 | 『문학과사회』 2003년 봄호.

| 최초의 단행본 수록 | 「꽃 지고 강물 흘러」, 문이당, 2004.

1. 실증적 정보

1) **초고**: 컴퓨터로 작성된 초고가 남아 있다.

2) 『축제』: 「꽃 지고 강물 흘러」는 어머니의 장례를 다룬 『축제』의 후

일담에 가깝다. 「꽃 지고 강물 흘러」에서, 어머니의 무덤을 찾아가는 나는 마음속으로 불화했던 형수와 마침내 화해하게 된다.

2. 텍스트의 변모

1) 『문학과사회』(2003년 봄호)에서 『꽃 지고 강물 흘러』(문이당, 2004)로

- 23쪽 16행: 정작 짐을 안으로 옮겨 들여갈 생각을 않은 채 데면데면한 → 데면데면한
- 24쪽 10행: 되돌이키며 → 되돌리며
- 24쪽 21행: 식의 데면데면한 → 식으로 생뚱스러운
- 25쪽 4행: 우리 이제 → 이제
- 25쪽 7행: 별러댄 → 벼르던
- 25쪽 13행: 받아들이려 하지를 → 받아들여지지
- 25쪽 19행: 그 집이 대체 → 대체
- 25쪽 23행: 쉼자리 → 쉴 자리
- 27쪽 4행: 별 뒷말 → 별말
- 29쪽 21행: 맥주 캔 두어 개와 → 맥주 두어 캔과
- 30쪽 20행: 조카아이들을 → 조카들을
- 31쪽 13행: 좋겠어요. → 낫겠어요?
- 32쪽 6행: 익히기 겸해 → 익힐 겸
- 32쪽 22행: 못되었다. 그것은 차라리 내게 → 못 된 내게 차라리
- 34쪽 3행: 하지만 노인은 물론 그만만 해도 → 물론 노인은 그만 정도로
- 34쪽 6행: 뙈밭 → 뙈기밭
- 34쪽 9행: 그리고 나중엔 갈수록 → 나중 말년엔
- 34쪽 23행: 통 → 상자
- 35쪽 14행: 혼귀 → 혼기(魂氣)

- 35쪽 22행: 아깟번엔 → 예전에

- 36쪽 11행: 아깟번엔 → 좀 전엔

- 37쪽 14행: 80길 → 여든 길

- 38쪽 14행: 한동안 둘이 함께 남은 → 남은

- 38쪽 17행: 그 며느리의 뒷소리가 → 뒷말이

- 42쪽 18행: 내게 전혀 → 좀체

- 43쪽 1행: 흔하던 아깟번 같은 → 흔하던

- 43쪽 7행: 자신도 → 나도

- 43쪽 10행: 무엇보다 나는 → 나는

- 43쪽 19행: 혼잣소리 도리질기를 → 혼잣소리를

- 45쪽 8행: 며칠씩 상태가 → 상태가

- 49쪽 7행: (탈상 치른 뒤―말끔히 흔적 씻어내는 것 보고―더욱) → 〔삭제〕

- 50쪽 23행: 여자 처지라 → 같은 여자라

- 51쪽 2행: 훨씬 누그러들게 되는 → 속이 훨씬 누그러든

- 52쪽 2행: 노인을 보러 오면 → 길을 내려오면

- 54쪽 2행: 마뜩찮은 생각에 → 마뜩지 않아

- 54쪽 22행: 그런데 아깟번 → 아까

- 60쪽 4행: 옛 노인에게 → 노인에게

3. 인물형
 - **노인:** 「눈길」을 비롯해 이청준의 자전적 소설에서 어머니는 '노인'으로 지칭되는데, 그의 표현대로 '수사상의 역설적 반어법'이라 할 수 있다.

4. 소재 및 주제
1) 콩밭: 이청준에게 바닷가 콩밭은 가장 선명하게 남아 있는 어린 시

절의 기억 중 하나를 간직한 장소이다. 부재하는 아버지와 콩밭을 매는 어머니, 그 어머니를 보며 혼자 노는 어린 '나'. 이 장면은 「바닷가 사람들」 이후 일일이 예로 들기 어려울 만큼 다양한 작품에서 반복된다.

2) 빚: 노인은 아들이 약속한 집, '그 가망 없는 소망을 거꾸로 분명한 빚 문서로 못 박고 든'다. 가족과 고향에 대한 부채의식을 둘러싼 사고는 『조율사』를 비롯해 「새가 운들」 「눈길」 등 여러 작품에 나타난다. 특히 「눈길」은 빚에 대한 매우 인상적인 소설이다(32쪽~33쪽).

　　－『조율사』: 만약 내가 가족에 대해, 또는 친척이나 마을에 대해 어떤 식으로든 부채를 지고 있었다면, 나는 정말로 법과를 가서 지금쯤 판사나 검사 나리쯤 되었을지 모른다.

　　－「눈길」: 생각지도 않았던 곳에서 갑자기 묵은 빚 문서가 튀어나올 것 같은 조마조마한 기분이었다. 노인이 치사하게 그 묵은 빚 문서로 나를 궁지에 몰아넣으려 덤빌 수도 있었다. / －그래 보라지. 누가 뭐래도 내겐 절대로 빚진 게 없으니까. 그래 본들 없는 빚이 생길 리가 있을라구.

3) 집터: 작가가 어머니를 소재로 쓴 소설에서 묘터는 늘 집터로 묘사된다. 무덤은 삶을 끝낸 사람이 안식을 누리는 집이기 때문이다. 「새가 운들」의 노인(어머니)은 소나무관을 '집'이라고 하고, 「눈길」의 노인도 무덤 자리를 집터라고 부른다(34쪽 10행).

　　－「해변 아리랑」: 바닷가 산밭에는 다시 묘지들만 고즈넉했다. 살아서 일찍 고향을 떠난 사람들이 죽어 다시 만난 혼백들의 집터였다.

　　－『축제』: 「해변 아리랑」의 어머니가 돌아가셔서 먼저 간 세상 식구들의 고혼을 한데 만나 모으러 이사를 가시듯 집을 옮겨 가신 그 저승 동네 터 말예요.

4) 이해와 화해: 수필 「사랑과 화해의 예술, 혹은 새와 나무의 합창」은 노모의 장례를 치른 후 숙제로 남은 가족 사이의 이해와 화해, 형수에 대한 이청준의 자기 마음속 비우기에 대한 글이다. 「꽃 지고 강물 흘러」

의 '나'는 늙어가는 형수에게서 어머니의 모습을 보며 마침내 그 숙제를
풀 수 있게 된다.

> ─「사랑과 화해의 예술, 혹은 새와 나무의 합창」: 2003년에 쓴 졸작 〈꽃
> 지고 강물 흘러〉는 그런 내 불편한 속마음 다스리기 겸해 씌어진 작품이
> 다. 나는 전날의 어머니처럼 힘없이 늙어가는 형수의 모습에서 옛 노모의
> 모습을 다시 만나게 되는 그 이야기를 쓰고 나서, 망인의 혼백 앞에서도
> 생자들 간의 일상에서도 새삼 마음이 평화롭고 뿌듯해지는 이해와 화해의
> 덕목을 되새기게 되었다.

「문턱」

| **발표** | 「문학/판」 2003년 가을호.
| **최초의 단행본 수록** | 「꽃 지고 강물 흘러」, 문이당, 2004.

1. 실증적 정보

1) 초고: 2003년 3월 27일 끝낸 초고가 컴퓨터에 남아 있다.

**2) 수필 「흐를 수 없는 돌」 「내 소설 속을 흘러간 사람들 ── 내 글벗과
선생님들」:** 이청준의 친구 K가 구정빈의 모델인데, 두 수필에는 술집에
술을 맡기고 죽은 K의 이야기가 있다(81쪽~82쪽).

> ─「흐를 수 없는 돌」: 그리고 그는 그렇게 부인과 함께 점심을 하고 집으
> 로 돌아가 다시 전화를 해왔다. "이 형 생각이 나서 거기 술 몇 병 미리 사
> 맡겨놓고 왔으니 언제 다시 가요. 이번에도 시간이 안 맞으면 이 형이 먼저
> 가서 마셔버려도 좋고." / 그런데 차일피일 한 며칠 기회를 미루고 있는데
> 느닷없이 그가 고혈압으로 쓰러졌다는 소식이었다. 그리고 그는 다시 정
> 신을 되찾지 못하고 20여 일간 암흑 속을 헤매다 끝내 숨을 거두고 말았다.
> ─「내 소설 속을 흘러간 사람들 ── 내 글벗과 선생님들」: 하기야 그 K는

자신의 죽음까지도 내게 생사의 경계에 대한 한 편의 소설을 생각지 않을 수 없는 숙제로 남기고 갔으니까. 다름 아니라 K는 세상을 떠나기 전 어느 날 내게 전화를 걸어 "전일 함께 가고 싶었던 술집에 내 몫의 술을 한 병사 맡겨두었으니 언제 틈 있으면 찾아가 마시라" 하였다. 그리고 며칠 뒤 그는 불의에 쓰러졌고 그길로 명계(冥界)를 달리해가고 말았으니, 뒷날 혼자서 그 술집을 찾아가 그가 남겨두고 간 술을 앞에 하고 앉았을 때 나는 대체 어떤 기분 속에 무엇을 생각했을 것인가.

2. 텍스트의 변모

1) 『문학/판』(2003년 가을호)에서 『꽃 지고 강물 흘러』(문이당, 2004)로

－61쪽 21행: 그야 반 씨가 그 첫 대면 자리에서 → 하긴 그 뒤풀이 자리에서 반 씨가

－64쪽 2행: 구정빈의 다그침의 → 정빈이 다그치고 든

－65쪽 17행: 그 자신을 → 구정빈 자신을

－70쪽 15행: ㅁㅎ부대의 → ㅁ부대의

－80쪽 11행: 내심의 동일화 과정이 있었을 공산은 컸으리라는 느낌을 지울 수가 없었다. → 일정 부분 내심의 동일화 과정을 거친 것들이었으리라는 느낌 또한 지울 수가 없었다.

－88쪽 14행: 그 삶 → 그 의문투성이 삶

3. 인물형

－**반형준과 구정빈**: 「매잡이」에서 소재를 수집해 제공하는 민태준과 그것을 소설로 완성하는 '나'처럼, 구정빈과 반형준의 관계도 소재를 제공하는 친구와 그것을 소설로 쓰는 소설가 사이라 할 수 있다.

4. 소재 및 주제

　– **소설 소재 제공**: 「문턱」「매잡이」「가수」『자유의 문』은 모두 소재를 제공하는 사람과 소설가가 따로 있다.

「무상하여라?」

| **발표** |『현대문학』 2004년 6월호.

| **최초의 단행본 수록** |『꽃 지고 강물 흘러』, 문이당, 2004.

---

1. 실증적 정보

　1) 초고: 컴퓨터로 작성된 초고가 둘 있는데, 야당총재의 이니셜이 각각 'YT' 'JS'로 다르다. 초고는 2004년 2월 13일에 씌어졌다가 3월 10일, 16일 두 차례 수정된다.

　2) 수필 「쓰이지 않은 인물들의 종주먹질」: 이 글에 따르면 「무상하여라?」는 '마음속 인물에게 들볶이다 마침내 항복하듯이 써내게 된 이야기'다.

　　– 「쓰이지 않은 인물들의 종주먹질」: 이를테면 자기 신앙에 대한 절대적 신념과 소명감 때문에 살인도 불사하는 졸작 《자유의 문》의 백상도 노인이 그렇고, 최고 권력자의 얼굴을 닮은 덕에 본의 아니게 그 유사품 행세를 하고 다니게 되는 근작 〈무상하여라?〉의 '나'가 그렇다.

2. 텍스트의 변모

　1)『현대문학』(2004년 6월호)에서『꽃 지고 강물 흘러』(문이당, 2004)로

　　– 93쪽 3행: 그 사장 → 조 사장

　　– 112쪽 11행: JS 대신이라니까요. → JS라니까요.

- 114쪽 9행: 포다리 → O포다리

- 114쪽 18행: 천동 → O천동

- 146쪽 15행: 옛날처럼 → 어르신은 옛날처럼

3. 소재 및 주제

1) 닮은 꼴: 사람과 고릴라, 늑대와 개, 호랑이와 고양이처럼 닮은 존재들은 서로를 싫어한다. 「무상하여라?」는 권력자와 구분하기 어려울 정도로 닮은 사람에 대한 이야기다(93쪽 23행).

– 수필 「호랑이와 고양이」: 호랑이가 제일 싫어하는 동물은 고양이라는 말이 있다. 늑대가 제일 싫어하는 동물은 개이며 고릴라가 제일 싫어하는 것은 사람이라는 말도 있다. 자기를 닮은 것은 싫어하고 반발하는 경향 때문이라 한다.

– 『조율사』: 늑대는 개를 싫어한다. 호랑이도 고양이를 싫어한댔다. 아프리카의 고릴라는 사람을 제일 싫어한댔다.

– 『이제 우리들의 잔을』: 고릴라가 가장 싫어하는 것이 사람이라던가. 호랑이는 자기를 닮은 고양이를 가장 미워한다고 했다.

– 『인간인 2』: 헌데 네놈은 무엇이관대 그 어른의 일을 그리 못 봐 하고 조급해하느냐. 승냥이가 개짐승을 미워하듯, 사람이 잔내비 노는 꼴을 기휘하듯, 그 어른이 네놈의 얼굴이라도 닮아 지니셨더냐.

2) 꿈: 사실의 세계로 넘어온 꿈은 꿈이 지닌 가치와 기능을 잃는다. '상징적 표상'은 '그것을 낳게 한 실제 인물의 정체가 드러나면 그 표상으로서의 구실은 더 못하게 되고 말'기 때문이다. 가짜 JS가 진짜 JS인 '그분이 계속 이 집에 남겨두고 가신 우리의 꿈'이듯, 「용소고」의 용과 「이상한 선물」의 심지연도 마찬가지다. 『신화를 삼킨 섬』의 사람들이 '그 이야기 속의 꿈과 기다림이 없이는 아무래도 세상을 살아갈 수가 없'는 것처럼, 우리가 살아가려면 꿈의 실현이 아니라 꿈 자체가 필요하다(147쪽).

－「용소고」: 사람들이 흔히 마을 앞 연못 속에 용이란 영물을 기르는 것과 같은 이칠세. 사람들은 제 일에 길운을 열고 흉변을 피하기 위해 연못 속에 그 용이란 영물을 기르지만, 그 실은 연못의 물속이 아니라 자신의 마음속에 그걸 기르고 있는 걸세. 그런데 누가 정말로 그 용을 잡으려 들겠나. 그래 그 용이 그 앞에 정체를 드러내고 나왔다면 그게 뭔가. 이를테면 승천이 그런 표현의 하나겠지…… 용이란 원래 실체가 없는 마음속 표상이라. 그것은 거꾸로 그 용의 존재를 부인하는 것밖에 되질 않아.

「태평양 항로의 문주란 설화」

| 발표 | 『현대문학』 2005년 8월호.

| 최초의 단행본 수록 | 『그곳을 다시 잊어야 했다』, 열림원, 2007.

1. 실증적 정보

1) 초고: '2005. 4. 30. 초고－5. 9. ～ 5. 24. 정리'라는 메모가 붙은 초고가 컴퓨터에 남아 있다.

2) 전기와 연관성: 이청준은 2001년 시인, 평론가, 번역가, 기자 등과 함께 멕시코와 쿠바를 여행한다. 이 여행의 경험이 「태평양 항로의 문주란 설화」를 낳는다.

－수필 「돌의 상상력」: 이후 2001년 초여름 단국대 고혜선 교수를 길잡이로 서울대의 장경렬 교수(영문학), 문우 박영한, 황지우 형들과 함께 중미 쪽 멕시코시티 소재의 '인류사 박물관'을 찾았을 때, 오래잖은 옛날 살아 있는 사람들의 심장을 꺼내 제사하던 아스테카의 태양신, 인간의 선악과 우주적 상상력의 총체적 경계를 보는 듯한 그 무시무시한 석신상(石神像) 앞에서의 느낌이 그 비슷한 색깔이었다고 할까.

3) 수필 「쓰이지 않은 인물들의 종주먹질」: 우리는 이 수필에서 「태평

양 항로의 문주란 설화」를 쓸 수밖에 없는 작가의 마음의 흐름을 읽을 수 있다.

　－「쓰이지 않은 인물들의 종주먹질」: 까마득한 조상의 흔적 속에 그는 어쩌면 1900년대에서가 아니라 저 임진 정유년 간의 옛 왜란 중에 일인들이 자행했다는 조선인 노예사냥의 희생물로 잡혀 건너간 한인의 후손이 아닐까 싶은 당찮은 상상과 함께, 그리고 어느 날 그곳 해변가에 핀 눈 익은 문주란의 하얀 꽃 모습에서 오랜 세월 아득한 대양을 흘러흘러 낯모를 모래밭에 이르는 상상 속의 까만 제주도 문주란 씨앗과 함께.

4) 수필「국가 권력과 역사의 폭력」: 작가가 멕시코 여행 후 쓴「국가 권력과 역사의 폭력」은 인신공희 제의의 동기와 목적에 대해 숙고한 글이다. 그는 자기 심장을 기쁘게 바치는 인신공희의 '황홀'이 가능한 이유를, 송상일의『국가와 황홀』에서 찾는데, 이 잔인한 제의와 국가 권력 문제는『신화를 삼킨 섬』에서 보다 깊이 있게 다루어진다(154쪽 15행).

　－「국가 권력과 역사의 폭력」: 중미 대륙의 중심도시 멕시코시티 소재의 인류학 박물관 전시실을 들어서면 고대 멕시코(아즈텍)인들의 주신 태양신의 거대한 암각 형상과 그에 대한 비정한 인신공희(人身供犧) 석조 제단이 눈앞을 압도한다. 그리고 갖가지 상형문이 새겨진 그 제단의 중앙부에는 제물로 지목한 사람의 살아 있는 심장을 꺼내어 바치는 구멍이 입을 벌리고 있어 주위에 전시되어 있는 날카로운 적출기구(골제 칼)와 함께 전율을 금치 못하게 한다.

5) 수필「권력의 덫」: 이 글에는 임진란 때 우리 관리들이 왜군과 짜고 거래한 조선인 포로들에 대한 내용이 들어 있다(157쪽~158쪽).

　－「권력의 덫」: 정말로 이 땅 위의 권력은 다 그런 것일까. 옛 임진란 때 일본의 여러 곳에선 세계 곳곳으로 팔려나가는 우리 조선인 포로들의 노예시장이 성시를 이루었다 하거니와, 그리고 그 많은 포로들이 전쟁 포로가 아니라 일인들과 우리 해안고을 방백들 간의 은밀한 뒷거래 속에 끌려

간 일반 백성들이 태반이었다 하거니와, 그런 비극은 이 지구상에서 물론 알바니아에서만 빚어진 일이 아닐 듯싶다.

6) 수필 「우리말의 고향」: 이 글 속의 멕시코 마야족 후손 청년, 한국인 이민자의 피를 이어받아 우리말에 대해 남다른 애정을 갖고 있는 그가 '프란시스코 꼬로나'의 모델이다.

－「우리말의 고향」: 그런데도 얼마 전 멕시코와 쿠바 여행 중에 만난 현지이국인들의 우리말은 그 소회가 새삼 각별했다. 멕시코의 남쪽 유카탄 반도 메리다 시(옛 마야문화의 중심도시) 거주의 한 마야족 후손은 그 할아버지 대에 한국인 이민자의 피를 받은 인연으로, 그곳에 머무른 사흘 동안 직장인 은행에 휴가까지 내어 틈틈이 우리와 함께 지내며 한사코 우리말과 풍습을 알려 애를 써 훈훈하고 애틋한 심회에 젖게 하였고〔……〕.

7) 「수상한 해협」: C 씨가 읽었다는 「수상한 해협」은, 이청준이 1976년에 발표한 소설이다(159쪽 2행).

2. 텍스트의 변모

1) 『현대문학』(2005년 8월호)에서 『그곳을 다시 잊어야 했다』(열림원, 2007)로

－162쪽 9행: 서울올림픽 → 88올림픽

－162쪽 17행: 서울올림픽 → 88서울올림픽

「지하실」

| **발표** | 『문학과사회』 2005년 겨울호.

| **최초의 단행본 수록** | 『그곳을 다시 잊어야 했다』, 열림원, 2007.

---

1. 실증적 정보

1) **초고:** 2005년 9월 24일 완성된 뒤, 10월 5일과 6일 이틀 동안 수정된 초고가 컴퓨터에 남아 있다.

2) **전기와 연관성:** '나'의 아버지가 집을 짓고 지하실을 만드는 과정은 이청준의 전기적 사실과 일치한다. 『축제』를 비롯해 수필에도 지하실 축조 과정이 나오는데, 특히 지하실을 둘러싼 『축제』 속 일화들은 「지하실」과 그대로 겹친다.

　－『축제』: ……어려운 시절을 살아가는 한 방책으로 그랬던지, 8·15해방 뒤에 일찍 세상을 버리고 간 준섭 부는 그 일제 말기서부터 몇 년의 세월에 걸쳐 자신의 손으로 직접 지어 남긴 옛날 집 부엌칸 나무청 밑에다 아무나 쉽게 찾아낼 수 없는 작은 지하실 한 칸을 마련해두었었다.

3) **수필 「자유인을 위한 메모」 「문학이 뭐 별건가」 「혼자 견디기」 「백정시대」:** 지하실에서 나온 집안 어른의 일화가 들어 있다.

2. 텍스트의 변모

1) 『문학과사회』(2005년 겨울호)에서 『그곳을 다시 잊어야 했다』(열림원, 2007)로

　－189쪽 18행: 육십 고개가 → 예순 고개가
　－195쪽 13행: 설계 도면과 → 도면 설계의

3. 소재 및 주제

1) 지하실: 지하실은 목숨이 위태로운 절체절명의 위기에 빠진 사람이라면 누구든 네 편 내 편 가르지 않고 품는 장소다. 『인간인』에서도 쫓기는 사람들은 마지막으로 소영각 지하밀실에 몸을 숨긴다. 지하실이 갖는 이런 가치는 이청준이 겪은 어린 시절 체험에서 비롯된다. 그는 한국전쟁을 겪으면서 쫓는 자와 쫓기는 자의 입장이 상황에 따라 언제든 변할 수 있음을 알게 된다. 지하실은 어느 편이든 쫓기는 사람들이 새 삶에 대한

희망을 놓지 않고 견딜 수 있게 해주는 곳이다(199쪽 20행, 222쪽 23행).

2) 송충이: 한국전쟁 당시 대중 속에 숨은 적을 송충이에 비유하는 장면은 「공범」「그곳을 다시 잊어야 했다」에도 나온다(213쪽 4행, 277쪽 14행).

–「공범」: 하고 나서 전관은 거기서 목소리를 한층 높여, 그런데 이 마을에는 유감스럽게도 '우리의 혁명의 적'인 못된 송충이가 몇 마리 숨어 있는 게 틀림없다고 단언했다. 그것은 자신들의 혁명 전쟁을 방해하려는 간밤의 사건이 증거가 아니냐며, 따라서 이날의 교육 사업은 바로 그 숨은 송충이를 색출하여 처단하는 일이며, 거기에는 추호의 반혁명적 행동이나 동정이 있어서는 안 될 것이라고 선언했다. 그리고 전관은 곧바로 그 숨은 송충이의 색출 작업과 가차 없는 처단을 명령하였다.

「부처님은 어찌하시렵니까?」

| **발표** | 「피처」 2005년 12월호.

| **최초의 단행본 수록** | 「그곳을 다시 잊어야 했다」, 열림원, 2007.

---

1. 실증적 정보

1) 초고: 컴퓨터로 작성된 초고가 있다.

2) 수필 「영혼의 소리를 듣는 화가」: 이 수필 또한 「부처님은 어찌하시렵니까?」처럼 한국화가 김선두에 대해 쓴 글이다.

「천년의 돛배」

| **발표** | 「현대문학」 2006년 3월호.

| **최초의 단행본 수록** | 「그곳을 다시 잊어야 했다」, 열림원, 2007.

1. 실증적 정보

- **초고**: 완성된 뒤 여러 번 수정된 초고가 컴퓨터에 남아 있다. 2005년 10월 14일에 끝난 초고는, 같은 해 10월 25일, 11월 1일, 2006년 2월 2일, 세 차례 수정된다.

2. 소재 및 주제

- **콩밭과 어머니**: 「서편제」 등 많은 소설에서, 어머니는 바다가 내려다보이는 콩밭 이랑을 바다의 조각배나 부표처럼 떠돌며 하루 종일 일을 한다. 앞의 「꽃 지고 강물 흘러」 주석 참조(249쪽 13행).

- 「서편제」: 하지만 여름마다 콩이 아니면 콩과 수수를 함께 섞어 심은 밭고랑 사이를 타고 들어간 어미는 소년의 그런 기다림 따위는 아랑곳이 없었다. 물결 위를 떠도는 부표처럼 가물가물 콩밭 사이를 오락가락하면서 하루 종일 그 노랫소리도 같고 울음소리도 같은 이상스런 콧소리 같은 것을 웅웅거리고 있었다.

- 「해변 아리랑」: 드문드문 수수가 섞인 더운 콩밭을 아이의 어머니 금산댁(金山宅)은 그 아지랑이 속을 떠도는 작은 쪽배처럼 하루 종일 오고 가며 김을 매었다.

「조물주의 그림」

| **발표** | 「현대문학」 2007년 2월호.

| **최초의 단행본 수록** | 「그곳을 다시 잊어야 했다」, 열림원, 2007.

1. 실증적 정보

1) 초고: 컴퓨터로 작성된 초고가 남아 있다.

2) 전기와 연관성: 이청준의 소설 「서편제」 『축제』 「선학동 나그네」를 영화로 만든 Y감독은 임권택 감독이고, 촬영감독 J는 정일성 감독이다. 「조물주의 그림」은 인물이나 사건들이 실제와 거의 일치한다.

2. 소재 및 주제

– **맹귀우목(盲龜遇木):** 『인간인 2』에서 노암 스님과 일중 시봉은 장님 거북 이야기를 통해 깨달음의 어려움을 장손에게 알려준다(262쪽 15행).

– **『인간인 2』:** i) "깨우침이란 원래가 그처럼 힘든 것이지요. 맹귀우목(盲龜遇木)이라는 말씀을 들어보셨는지……" 〔……〕 "불자가 그 깨우침을 얻는 것은 깊은 물속의 거북이가 천 년에 한 번씩 수면으로 떠오르다가, 그 중에 우연히 몸을 얹어 쉴 나무토막을 만나는 것만큼 어렵다 하였습니다. ii) "맹귀부목(盲龜浮木)이란 소리를 들은 일이 있더냐?" 〔……〕 그는 다시 한참 묵연히 상체만 흔들어대다가 이윽고 엉뚱스레 그 장님거북 소리를 끄집어낸 것이었다.

「그곳을 다시 잊어야 했다」

| **발표** | 『21세기문학』 2007년 봄호.
| **최초의 단행본 수록** | 『그곳을 다시 잊어야 했다』, 열림원, 2007.

1. 실증적 정보

1) 초고: 2006년 12월 28일 완성된 초고가 컴퓨터에 남아 있다. 이청준은 초고 끝에 '2007. 1. 31. 수정'이라는 메모를 남겼다.

2) 수필 「죽음 앞에 부르는 만세 소리」: 이 글에 나오는 여자의 일화가 외종형수 사건의 원화라 할 수 있다(275쪽).

3) 「개백정」: 유일승 외가의 비극은 한국전쟁 때 이청준의 외가가 겪

은 비극과 많은 부분 일치한다. 이런 외가의 참상은 「개백정」에서도 중요한 소재가 되었다.

4) 「키 작은 자유인」, 수필 「자유인을 위한 메모」「혼자 견디기」「백정 시대」: 외종형에 대한 일화가 들어 있는 글들이다(279쪽 19행).

2. 소재 및 주제

1) 송충이: 앞의 「지하실」 주석 참조(277쪽 14행).

2) 생존의 길: 사람은 때로 유일승처럼 살기 위해 모국어나 이름은 물론 심지어 조국까지 잊고 살아야 할 때가 있다. 그럴 경우 다른 언어와 이름 따위를 자기 본 얼굴로 믿어야 하는데, 「꽃과 소리」에도 그런 인물이 있다(288쪽 7행, 295쪽).

　－「꽃과 소리」: 말하자면 자네의 본얼굴을 잊어버리고 자네 자신마저도 그 가면의 얼굴이 진짜 얼굴인 것으로 믿어야 한단 말일세.

「이상한 선물」

| **발표** | 『문학의문학』 2007년 가을호.

| **최초의 단행본 수록** | 『그곳을 다시 잊어야 했다』, 열림원, 2007.

1. 실증적 정보

1) 초고: 컴퓨터로 작성된 초고가 남아 있다. '이상한 선물상자'가 표제인 초고는 2007년 7월 25일 완성된 뒤 8월 4일 수정된다.

2) 『신화의 시대』, 수필 「자애의 역사」: 선바우골(선바위골)은 『신화의 시대』의 배경이 되는 곳이기도 하다. 「이상한 선물」에는 자두리를 비롯해 장순 등 『신화의 시대』 속 선바우골 사람들이 여럿 있는데, 이들은 「자애의 역사」에도 나온다.

3)「심지연」:「이상한 선물」은 이청준이 1987년 발표한「심지연」을 다시 쓴 소설이다.

2. 인물형
–**장순:**「이 여자를 찾습니다」에도 장순이 있다.

3. 소재 및 주제
1) 벽화: 수필「삶과 예술의 불완전성」은 강진 무위사(無爲寺) 벽화의 유서 깊은 설화를 통해, '미완 모티프 설화'가 예술 정신의 절정과 그 아름다움을 맛보는 데 적합한 이유를 설명한다(344쪽~345쪽).

–「삶과 예술의 불완전성」: 하지만 미완 모티프의 이야기들이 늘 그렇듯 이 그림이 완성되려는 마지막 날 스님 한 분이 끝내 궁금증을 못 이겨 문구멍으로 그 법당 안을 엿보았다. 그러자 안에서는 파랑새 한 마리가 입에 붓을 물고 마지막 붓질을 하려다 말고 놀라 어디론지 날아가 사라지고 말았다. 그때 파랑새가 미처 끝내지 못한 마지막 붓질 부분이 천인상(天人像)의 눈동자였던 까닭에, 지금까지 전해지는 그 벽화의 천인상에는 눈만 그려져 있고 눈동자는 비어 있다.

2) 꿈과 이야기 지키기:「이상한 선물」에서 진짜 '심지연'이 사라지고 없는 사실은 큰 문제가 되지 않는다. 후손을 위해 지켜야 할 것은 벼루가 아니라 벼루의 신통한 이야기이기 때문이다.『인간인』에서, 소영각 안을 엿보는 사람은 색신(色身)이 지워지는 벌을 받는다는 금기 역시, 실제 존재하는 어떤 비밀이나 방을 위한 것이 아니라 전해 내려오는 이야기 속 방을 온전히 보존하기 위한 것이다. 진짜 벼루는 없어졌지만 이야기로 지켜진 벼루는 불사조처럼 계속 살아남아, 그 이야기를 공유하는 공동체에게 꿈과 힘을 준다. 그런 점에서 '심지연' 또한「용소고」의 용,「비화밀교」의 종화,『신화를 삼킨 섬』의 아기장수처럼 섣불리 사실의 세

계로 끌어내서는 안 되는 희망의 신화소라 할 수 있다. 앞의 「무상하여라?」 주석 참조(331쪽 18행).

　－『인간인 1』: 뿐더러 소영문은 이젠 없어진 선방을 상징하기 위한 가상의 선실의 문이라는 사실도 확연해지고 있었다. 문을 가까이하거나 들여다보지 못하게 하는 것도 이를테면 그 안의 비밀 때문이 아니라, 거기에 아무것도 안이 없기 때문인 셈이었다. 이야기 속의 방을 지키기 위함이었다.